KB059759

카프카
클래식
Kafka
Klassik

변신

Die Verwandlung

변신

프란츠 카프카 지음 · 이주동 옮김

카프카
단편집
1

솔

일러두기

1. 이 책은 카프카 생전에 출간된 40여 편의 작품을 수록하였다.

2. 본문에 실린 작품들이 수록된 작품집의 발표 연도와 색인을 본문 뒤에 수록하였다.

3. 외국어 우리말 표기는 국립국어원 지침에 따랐으며, 특별한 경우 예외를 두었다.

4. 책명(단행본)·장편소설·정기간행물·총서에는 겹낫표(『 』)를, 논문·시·단편 작품·연극·희곡에는 낫표(「 」)를, 오페라·오페레타·노래·그림·영화·특정 강조에는 홑화살괄호(〈 〉)를 표시하였다.

차례

국도의 아이들
Kinder auf der Landstraße

나는 마차들이 정원 울타리 옆을 지나가는 소리를 들었다. 조금씩 흔들리는 나뭇잎들 사이로 가끔 그것들이 보이기도 했다. 그 무더운 여름날, 수레바퀴와 끌채의 나무가 얼마나 삐걱거리는 소리를 내었던지! 일꾼들이 들에서 돌아오며 무색할 정도로 웃어댔다.

나는 우리들의 작은 그네에 앉아 있었다. 마침 부모님의 집 정원 나무들 사이에서 쉬고 있었던 것이다.

울타리 밖에서는 소리가 멈추지 않았다. 그 순간 뛰어가는 아이들의 발자국 소리가 스쳐 지나갔다. 볏단 위에 남자들과 여자들을 태운 곡식 마차들이 지나가자, 주위에 빙 둘러 있던 화단이 어둑어둑해졌다. 저녁때쯤 나는 지팡이를 든 한 신사가 천천히 산책하는 것을 보았는데, 팔짱을 낀 한 쌍의 소녀가 그를 향해 오다가 인사하며 옆쪽 풀밭으로 길을 비켜주었다.

그러고는 새들이 마치 튕기듯이 날아올랐다. 나는 눈으로 새들을 좇아, 그들이 단숨에 올라가는 것을 보았다. 그러자 나에게는 그들이 날아오른 것이 아니라, 내가 떨어지고 있다는 생각이 들었다. 그래서 나는 기운이 빠져 그넷줄에 꼭 매달리며 그네를 조금씩 흔들기 시작했다. 곧 더욱 세차게 그네를 굴렀다. 그때 벌써 서늘한 바람이 불어왔고, 날아가는 새들 대신 떨고 있는 별들이 나타났다.

촛불 아래서 나는 저녁을 먹었다. 이따금 나는 양팔을 나무 식탁 위에 올려놓았고, 벌써 피로해진 채 버터 빵을 씹었다. 올이 굵게 짜여진 커튼이 따스한 바람에 부풀어 올랐고, 이따금 밖을 지나가던 사람이 나를 좀 더 잘 보고 싶고 말을 걸고 싶을 때는 양손으로 그것을 꼭 잡고 있었다. 촛불은 대부분 곧 꺼졌고, 얼마간 모여들었던 모기들은 촛불 연기 속에 아직도 맴돌고 있었다. 누군가 창가에서 나를 찾으면, 나는 마치 산속이나 텅 빈 허공을 바라보듯이 그를 바라보았고, 그 역시 대답을 그다지 기대하지 않는 듯했다.

누군가 창문턱을 넘어와서, 다른 아이들이 벌써 집 앞에 와 있다고 전하면 나는 물론 한숨을 쉬며 몸을 일으킨다.

"그래서는 안 돼, 너는 왜 그렇게 한숨을 쉬니? 도대체 무슨 일이 일어난 거니? 다신 회복할 수 없는, 어떤 특별한 불행이니? 우리는 정말 그것에서 회복될 수 없겠니? 정말 모든 것이 다 망쳐진 거니?"

망쳐진 것은 아무것도 없었다. 우리는 집 앞으로 달려갔다. "천만다행이군, 드디어 너희들이 오다니!" — "넌 언제나 너무 늦는구나!" — "어째서 나야?" — "바로 너 말야, 함께 가기 싫으면 집에 있어." — "양해를 구하지는 않겠어!" — "뭐라고? 양해를 구하지 않겠다고? 어떻게 그런 말을 하지?"

우리는 고개를 쳐들고 저녁을 헤쳐나갔다. 낮 시간도 밤 시간도 아니었다. 어떤 때는 우리들의 조끼 단추가 마치 이빨처럼 서로 비비적거렸고, 또 어떤 때는 우리들은 마치 열대지방의 동물들처럼 입안의 열기를 뿜으며 일정한 간격으로 달려가기도 했다. 옛날 전쟁의 갑옷을 입은 기병들처럼 땅을 박차고 공중으로 높이 뛰어오르면서 우리들은 서로를 몰아대며 짧은 골목길을 달려 내려갔고, 계속해서 이런 달리기로 쏜살같이 국도로 올라갔다. 몇몇은 길섶의 도랑 속으로 뛰어들었는데, 어두운 둑 앞에서 사라졌는가 했더니, 벌써 들길로 올라서서 마치 낯선 사람들처럼 내려다보고 있었다.

"이리로 내려와!"—"우선 올라와 봐!"—"너희들이 우리들을 아래로 내던지도록 말이지. 그럴 생각은 없는걸. 아직 그 정도 분별은 있지."—"너희들은 자신들이 그렇게 비겁하다고 말하고 싶은 거겠지. 오기만 해, 오란 말이야!"—"정말? 너희들이? 바로 너희들이 우리들을 아래로 내던지겠다고? 너희들 무슨 생각을 하고 있는 거지?"

우리들은 공격했고, 가슴을 얻어맞고, 떨어지면서 자진해서 길섶 도랑의 잔디 속에 몸을 뉘었다. 모든 게 한결같이 따뜻해졌다. 우리들은 따스함을 느끼지는 못했지만, 잔디의 냉기를 느끼지는 않았다. 다만 피로해졌을 뿐이었다.

오른쪽으로 몸을 돌리면 손이 귀밑에 있었는데, 우리들은 그런 자세로 잠들고 싶어 했다. 턱을 쳐들고 다시 한 번 벌떡 일어서려고 했지만, 그러면 더욱 깊은 도랑 속으로 떨어졌다. 그래서 팔짱을 끼고 다리를 옆으로 비스듬히 흔들며 공중으로 몸을 날려보려고 했지만, 분명히 또다시 더욱 깊은 도랑 속으로 떨어질 것이었다. 그런데 우리는 그 정도로는 결코 그만두려 하지 않았다.

우리들은 마지막 도랑에서는 제대로 잠을 자기 위해서 최대한 몸을, 특히 무릎을 펴게 되리라는 것에 대해서는 아직 전혀 생각지도 못했고, 울고 싶은 심정으로 아픈 듯이 등을 대고 누워 있었다. 한 소년이 엉덩이에 팔꿈치를 대고, 시꺼먼 발바닥으로 우리들 위를 넘어 둑에서 길 위로 뛰어 올라갔을 때도, 우리들은 그저 눈만 끔벅거릴 뿐이었다.

우리는 벌써 꽤 높은 곳에 떠 있는 달을 보았고, 우편 마차 한 대가 그 달빛을 받으며 달려 지나갔다. 대개는 약한 바람이 일었는데, 도랑 속에서도 그것이 느껴졌다. 그리고 가까이에서 숲이 솨솨 소리를 내기 시작했다. 그때 우리들 하나하나에겐 우리들뿐이라는 생각이 더 이상 그리 중요하지 않았다.

"너희들 어디 있니?"—"이리들 와봐!"—"모두 말야!"—"너는 왜 숨어 있니, 어리석은 짓은 그만둬!"—"너희들은 우편 마차가 벌써 지나간 것도 모르니?"—"아니! 벌써 지나갔다고?"—"물론이야, 네가 잠자는 동안에, 지나갔지."—"내가 잤다고? 아니야, 그럴 리 없어!"—"입이나 다물어, 네 얼굴에 그렇게 씌어 있단 말이야."—"제발 그만둬."—"자, 가자!"

우리들은 서로 아주 가까이서 달렸다. 많은 아이들은 서로 손이 마주 닿았다. 고개를 아무리 높이 쳐들어도 별 소용이 없었다. 왜냐하면 내리막길이었으니까. 어떤 한 아이가 전쟁을 알리는 인디언의 고함 소리를 내질렀다. 지금까지와는 전혀 다르게 우리들의 발은 구보하듯 움직였고, 뛰어오를 때는 엉덩이 밑에서 바람이 일었다. 아무것도 우리를 멈추게 하지는 못했을 것이다. 우리는 그런 모양으로 달리고 있었으므로 추월을 당해도 팔짱을 끼고 여유 있게 주위를 둘러볼 수 있을 정도였다.

급류가 흐르는 다리 앞에서 우리들은 멈춰 섰다. 계속해서 달려갔던 아이들은 되돌아왔다. 저 아래 물은 아직 그다지 늦은 저녁은 아니라는 듯이, 바위와 나무뿌리에 부딪히고 있었다. 누군가 다리의 난간 아래로 뛰어내리지 않는 것이 이상할 정도였다.

멀리 보이는 덤불 뒤에서 기차가 달려 나오고 있었다. 모든 찻간에 불이 켜져 있었는데, 분명 유리 창문을 내리고 있을 것이다. 우리 중 하나가 유치한 유행가를 부르기 시작했다. 그러나 우리들 모두가 노래를 부르고 싶었다. 우리는 기차가 달리는 것보다 훨씬 빠르게 노래를 불렀고, 목소리로는 충분치가 않아서 팔을 흔들어댔다. 우리들은 군중 속에 끼어든 것처럼 우리의 목소리로 서로 밀쳐대고 있었다. 자신의 목소리가 다른 사람들의 목소리 속에 섞이게 되면, 마치 낚싯바늘에 걸린 것만 같았다.

이렇게 우리들은 숲을 등지고, 멀리 여행객들의 귀에까지 들리 도록 노래를 불렀다. 마을에서는 어른들이 아직 잠들지 않았고, 어머니들은 밤을 위해 잠자리를 마련하고 있었다.

벌써 시간이 되었다. 나는 옆에 서 있는 아이에게 입을 맞추고, 그 옆의 다른 세 명에게는 그저 손을 내밀었다. 그리고 오던 길을 되돌아 달려갔다. 아무도 나를 부르지 않았다. 그들이 나를 더 이 상 볼 수 없게 된 첫 번째 네거리에서 나는 구부러져서 들길을 달 려 다시 숲속으로 들어갔다. 나는 남쪽 도시를 향해 힘껏 달렸다. 우리 마을에서는 이 도시에 대해 이렇게 말하고 있다.

"생각 좀 해봐! 그곳에서는 사람들이 잠을 자지 않는대!"

"그건 또 왜?"

"그들은 피곤해지지 않으니까."

"그건 또 왜 그렇지?"

"그들은 바보니까."

"바보들은 피곤해지지도 않는다고?"

"바보들이 어떻게 피곤해질 수 있겠니?"

사기꾼의 탈을 벗기다

Entlarvung eines Bauernfängers

　드디어 밤 열 시쯤 나는 내가 초대받은 어떤 모임이 열리고 있는 고급 주택 앞에 도착했다. 나는 예전부터 그저 겉으로만 알고 지냈던 한 남자와 함께 왔는데, 뜻밖에 그는 이번에 다시 나에게 접근하여 두 시간 동안이나 나를 끌고 거리를 돌아다녔던 것이다.

　"자!" 하고 나는 말하고는 꼭 헤어질 수밖에 없다는 표시로 손뼉을 쳤다. 이미 앞서 몇 번이나 나는 그것보다는 덜 확실한 표시를 해보였었다. 나는 이미 매우 피로했다.

　"곧장 올라가실 건가요?" 하고 그가 물었다. 그의 입에서는 이가 서로 부딪치는 것 같은 소리가 났다.

　"네."

　나는 초대를 받았지 않은가, 나는 곧바로 그 점을 그에게 말했다. 그러나 나는 이미 몹시 가 있고 싶은 곳으로 올라오도록 초대를 받은 것이지, 여기 아래 집 문 앞에 서서 상대방의 양쪽 귓가 저편을 바라보고 있으라고 초대받은 것은 아니었다. 그리고 이제는 그와 더불어 침묵하고 있으라는 것은 더더구나 아니었다. 우리는 마치 이 장소에 오랫동안 머물기로 결심이나 한 듯했다. 그러자 그 주변의 집들, 또한 그 위로 별들에 이르는 어둠도 역시 곧장 이 침묵에 동참했다. 어디로 가고 있는 길인지 알고 싶지 않은 길을 걷고 있는, 보이지 않는 산책인들의 발자국 소리, 언제나 건너편 길 쪽으로 휘몰아쳐 가는 바람 소리, 어느 방인가 닫혀진 창문에서 흘러나오는 축음기의 노랫소리 — 그런 소리들이 이 침묵 속에서 들려왔다. 마치 침묵이 옛날부터 그리고 앞으로도 영원히 이 모든 것들의 소유물인 것처럼.

그리고 내 동반자는 — 한 번 미소를 짓고 나서는 — 자신과 나의 뜻에 따랐다. 그는 벽을 따라 오른쪽 팔을 앞으로 내뻗어 눈을 감으면서 자신의 얼굴을 그 팔에 기댔다.

물론 이 미소를 나는 끝까지 지켜보지 않았다. 왜냐하면 갑자기 어떤 수치심이 내 몸을 돌려놓았기 때문이다. 그러니까 나는 이 미소에서 처음으로 그가 시골 사람들을 속여먹는 사기꾼이라는 것, 그 이상은 아무것도 아니라는 것을 깨달았다. 그런데 나는 이미 수개월 동안 이 도시에 머물러 있었고, 이러한 사기꾼들을 철저하게 알고 있다고 믿었었다. 그들은 밤이면 옆 골목에서 마치 여관 주인처럼 두 손을 앞으로 내밀고 우리를 향해 걸어왔고, 우리가 서 있는 광고 기둥 주위를 슬금슬금 돌아다니며, 마치 술래잡기를 하려는 것처럼 기둥의 둥근 면 뒤에서 한쪽 눈으로 훔쳐보았으며, 네거리에서 우리가 불안해하고 있을 때 갑자기 우리가 서 있는 보도 끝에 나타나 우리 앞에서 어른거리기도 했었지! 나는 물론 그들을 아주 잘 알고 있었다. 그들은 내가 여러 작은 여관에서 알게 된 최초의 도시 사람들이었으니까 말이다. 그리고 나는 그들 덕택에 처음으로 어떤 불굴의 모습을 보게 되었으며, 이제는 그것을 내 자신 속에서 느끼기 시작할 정도로 이 지구상에 그것이 없다고 생각할 수 없게 되었다. 그들은 어떻게 아직도 다른 사람과 마주 서 있을 수 있는가! 사람들이 이미 그들로부터 떠나버렸음에도 불구하고, 그러니까 이미 오래전부터 더 이상 아무것도 잡을 것이 없는데도 말이다. 그들은 어떻게 주저앉지 않는가, 어떻게 넘어지지 않고, 오히려 여전히, 멀리서이긴 하지만, 설득하는 눈빛으로 사람을 바라보는가! 게다가 그들의 수단이란 언제나 똑같은 것이었다. 그들은 우리들 앞에 그들이 할 수 있는 한 널찍하게 자리를 잡고, 우리들이 가려고 애쓰는 곳으로부터 우리들을 돌려놓으려고 노력했으며, 그 대신 우리들에게 그들 자신이 염두에 두고 있던 방 하나를 마련해주었다. 또한 쌓인 감정이 우리들 마음속에 마침내 우뚝 일어나게 되면, 그들은 그것을 포용으로 받아들여 그 안에 먼저 얼굴을 파묻으며 몸을 던져오는 것이었다.

그러나 이러한 오래된 우스꽝스런 짓들을 나는 이번에는 그렇게 오랫동안 함께 있고 나서야 깨달았다. 나는 수치심을 없애기 위해 내 손가락 끝을 부서질 정도로 비벼댔다.

그러나 나의 상대편 남자는 여전히 조금 전과 마찬가지로 기대어, 아직도 자신을 사기꾼으로 생각하고 있었으며, 자신의 운명에 대한 만족감이 그의 드러난 볼을 발갛게 물들였다.

"다 알았어요!"라고 나는 말하고 가볍게 그의 어깨를 두드려주었다. 그러고 나서 나는 서둘러 층계를 올라갔고, 위층 대기실에 있는 하인들의 이유 없이 충직한 얼굴들은 마치 하나의 멋지고 놀라운 일처럼 나를 기쁘게 했다. 그들이 나의 외투를 벗기고 부츠의 먼지를 터는 동안, 나는 그들 모두를 차례대로 쳐다보았다. 숨을 내쉬면서 그리고 몸을 쭉 편 채 나는 홀 안으로 들어갔다.

갑작스러운 산책

Der plötzliche Spaziergang

저녁때 집에 머물러 있기로 최종적으로 결심한 것처럼 느껴져, 집에서 입는 옷을 입고, 저녁 식사 후에는 책상에 불을 켜고 앉아서 이런 일이나 저런 놀이를—이것이 끝난 후에는 습관적으로 자러 간다—시작한다면, 밖은 음울한 날씨여서 집에 머물러 있는 것이 당연하다고 생각된다면, 이제는 꽤 오랫동안 책상에 머물러 있어서 외출한다는 것이 당연히 놀라움을 불러일으킬 것이 분명하다면, 층계도 이미 어두워졌고 대문도 잠겨 있다면, 그리고 이런 모든 것에도 불구하고 갑작스러운 불쾌감 속에서 벌떡 일어나 상의를 갈아입고 곧장 외출복 차림으로 외출해야만 한다는 것을 설명하고는 짧은 작별 후에 외출하면서 거실 문을 닫는 속도에 따라 다소간의 불쾌감을 뒤에 남겨놓게 된다고 생각한다면, 골목길에서 다시 정신을 차리고 이 전혀 예기치 않았던 자유에 특별히 민첩하게 답하고 있는 온몸으로—그는 온몸에 이 자유를 마련해준 것이다—깨어난다면, 이 한 가지 결심을 통해서 모든 결심의 능력이 내부에 집중되었다고 느낀다면, 가장 급격한 변화를 쉽게 일으키고 그것을 견디어내고 싶어 하는 욕구보다는 오히려 그럴 수 있는 힘을 자신이 가지고 있다는 것을 평상시보다 큰 의미를 가지고 인식하게 된다면, 그리고 그 긴 골목길을 걸어 나간다면—그렇다면 그는 이날 저녁 가족으로부터 완전히 벗어나게 되고, 가족은 흔들거리며 비실체 속으로 떨어지게 되며, 반면에 그는 스스로, 아주 확고하게, 자신의 진정한 모습을 향해 허벅지 뒤를 치면서 아찔할 정도로 일어서게 된다.

만약 이 늦은 밤 시간에 어떤 사람이 자기 친구가 어떻게 지내는지 보기 위해서 그를 방문한다면, 이 모든 것은 더욱 강렬해질 것이다.

결심

Entschlüsse

비참한 상태로부터 몸을 일으키기 위해서는, 원하는 에너지를 가지고 있으면 수월할 것이다. 나는 안락의자에서 몸을 일으켜, 테이블 주위를 돌아다니고, 머리와 목을 움직이고, 눈을 빛내며, 눈언저리 근육을 긴장시킨다. 모든 감정을 억제할 것이다. A가 지금 온다면 그에게 열렬하게 인사하고, 내 방에서는 B에게 인내심을 가지고 친절하게 대할 것이며, C의 집에서는 고통스럽고 수고스럽더라도 숨을 길게 내쉬면서 거기서 이야기되는 모든 것을 마음속으로 삼킬 것이다.

그러나 그렇게 된다 하더라도, 꼭 생기게 마련인 실수로 인하여 이 모두가, 쉬운 것도 어려운 것도 중단될 것이고, 결국 나는 다시 원상태로 되돌아가지 않으면 안 될 것이다.

그러므로 결국 모든 것을 참고 견딜 수 있는 최상의 방책이란 스스로 둔중한 덩어리처럼 행동하고, 그래도 날아갈 것 같은 느낌이 들 때에는 불필요한 걸음은 한 발자국도 떼지 말며, 다른 사람을 짐승의 눈길로 바라보고, 결코 후회를 느끼지 말며, 요컨대 인생에서 아직 유령과 같은 존재로 남아 있는 것은 자신의 손으로 억눌러버릴 것이며, 다시 말해서 무덤 속의 최후의 안식을 더욱 늘리고, 그 이외에는 어느 것도 더 이상 존속시키지 않는 것뿐이다.

그러한 상태의 특징적인 행동은, 새끼손가락으로 눈썹 위를 쓰다듬는 것이다.

산으로의 소풍

Der Ausflug ins Gebirge

"모르겠다." 하고 나는 소리 없이 부르짖었다. "정말 모르겠다. 만약 아무도 오지 않는다면, 그러면 물론 아무도 안 오는 것이지. 나는 어느 누구에게도 나쁜 짓을 하지 않았고, 아무도 나에게 나쁜 짓을 하지 않았다. 그러나 아무도 나를 도와주려 하지 않는다. 이 세상의 어느 누구도. 그러나 꼭 그런 것은 아니다. 아무도 나를 돕지 않는다는 것만을 제외하면―그렇지 않다면 착한 사람이 정말 아무도 없을 테니까. 나는 전혀 아무도 아닌 무리와 함께 정말 기꺼이―왜 안 그렇겠는가?―소풍을 갈 것이다. 물론 산으로, 그러지 않고 어디로 가겠는가? 이 아무도 아닌 자들이 서로 밀어대며 북적거리는 모습이라니, 엇갈려 내뻗고 팔짱을 낀 이 많은 팔들, 겨우 몇 발자국씩밖에는 떨어져 있지 않은 수많은 발들! 물론 모두가 연미복 차림이다. 그렇게 우리들은 그럭저럭 걸어가고 있고, 바람은 우리들과 우리들의 사지가 비워둔 틈새를 지나간다. 산에서는 목이 확 트인다! 우리들이 노래를 부르지 않다니 놀라운 일이다."

독신자의 불행
Das Unglück des Junggesellen

독신자로 남는다는 것은 정말 괴로운 일로 생각된다. 저녁때 사람들과 시간을 보내고 싶을 때에는 나이 든 사람으로서 위신을 지켜가며 한데 끼워줄 것을 어렵게 청해야 하고, 몸이 아프게 되면 자신의 침대 한구석에서 몇 주일씩이라도 텅 빈 방을 바라보아야 하고, 언제나 대문 앞에서 작별을 해야 할 뿐 한 번도 자신의 부인과 나란히 층계를 올라올 수 없고, 자신의 방 안에 있는 옆문들은 단지 낯선 집 안으로 통해 있을 뿐이며, 늘 한 손에는 자신의 저녁거리를 들고 집으로 와야 하고, 낯선 아이들을 놀라워하며 바라보아야 하지만, "나에겐 아이들이 하나도 없구나." 하고 줄곧 되풀이해서도 안 되며, 젊은 시절의 기억에 남아 있는 한두 독신자들을 따라 외모와 태도를 꾸며나가야 한다는 것은 정말 괴로운 일이다.

결국은 그렇게 될 것이다. 다만 오늘날이나 후에는 실제로 하나의 육신과 하나의 진짜 머리, 그러니까 손으로 치기 위한 이마를 가지고 있는 존재로 서 있다는 것을 제외하고는 말이다.

상인

Der Kaufmann

몇몇 사람들이 나를 동정하고 있을 수도 있다. 그러나 나는 조금도 그것을 느끼고 있지 않다. 나의 작은 상점 때문에 나는 걱정으로 가득 차 있다. 그 걱정으로 인해 속으로는 나의 이마와 관자놀이가 아프다. 그럼에도 나를 만족시킬 만한 전망은 보이지 않는다. 왜냐하면 나의 장사는 소규모이기 때문이다.

나는 몇 시간 전에 미리 결정을 내려야 하고, 심부름꾼의 기억력을 일깨워주어야 하고, 염려되는 실수를 미리 경고해야 되며, 그리고 한 계절에 벌써 다음 계절의 유행을 생각해내야만 하는데, 그것도 내 주변 사람들 사이에서 유행될 것이 아니고, 가까이하기 힘든 시골 주민들의 유행에 대해서 생각해야 한다.

나의 돈은 낯선 사람들이 가지고 있는 것이다. 나는 그들의 형편을 분명히 알 수가 없다. 그들이 당할지도 모르는 불행 또한 알 수 없다. 그러니 내가 어떻게 그것을 막을 수 있단 말인가! 아마도 그들은 낭비가 심해 어느 음식점에서 향연을 베풀지도 모르고, 다른 사람들은 미국으로 도피하는 길에 잠깐 이 향연에 머무를지도 모를 일이다.

이제 어느 평일 날 저녁 가게 문이 닫히고, 갑자기 내 눈앞에 내 가게의 끊임없는 용무를 위해 아무것도 할 수 없게 될 시간들을 보게 될 때면, 아침에 멀리 보내버렸던 흥분이 마치 되돌아오는 밀물처럼 내 마음속으로 밀려들어 온다. 그러나 그것은 내 안에서 참지 못하고, 아무런 목표도 없이 내 마음을 휩쓸어간다.

그런데도 나는 그러한 기분을 전혀 살리지 못하고, 그저 집으로 돌아올 수밖에 없다. 왜냐하면 나의 얼굴과 손은 더럽고 땀으로 젖어 있으며, 옷은 얼룩지고 먼지투성이이며, 머리에는 작업모를 쓰고 궤짝 못에 찢긴 장화를 신고 있기 때문이다. 그럴 때 나는 마치 물결 위를 가듯이 걸어가며, 양손의 손가락으로 딱딱 소리를 내면서 마주 오고 있는 아이들의 머리를 쓰다듬는다.

그러나 길은 너무나 짧다. 이내 나는 집에 도착해서 엘리베이터 문을 열고 들어선다.

이제 그리고 갑자기 나는 내가 홀로라는 것을 깨닫는다. 층계를 올라가야 하는 다른 사람들은 이윽고 약간 피로해져서, 급한 숨을 몰아쉬며 대문을 열러 나올 때까지 기다려야만 한다. 그러면 그들은 분노와 조급함에 대한 이유를 갖게 된다. 현관에 들어가서 모자를 걸고, 그러고는 복도를 통과하며 몇 개의 유리문 옆을 지나 자기 방으로 들어가서야 비로소 그들은 혼자가 된다.

그러나 나는 엘리베이터 안에서 곧바로 혼자가 되어, 무릎에 의지해서 좁은 거울을 들여다본다. 엘리베이터가 올라가기 시작하면 나는 이렇게 말한다.

"조용히 해요. 물러서요. 당신들은 나무 그늘로 가고 싶소? 창문의 주름진 커튼 뒤로, 아치 모양의 정자로?"

나는 화가 나서 이를 갈며 이야기하고, 계단의 난간은 우윳빛 유리창을 마치 추락하는 물처럼 미끄러져 내려간다.

"날아가시오. 내가 결코 본 적이 없는 당신들의 날개는 당신들을 시골의 골짜기로 데려다줄지도, 또는 당신들이 파리로 가고 싶어 한다면 그리로 데려다줄지도 모르오.

그렇지만 행렬들이 세 갈래 길에서 모두 나와, 서로 피하지 않고 뒤엉켜서 간다면, 그리고 그들의 마지막 줄 사이에 다시 자유로운 공간이 생기게 된다면, 창문의 전경을 즐기시오. 손수건을 흔들고, 놀라워하고, 감격하고, 지나가는 아름다운 여인들을 찬양하시오.

시냇물 위의 나무다리를 건너가고, 멱을 감고 있는 아이들에게 머리를 끄덕여주시오. 그리고 멀리 철갑함 위에 있는 수천 명의 선원들의 환호성에 놀라보시오.

오직 초라한 남자를 뒤따라가시오. 그리고 당신이 그를 출입구로 몰아넣었다면, 그를 강탈하고, 모두들 각자 자신의 호주머니에 손을 넣고서, 그가 자기가 갈 길의 잘못된 골목길로 들어서는 모습이 얼마나 비참한가를 바라보시오.

여기저기서 말을 타고 달려오는 경찰들이 말을 제어하며 당신들을 밀어낼 것이오. 그들을 내버려 두시오. 텅 빈 거리는 그들을 불행하게 만들 것이오. 나는 그것을 알고 있소. 벌써 그들은 짝을 지어 말을 타고 떠나간다. 천천히 길모퉁이를 돌아, 날아가듯 광장을 넘어서."

이제 나는 내려야 한다. 엘리베이터를 아래로 내려보내고 문의 초인종을 누른다. 그러면 소녀가 문을 열고 나는 인사를 한다.

멍하니 밖을 내다보다
Zerstreutes Hinausschaun

지금 급히 다가오는 이 봄날에 우리는 무엇을 할 것인가? 오늘 아침 하늘은 잿빛이었다. 그런데 이제 창가에 가보면, 깜짝 놀라서 창문 손잡이에 볼을 기댄다.

아래엔 분명 벌써 지고 있는 태양 빛이, 주위를 둘러보며 걷고 있는 순진한 소녀의 얼굴을 비추고 있고, 그리고 바로 연이어 그 소녀의 뒤를 급히 따라가고 있는 한 남자의 그림자가 보인다.

그리고 나서 그 남자는 벌써 지나가 버렸고, 그 어린아이의 얼굴은 아주 밝다.

집으로 가는 길

Der Nachhauseweg

뇌우가 지난 후 대기의 확실한 힘을 보라. 나의 여러 가지 공적들이 뇌리에 나타나서는 거역할 수 없도록 나를 압도해온다.

나는 행진을 한다. 그리고 나의 속도는 이 골목길 한쪽의 속도이고, 즉 이 골목길의, 이 지역의 속도이다. 나는 문 두드리는 모든 소리에, 테이블을 두드리는 소리에, 모든 축배에 관한 말에, 그들 침대에 누워 있는, 신축 건물 교각에 있는, 어두운 골목길 집 담벼락에 바싹 기대어 있는, 사창가 터키 의자에 앉아 있는 연인들 모두에게 정말 책임이 있다.

나는 나의 미래보다도 나의 과거를 더 높이 평가하지만, 양자가 다 훌륭해서 우열을 가릴 수가 없으며, 나에게 그렇게 은혜를 베풀고 있는 신의 섭리가 불공평함을 단지 탓할 따름이다.

방에 들어오면서 나는 조금 생각에 잠긴다. 그렇다고 층계를 올라오는 동안에 무언가 숙고할 만한 것이 있었던 것도 아니다. 창을 활짝 여는 일도 그리고 어느 정원에서인가 아직 음악이 연주되고 있는 것도 나에겐 별로 도움이 되지 않는다.

스쳐 지나가는 사람들

Die Vorüberlaufenden

밤에 골목길을 산책하고 있을 때, 멀리에서부터 한 남자가 보였고—그럴 수밖에 없는 것이 내 앞의 골목길은 오르막길이었고 마침 보름달이 떠 있었기 때문이다—우리 쪽으로 달려올 때, 비록 그가 약하거나 누더기를 입고 있더라도, 누군가 그를 쫓아와 소리를 지르더라도, 우리는 그를 붙잡지 않고, 그가 가도록 내버려 둘 것이다.

왜냐하면 마침 밤이고, 그리고 우리 앞 골목길이 보름달 속에 오르막길이었기 때문이고, 거기다가 아마도 이 두 사람은 그들 대화에 열중해 있기 때문일지도 모른다. 아마 두 사람이 제삼자를 쫓고 있기 때문일지도 모르며, 첫 번째 사람이 죄 없이 쫓길지도 모르며, 두 번째 사람이 살인을 하려는 의도일지도 모르며, 그렇게 되면 우리는 살인 공범이 될지도 모른다. 아마도 그 두 사람은 서로에 대해 아무것도 모를지도 모르며, 그래서 단지 각자 자신의 침대를 향해 달리고 있는지도 모르며, 아마도 그들은 몽유병 환자일지도 모르며, 첫 번째 사람은 무기를 가지고 있을지도 모른다.

피곤해해서는 안 되는데도, 기어코 우리는 그렇게도 많은 포도주를 마시지 않았던가. 두 번째 사람마저 더 이상 보이지 않게 되자 우리는 즐거웠다.

승객
Der Fahrgast

    나는 전차 승강장 위에 서 있다. 이 세계에서, 이 도시에서, 나의 가족에게서 나의 처지를 되돌아볼 때 나는 정말 불확실하다. 더군다나 내가 어떤 방향에서든 정당하게 주장할 수 있는 요구에 어떤 것들이 있을지, 나는 임시로라도 말할 수가 없을 것이다. 나는 내가 이 승강장 위에 서서, 고리에 의지하고 있는 것도, 전차에 몸을 내맡긴 채로 서 있는 것도, 사람들이 전차를 피하거나 혹은 조용히 가거나 혹은 진열장 앞에 멈추어 서든 간에 어쩔 수가 없다─물론 어느 누구도 나에게서 그것을 요구하지는 않는다. 하지만 그것은 아무래도 상관이 없다.

    전차가 정류장으로 다가온다. 한 소녀가 내리려고 계단 가까이에 선다. 마치 그녀는 내가 만져보기라도 한 것처럼 그렇게 확실하게 보인다. 그녀는 검은 옷을 입고 있었는데, 치마의 주름은 거의 움직이지 않았다. 블라우스는 몸에 꽉 끼고 작은 그물 모양의 흰 레이스로 된 칼라를 달고 있다. 그녀는 왼손을 평평하게 벽에 대고 있고, 오른손에 쥔 우산은 두 번째 계단 위에 놓여 있다. 그녀의 얼굴은 갈색이며, 양편으로 약간 눌린 듯한 코의 끝은 둥글고 넓적하다. 그녀는 숱이 많은 갈색 머리를 가지고 있고, 오른쪽 관자놀이에는 잔머리털이 바람에 나부낀다. 그녀의 작은 귀는 바짝 붙어 있다. 그러나 나는 가까이 서 있었기 때문에 오른쪽 귓바퀴의 뒷면 전체와 귀뿌리의 음영을 본다.

당시 나는 이렇게 자문했다. 어떻게 그녀는 자기 자신에 대해서 의아하게 생각하지 않을 수 있으며, 입을 다물고 전혀 그와 같은 것을 아무것도 말하지 않을 수 있는가?

옷
Kleider

종종 나는 다양한 주름과 접힌 주름살 그리고 여러 가지 장식이 달린 옷이 아름다운 몸에 보기 좋게 감겨 있는 경우를 보게 될 때면, 그것들이 오랫동안 이렇게 있지는 않겠지, 구김살이 생겨 더 이상 똑바로 펴지지 않고 먼지가 묻어 장식품 깊이 박혀 털지도 못하겠지, 하고 생각한다. 그리고 날마다 똑같은 값비싼 옷을 아침에 걸쳤다가 저녁에 벗고 하는, 그렇게 서글프고 어리석은 짓을 하는 사람은 없을 것이라고 생각한다.

그러나 나는 정말 아름답고 그리고 여러 가지 매력적인 근육과 관절을 지니고 있으며, 팽팽한 살갗과 가느다란 머릿결을 지닌 소녀를 본다. 그것도 날마다 이렇듯 자연스러운 무도회 드레스를 입고서 나타나며, 언제나 똑같은 손바닥에 똑같은 얼굴을 대고 자기의 손거울에 비춰 보고 있는 그녀를 본다.

단지 저녁 늦게 그녀들이 축제로부터 돌아올 때면 이따금 그들은 거울 속에서 이제 낡아빠지고, 부풀어 오르고, 먼지투성이가 된, 모든 사람들에게 보여졌으니 이제 거의 더 이상 입을 수 없게 되어버린 옷을 보게 될 것이다.

거부

Die Abweisung

내가 어떤 아름다운 소녀를 만나서 그녀에게 "함께 가지 않겠니?" 하고 청했는데도 그녀가 무심코 지나쳐버린다면, 그녀는 이렇게 생각하고 있는 것이다.

"당신은 명성이 자자한 공작도 아니고, 인디언과 같은 체격에 수평으로 붙은 눈, 잔디밭 공기와 그것을 관통해 흐르는 시냇물 공기로 마사지한 피부를 지니고 있는 미국인도 아니며, 당신은 내가 어디에 있는지도 잘 모르는 거대한 대양을 여행해본 적도 없지요. 그러니까 어여쁜 소녀인 내가 무엇 때문에 당신과 함께 가야 된다고 생각하세요?"

"당신은 잊고 있어요. 당신은 거리를 달리는 자동차에 앉아 있지도 않고, 꼭 맞는 옷을 입고서 당신을 추종하는 무리도 보이지 않아요. 당신을 위해 축복의 말을 중얼대며 정확한 반원을 그리면서 당신의 뒤를 따르는 자들 말이에요. 당신의 가슴은 코르셋으로 알맞게 감싸여 있지만 당신의 다리나 허리는 모든 절제를 보충해주고도 남아요. 당신은 지난 가을에 우리 모두를 즐겁게 해주었듯이, 주름 잡힌 호박단 옷을 입고 있군요. 하지만 당신은 —이렇듯 생명에 위험한 것을 몸에 걸친 채— 때때로 미소를 짓고 있다니."

"그래요. 우리는 둘 다 옳아요. 우리가 그런 것을 너무 잘 알게 되어 어찌할 수 없는 처지가 되지 않도록, 정말 각자 홀로 집으로 가는 것이 더 낫겠어요."

남자 기수들을 위한 숙고
Zum Nachdenken für Herrenreiter

곰곰이 생각해보면, 경마에서 일 위가 되고자 할 하등의 이유가 없다.

한 지방의 일등 기수로서 인정받는 영예는 오케스트라가 시작될 때처럼 너무 기뻐서 다음 날 아침에도 아무 후회 없을 정도의 일이다.

교활하고 상당히 영향력이 있는 경쟁자들의 질투심이 사람들로 좁게 빙 둘러싸여 있는 우리를 고통스럽게 한다. 우리는 그 사이를 뚫고 수평선 주변에 작게 몇 트랙을 앞질러 달리고 있는 기수들 사이에 난 텅 빈 평지를 향하여 달려간다.

많은 우리 친구들은 서둘러 이익금을 찾으면서 멀리 떨어져 있는 창구로부터 어깨 너머로 우리에게 환호를 보낸다. 하지만 가장 좋은 친구들은 우리들 말에 결코 건 적이 없는데, 그 이유는 내기에 잃고서 우리들을 원망하게 되지나 않을까 두려워하기 때문이다. 그러나 우리들 말이 일 위를 해서 그들이 돈을 하나도 벌지 못하고 우리가 옆을 지나칠 때면, 그들은 몸을 돌려 오히려 관람석을 죽 쳐다본다.

안장에 찰싹 붙은 채 뒤로 쳐진 경쟁자들은 그가 당한 불행을, 그리고 자신들에게 어떻든 부과된 과실을 알아보고자 노력한다. 그들은 마치 앞의 경기는 어린아이 장난이었고, 이번에 시작되는 경기야말로 진정한 경기인 양 활기찬 모습을 보인다.

많은 부인들에게 우승자는 우스꽝스럽게 보이는데, 그 이유는 그가 뽐내면서도 계속되는 악수 세례, 축하, 눈앞의 인사와 그리고 멀리 인사를 보내는 일에 어찌할 바를 모르기 때문이다. 그런가 하면 패자들은 입을 다문 채 대부분 흥흥대고 있는 말들의 목덜미를 가볍게 토닥거리고 있다.

마침내 찌푸린 하늘에선 비가 내리기 시작한다.

골목길로 난 창
Das Gassenfenster

　고독하게 혼자 살면서도 때로는 어디엔가 관계를 갖고 싶어 하는 자, 하루 시간의 변화나 날씨의 변화, 직업 관계의 변화 또는 그와 같은 것들을 참작해서 그저 매달릴 수 있는 어떤 팔이라도 보고 싶어 하는 자는 골목길로 난 창문 없이는 도저히 오래 견디어내지 못할 것이다. 그는 전혀 아무것도 구하지 않고 단지 피곤에 지쳐 군중과 하늘 사이, 위아래로 눈길을 돌리고, 창문 난간으로 다가가 아무런 의욕도 없이 머리를 약간 뒤로 젖히고 있으면, 어느덧 아래로 지나가는 말이 뒤에 거느리고 오는 마차와 소음이 마침내 그를 인간적인 유대감으로 끌어들인다.

인디언이 되고 싶은 마음

Wunsch, Indianer zu werden

진짜 인디언이라면, 달리는 말에 서슴없이 올라타고, 비스듬히 공기를 가르며, 진동하는 땅 위에서 이따금씩 짧게 전율을 느낄 수 있다면, 마침내는 박차도 없는 박차를 내던질 때까지, 마침내는 고삐 없는 말고삐를 내던질 때까지, 그리하여 앞에 보이는 땅이라곤 매끈하게 다듬어진 광야뿐일 때까지, 벌써 말 목덜미도 말 머리도 없이.

나무들

Die Bäume

우리는 눈 속의 나뭇등걸과도 같기 때문이다. 겉으로 보기에 그것들은 미끄러질 듯 놓여 있는 것 같아서 살짝만 밀어도 밀어내버릴 수 있을 것만 같다. 아니, 그럴 수는 없다. 그것들은 땅바닥에 단단하게 결합되어 있기 때문이다. 그러나 보라. 그것마저도 다만 겉으로 그렇게 보일 뿐이다.

불행

Unglücklichsein

이미 견딜 수 없게 되어 — 어느 십일월 저녁이었다 — 좁다란 내 방 양탄자 위를 경주 트랙에서처럼 내달려, 불들이 켜진 골목길 모습에 놀라 다시 몸을 돌려, 방 내부에서, 거울 바닥에서 새로운 목표를 발견하고, 그리고 소리를 지르지만 외치는 소리만 들릴 뿐 아무런 응답도 없고, 외치는 힘에 비해 아무런 대가도 없이, 상응되는 균형도 없이 외치기만 할 뿐 중지할 줄을 모르고 있을 때, 그가 막 침묵하는 순간 바로 벽으로부터 문이 열렸다. 그것도 아주 빨리. 하기야 신속함을 필요로 하였으니까. 그리고 저 아래 포장한 도로 위의 마차에 매어놓은 말조차 전쟁에서 거칠어진 말처럼 목구멍을 드러내놓은 채 몸을 솟구치고 있었으니까.

작은 유령처럼 한 아이가 아직까지도 불이 켜 있지 않은 캄캄한 복도에서 나와, 알아차릴 수 없게 조용히 흔들리고 있는 마루 바닥재 위에 발끝으로 서 있다. 방 안의 어스름한 빛 때문에 눈이 부시어 급히 양손에 얼굴을 묻으려 했으나, 문득 창으로 눈길을 돌리고는 안심하였다. 십자 모양의 창문 앞에는 거리의 불빛이 안개처럼 떠올라 마침내 어둠 속에 잠겨 있었다. 열린 문 앞에서 오른쪽 발꿈치로 벽에 기댄 채 밖에서 불어오는 바람이 발의 관절과 목덜미와 관자놀이를 따라 스쳐 지나가게 내버려 두었다.

나는 잠시 밖을 내다보다가 "안녕하세요."라고 말하곤 난로 차열판에 걸린 저고리를 집어 들었다. 그것은 반벌거숭이인 채로 거기에 서 있고 싶지 않았기 때문이었다. 잠시 동안 나는 입을 벌리고 있었는데, 그것은 나의 흥분이 입을 통해 사라지도록 하기 위함이었다. 내 마음속에는 불쾌한 침이 돌았고, 얼굴에선 눈썹이 떨렸다. 요컨대 그렇게나 기다리던 방문객은 오지 않았다.

그 아이는 여전히 벽 옆 똑같은 자리에 서 있었다. 아이는 오른쪽 손을 벽에 꼭 대고 붉은 뺨을 한 채 하얗게 칠한 거친 벽에 손가락 끝을 부비는 일에 열중하고 있었다. 나는 말했다. "정말 나에게 오려는 중이었나요? 틀림없겠지요? 이런 큰 집에서는 실수하기 십상이지요. 나는 사 층에 살고 있는 이러저러한 사람입니다. 그래도 당신이 찾아오신 건 바로 저인가요?"

"조용히, 조용히." 그 아이가 어깨 너머로 말을 던졌다. "모든 게 틀림없어요."

"그러시면 아주 방으로 들어오세요. 문을 닫고 싶은데요."

"문은 지금 막 내가 닫았어요. 그대로 계세요. 아무런 걱정도 마시고요."

"그런 말씀 마세요. 이 복도에는 많은 사람들이 살고 있는데, 모두들 물론 내가 잘 아는 사람들이지요. 대부분이 지금 일자리에서 돌아오고 있어요. 방에서 말소리가 들리면 무슨 일이 일어났나 문을 열고 들여다보는 것을 당연한 일인 양 믿고 있는 사람들이지요. 그런 겁니다. 그들은 하루 일과를 마치고 온 거예요. 일시적으로 얻은 저녁의 자유 시간을 어느 누구에게 맡기려 하겠습니까! 더군다나 그런 일이라면 당신도 잘 알 거예요. 문을 닫아도 될까요?"

"네, 도대체 어떻게 된 거지요? 무슨 일이지요? 온 집 안 사람이 몰려와도 전 괜찮습니다. 그리고 다시 말씀드립니다마는 문은 이미 내가 닫았습니다. 정말이지 당신만이 문을 닫을 수 있다고 생각하세요? 나는 더군다나 자물쇠로 꼭 잠가버렸습니다."

"그렇다면 됐어요. 그 이상 바라지도 않아요. 자물쇠로까지 잠글 필요는 없었는데요. 하여간 들어오셨으니 마음 편히 하시지요. 당신은 나의 손님이십니다. 나를 믿어주세요. 불안해하실 건 아무것도 없으니 마음 놓고 계십시오. 나는 당신을 억지로 붙들지도 않고 쫓아 보내지도 않을 겁니다. 그런 말까지 해야 되겠습니까? 그렇게도 날 모르십니까?"

"천만에요. 사실 그런 말씀은 하실 필요가 없었습니다. 오히려 그런 말씀을 하시지 않았어야 되는 건데요. 나는 아이입니다. 왜 그렇게 나에 대해서 여러 가지로 마음을 쓰십니까?"

"그리 마음 상하진 마세요. 물론 당신은 아이입니다만 그렇게 어리지는 않습니다. 당신은 이미 어른입니다. 만일 당신이 소녀였다면, 이렇게 아무렇게나 나와 한 방에 틀어박혀 있지는 못할 것입니다."

"그 점에 대해서는 걱정하실 필요 없습니다. 내가 여쭙고 싶었던 것은 이렇습니다. 내가 당신을 잘 알고 있다는 것만으로는 완전히 안심할 수가 없습니다. 다만 나에게 거짓말을 하는 수고만은 당신이 하지 않으셔도 됩니다. 그럼에도 당신은 나에게 겉치레를 하십니다. 그런 일은 그만두세요. 제발 그만두시라니까요. 나는 당신을 어디서나 언제나 이 어둠 속에서도 알고 있는 것은 아닙니다. 불을 켜는 것이 훨씬 좋겠어요. 아니 역시 켜지 않는 것이 낫겠어요. 하지만 당신이 나를 협박하셨다는 것을 언제나 느낄 것입니다."

"무어라고요? 당신을 협박했다고요? 제발 그런 말씀 마세요. 나는 당신이 여기에 마침내 오신 것을 이렇게 기뻐하고 있어요. 내가 '마침내'라고 말하는 이유는 당신이 그렇게 늦게 오셨기 때문입니다. 왜 당신이 그렇게 늦게 오셨는지 나는 잘 모르겠습니다. 하기야 내가 기쁜 나머지 횡설수설했을 수도 있고, 그것을 당신이 액면 그대로 받아들였을 수도 있습니다. 내가 그렇게 말했을 것이라는 것을 열 번이라도 인정합니다. 그렇군요. 당신이 의도한 대로 나는 당신을 협박한 셈이군요 ― 하지만 제발 부탁이니 다투지는 맙시다 ― 그런데 어떻게 해서 당신이 그러한 것을 믿게 되었는지? 어떻게 해서 당신은 내 기분을 상하게 할 수 있었을까요? 어째서 당신은 애써 당신이 체류하는 짧은 시간을 망치려 하십니까? 아무리 낯선 사람이라도 당신보다는 친절할 거예요."

"하긴 그렇겠지요. 그런 것은 하등 새로운 진리는 아닐 겁니다. 낯선 사람마저 당신을 흔쾌히 받아들일 정도로 나는 원래 당신과는 가깝습니다. 그런데 어쩐 일로 슬퍼하시나요. 희극을 연출하겠다는 말씀이십니까? 그렇다면 나는 당장이라도 나가렵니다."

"그래요? 그렇게까지 당신은 말씀하시는군요? 당신은 조금은 대담하시군요. 어쨌든 결국 당신은 내 방에 계십니다. 당신은 당신의 손가락들을 미친 듯이 벽에다 문지르고 계십니다. 나의 방, 나의 벽. 더군다나 당신이 말씀하시는 것은 우스꽝스러워요. 뻔뻔스러운 것만은 아닙니다. 당신 말씀은 당신의 본성이 이러한 방식으로 나와 이야기하도록 강요한단 말이지요. 사실이에요? 당신의 본성이 당신을 강요한다는 말이지요? 참 훌륭한 본성이십니다. 당신의 본성은 나의 본성이며, 내가 원래 당신에게 친절하게 대할진대 당신도 그렇게 할 도리밖에는 없을 텐데요."

"그게 친절한 것입니까?"

"나는 전에 있었던 일에 관하여 말하는 것입니다."

"당신은 내가 뒤에 어떻게 될 것인지 알고 계십니까?"

"나는 아무것도 모릅니다."

이렇게 말하고 나는 침대 옆 책상으로 가서 그 위에 촛불을 켰다. 그 시절 나의 방에는 가스도 전깃불도 없었다. 그러고는 얼마간 책상 옆에 앉았으나 그것도 싫증이 나서 외투를 입고, 긴 의자에서 모자를 들고 그리고 촛불을 불어 껐다. 나가다가 나는 안락의자의 다리에 걸렸다.

충계에서 나는 같은 층에 세 들어 사는 한 사람을 만났다.

"당신은 또 나가십니까? 당신은 부랑자이군요?"라고 두 개의 계단 위로 다리를 벌린 채 휴식을 취하면서 그는 물었다.

"어떻게 해야 할까요?" 나는 말했다. "지금 나는 방에서 유령을 보았어요."

"마치 수프 속에서 머리카락이라도 발견한 것처럼 그렇게 불쾌하게 말하시는군요."

"농담이지요. 하지만 아시다시피 유령은 역시 유령이거든요."

"정말 그래요. 그렇지만 유령 같은 것을 전혀 믿지 않는다면 어떻게 하지요?"

"그거야 내가 유령을 믿고 있다고 생각하십니까? 그렇지만 믿지 않는다고 해도 무슨 소용이 있겠습니까?"

"아주 간단합니다. 실제로 유령이 나타나더라도 더 이상 불안해하실 필요가 없습니다."

"네, 그렇지만 그건 이차적인 불안입니다. 본래의 불안은 유령이 나타나는 원인에 대한 불안입니다. 그리고 이러한 불안은 가시질 않습니다. 그러한 불안을 나는 지금 굉장히 많이 가지고 있어요."

나는 신경질이 나서 나의 호주머니를 전부 뒤졌다.

"그러나 당신은 유령이 나타나는 것 자체를 전혀 두려워하지 않기 때문에, 그 불안의 원인에 대해 조용히 물어볼 수 있었을 것입니다."

"분명 당신은 아직까지 한 번도 유령과 이야기를 나눠본 적이 없으시군요. 그들로부터는 결코 분명한 정보를 얻을 수가 없어요. 그것은 갈피를 잡을 수가 없어요. 이 유령들은 자신들의 존재에 대해서 우리들 이상으로 의혹을 가지고 있는 것 같습니다. 그것도 그들의 불확실한 근거를 생각하면 이상할 것도 없지요."

"그러나 내가 들은 바로는 유령을 기를 수도 있다는데요."

"잘 아셨습니다. 할 수 있어요. 그러나 누가 그런 짓을 하겠습니까?"

"왜 안 하겠어요. 이를테면 만약 그것이 여자 유령이라면 말입니다."라고 말하고는 그는 뛰어서 윗계단으로 올라갔다.

"아하 그렇군요. 하지만 그것도 보장할 수는 없지요."라고 나는 말했다.

나는 곰곰이 생각했다. 내 친구는 벌써 멀리 올라가 버려서 나를 보려면, 층계의 둥근 천장에서 굽어보아야만 했다. "그렇지만 말입니다." 나는 외쳤다. "당신이 그 위 유령을 내쫓는다면, 그땐 우리 사이는 끝장입니다. 영원히."

"그러나 그것은 단지 농담일 뿐이었지요." 그렇게 말하고 그는 머리를 움츠렸다.

"그렇다면 좋아요." 이렇게 나는 말했다. 이제 진정으로 조용히 산책을 할 수 있을 것 같았다. 그러나 나는 완전히 외톨이가 된 기분이어서 차라리 위로 올라가 누워 잠을 잤다.

선고
Das Urteil

　화창한 봄날 어느 일요일 오전이었다. 젊은 상인 게오르크 벤데만은 강을 따라 한 줄로 죽 늘어서 있는, 나지막하고 날림으로 지은 주택들 중 한 채의 이 층 자기 방에 앉아 있었는데, 그 집들은 단지 높이와 색깔만이 조금씩 다를 뿐이었다. 그는 외국에 있는, 어릴 적 친구에게 막 편지를 다 쓰고 나서 그것을 장난하듯 천천히 봉한 다음, 팔꿈치를 책상에 괴고 창 너머로 강과 다리와 푸르스름한 빛으로 덮인 건너편 둑 언덕을 바라보았다.

　그는 이 친구가 고향에서의 출세에 불만을 품고 몇 년 전 단호하게 러시아로 도망치듯 가버렸던 일을 생각해보았다. 이제 그는 페테르부르크에서 사업을 하고 있었다. 고향을 찾는 일이 점점 뜸해졌는데, 그때마다 그가 한탄하듯이, 처음에는 잘 풀리던 그의 사업이 오래전부터 부진한 듯 보였다. 그러니까 그 친구는 낯선 곳에서 헛되이 고생만 하고 있는 셈이다. 온통 얼굴에 난 별난 모양의 수염이 어린 시절부터 낯익은 얼굴을 흉하게 덮었고, 누르스름한 안색 때문에 무슨 병에라도 걸린 것 같았다. 스스로가 말하듯이 그는 그곳 교민 사회와 이렇다 할 접촉이 없었고, 고향의 친지들과도 거의 사교적인 교류가 없었으며, 결국에는 영구적인 독신 생활에 적응해가고 있었다.

　분명 역경에 빠져 있어 동정이 가지만 아무런 도울 길이 없는 이런 사람에게 어떻게 편지를 쓸 수 있겠는가. 다시 고향에 돌아와 생활터를 이리로 옮기고, 옛 친구들과의 관계를 되살리고—
이를 위해선 아무런 장애도 없었다—그 밖에 친구들의 도움에
기대를 걸어보라는 등의 조언을 해야 하지 않을까. 하지만 남을
보살펴줄수록 남을 더욱 괴롭게 되는 경우가 있는 것처럼 이
런 조언을 한다는 것은 지금까지의 노력들이 실패했으니 그런
일에서 이제 손을 떼고 귀향해서 남들이 놀란 눈으로 그를 영구
귀향자로 쳐다보게 하라는 말과 같지 않은가. 이런 점은 친구들
만이 이해할 수 있는데, 그것은 그가 성공을 거둔 고향 친구들을
무조건 따라야 할 철부지 인간이라는 얘기밖에 안 된다. 그렇다
면 그에게 주는 갖은 고통이 무슨 보람이라도 있는 게 확실할까?
아마도 그를 귀향하게 하는 일 자체가 성립될 수 없을지 모른다.
고향의 제반 사정을 이젠 알 수 없노라고 그 스스로 말하지 않았
던가. 그러니까 형편이 그렇더라도 그는 외국에 계속 머무를 것
인데, 괜스레 조언을 하여 기분만 상하게 하고 친구들과는 한층
더 멀어지게만 할 것이다. 그가 정작 조언을 받아들여 여기에 온
다고 해도, 물론 의도적인 일 때문이 아니더라도 실제 형편에 따
라 그는 기가 꺾여 친구들과 어울리지도 못하고, 또 그들 없이는
옴짝달싹도 못하고, 그래서 치욕을 느낄 뿐, 끝내는 고향도 친구
도 없는 신세가 될지도 모른다. 그럴 바에야 현재 그대로 외국에
머물러 있는 게 그를 위해서 훨씬 나을지 모른다. 사정이 이런데
그가 여기에서 무슨 성공을 거두리라고 예상할 수 있을까?

　이런 이유로 게오르크는 편지 연락을 계속하는 것이 꺼려지고,
아주 멀리 떨어져 있는 친지에게도 주저 없이 보낼 수 있는 그런
소식조차도 전할 수 없었다. 그 친구는 삼 년이 넘도록 고향에 오
지 않았는데, 이를 그 친구 자신은 러시아의 불안한 정치 사정과

연관시키며 궁색한 변명을 늘어놓았었다. 지금 수많은 러시아인들이 세계를 유유히 돌아다니는데도 친구의 설명에 따르면 그곳의 정치 상황 때문에 소상인조차 잠시 동안도 자리를 비울 수 없다는 것이었다. 그 삼 년 동안 게오르크에게는 많은 변화가 있었다. 이 년 전 무렵 어머니가 돌아가셨고, 그 이후로 게오르크는 늙으신 아버지와 한집 살림을 하고 있었다. 이것에 대해 친구가 소식을 들었음인지 편지로 문상까지 했는데, 그 내용이 여간 딱딱하지 않았다. 타지에선 그런 일에 대한 슬픔이 전혀 느껴지지 않기 때문에 그랬던 것 같다. 한편 그때 이후로 게오르크는 다른 것도 그랬지만 자기 사업을 굳은 결심으로 해나갔다. 아마도 어머니가 살아 계실 때에는 아버지가 사업에서 자기주장만을 관철시켰기 때문에, 게오르크가 실질적인 자기활동을 하는 데 방해를 받은 것 같다. 어머니가 돌아가신 이후 아버지는 여전히 사업을 하고 있긴 해도 소극적으로 행동하시는 것 같다. 아마도 뜻밖의 행운이 ─ 이런 일은 언제나 있을 법한 일인데 ─ 다른 것보다 훨씬 더 중요한 작용을 했을 것인데, 어떻든 지난 두 해 동안 사업이 예상외로 번창했다. 사원을 두 배로 늘려야 했고, 매상은 다섯 배로 증가했으며, 지속적인 발전을 의심할 여지가 없다.

그러나 친구는 이 같은 변화에 대해선 상상도 못할 것이다. 전에, 그러니까 그 문상 편지에선가 마지막으로 그 친구는 게오르크에게 러시아로 이주할 것을 설득하려 했고, 페테르부르크에 게오르크 분점을 설치할 경우에 생길 전망 등을 자세하게 알려준바 있다. 그가 언급했던 이윤은 게오르크의 사업이 현재 벌고 있는 이윤 규모에 비하면 너무나 미미한 것이었다. 그러나 게오르크로서는 자기 사업상의 성공에 관해서 친구에게 글을 쓸 생각이 전혀 없었다. 지금 뒤늦게 그런 짓을 한다면 정말로 이상하게 보일 것이다.

그래서 게오르크는 친구에게 보내는 편지에 조용한 일요일 같은 날 생각에 잠기노라면 기억 속에 두서없이 떠오르는 그런 대수롭지 않은 일들만을 쓰는 데 그쳤다. 친구가 그 사이 오랫동안 염두에 두고 있으면서 그런대로 괜찮게 생각하고 있는 고향의 모습을 게오르크는 훼손하지 않고 그냥 놔두고 싶을 뿐이었다. 따라서 게오르크는 어떤 대수롭지 않은 남자가 어떤 대수롭지 않은 처녀와 약혼을 했다는 이야기를 꽤나 오랜 간격을 두고 보낸 세 차례의 편지에서 매번 친구에게 알렸는데, 마침내는 친구가 게오르크의 의도와는 달리 이 색다른 일에 관심을 갖기 시작한 것이다.

그러나 게오르크는 바로 자기 자신이 유복한 가정의 딸인 프리다 브란덴펠트 양과 한 달 전에 약혼을 했다는 사실을 실토하는 대신 그런 식으로 친구에게 글을 썼다. 가끔 그는 자기 약혼녀에게 그 친구에 관한 이야기를 하면서, 그 친구에게 편지를 쓸 때 자기는 특별한 입장에 있게 된다는 것도 아울러 말했다. "그렇지만 나는 당신 친구들을 모두 알아둘 권리가 있어요." "나는 그를 막으려는 것은 아니야." 게오르크가 대답했다. "오해 말아. 그는 아마 올 거야. 내 생각으론 그래. 하지만 그는 강요당하고 모욕당한 느낌일 거야. 아마 날 부러워하고 불만스러워할 텐데, 그 불만을 제거하지도 못한 채 결국 혼자 되돌아갈 거야. 혼자서 말이야. 무슨 말인지 알아듣겠어?" "네, 그렇지만 우리 결혼에 대해서 그분이 다른 방도로는 알 수 없을까요?" "그것을 내가 막을 수는 없지만, 그의 생활 방식으로 보아 그건 있을 수 없는 일이야." "게오르크, 당신이 그런 친구를 갖고 있다면 아예 약혼을 하지 않는 편이 좋을 뻔했어요." "그래, 그건 우리 두 사람의 죄야. 그렇지만 난 지금도 그걸 무르고 싶은 생각은 없어." 그녀가 그의 키스를 받고 숨을 가쁘게 쉬면서, "그래도 사실은 기분이 나빠요."라고 말하자, 게오르크는 친구에게 모든 것을 써 보내는 것이 정작 위험하지는 않으리라고 생각했다. '나는 이런 사람이니까, 그가 나를 이런 사람으로 받아들여야 해.' 그는 중얼거렸다. '친구와의 우정을 위해 내 자신으로부터 현재의 나보다 더 적합한 인간을 만들어 낼 수는 없어.'

실제로 그는 이번 일요일 오전에 쓴 긴 편지에서 자신이 약혼했다는 사실을 다음과 같은 말로 친구에게 알렸다. '제일 좋은 소식을 끝까지 숨겨왔다네. 나는 프리다 브란델펠트라는 아가씨와 약혼을 했다네. 유복한 가정의 처녀인데, 그 집은 자네가 떠나고 한참 후에 이곳으로 이주했으니까 자네는 알 수가 없을 거야. 다른 기회에 내 약혼녀에 관해 더 자세한 이야기를 하게 될 걸세. 오늘은 다만 내가 꽤나 행복하다는 것과 우리의 관계에서는 자네가 이젠 나를 평범한 친구가 아니라 행복한 친구로 보게 됐다는 점만 달라졌다는 것을 알리고 싶네. 그 밖에 내 약혼녀는 자네와 허물없는 친구가 될 걸세. 그건 자네 같은 독신자에게 대수롭지 않은 일은 아닐 거야. 지금 그녀가 자네에게 안부를 전하고 있으며, 다음번엔 그녀 자신이 자네에게 직접 편지를 쓸 걸세. 여러 가지 일들 때문에 이곳을 방문하기에 힘들 거라는 것을 알지만, 내 결혼이야말로 온갖 장애를 물리치고 자네를 그곳에서 떠나게 하는 절호의 기회가 아닐는지. 그렇지만 내 말에는 개의치 말고 자네 뜻대로 행동하기 바라네.'

이런 내용의 편지를 손에 든 채 게오르크는 창을 바라보면서 오랫동안 책상에 앉아 있었다. 한 아는 사람이 길을 지나가다가 인사를 했지만, 그는 건성으로조차 미소를 보내지 않았다.

마침내 그는 편지를 주머니에 넣고 자기 방을 나와 작은 복도를 가로질러 몇 달째 들어가 본 적이 없는 아버지의 방으로 들어섰다. 실은 그렇게까지 찾아 들어갈 필요는 없었다. 아버지와는 상점에서 늘 마주치니까 말이다. 게다가 두 사람은 똑같은 시간에 똑같은 식당에서 점심 식사를 하고, 저녁에는 각자 임의대로 시간을 보내긴 해도, 게오르크가 친구들과 함께 있거나 혹은 약혼녀를 방문하거나―이건 흔히 있는 일이다―하지 않을 때면 대개 두 사람은 잠시 거실에 앉아서 각자 신문을 보곤 했다. 맑은 날인데도 아버지의 방이 너무 어두운 것에 대해 게오르크는 놀랐다. 좁은 마당 건너편에 세워진 높다란 담이 그늘을 던지고 있는 탓이었다. 방 한쪽 구석에는 돌아가신 어머니를 위한 여러 가지 기념물이 꾸며져 있었는데, 아버지는 거기 창가에 앉아 신문을 읽고 있었다. 그는 자기의 약한 시력에 맞추기 위해 신문을 눈앞에 비스듬히 들고 있었다. 책상 위에는 아침 식사 때 남긴 것이 놓여 있었는데, 별로 많이 드신 것 같지 않았다.

"아, 게오르크구나!" 하고 아버지는 곧 그에게 다가왔다. 걸을 때 그의 묵직한 잠옷이 펼쳐졌고, 그 자락이 그의 둘레에 나부꼈다. '아버님은 여전히 거인이시구나.'라고 게오르크는 중얼거렸다.

"여긴 지독히 어둡군요." 그가 말했다.

"그래, 사실 어둡긴 하지." 아버지가 말했다.

"창문을 닫으셨나 보죠?"

"난 닫는 게 더 좋단다."

"바깥은 아주 따스해요." 앞서 얘기에 열중하는 듯이 게오르크는 이렇게 말하고 자리에 앉았다.

아버지는 아침 식사 그릇을 치워 상자 위에다 놓았다.

"사실 제가 말씀드리려는 것은," 늙은 아버지의 거동을 멍하니 바라보면서 게오르크는 이렇게 말을 꺼냈다. "페테르부르크에 내 약혼을 알린다는 얘기예요." 그는 편지를 주머니에서 약간 꺼냈다가 다시 집어넣었다.

"페테르부르크에다?" 아버지가 물었다.

"제 친구에게 말입니다." 하고 게오르크는 아버지의 눈치를 살폈다. 아버지가 상점에서와는 달리 여기선 몸을 쭉 펴고 팔짱을 끼고 앉아 있지 않은가, 라고 그는 생각했다.

"음, 네 친구에게 말이냐." 아버지가 힘주어 말했다.

"제가 처음엔 제 약혼에 대해서 아무 말도 하지 않으려고 했다는 건 아버지도 아실 거예요. 그건 단지 염려하는 마음에서였지 다른 이유는 없었어요. 아시다시피 그 친구는 까다로운 사람이니까요. 그가 고독한 생활을 하니까 다른 사람을 통해 내 약혼에 대해 알게 되기란 거의 불가능하겠지만, 그래도 혹시 그러지 않을까—그렇게 되는 거야 제가 어쩔 수 없지요—생각했던 겁니다. 하지만 그래도 그에게 직접 알리진 않으려고 했지요."

"그런데 이제 와서 생각이 달라졌단 말이지?" 이렇게 물으면서 아버지는 큼직한 신문을 창문턱에 놓고 신문 위에다 안경을 놓더니 손으로 다시 안경을 가렸다.

"네, 이제는 생각을 바꾸었어요. 그가 나의 절친한 친구라면 나의 행복한 약혼은 그에게도 경사라고 생각돼요. 그래서 그에게 그걸 알리는 것을 주저하지 않게 됐어요. 그렇지만 편지를 우체통에 넣기 전에 아버님께 사연을 말씀드리는 거지요."

"게오르크," 하고 아버지는 이가 없는 입을 크게 벌렸다. "들어봐. 너 그 일 때문에 나에게 상의하러 왔단 말이지. 그건 물론 칭찬할 일이야. 그렇지만 네가 지금 진실을 숨김없이 말하지 않는다면 그건 아무것도 아니다. 아니지, 불쾌할 뿐이지. 난 문제 이외의 일은 건드리지 않겠어. 네 착한 어머니가 세상을 떠난 뒤에 좋지 않은 일들이 일어났어. 아마도 그런 일에 대해서도 말할 때가 오겠지. 우리가 생각하는 것보다도 더 일찍 올는지도 모르지. 상점에서 내가 모르는 일들이 있어. 그런 일들은 내게 숨겨지지야 않을 테지. 지금 나로서는 그런 일들이 내게 숨겨진다고 가정할 생각은 전혀 없단다. 난 이제 기력도 왕성하지 않고 기억력도 감퇴해서 많은 일들에 일일이 눈을 돌릴 수가 없단다. 이렇게 된 것은 첫째로는 나이 탓이지. 둘째로는 네 어머니의 죽음이 타격을 주었기 때문이야. 그 타격은 네게보다도 나에게 훨씬 더 컸단다. 그런데 그 사연에 대해, 그 편지에 대해 말을 하겠는데, 제발 부탁하지만 날 속이지 말아라. 너 정말 페테르부르크에 그런 친구가 있기나 하니?"

게오르크는 당황해서 일어섰다. "제게 친구들이 있다고 쳐요. 수천 명이라도 아버지를 대신할 순 없습니다. 제 말을 아시겠어요? 아버지께서는 몸을 충분히 돌보지 않으십니다. 그렇지만 나이를 무시할 수는 없어요. 잘 아시는 바와 같이 상점에서 저는 아버지가 없어서는 안 됩니다. 하지만 상점이 아버지 건강에 위협이 된다면 저는 내일이라도 그것을 영영 닫아버리겠어요. 그래서는 안 됩니다. 우리는 아버지를 위해 다른 생활 방법을 택해야 합니다. 근본적으로 달라져야 합니다. 아버지는 여기 컴컴한 곳에

50

앉아 계시는데, 거실에 계신다면 햇볕을 보게 되지요. 아침 식사는 제대로 잡수시지도 않고 드는 둥 마는 둥 하십니다. 그리고 닫혀 있는 창가에 앉아 계시는데 아버지께는 맑은 공기가 이롭습니다. 안 되겠어요, 아버지! 의사를 부르겠어요. 의사의 지시를 따르십시오. 방을 바꾸도록 하지요. 아버지가 앞방으로 옮기시고 제가 이 방으로 오지요. 아버지한테는 변화가 없도록 해드리겠습니다. 모든 걸 저한테 옮겨놓을 테니까요. 그렇지만 그런 일은 나중에 하기로 하고 지금은 좀 누워 계셔야 해요. 아버지는 지금 절대로 안정이 필요하십니다. 자, 제가 옷을 벗으시는 것을 거들어드리지요. 제가 할 수 있으니까 한번 보세요. 아니면 지금 당장 앞방으로 가시렵니까. 그러시다면 잠시 침대에 누워 계시면 되죠. 그게 정말 좋을 것 같군요."

게오르크는 아버지 곁으로 바짝 다가갔다. 아버지는 백발이 흐트러진 머리를 가슴 위로 수그리고 있었다.

"게오르크야." 가만히 앉은 채로 아버지가 나직하게 말했다. 게오르크는 곧 아버지 곁에 무릎을 꿇고 앉았다. 그는 아버지의 지친 얼굴에서 눈동자가 눈언저리까지 가득 차도록 커져 자기를 노려보는 것을 보았다.

"넌 페테르부르크에 친구가 없어. 넌 늘 농담을 잘하더니만 나한테까지 그러는구나. 하필 거기에 친구가 있겠느냐! 도무지 믿을 수가 없구나."

"아버지, 잘 생각해보세요" 하고 게오르크가 아버지를 의자에서 일으키자 아버지는 무척 힘없이 서 있었다. 그는 아버지의 잠옷을 벗겨드렸다. "제 친구가 우리 집에 다녀간 지가 곧 삼 년이 됩니다. 제 기억으로는 아버지께서 그를 특별하게 좋아하시지는 않았어요. 그가 내 방에 와 있었는데도 두 번이나 아버지에게 그가 없다고 말씀드렸어요. 아버지가 그를 싫어하시는 걸 전 잘 이해할 수 있었어요. 제 친구는 개성이 강합니다. 그렇지만 나중에 아버지는 그와 이야기를 잘 하셨어요. 그때 아버지는 그의 말을 귀담아들으면서 고개를 끄덕이고 질문까지 하셔서 저는 여간 흐뭇하지 않았어요. 잘 생각하면 기억나실 겁니다. 그때 그는 러시아 혁명에 대해 믿어지지 않는 얘기를 했지요. 예컨대 그가 사업차 키예프에 갔을 때 폭동이 일어났는데, 한 신부가 발코니에 서서 자기 손바닥에 칼로 십자를 새겨 그 손을 쳐들며 군중들에게 호소하는 광경을 보았다는 얘기를 했지요. 후에 아버지 스스로가 이 얘기를 가끔 되풀이하곤 하셨지요."

그러는 동안 게오르크는 아버지를 다시 앉히고 리넨 팬티 위에 입은 트리코 천의 바지와 양말을 조심조심 벗길 수 있었다. 별로 깨끗하지 못한 내의를 보자 그는 아버지를 소홀히 했다는 가책을 받았다. 아버지가 내의를 갈아입도록 신경을 쓰는 것이 분명 자기 의무인 것 같았다. 아버지를 장차 어떻게 모실 것인가에 대해서는 아직 자기 약혼녀와 별도로 말한 것이 없었다. 그들은 아버지가 혼자 옛날 집에 남아 계실 것이라고 은연중에 예상하고 있었기 때문이었다. 그러나 지금 그는 자기네 새 가정에 아버지를 모셔야 되겠다고 단연 결심했다. 자세히 살펴보니 아버지께 해드려야 할 보살핌이 너무 늦지 않았나 싶었다.

그는 양팔로 아버지를 안아 침대로 옮겼다. 몇 발자국 침대로 걸어가는 동안 그는 자기 가슴에 달린 시곗줄을 아버지가 만지작거리는 것을 보고 무서운 느낌이 들었다. 아버지가 시곗줄을 어찌나 꼭 잡고 있는지 침대에다 아버지를 곧바로 눕힐 수가 없었다.

아버지가 침대에 눕자 모든 게 잘된 것 같았다. 그는 손수 이불을 덮었는데 어깨 너머까지 이불을 끌어당겼다. 그는 게오르크를 정다운 눈으로 쳐다보았다.

"그에 대해 기억이 나시지요, 그렇죠?" 게오르크가 물으면서 기운을 북돋워주려고 고개를 끄덕였다.

"이불이 잘 덮였느냐?" 발이 잘 덮였는지 살펴볼 수 없다는 듯이 아버지가 이렇게 물었다.

"침대에 누우시니까 기분이 좋으시죠." 하고 게오르크는 이불을 더 잘 덮어주었다.

"잘 덮였느냐?" 아버지가 또다시 이렇게 물었는데, 대답에 대해 각별히 신경을 쓰는 것 같았다.

"걱정 마세요. 잘 덮였으니까요."

"아니야!" 아버지는 자기 질문에 대한 대답에서 충격을 받은 듯이 이렇게 소리를 치면서 이불을 약간 날아갈 정도로 힘차게 걷어차고 침대에 꼿꼿이 섰다. 다만 한쪽 손을 가볍게 천장에 대고 있었다. "이놈아, 네가 날 덮으려고 한다는 걸 알고 있어. 하지만 난 덮여지질 않아. 마지막 힘이긴 하지만 너 정도 해치우기에는 충분해. 해치우고도 남지. 난 네 친구를 잘 알아. 그가 내 마음의 아들이나 다름없어. 그런 까닭에 넌 그를 여러 해 동안 속여온 거야. 다른 이유는 없지? 내가 그를 위해 울지 않았다고 생각하느냐? 그런 까닭에 넌 네 사무실에 처박혀 있었던 거야. 사장이 지금 업무가 바쁘니 아무도 들어와서는 안 된다고 말을 하지만, 실은 러시아로 거짓 편지를 쓰느라고 하는 수작이지. 다행히 아버지는 아들의 마음을 꿰뚫어 보는 법을 누구에게도 배울 필요가 없다는 거야. 넌 그를 제압한 것으로 믿고 있지. 네 궁둥이로 그를 깔고 앉을 정도로 그를 제압했다고 말이야. 사실 그는 꼼짝도 안 하고 있어. 내 아들이 결혼할 결심을 했는데도 말이야!"

게오르크는 자기 아버지의 흉악스러운 모습을 쳐다보았다. 아버지가 갑자기 페테르부르크의 친구를 그렇게 잘 안다니까 그 친구가 전에 없이 게오르크의 마음을 사로잡았다. 그는 친구가 낭패를 당한 채 넓고 넓은 러시아 땅에 있는 것을 상상했다. 약탈당한 텅 빈 상점 문가에 서 있는 그를 보았다. 파괴된 선반, 갈기갈기 찢긴 상품, 떨어지고 있는 가스등의 갓, 이런 것들 사이에 그가 서 있었다. 왜 그는 그다지도 멀리 떠나야만 했을까!

"날 좀 보자꾸나." 아버지가 이렇게 소리치자 게오르크는 모든 것을 알아내려고 얼빠진 사람처럼 침대로 달려갔다. 그러나 도중에서 걸음을 멈추었다.

"그년이 치마를 들어 올렸기 때문에," 아버지가 부드럽게 말을 시작했다. "그 지긋지긋한 년이 치마를 들어 올렸기 때문에," 그것을 묘사하느라고, 그가 셔츠를 치켜올렸기 때문에 전쟁 때 입은 넓적다리 흉터가 보였다. "그년이 치마를 이렇게, 그리고 이렇게 치켜올렸기 때문에 넌 그년에게 달라붙은 거야. 넌 남의 방해 없이 혼자서 그년과 재미를 보려고 돌아가신 어머니를 생각하는 마음을 더럽히고, 친구를 배반하고, 네 아버지를 꼼짝 못하도록 침대에 처박아두었지. 하지만 이 아비가 움직일 수 있는 거냐 없는 거냐?" 그리고 그는 기댄 곳 없이 서서 두 다리를 쭉 폈다. 그는 다 알고 있다는 듯이 희색이 만면했다.

아버지에게서 될 수 있는 대로 멀리 떨어져 있으려고 게오르크는 방 한쪽 구석에 서 있었다. 조금 전에 그는 우회 길에서든 뒤쪽에서든 위쪽에서든 일체 기습당하지 않도록 모든 것을 빈틈없이 잘 관찰해야겠다고 굳게 결심한 것이었다. 감쪽같이 잊었던 그 결심이 이제 다시 생각났지만, 짧은 실오라기를 바늘구멍으로 빼는 때처럼 금방 그것을 잊었다.

"그렇지만 그 친구는 배반당하지 않았어!" 이렇게 외친 아버지는 집게손가락을 흔들면서 자기 말을 더욱 굳혔다. "난 이곳에서 그의 대리인으로 있는 거야."

"코미디언 같군요!" 게오르크는 이렇게 외치고 말았다. 곧 그는 실수했다는 느낌이 들어—너무 늦긴 했지만—눈을 부릅뜬 채 혀를 깨물었는데, 너무나 아파서 몸이 구부러질 지경이었다.

"그래, 물론 나는 코미디를 한 거야. 코미디 말이다. 좋은 말이야. 늙은 홀아비인 이 아비한테 무슨 다른 위안거리가 있겠느냐. 말해보려무나. 내 물음에 대답하는 순간이라도 내 진짜 아들이 되어다오. 못된 점원들에게 시달려 뼛속까지 늙어버리고 뒷방 신세가 된 나한테 남아 있는 게 무엇이겠니? 내 아들은 환호를 지르며 세상을 돌아다니고 내가 착수한 사업들을 마무리하고 기뻐 날뛰다가도 자기 아비 앞에 와서는 정직한 사람처럼 무뚝뚝한 표정을 짓다니. 널 낳은 내가 너를 사랑하지 않았다고 생각하느냐?"

이젠 고꾸라질 거야, 라고 게오르크는 생각했다. 넘어져서 부서지라지! 이 말이 그의 뇌리를 스쳐 지났다.

아버지는 고꾸라지긴 했지만 넘어지지는 않았다. 게오르크가 다가가자 예상한 대로 아버지는 다시 몸을 일으켰다.

"거기 그대로 있어. 난 네가 필요 없어. 넌 이리로 올 만한 힘이 있다고 생각하면서도 더 오고 싶지 않기 때문에 멈칫하고 있는 거야. 착각하지 마라. 아직 내가 훨씬 더 강하니까. 나 혼자라면 아마 물러나야 했는지도 모르지. 그렇지만 네 어머니가 내게 이렇게 힘을 주었고, 난 네 친구하고는 멋지게 뭉쳐 있으며, 네 고객의 명단을 여기 호주머니에 갖고 있어."

'내복에도 주머니가 있구나.'라고 게오르크는 혼잣말을 했다. 그는 아버지가 그 같은 말을 해가면서 세상에서 그를 매장시킬지도 모른다는 생각을 했다. 그러나 그런 생각을 한 것은 한순간뿐이었고, 이내 그런 건 다 잊고 있었다.

"네 신부를 달고 나한테 나타나기만 해봐라. 네 곁에 못 있게 쫓아버릴 테니. 어떻게 하는지 두고 보면 알아." 그것이 믿어지지 않는다는 듯이 게오르크는 얼굴을 찡그렸다. 아버지는 자기가 한 말이 사실이라고 단언하듯이 게오르크가 서 있는 구석 쪽을 쳐다보면서 고개를 끄덕였다.

"오늘 네가 와서, '친구에게 약혼에 대해 알릴까요?' 하고 물었을 때 난 얼마나 재미났는지 몰라. 그는 다 알고 있어, 이 바보 같은 아이야. 그는 알고 있단 말이야. 내가 그에게 편지를 했으니까. 그는 몇 년째 오지 않고 있어도 모든 걸 너보다 수백 배나 더 잘 알고 있어. 그는 네 편지는 읽지도 않은 채 왼손에 구겨 쥐고 내 편지는 읽으려고 오른손에 들고 있는 거야."

아버지는 신이 나서 한쪽 팔을 머리 위로 흔들었다.

"그는 모든 걸 천 배나 더 잘 알고 있어." 그가 소리쳤다.

"만 배나 더요." 아버지를 비웃느라고 게오르크가 이렇게 말했지만, 그의 입속에서 그 말은 너무나 진지하게 울렸다.

"몇 년 전부터 나는 네가 이런 문제를 들고 오지 않나 지켜보고 있었지. 넌 내가 다른 것에 신경을 쓰고 있는지 알았겠지? 내가 신문을 읽는 줄 알았니? 자!" 그는 침대 속에 갖고 들어간 신문지한 장을 게오르크에게 내던졌다. 낡은 신문으로 그 신문 이름은 게오르크가 전혀 모르는 것이었다.

"네가 이렇게 철이 들기까지 무척 오랫동안 기다렸다. 어머니는 세상을 떠날 수밖에 없었다. 이런 기쁜 날을 보지도 못하고. 친구는 러시아에서 망해가고 있지. 삼 년 전에 그는 이미 폐인이나 다름없었어. 그리고 내가 어떤 신세인지는 네 눈으로 보고 아는 일이다. 넌 그런 것을 잘 보잖아."

"그러니까 아버지는 저를 염탐하신 거고요." 게오르크가 소리쳤다.

불쌍하다는 듯이 아버지가 건성으로 다음과 같이 말했다. "그런 것을 넌 진작부터 말하고 싶었을 거야. 지금은 그런 말이 어울리지 않아."

그러더니 더 큰 소리로 말했다. "넌 이제 너 이외에도 무엇이 있는지 알았을 게다. 지금까지 넌 너밖에 몰랐지. 정확히 말하면 넌 순진한 아이였지. 하지만 더 정확히 말하면 넌 악마 같은 인간이었어. 그러니까 알아둬. 나는 지금 너에게 빠져 죽을 것을 선고한다."

게오르크는 쫓기듯이 방을 나왔다. 그의 귓전에는 아버지가 뒤에서 침대 위로 쓰러지는 소리가 울렸다. 층계에서 그는 계단을 마치 경사진 평면을 가듯이 달리다가 하녀와 부딪쳤다. 아침 청소를 하려고 올라가던 참이었던 하녀는 "맙소사!"라고 소리치면서 앞치마로 얼굴을 가렸지만, 그는 이미 사라지고 없었다. 그는 문을 뛰쳐나와 차도를 지나 강으로 달려갔다. 그는 굶주린 자가 음식물을 움켜잡듯이 난간을 꽉 잡았다. 소년 시절에는 부모가 자랑스러워하는 뛰어난 체조 선수였던 그는 그때와 같은 체조 솜씨로 난간을 훌쩍 뛰어넘었다. 점점 힘이 빠져가는 손으로 아직 난간을 잡고 있는 그는 난간 기둥 사이로 자기가 물에 떨어지는 소리를 쉽사리 들리지 않게 해줄 것 같은 버스를 보면서 "부모님, 전 항상 부모님을 사랑했습니다."라고 나지막이 외치면서 떨어졌다.

그 순간 다리 위에는 정말 교통 왕래가 끊이지 않고 있었다.

화부

Der Heizer

열여섯 살인 카알 로스만은 가난한 양친에 의해 미국으로 보내졌는데, 하녀가 그를 유혹해서 아이를 갖게 된 것 때문이었다. 그가 탄 배가 속력을 늦추어 뉴욕항에 천천히 들어서자 그가 오래전부터 바라보고 있던 자유의 여신상이 갑자기 강렬해진 햇볕 속에 돋보이는 듯 보였다. 칼을 든 그녀의 팔은 새롭게 높이 솟아올라 있었는데, 그녀의 입상 주위로 한가롭게 바람이 불고 있었다.

"꽤 높은걸!" 그는 이렇게 중얼거리면서 그 자리를 떠나려고 하지 않았으므로, 그 옆을 지나가던 화물 운반인들의 수는 점점 늘어났다. 그리하여 그는 차츰 갑판의 난간까지 밀려나게 되었다.

항해하던 중에 잠시 사귄 젊은이가 지나가면서 "여보세요, 당신, 배에서 내리지 않을 작정이오?"라고 말했다. "난 준비가 다 됐어요." 그에게 미소를 지어 보이면서 카알이 말했다. 그는 강한 젊은이였기 때문에 자기 가방을 어깨 위로 뻗쩍 힘차게 들어 올렸다. 그러나 카알은 낯익은 사람이 단장을 가볍게 흔들면서 다른 사람들과 멀리 사라져가는 모습을 지켜보다가, 문득 아래층 선실에 우산을 두고 왔다는 것을 깨닫고 깜짝 놀랐다. 그는, 그다지 달가워하지 않는 그 아는 사람에게 얼른 자기 가방을 잠깐만 맡아달라고 부탁하고 나서, 돌아올 때 길을 잃어버리지 않도록 주변을 다시 확인한 다음 자리를 떴다. 그러나 막상 아래로 내려가 보니 지름길은 벌써 막혀 있었다. 아마 모든 승객들의 하선과 관계가 있는 모양이었다. 그리하여 그는 수많은 작은 공간을 지나, 서로 끊임없이 잇닿아 있는 짧은 계단을 건너, 계속해서 굽어 있는 복도를 통과하고, 책상밖에 없는 빈방을 거쳐 힘들게 길을 찾으려 했으나 끝내 완전히 길을 잃고 말았다. 그는 한두 번 여러 사람들과 어울려 그 길을 간 적이 있었을 뿐이었으므로 그럴 만도 했다. 그는 어디로 가야 할지 방향을 잡을 수가 없었다. 사람 하나 만날 수가 없고, 머리 위로 많은 사람들의 구두 소리만 계속해서 들리고, 멀리서부터 숨소리처럼 시동을 멈춘 기관의 마지막 작동 소리가 들려왔다. 그는 사방을 이리저리 헤매던 끝에 우연히 부딪히게 된 작은 문을 두드리기 시작했다.

"문은 열려 있습니다."

안에서 누군가가 큰 소리로 외쳤다. 카알은 그제서야 안도의 숨을 내쉬며 문을 열었다.

"왜 미친 사람처럼 그렇게 문을 두드리는 거요?"

허우대가 큰 한 남자가 카알을 쳐다보면서 물었다. 위쪽 어디엔가에 나 있는 채광창을 통해 이미 배 위에서 바랜 흐릿한 빛이 초라한 선실 안을 비추고 있었다. 그 선실 안에는 침대와 옷장과 의자와 그 남자가 흡사 갇혀 있기라도 한 듯 나란히 꼭 붙어 서 있었다.

"길을 잘못 들었어요." 카알이 말했다.

"항해할 때는 몰랐는데 이제 보니 굉장히 크군요."

"그렇소. 굉장히 크지요." 사나이는 자랑스럽다는 듯이 말하면서 조그마한 가방 위의 자물통을 만지작거리고 있었다. 그는 자물통이 걸리는 소리를 들으려고 두 손으로 연방 가방을 누르면서

"좌우간 들어와요."라고 말을 이었다. "서 있는 것도 안 좋으니까."

"혹시 방해가 되지 않을까요?" 카알이 물었다.

"천만에요. 방해가 되다니…… 원 별말씀을……."

"선생님은 독일 사람인가요?" 하고 카알은 물었다. 미국으로 이민 오는 사람은 특히 아일랜드 사람에게 봉변을 당하지 않도록 조심하라는 말을 많이 들어온 터라, 이를 확인하기 위해서였다.

"그렇소." 하고 사나이가 말하였지만, 카알은 여전히 망설이고 있었다. 그러자 사나이가 얼른 문의 손잡이를 힘껏 잡아당겼으므로, 카알은 문에 밀려 방 안으로 들어왔다.

"복도에서 사람들이 들여다보는 꼴은 참을 수가 없단 말이야."

사나이는 이렇게 말하고는 다시 가방을 만지작거렸다.

"누가 지나가면서 으레 한 번씩은 들여다본단 말이야. 그러니 그런 꼴을 참을 수 있는 사람이 몇이나 되겠어. 열에 하나 꼴이나 될까……."

"그렇지만 복도에는 아무도 안 보이는데요." 카알은 이렇게 말했지만, 침대 옆에 끼어 거북하게 서 있었다.

"그렇지, 지금은." 하고 사나이는 말했다.

'그러나 지금이 문제가 아닌가.' 카알은 마음속으로 혼자 생각했다. '이 사람하곤 이야기하긴 어렵겠는데.'

"침대에서 좀 쉬지 그래요. 자리는 널찍하니까." 하고 사나이가 말했다. 카알은 요령껏 기어서 침대 속으로 들어갔다. 처음에 해 보려다가 실패한 것이 우습게 생각되어 킥킥 웃었다. 카알은 침대 속에 들어가자 곧 큰 소리로 말하였다.

"아차, 가방을 깜빡 잊었군!"

"어디다 두었는데요?"

"갑판 위에 두고 왔어요. 아는 사람이 지켜주겠다고 했는데. 그 사람 이름이 뭐더라?" 그는 그가 떠날 때 어머니가 양복 윗저고리 안에 달아준 비밀 주머니를 더듬어 명함 한 장을 꺼냈다.

"부터바움, 프란츠 부터바움."

"그 가방은 꼭 필요한 건가요?"

"물론이죠."

"왜 그런 소중한 물건을 모르는 사람에게 맡겼어요?"

"우산을 아래에 두고 왔는데, 그 무거운 가방을 끌고 내려갈 수가 있어야지요. 그러다가 여기서 길을 잃어버리고 말았지 뭐예요."

"혼자서 여행하는 건가요? 동행하는 사람이 없나요?"

"네, 혼자예요."

'이 사람은 믿을 수 있을 것 같다. 당장 더 좋은 친구를 발견할 수 없는 처지이니.' 카알은 이렇게 생각했다.

"그럼 가방은 잃어버린 거나 마찬가지군요. 우산은 고사하고 말입니다."

사나이는 그제서야 카알의 일에 어느 정도 관심을 갖게 되었다는 듯이 의자에 걸터앉았다.

"나는 그렇게 생각하지 않아요."

"믿는 자에게 복이 있나니." 하고 사나이는 말하면서 짧게 깎은 검은 머리를 긁적거렸다.

"배를 타고 다니면 항구에 닿을 때마다 풍습이 다른 법이지요. 함부르크에서는 그 부터바움이란 사나이가 당신의 가방을 간수해주었을지 모르지만, 이곳에서는 가방도 사람도 분명히 사라져버렸을 것입니다."

"그렇다면 갑판 위로 빨리 올라가봐야겠군요." 카알은 밖으로 나가기 위해 주위를 둘러보았다.

"여기 그냥 있어요." 사나이는 한 손으로 그를 왈칵 떠밀어 침대 위에 다시 눕혔다.

"왜 그래요." 카알은 화를 내면서 이렇게 물었다.

"헛수고만 해요. 잠시 후에 나도 나갈 참이니 같이 갑시다. 가방을 이미 도난당했으면 할 수 없고, 만일 그자가 거기 가방을 놓고 갔다면 배가 텅 빈 다음에 찾는 것이 차라리 나을 거요. 우산도 그렇고."

"당신은 이 배의 내부를 잘 알고 있나요?" 카알은 의아스러운 목소리로 물었다. 그는 배가 텅 비게 되면 자기 물건을 쉽사리 찾을 수 있을 것이라고 믿었던 평소의 확신도 이제는 흔들리는 것 같았다.

"나는 이 배의 화부요." 하고 사나이가 말했다.

"화부라구요?" 카알은 전혀 예상 밖이라는 듯이 기뻐서 큰 소리로 외치고는, 팔꿈치를 괴고 그 사나이를 바라보았다.

"제가 슬로바키아 사람과 함께 있었던 선실 앞에는 창문 하나가 있었는데, 그 창문으로 기관실을 들여다볼 수가 있었어요."

"그래요? 나는 그곳에서 일한 적이 있었소." 하고 화부가 말했다.

"나는 기술에 흥미가 있어요." 카알은 생각에 잠기면서 말했다. "미국으로 오지 않게 되었더라면 기술자가 되었을 거예요."

"왜 미국으로 와야 했소?"

"그건……" 하고 말하고는 카알은 손짓으로 그 이야기를 중단해버렸다. 그러나 빙긋이 웃으면서 화부를 바라보며 당장은 말할 수 없으니 양해하라는 듯한 표정을 지었다.

"물론 까닭이 있겠지요." 화부는 이렇게 말했다. 그것은 이유를 말하라는 요구인지, 아예 이야기를 하지 말라는 뜻인지 알 수 없었다.

"나도 화부가 되었으면 해요. 양친은 내가 어떤 일을 하든지 관심이 없어요." 하고 카알이 말했다.

"내 자리가 비게 될 텐데."라고 화부는 자기 말의 효과를 충분히 의식하면서, 두 손을 바지 호주머니에 넣고 가죽으로 된 무쇳빛 주름진 바짓가랑이를 침대 위로 쭉 폈다. 카알은 할 수 없이 벽 쪽으로 밀려났다.

"배에서 아주 떠나는 건가요?"

"그렇소. 우리는 오늘 떠난다오."

"왜요, 마음에 들지 않아서 그러나요?"

"여러 가지 사정이 있지요. 마음에 들고 안 들고에 따라 결정될 성질의 것이 아니거든요. 하긴 당신 말대로 마음에 들지 않는 것도 사실이오. 당신도 진심으로 화부가 되려는 건 아니지 않소. 누구든지 생각만 있으면 화부쯤은 쉽사리 될 수 있는 거요. 그래서 그만두라고 권하는 겁니다. 유럽에서도 공부하고 싶어 했다면서 왜 이곳에서는 공부하려 하지 않소? 미국의 대학은 유럽의 대학에 비교할 수 없을 정도로 훌륭하다던데요."

"그럴지도 모르지요. 하지만 돈이 있어야지요. 어떤 사람의 전기를 읽은 적이 있는데, 낮에는 상점에서 일하고 밤이면 공부를 해서 박사가 되고 시장이 됐다더군요. 그렇게 하려면 참을성이 많아야 할 텐데, 나는 그것이 부족한 것 같아요. 또 나는 모범생도 아니니까 학교를 중도에서 그만두는 것쯤은 아무것도 아니지요. 미국 학교는 더욱 엄하겠지요. 나는 영어도 거의 할 줄 몰라요. 미국 사람은 대개 외국인에게 어떤 편견을 갖고 있는 것 같더군요."

"벌써 그런 것을 경험했나요? 좋습니다. 그렇다면 우리는 동지가 될 수 있겠소. 알다시피 우리는 독일 배를 타고 있지 않소. 함부르크-아메리카 항로 소속인데, 왜 선원은 전부가 독일 사람이 아닐까요? 왜 일등 기관사는 루마니아 사람일까요? 그의 이름은 슈바알이지요. 정말 믿을 수가 없어요. 그 건달 같은 녀석이 독일 배를 타고, 우리 독일 사람을 혹사시키다니 될 말이오. 안 그렇소?" 그는 숨이 차서 헐떡이며 손을 흔들었다.

"나는 불평하는 게 아니오. 그리고 당신은 힘없는 가엾은 청년이라는 것도 잘 알고 있소. 그렇지만 도대체가 너무하단 말이오." 화부는 몇 번이나 책상을 두드리면서 자기 주먹을 바라보았다.

"나는 지금까지 수많은 배에서 일해왔소." 그는 배 이름을 스무 개나 한 단어인 양 쭉 불러댔다. 카알은 머리가 어찔어찔해질 정도였다.

"그리고 나는 일을 잘한다고 표창과 칭찬도 받았고, 선장 눈에 들어 같은 배에서만 이삼 년씩이나 줄곧 일해왔었소." 그는 그 무렵이 자기 생애의 전성기였다는 듯이, 그 말을 하면서 자리에서 일어섰다.

"그렇지만 이 낡은 배는 모든 게 규율에 얽매여 재미도 취미도 없어서 있을 마음이 없소. 나는 슈바알이라는 녀석이 하는 일에 훼방만 놓았지요. 나는 게을러터져서 쫓겨나도 싼데, 선심을 쓰느라고 그러는 건지 보수를 꼬박꼬박 주고 있어요. 알아듣겠어요? 나로서는 알다가도 모를 일이지만."

"당신 같은 사람이 그런 억울한 일을 당한대서야 말이 되나요."
카알은 흥분한 어조로 말했다. 그는 불안정한 선창 위에서 벌써 미지의 대륙의 해안에 도착했다는 사실조차 거의 느끼지 못하고 있었다. 그만큼 화부의 침대는 기분이 좋았던 것이다.

"당신은 선장을 찾아가 당신의 권리를 주장한 적이 있나요?"

"뭐라고요? 나가세요. 차라리 나가버리라니까요. 당신은 내 말은 듣지도 않고 충고부터 하다니. 뭐하러 선장에게 찾아가야 한단 말이오!" 화부는 피로한 듯이 다시 걸터앉더니 두 손으로 얼굴을 가렸다.

"이보다 더 좋은 충고는 없을 텐데요." 카알은 혼잣말처럼 중얼거렸다. 그는 여기서 선불리 충고를 하다가 바보 취급을 당하느니 가방을 찾으러 가는 편이 낫겠다는 생각이 들었다.

아버지가 그에게 그 가방을 물려주면서, 그가 언제까지 그 가방을 간수하나 두고 봐야겠다고 농담 삼아 말한 적이 있었는데 이제 그 가방을 정말 잃어버리고 마는 모양이다. 한 가지 위안이 되는 일이 있다면, 비록 아버지가 알아보려 한들 아들의 지금 이런 처지를 거의 알 수 없다는 것이었다. 다만 카알이 뉴욕에 도착했다는 소식이라면, 그와 함께 여행했던 일행이 아버지에게 전해 줄 수도 있을 것이다. 그건 그렇고 카알은 가방 속의 물건을 거의 사용하지 않은 것이 원통하였다. 속옷만 하더라도 진작 갈아입었어야 했는데, 몸에 걸쳐보지도 못하고 엉뚱한 곳에서 잃어버린 것이다. 삶의 역정을 새 출발하는 마당에 옷을 깨끗하게 갈아입고 나타나야 할 텐데, 더러운 속옷을 입고 나갈 수밖에 없다. 속옷을 제외하고는 가방을 잃은 것이 그다지 큰 손해라곤 생각되지 않았다. 그가 입고 있는 옷이 가방 속에 넣은 옷보다는 훨씬 좋은 옷이기 때문이다. 가방 속의 옷은 예비복에 지나지 않는 것으로 어머니는 출발하기 전까지도 그 옷을 손질해야만 했었다. 그러고 보니 베르오나산 소시지가 가방에 들어 있다는 생각이 문득 들었다. 그것은 어머니가 특별히 선물로 싸준 것인데, 항해하는 동안에 식욕이 별로 없는데다가 삼등 선실 손님에게 제공되는 수프로도 충분하였으므로 입에 조금 대었을 뿐이었다. 만일 지금 그 소시지가 하나 있어서 화부에게 얼른 선사할 수 있다면 얼마나 좋을까 하고 생각했다. 이런 사람에게는 약간의 호의만을 베풀어도 환심을 사기 쉽기 때문이었다. 카알은 아버지한테서 그런 요령을 배워서 알고 있었다. 아버지는 장사에 관계하는 아랫사람들을 담배로 곧잘 매수하곤 했다. 그는 지금 상대방에게 선심을 쓰기에는 빠듯한 얼마간의 돈밖에 없었으나, 가방을 잃어버린 마당에 그 돈을 축낼 수는 없었다. 그리하여 그는 다시 가방에 대하여 생각해보았다. 항해할 때는 잠도 제대로 자지 못하면서 언제나 주의를 게을리하지 않고 지켜본 가방이었는데 그것을 싱겁게 잃어버려 억울하기 짝이 없었다.

그는 침대 두 개를 건너 자기 왼쪽에 자리 잡고 있었던 슬로바키아 소년을 머리에 떠올렸다. 그는 그 소년이 닷새 동안이나 자기 가방만 노려보고 있었다는 혐의를 품고 있었다. 소년은 낮에 긴 막대기를 들고 놀거나 장난을 치다가도 카알이 긴장이 풀려 잠깐 졸기라도 하면 번번이 그 막대기로 가방을 자기 쪽으로 집어 당기려고 하였다. 그는 낮에는 천진난만한 것처럼 보였지만 밤만 되면 이따금씩 침대 위에서 몸을 일으켜 서글픈 듯한 눈초리로 카알의 가방을 물끄러미 바라보곤 했다. 카알은 분명히 그것을 눈치챌 수 있었다. 배에서는 금지되어 있는 일이지만 누군가가 이따금씩 불을 켜고 이민 가는 불안감에서 이민국에서 발행한 알기 어려운 설명서를 해독해보려고 했기 때문이다. 카알은 그런 불이 가까이 있으면 잠깐 눈을 붙일 수도 있었지만, 그 불이 먼 곳에 있거나 아주 어두울 때에는 눈을 뜨고 있어야만 했다. 이와 같은 긴장감 때문에 그는 아주 지쳐버렸던 것이다. 그런데 이제 와서는 그것도 소용없게 되었다. 이 부터바움이라는 자를 다시 만나기만 하면 그냥 두지 않을 테다!

바로 그때였다. 선실 밖 먼 곳에서 지금까지 고요에 싸여 있던 적막을 뚫고 어린애 발자국 소리 같은 것이 나직하고 짧게 들려왔다. 그 소리는 점점 높아지면서 가까이 들려왔는데, 이제 보니 어른들이 조용히 행진하는 소리였다. 그들은 통로가 좁아 한 줄로 걸어왔는데 무기에서 나는 듯한 찰칵거리는 소리를 냈다. 카알이 가방과 슬로바키아 소년에 대한 걱정을 완전히 잊어버리고 침대에 팔다리를 뻗고 막 잠들려는 순간이었다. 깜짝 놀란 그는 벌떡 일어나 화부를 떠밀며 주의를 환기시키려고 했다. 그때는 행렬의 선두가 벌써 문 앞에 닿은 것으로 생각되었기 때문이었다.

"아, 저건 이 배의 음악대요. 갑판에서 연주를 하고 악기들을 챙기러 가는 길이오. 이제 다 끝난 모양이니 우리는 갈 수 있습니다." 하고 화부가 말했다. 그리고 카알의 손목을 잡고 선실에서 밖으로 나가려고 하다가 침대 위 벽에 걸린 사진틀에 끼워놓은 성모마리아의 초상화를 내려서 윗주머니에 넣었다. 그리고 자기 가방을 손에 들고는 카알과 함께 얼른 선실 밖으로 나갔다.

"이제는 사무실에 가서 그곳 귀하신 분들에게 내 의견을 말해야지. 승객이 모두 내렸으니 주의를 할 필요도 없어." 화부는 수다를 떨면서 걸어가다가 통로를 가로질러 내빼는 쥐 한 마리를 발로 걷어차서 밟아버리려고 했으나, 발에 차인 쥐는 공교롭게도 구멍 속으로 들어가 버렸다. 그의 동작은 너무 느려 아무리 긴 다리를 갖고 있다 해도 비할 데 없이 둔하였다. 그들은 조리실을 지나갔다. 거기에는 몇 명의 젊은 여자들이 앞치마를 두르고—그들은 일부러 국물을 엎질러 더럽혔다—식기를 커다란 통 속에 넣어 씻고 있었다. 화부는 린네라는 여자를 부르더니 허리를 껴안고 한참이나 걸어갔다. 그녀는 한동안 그의 팔 안에서 아양을 떨며 몸을 비비 꼬았다.

"급료를 준대. 가지 않겠어?" 하고 그는 물었다.

"뭣 때문에 일부러 가요? 돈을 타면 이리로 갖다주세요." 그녀는 그의 팔에서 빠져나와 달아났다.

"당신은 어디서 그런 미소년을 찾아냈어요?"

그녀는 도망가면서 소리를 질렀으나 상대방의 대답을 들으려는 것은 아니었다. 여자들이 하던 일을 멈추고 모두가 까르르 웃어 떠들썩해졌다. 그들은 그곳을 지나 어느 문 앞에 이르렀다. 그 문 위쪽에는 작은 박공이 달려 있었는데, 그것은 금박을 입힌 작은 여신상의 기둥으로 그 여신상을 떠받치고 있었다. 배의 설비 치고는 매우 호화판이라고 생각되었다. 카알은 이 근처에는 한 번도 온 적이 없었다는 것을 알게 되었다. 아마도 이곳은 항해하는 동안에는 일이 등 승객에게만 사용토록 허용되던 곳이었으나 배를 대청소하게 되어 칸막이 문을 터놓은 모양이었다. 그들은 벌써 여러 사람들과 마주쳤는데 모두들 어깨 위에 빗자루를 매고 있었으며, 화부에게 인사를 하며 지나갔다. 카알은 그 규모가 어마어마한 것에 놀랐다. 갑판에는 상상도 할 수 없는 엄청난 설비가 갖추어져 있었다. 몇 개의 통로를 따라 전깃줄이 통해 있고 조그마한 종이 계속해서 울려왔다.

화부는 조용히 문을 두드렸다. 방 안에서 '들어오라'는 소리가 들려오자 화부는 카알에게 두려워하지 말고 들어가라고 손짓을 하였다. 카알은 들어갔지만, 그는 입구 옆에 섰다. 그 방에 나 있는 세 개의 창문을 통하여 바닷물이 보였다. 카알은 가슴이 울렁거렸다. 닷새 동안이나 긴 항해를 하면서 한 번도 바다를 보지 못하기나 한 듯이 그는 넘실거리는 바다 물결에 몹시 흥분하였던 것이다. 큰 배들이 서로 스쳐가고 배의 무게에 따라 출렁거리는 물결에 제각기 의지하고 있었다. 눈을 가늘게 뜨고 바라보면 그 배들은 오직 그 무게로 인해 흔들거리는 듯이 보였다. 배들의 돛 대에 달린 폭이 좁고 기다란 깃발이 바람에 펄럭이고 있었다. 아마 군함에서인지 예포 소리가 들려왔다. 그다지 멀지 않은 옆을 지나가고 있는 군함에 장착된 포신은 그 덮여 있는 강판이 빛에 반사되어 번쩍거리고 가볍게 흔들리는 것처럼 보였다. 그것은 안전하고 평탄하기는 하지만 수평이 아닌 항해 때문인 것 같았다. 멀리 있는 작은 배들과 보트들은 문을 통해서만 겨우 볼 수 있었다. 작은 배들은 떼를 지어 커다란 배들 사이로 난 공간 속으로 미끄러져 들어가고 있었다. 그러나 그 모든 광경 뒤로는 뉴욕시가 서 있었고, 카알은 수십만 개의 창문이 달린 이 마천루의 도시를 바라보았다. 이런 방 안에 있으면 자기가 어디에 있는지를 잘 알 수 있을 터이다.

한 둥근 탁자에 세 신사가 앉아 있었는데, 한 사람은 푸른 제복 차림을 한 고급 승무원이고, 나머지 두 사람은 미국식 검은 제복을 입은 항만청 관리였다. 탁자 위에는 여러 가지 문서들이 수북이 쌓여 있었는데, 먼저 그 승무원이 펜을 들고 그 서류들을 훑어보고 난 다음 두 사람에게 돌리면 이들은 이 서류를 읽어보기도 하고 메모를 하기도 했다. 그리고 한 사람이 그 동료의 문서에 사인을 하지 않을 경우에는 서류를 가방 속에 챙겨 넣기도 하였다.

창 옆에 놓인 사무용 탁자에는 문을 등지고 작은 사람이 앉아 있었다. 그는 머리 높이쯤에 있는 튼튼한 선반 위에 꽂힌 커다란 장부를 살펴보고 있었다. 그리고 그의 옆에는 금고가 놓여 있었으며, 그 금고 문이 열려 있었는데, 언뜻 보기에 속이 비어 있는 것 같았다.

두 번째 창문으로는 바깥 경치가 잘 보였으나 세 번째 창문 가까이에는 두 사람의 신사가 작은 목소리로 소곤거리며 서 있었다. 한 사람은 선원 차림이었는데 창문 옆에 기대서서 칼자루를 만지작거리고 있었다. 그리고 그와 이야기를 나누고 있는 상대방은 창문을 향하여 서 있었기 때문에 그 상대방이 몸을 움직일 때마다 그의 가슴에 줄지어 달려 있는 훈장들이 조금씩 드러나 보였다. 상대방은 평복 차림을 하고 가느다란 대나무로 된 지팡이를 갖고 있었는데, 두 손을 허리에 대고 있어 그 지팡이는 마치 칼처럼 삐죽 나와 있었다.

카알은 그 모든 광경을 일일이 살펴볼 시간적 여유가 없었다. 곧 한 하인이 그들 옆으로 다가와 의아한 눈으로 화부에게 무슨 용무가 있느냐고 물었기 때문이었다. 화부는 묻는 말소리와 똑같이 나직한 소리로 회계 주임과 이야기를 하고 싶다고 하였다.

그러자 그 하인은 손을 흔들어 보이면서 자기로서는 그런 청을 거절하고 싶다는 표정을 지으면서 그 둥근 탁자를 피해 멀리 가장자리를 돌면서 커다란 장부를 정리하고 있는 신사에게로 발끝으로 조용조용히 걸어갔다. 그 신사는 놀란 얼굴로 그 하인의 말을 다 듣고 나서 자기를 만나보겠다는 화부를 향해 등을 돌렸다. 그리고 그는 처음에는 화부에게, 다음에는 신중을 기하기 위해 하인에게 손을 내저으며 물러가라고 일렀다. 하인은 얼른 화부에게로 돌아와 무엇인가 당부하는 어조로 말하였다.

"얼른 나가세요!"

그러자 화부는 고충을 털어놓을 사람은 바로 이 사람이라는 듯이 카알을 바라보았다. 카알은 무심코 그 자리를 떠나 방을 가로질러 달려갔다. 바삐 걸어가는 바람에 고급 승무원이 앉아 있는 의자에 몸이 살짝 스쳤다. 하인은 허리를 구부린 채, 마치 해충이라도 쫓고 있는 태도로 그를 붙잡으려고 두 팔을 펴고 뛰어왔으나 카알은 우선 회계 주임이 앉아 있는 탁자 옆으로 가서 하인이 그를 끌어내면 어쩌나 하고 걱정이 되는 듯이 탁자를 꼭 붙잡고 있었다.

방 안은 갑자기 활기를 띠기 시작하였다. 탁자 옆에 앉아 있던 고급 승무원이 자리에서 일어나고 항만청에서 온 관리들은 태연한 얼굴을 하고서 조심스럽게 쳐다보았다. 창 옆에 있던 두 신사가 앞으로 걸어 나왔다. 하인은 높은 분들이 관심을 가지고 있으므로 자기로서는 어떻게 할 수 없다는 듯이 뒤로 물러나 버렸다. 문 옆에 서 있던 화부는 자기의 도움이 필요하게 될 때를 긴장된 마음으로 기다리고 있었다. 이윽고 회계 주임이 안락의자에 앉은 채 오른쪽으로 빙 돌아 방향을 바꾸었다.

카알은 남들 앞에서 비밀 호주머니를 보이는 것을 조금도 개의치 않고, 호주머니에서 여권을 꺼내어 펴가지고 말없이 탁자 위에 놓았다. 그러나 회계 주임은 그 여권을 대수롭지 않게 생각하는 모양이었다. 그는 두 손가락으로 그 여권을 튕겨서 옆으로 밀어놓았던 것이다. 카알은 수속이 일단락된 것을 흐뭇하게 생각하면서 여권을 다시 호주머니 속에 접어 넣었다.

"제가 말씀드리고 싶은 것은" 하고 카알은 말문을 열었다.

"제가 보기에는 화부 어른께서 억울한 일을 당하고 있는 것 같아요. 이 배에 타고 있는 슈바알이라는 자가 이분에게 반감을 갖고 있어요. 저 화부 어른은 여태까지 많은 배에서 일해왔습니다. 그 배의 이름들을 모두 댈 수 있어요. 이분은 거기에서 만족스럽게 일해왔어요. 일에 대해 열의를 가지고 있을 뿐만 아니라 일 자체를 좋아했어요. 그런데 이 배에서는 근무하기가 별로 어렵지 않을 텐데도 무엇이 그의 기분에 맞지 않는지 알 수가 없군요. 그것은 오직 중상모략 때문이 아닌가 하는 생각이 들어요. 그 때문에 승진도 안 되고, 표창을 받을 기회도 잃어버렸어요. 그렇지 않고서야 반드시 표창을 받고도 남았을 거예요. 그의 불만에 대해서는 본인이 직접 이야기할 테지요."

카알은 자기의 이야기를 방 안에 있는 사람들이 모조리 듣도록 하려고 애썼으며, 사실 또 그 방 안 사람들은 모두 그의 말에 귀를 기울이고 있었다. 이들 가운데 한 사람쯤은 정의의 편을 들 것이라고 생각했기 때문이었다. 카알은 능청스럽게 화부와는 불과 얼마 전에 알게 된 처지라는 것을 감추었다. 그리고 처음으로 눈에 띈 대나무 지팡이를 든 신사의 상기된 얼굴을 보고 당황하지만 않았어도, 그는 한결 멋지게 말했을지도 모른다.

"이 사람 말은 모두가 사실이에요." 화부는 아직 아무도 자기에게 묻거나 처다보지 않았는데, 먼저 입을 열었다. 카알은 문득 이 배의 선장으로 보이는 훈장을 단 사나이가 화부의 청을 들어주려는 의향이 없다면 화부의 그런 성급한 말은 큰 실수라는 생각이 들었다. 그는 손을 내밀며 화부를 향해 큰 소리로 말했다.

"이리 오세요." 그 목소리는 이야기의 결말이라도 지으려는 듯이 단호하였다. 이제는 모든 것이 화부 하기에 달려 있었다. 그의 주장이 옳다는 것을 카알은 조금도 의심하지 않았던 것이다. 다행히도 이 계제에 화부가 지금까지 이 세상을 돌아다니면서 많은 경험을 얻었다는 것이 밝혀졌다. 그는 침착하게 가방 안에서 한 묶음의 서류와 수첩을 꺼내더니 회계 주임의 존재는 무시해 버리고 선장에게로 가서 그 증거품을 창틀 위에 늘어놓았다. 그러므로 회계 주임은 할 수 없이 거기까지 걸어가야만 했다.

"이 사람은 원래가 대단한 불평가지요." 하고 회계 주임은 말했다. "기관실에 있는 시간보다 회계실에 와 있는 시간이 더 많지요. 이 사람이 저 얌전한 슈바알을 자포자기로 몰아넣었어요. 내 말을 깊이 새겨듣기 바랍니다." 이어 회계 주임은 화부를 향해 말하였다.

"자네 주장은 너무나 지나친 것 같네. 자네는 지금까지 몇 번이나 회계실에서 쫓겨났나? 자네 요구가 언제나 터무니없는 탓에 그런 꼴을 당하지 않았나. 또 자네는 몇 번이나 그곳에서 회계실로 뛰어 들어왔는가? 게다가 슈바알은 그래도 자네의 직속 상관이라 부하의 입장에서 원만하게 지내야 한다고 얼마나 좋은 말로 타일렀나! 그럼에도 불구하고 이 무슨 꼴인가? 뻔뻔스럽게 나타나 선장님을 괴롭히다니 부끄럽지도 않은가! 거기다가 배 안에서 처음 만난 젊은 녀석을 꾀어 어리석은 청원의 대변자로 데리고 다니다니 어찌 그럴 수가 있나!" 카알은 밖으로 뛰어나가고 싶은 충동을 가까스로 참았다. 그러자 그리로 가까이 다가온 선장이 말했다.

"이 사람의 말도 들어보기로 하세. 내가 보기엔 슈바알도 건방진 거동이 갈수록 늘어가고 있어. 그렇다고 해서 내게 자네를 변호하고 싶은 생각은 없네."

선장의 이 마지막 말은 화부에게 한 것이었다. 그가 당장 화부를 위해 힘이 되어줄 수는 없지만 모든 일이 잘 되어가는 듯이 보였다. 화부는 자기의 처지를 설명하기 시작하였다. 처음에는 자제하고 슈바알을 씨라는 존칭을 붙여서 말하였다. 카알은 너무나 기뻐서 회계 주임이 자리를 뜬 탁자 옆에서 재미로 편지 저울을 몇 번이나 눌러보곤 하였다 — 슈바알 씨는 공평하지 못하다. 그는 외국인만 우대한다. 그는 화부를 기관실에서 내쫓아 변소 청소만을 시켰는데 이것은 물론 화부가 할 일이 아니다. 그리고 그의 재능에는 의심스러운 점도 있다. 겉으로만 그럴싸하게 보인다 — 바로 화부의 말이 여기까지 이르자 카알은 그의 동지라도 되는 듯이 선장을 정답게 빤히 쳐다보았다. 화부의 다소 졸렬한 말 때문에 그에게 불리한 영향을 선장에게 주지 않을까 해서 걱정이 되었던 것이다.

화부는 여전히 무어라고 떠들어대었으나 듣는 사람 편에서는 아무래도 요령부득이었다. 선장은 그의 이야기를 끝까지 들어보려는 표정을 짓고 앞을 바라보았으나 다른 사람들은 더는 참을 수 없었다. 이윽고 화부의 목소리는 더 이상 그 방 안을 압도할 수 없었다. 그것은 사람들이 걱정하던 그대로였다. 먼저 평복 차림을 한 신사가 대나무 지팡이를 만지작거리다 마룻바닥을 나직하게 두드렸다. 다른 사람들은 때때로 그쪽을 바라보았다. 급히 서두르고 있던 항만청 관리들은 서류를 다시 집어 들고 좀 얼빠진 듯이 훑어보기 시작하였으며, 고급 승무원은 다시 옆으로 탁자를 끌어당겼다. 회계 주임은 싸움에서 이미 승리했다고 생각하는 모양으로 비꼬는 듯한 한숨을 내쉬었다. 주위 사람들은 저마다 허탈 상태에 빠졌지만 하인은 그렇지 않은 듯이 보였다. 그는 상관들 밑에서 눌려 사는 가엾은 사람의 고충을 어느 정도는 알아주는 듯이 카알을 향하여 고개를 끄덕여 보였다. 그는 그렇게 함으로써 자기 의사를 표시하려는 듯이 보였다.

한편 창문 밖에서는 항구의 생활이 계속되고 있었다. 납작한 화물선 하나가 통을 잔뜩 싣고 옆으로 지나갔다. 통들은 굴러떨어지지 않도록 교묘하게 쌓여 있었다. 배가 지나가면서 방 안에 어두운 그림자를 던졌다. 조그마한 모터보트의 핸들 옆에 선 사람의 손이 경련을 일으키는 것처럼 보이는 듯싶더니 보트는 요란한 소리를 내면서 곧장 쏜살같이 지나갔다. 카알이 시간 여유를 갖고 있었던들 좀 더 자세히 바라볼 수 있었을 것이다. 이상한 물건들이 두둥실 떠서 여기저기 출렁거리는 바다 물결에 밀려다니다가 파도를 뒤집어쓰고 휩쓸리는가 싶더니 깜짝 놀라 쳐다보았을 때는 벌써 눈앞에서 가라앉아 버렸다. 원양선에 딸린 보트들이 젊은 수부들에 의해 열심히 앞으로 미끄러져 나가고 그 보트에 가득 올라탄 승객들은 어떤 기대에 가슴이 부푼 듯이 조용히 앉아 있었다. 몇 사람은 그래도 시시각각으로 변하는 광경을 끊임없이 바라보고 있었다. 한없는 움직임과 의지할 곳 없는 인간들과 그들의 일과에 의해 느껴지는 초조감이 앞서는 것이었다.

주위 사람들은 화부에게 말을 똑똑히 하라고 채근하였으나 그러나 화부는 어떻게 하고 있었는가? 그는 물론 땀을 뻘뻘 흘리며 열변을 토하고 있었는데 손이 떨려 창틀 위에 얹어놓은 서류를 잡고 있을 수도 없었다. 주위에서 슈바알에 대한 불평이 자자하여 그 하나만으로도 슈바알을 완전히 매장시킬 수 있었을 텐데, 그가 선장에게 말한 것은 고작 이것저것 두서없는 것들뿐이었다. 대나무 지팡이를 손에 든 신사는 아까부터 천장을 바라보면서 휘파람을 불고 있었으며, 항만청 관리들은 자기들의 탁자 앞에 고급 승무원을 붙들어 앉혀놓고는 다시는 놓쳐서는 안 되겠다는 표정을 짓고 있었다. 회계 주임은 선장의 침착한 태도로 말미암아 주제넘은 간섭을 삼가야겠다는 기색이었으며 하인은 다소 긴장한 마음으로 화부에 대한 선장의 지시를 기다리고 있었다.

카알은 멍하니 서 있을 수만은 없었다. 그는 그들이 있는 쪽으로 천천히 발길을 옮기면서 이 사건을 멋있게 처리하는 방법에 대하여 생각하였다. 아닌 게 아니라 그때가 가장 위태로운 순간이었다. 조금만 더 있으면 두 사람은 이 사무실에서 살짝 빠져나갈 수도 있을 것이다. 카알에게 선장은 참으로 훌륭한 사람처럼 보였다. 지금 상관답게 공정하게 일을 처리해야 할 무슨 특별한 이유라도 있는 듯이 생각되었다. 그러나 그도 역시 완전무결하게 연주할 수 있는 악기는 못 되었다 — 화부가 속이 상하여 선장에게 그렇게 대하기는 했지만 말이다. 카알은 화부에게 말하였다.

"좀 더 간단명료하게 말해야지요. 지금같이 말해서는 선장님께서 알아주시지 못할 거예요. 기관사나 사환의 이름이나 세례명 따위를 주워섬긴다고 해서 그게 누구의 이름인지 곧 짐작이 갈 정도로 선장님께서 부하들 이름을 기억하고 계시지는 않거든요. 말하고 싶은 불평을 머릿속에서 다시 한 번 정리해서 제일 중요한 것부터 순서대로 말해보세요. 그렇게 하면 그 밖의 대부분은 말할 필요조차 없게 될 거예요. 저한테는 알아듣기 쉽도록 요령 있게 말씀하시지 않았어요!"

카알은 미국에는 가방을 훔치는 자도 있으며 때로는 거짓말을 하는 자도 있을 것이라고 변명조로 생각해보았다.

어떤 도움이라도 줄 수만 있다면 좋으련만! 이미 때가 늦은 것은 아닐까? 화부는 귀에 익은 목소리가 들려오자 말을 끊어버렸는데, 그의 눈에는 사나이의 자존심이 모욕당한 데서 오는 분노, 간절한 추억과 현재 당면해 있는 심각한 사태 등등의 복잡한 감정이 얽혀 있어 카알의 얼굴도 분간하지 못할 정도였다. 그는 도대체 어떻게 해야 할지 알 수 없었다. 카알은 자기 앞에 잠자코 서 있는 사람을 보았다. 무엇 때문에 그는 갑자기 말투를 바꾸어야만 했던가. 그가 보기에 화부의 말은 주위 사람들의 공감을 조금도 얻지 못한 것 같았다. 중요한 말은 입 밖에 내지 못했기에 사람들에게 자기 요구를 다 들어달라고 청할 수도 없는 형편 같았다. 이 경우에 유일한 지지자인 카알이 좋은 충고를 해주었는데도 도움을 주기는커녕 오히려 일을 망쳤다는 사실을 그에게 알려주는 결과가 되었을 뿐이다.

카알은 자기가 창밖을 내다보는 늑장을 부리지 말고 좀 더 일찍 왔었던들 얼마나 좋았을까 하고 마음속으로 되뇌면서 이제는 가망이 없다는 것을 알리기 위해 화부 앞에서 고개를 숙이고 바지 솔기를 양손으로 두드려 보였다.

그러나 화부는 카알이 은근히 자기를 비난하는 줄로 오해하고 따지기라도 하려는 듯이 카알과 언쟁을 벌이기 시작하였다. 그럼으로써 자기의 언행을 정당화하려고 하였다. 둥근 탁자에 둘러앉아 있던 사람들은 아까부터 들려오는 부질없는 소동 때문에 소중한 직무가 방해받는다고 생각하여 화를 내고 있었으며, 회계주임도 선장이 무엇 때문에 그처럼 참고 있는지 납득이 가지 않는다는 듯이 금세 울화통을 터뜨릴 기세였다.

하인도 이제는 완전히 상관들 편이 되어 화가 치미는 듯한 눈초리로 화부를 노려보았으며, 선장은 때때로 부드러운 시선으로 대나무 지팡이를 든 신사를 쳐다보았다. 그러나 그 신사는 벌써 화부에 대하여 관심이 없고 오히려 싫증이 나는지 작은 수첩을 꺼내어 전혀 다른 문제에 대하여 골몰하고 있는 듯이 보였지만 시선만은 수첩과 카알을 번갈아 보고 있었다.

"잘 알고 있어요. 암 알고 있고말고요." 카알은 이렇게 말하면서 화부의 공세를 간신히 막고 있었다. 그는 말다툼을 하는 동안에도 친구 사이의 정다운 미소를 지어 보이는 마음의 여유를 보였다.

"당신 말이 옳아요. 나는 조금도 그 점을 믿어 의심치 않아요."

카알은 얻어맞을까 봐 내젓는 화부의 두 손을 꼭 붙들고 되도록 그를 방구석 쪽으로 떠밀어 지금까지 아무도 듣지 못한 정다운 말을 몇 마디 소곤거려 그를 위로해주고 싶었다.

그러나 화부는 이미 제정신이 아니었다. 카알은 만일 궁지에 몰린 그가 자포자기한 나머지 주먹다짐이라도 한다면 현장에 모여 있는 일곱 사람을 전부 때려눕힐 수도 있겠다는 생각이 들자, 일종의 위안 비슷한 것을 느꼈다. 탁자 위에는 전선이 접속된 수많은 단추가 달린 전령 장치가 눈에 띄었다. 한 손으로 슬쩍 누르기만 하면 반감을 품은 자들이 떼를 지어 몰려와 이 배 전체가 폭동에 휩쓸릴 수도 있는 것이었다.

그때 무관심한 태도를 취하고 있던 대나무 지팡이를 든 신사가 카알에게로 가까이 다가서면서 물었다.

"대체 당신 이름은 뭐요?"

별로 큰 소리는 아니었지만 화부가 아무리 떠들어도 분명히 알아들을 수 있었다. 그때 마침, 누가 문 뒤에서 신사의 말을 기다렸다는 듯이 노크하는 소리가 들려왔다. 하인이 선장을 쳐다보았다. 선장은 고개를 끄덕여 보였다. 그러자 하인은 문 있는 데로 가서 문을 열었다. 밖에는 낡은 예복을 걸친 사나이가 서 있었다. 키가 크지도 작지도 않은 알맞은 체격의 소유자였다. 언뜻 보기에는 기계를 다루는 일에는 적합하지 않은 사람처럼 보였는데, 그가 바로 슈바알이었다. 모든 사람의 눈초리에 만족스러운 빛이 떠올랐다. 선장도 그랬다. 카알이 만약 쭉 편 양팔에 두 주먹을 불끈 쥔 화부를 보았더라면 놀랐을 것이다. 마치 이 불끈 쥔 모양은 그가 인생을 걸고서라도 희생할 수 있는 가장 중요한 것인 듯 보였다. 거기에는 그의 모든 힘, 즉 그를 굴복시킬 수 없는 그런 힘이 숨어 있었다.

바로 적이 나타난 것이었다. 슈바알은 예복을 입고 옆구리에는 화부의 임금표와 업무 보고서처럼 보이는 장부를 끼고 태연스럽게 한 사람 한 사람의 심정을 떠보기라도 하려는 듯이 차례차례로 눈치를 살피고 있었던 것이다. 거기에 모여 있는 일곱 사람은 그에게는 다 동지나 마찬가지였다. 선장이 아까는 그를 비난하였지만 화부에게 꽤나 시달린 지금은 슈바알을 비난할 건더기가 전혀 없는 것처럼 생각되었다. 화부 같은 자는 엄격히 다루어야 한다. 슈바알에게도 다소 비난할 점이 있다면, 그동안 화부의 건방진 태도를 꺾지 못하였기 때문에 그가 감히 선장 앞에 나타나 대들게 하였다는 것뿐이다.

이제 와서는 이렇게 생각할 수도 있었다. 화부와 슈바알의 대립은 이들에게 더 높은 법정에서 얻는 효과를 미치게 될지도 모른다. 설사 슈바알이 가면을 쓰고 있다 하더라도 이번에는 끝까지 버틸 수 없을 것이기 때문이다. 그의 옳지 못한 행실을 고위층에게 알리려면 단지 그것을 슬쩍 비치기만 하면 된다.

카알은 그렇게 하려고 하였다. 그는 벌써 고위층의 예리한 감각이나 약점 및 변덕을 대강 알아차렸던 것이다. 그러고 보니 이곳에서 보낸 시간이 무익한 것 같았다. 다만 화부에게 좀 더 준비가 되어 있었다면 좋았을 텐데. 그에게는 싸울 힘이 거의 없는 것 같았다. 슈바알과 그를 싸우게 만든다면 그는 고작해야 슈바알의 못생긴 머리통을 주먹으로 후려갈기는 데 그칠 것이다. 그러나 슈바알에게 몇 발짝 가까이 다가간다는 것만도 어려운 형편이다. 비록 자발적인 것은 아니더라도 슈바알이 선장에게 불려서 분명히 이곳에 오리라는 것을 카알은 어찌하여 예상하지 못하였을까? 또 그는 어찌하여 이곳에 오는 동안에 화부와 미리 세밀한 작전 계획을 의논하지 않았을까? 또 어찌하여 그들은 문을 열어 아무 준비도 없이 무턱대고 들어왔던가? 물론 그것이 아주 순조롭게 되어가는 경우라 하더라도 반대 심문이 있게 마련인데, 그때 과연 화부가 적절한 "네" 또는 "아니요"라는 답변을 할 수 있을까? 그는 그곳에 두 다리를 벌리고 머리를 약간 쳐든 채 힘없이 서 있었다. 벌린 입을 통해 공기가 들락거렸다. 공기를 처리하는 폐가 전혀 존재하지 않는 듯이 말이다.

카알은 힘이 솟아나고 머리도 한결 맑아진 듯싶었다. 고향에 머물러 있을 때에는 한 번도 느껴본 적이 없던 일이었다. 외국에 나가서도 윗사람들 앞에서 선을 위해 투쟁하여 설사 승리를 거두지는 못하였다 하더라도 마지막 정복을 위해 모든 준비를 갖춘 모습을 부모님에게 보여줄 수 있다면 얼마나 좋을까? 그렇게 하면 부모님은 아들에 대한 생각을 달리할 것이 아닌가. 그리고 아들을 당신들 사이에 앉혀놓고 칭찬해줄 게 아닌가? 그런데 이 아들의 눈 속에 깃들어 있는 겸허한 마음씨를 알아줄까? 지금에 와서는 분명히 알 수 없는 의문이며, 또 그와 같은 의문을 갖는 것도 부적당한 순간이 아닌가!

"저는 화부가 저더러 부정한 일을 저질렀다고 비난하리라는 것을 미리 알고 있었습니다. 하녀가 이리로 찾아오는 그를 보았다고 말하지 뭡니까? 선장님을 비롯하여 여러분들께 말씀드리지만 어떠한 고발이라도 해서 필요하다면 저는 문밖에서 기다리고 있는 공정한 증인의 증언을 통해서 반박할 용의가 있습니다."

슈바알은 이렇게 말하였다. 그것은 실로 한 사나이의 분명한 발언이었다. 듣고 있던 사람들은 오래간만에 인간다운 목소리를 들었다는 표정을 지었다. 그들은 이 훌륭한 발언 속에도 허점이 내포되어 있다는 사실을 알아차리지 못하고 있었다. 맨 처음에 슈바알의 머릿속에 떠오른 간단한 말이 어째서 하필이면 "부정"이었을까? 그의 민족적 편견이 아니라, 여기에 부정에 대한 고발이 제기되어야만 했단 말인가? 하녀가 사무실로 들어가는 화부를 만났다고 했는데 슈바알은 그것만으로도 벌써 눈치를 챘단 말인가? 그의 신경이 그렇게 예민해진 것은 죄의식 때문이 아니었던가? 그 때문에 미리 증인까지 데리고 와서 공평하고도 편견이 없는 증인이라고 말하는 것이 아닌가? 이건 협잡이다. 협잡일 뿐이다. 그런데도 그 양반들은 방관할 뿐더러 그것을 훌륭한 행동으로 인정하고 있지 않은가? 어찌하여 하녀에게 보고를 받고, 그가 이곳에 도착할 때까지 변명할 여지가 없을 정도로 그처럼 오랜 시간을 끌었는가? 그가 노린 것은 분명히 그 양반들을 화부에게 시달리게 함으로써 그가 두려워하는 날카로운 판단력을 흐리게 하려는 속셈이 아니었던가? 그는 분명히 문밖에서 그 신사의 대수롭지 않은 질문으로 미루어 보아 화부는 이미 끝장이 났다고 추측하고 그 순간을 노려 문을 두드렸던 것이 아닌가? 모든 일은 분명하고 이것도 슈바알에 의해 뜻하지 않은 방향으로 흐르게 되었지만, 그 양반들에게는 달리 좀 더 알기 쉽게 해명해야만 한다. 그들은 흔들어 깨울 필요가 있다. 자, 카알! 증인이 나타나 모든 것을 망쳐버리기 전에 너는 어서 시간을 충분히 이용하라!

그때 선장이 손짓을 하여 슈바알을 제지하였다. 슈바알은 옆으로 비키면서 지금은 그의 편이 되어버린 하인과 나직하게 뭐라고 소곤거리기 시작했다. 자기 일이 좀 지연될 듯이 보였기 때문이다. 그는 그동안에 몇 번이나 화부와 카알을 곁눈질해 보기도 하고 자신만만한 듯이 손짓을 해 보이기도 했다. 슈바알은 다음에 있을 연설이라도 연습하려는 태도였다.

"야코프 씨, 당신은 이 젊은이에게 좀 물어보고 싶지 않습니까?" 선장은 주위가 조용해지자 대나무 지팡이를 갖고 있는 신사에게 물어보았다.

"물론이지요." 신사는 가볍게 고개를 숙여 귀띔을 해준 것을 감사하고 나서 카알에게 물었다.

"당신 이름이 뭐지요?"

카알은 짓궂게 자기 이름을 묻는 사람의 개입을 슬쩍 넘겨버리면 본격적인 이야기를 하는 데 있어서도 관계가 있을 것 같아 먼저처럼 여권을 꺼내서까지 자기소개를 해야 하는 수고를 덜기 위해서 간단히 대답하였다.

"카알 로스만입니다."

"그래." 야코프라는 그 신사는 좀 미덥지 않다는 듯이 빙긋이 웃으면서 뒤로 물러섰다. 선장, 회계 주임, 고급 승무원 그리고 하인까지도 카알의 이름을 듣자 얼굴에 놀라는 빛이 완연했다. 다만 항만청에서 온 관리들과 슈바알만은 무관심한 태도를 취하였다.

"그래." 야코프는 같은 말을 되풀이하고 성큼성큼 카알에게로 다가왔다.

"그렇다면 내가 네 아저씨 야코프고 너는 나의 귀여운 조카로구나. 어쩐지 아까부터 그런 예감이 들더라니!"

야코프는 이렇게 말하고 나서 카알을 껴안고 키스를 하였다. 카알은 아저씨가 하는 대로 잠자코 있었다.

"성함이 어떻게 되시죠?"

카알이 물었다. 그는 마치 해방된 것 같은 심정이었다. 그리고 공손하지만 아무런 감동도 없이 그렇게 물었다. 그는 이 새로운 사태가 화부에게 어떤 영향을 미칠 것인지 알아보려고 했다. 슈바알이 이 사태를 이용할 것으로는 보이지 않았다.

선장은 카알의 이와 같은 질문이 야코프의 인격이나 체면을 손상시켰다는 생각에서 카알에게 이렇게 말했다.

"젊은이, 자네는 이 행운이 무엇을 뜻하는지 알아야 하네."

야코프는 손수건으로 얼굴을 가볍게 두드리면서 분명히 자기의 흥분한 얼굴을 타인에게 보이지 않으려는 듯이 창을 향해 서 있었다. 선장은 말을 이었다.

"이분은 상원 의원으로 계신 에드워드 야코프 씨란 말이네. 이분이 지금 본인 스스로 자네 아저씨라고 밝히셨다네. 그러니 뜻밖에도 이제부터는 빛나는 인생이 자네를 기다리고 있다네. 처음 한 발짝부터 착실히 내딛도록 해야지. 정신을 차리게나."

"실은 야코프라는 아저씨가 미국에 계시기는 합니다." 하고 카알은 선장에게 말하였다.

"저는 야코프가 상원 의원님의 성인 것으로 듣고 있는데요."

"그래." 선장은 기다렸다는 듯이 대답했다.

"그런데 제가 알고 있는 야코프 아저씨는 어머니의 오라버니 예요. 그러니까 그분은 저의 외삼촌이고 세례명이 야코프예요. 물론 그 성은 어머니 친정 쪽과 마찬가지로 베넬마이어입니다."

"여러분!"

상원 의원은 창 옆에서 쉬며 한참 숨을 돌리더니 뚜벅뚜벅 걸어와 카알의 말에 대해 큰 소리로 말하였다. 그러자 항만청 관리들 이외에는 모두 웃음을 터뜨렸다. 그중에는 속으로 웃음을 가까스로 참다가 터뜨리는 사람도 있었고, 영문을 모르고 덩달아 웃는 사람도 있었다.

'내 말이 그처럼 우스운 걸까? 결코 그럴 리가 없을 텐데.' 하고 카알은 생각했다.

"여러분!" 상원 의원은 같은 말을 되풀이하였다.

"이것은 물론 내 뜻이나 또는 여러분의 뜻은 아니었으나 여러분은 우연히 한 가족의 사사로운 집안일에 관여하게 되었습니다. 이 사정을 자세히 알고 있는 사람은 선장이므로 여러분에게도 설명해드리고자 합니다."

이야기 가운데 선장 말이 나오자 선장과 야코프는 서로 약간 몸을 굽혀 경의를 표해 보였다.

"이제 나도 정말 말에 조심해야겠군." 하고 카알은 중얼거리면서 화부를 곁눈질로 보았다. 카알은 그에게도 다시 생기가 도는 듯싶어 무척이나 반가웠다.

"제가 미국에 체류하게 된 것은 퍽이나 오래되었습니다. 그런데 이 체류라는 말은 이제는 완전히 미국에 귀화하여 미국 시민이 된 지금에 와서는 적합하지 못한 말입니다. 나는 지금까지 유럽에 있는 친척들과 멀리 떨어져 살아왔습니다. 이유는 여러 가지가 있습니다. 다만 지금 이 자리에서 그 이유를 밝히는 것은 적합하지 않을 뿐더러 그 이야기를 입 밖에 내면 나 자신을 나무라는 결과가 될 것 같습니다. 나는 아까부터 혹시 조카에게 그 이야기를 엉겁결에 입 밖에 내게 될까 봐 은근히 걱정하고 있었습니다. 그 이유를 밝히자면 자연히 조카의 부모나 친척들에 대한 이야기도 털어놓아야 하거든요."

"이분은 분명 나의 아저씨로구나." 하고 카알은 중얼거리면서 아저씨의 말에 귀를 기울였다.

"아마 이름을 고친 모양이지."

"진실대로 말하면, 나의 조카는 부모에게서 내쫓긴 몸입니다. 마치 화나게 하는 고양이를 문밖으로 내쫓듯이 말입니다. 저는 결코 저지른 과오에 대하여 변명할 생각은 없습니다. 조카는 이미 상당한 벌을 받은 격이 됩니다. 과오라 해도 대단치 않은 거지요. 이를테면 얼마든지 용서할 여지가 있는 그런 과오니까 말입니다."

'그 이야기를 들려주면 좋겠는데.' 하고 카알은 생각했다. '하지만 그가 모두에게 그것을 말하는 것은 원치 않아. 그가 그걸 알리도 없을 거야. 어떻게 알겠어?'

"그는 말입니다……." 외삼촌은 말을 계속하면서 대나무 지팡이 위에 허리를 약간 굽혀 상반신을 의지했다. 그래서 그런 때 흔히 일어나기 쉬운 어색한 분위기에서 벗어날 수 있었다.

"그는 그러니까 요한나 브룸머라는 서른다섯 살 난 하녀에게 유혹을 당했던 거지요. 유혹이라고 하면 조카의 기분을 상하게 할지 모르지만 그 밖엔 달리 적당한 말이 없군요."

그때 외삼촌 옆에 가 있던 카알은 몸을 돌려 그 이야기가 사람들에게 어떤 영향을 미치나 해서 사람들의 안색을 살펴보았는데 킬킬 대고 웃는 사람은 하나도 없고 모두들 참을성 있게 정색을 하고 귀를 기울이는 것이었다. 그들은 결코 상원 의원의 조카를 비웃지 않았다. 다만 화부가 카알을 바라보며 슬쩍 웃어 보였을 뿐이었다. 그 표정으로 그가 새로운 활기를 띠게 되었다는 것을 알 수 있었으므로 기뻐해야 하며 또 너그럽게 생각해야 할 성질의 것이었다. 이 사건이 지금에 와서는 이미 널리 알려져 있지만 카알은 선실에서는 비밀에 붙이려고 했던 것이다.

　　"그런데 그 브룸머가……" 하고 외삼촌은 말을 이었다.

　　"조카의 아들을 낳았습니다. 튼튼한 어린애로 자라 세례 때에는 야코프라는 이름을 붙여주었어요. 이것은 분명히 나의 존재를 어느 정도 감안한 것입니다. 조카는 대수롭지 않은 이야기 끝에 내 말을 그녀에게 했는데, 그것이 그녀에게는 커다란 감명을 주었던 것 같습니다. 나는 다행한 일이라고 말하고 싶습니다. 조카의 부모가 양육비의 부담을 면하려는 의도도 있었지만 한편 그들에게까지 좋지 않은 소리가 돌까 봐 조카를 아예 미국으로 내쫓은 겁니다. 이 점만은 분명히 밝혀두지 않을 수가 없군요. 나는 그쪽 법률이나 조카의 주위 환경에 대해서는 아는 바가 없습니다. 어쨌든 그들은 양육비의 지불과 추문을 면하기 위해 보시다시피 무책임하게도 아무 마련도 없이 아들을 미국으로 내쫓은 겁니다. 만일 그녀가 편지를 보내─그 편지도 오랫동안 주인을 찾지 못해 헤매다가 어제야 겨우 내 손에 들어왔지만─일이 벌어진 내막과 조카의 신상 기록, 배 이름 등을 재빨리 알려주지 않았던들 어떤 기적이라도 일어나지 않는 한 워낙 바닥이 넓은 미국인지라 이 젊은이는 의지할 사람 하나 없이 뉴욕의 뒷골목을 헤매다가 끝내는 몸을 망치게 되었을지도 알 수 없는 일입니다. 만일 여러분이 흥미를 갖고 계신다면 이 자리에 서 그 편지의 몇 구절을 읽어드릴 용의가 있습니다."

그는 이렇게 말하면서 호주머니에서 깨알같이 쓴 편지 두 장을 꺼내어 흔들어 보였다.

"이 편지에는 악의는 없지만 속까지 들여다보이도록 노골적으로 썼을 뿐더러 애 아버지에 대한 애정이 담겨 있습니다. 여기서 낭독할 만한 가치가 있다고 봅니다. 그러나 나는 사정을 설명하는 데 필요하다고 생각되는 한도를 벗어나서까지 여러분들의 흥미를 끌 생각은 전혀 없습니다. 또 서로 만난 기쁨에 넘쳐 있을 조카의 감정을 깨뜨리고 싶지도 않고요. 만일 그가 이 편지를 읽고 싶다면 이미 마련된 조용한 자기 방에서 읽으면 되지요."

그러나 카알은 그녀에 대해 별다른 감정을 품고 있지 않았다. 그녀는 날로 희미해져 가는 지난날의 복잡한 추억 속에 언제나 부엌 찬장 옆에서 그 찬장의 판자 위에 팔꿈치를 괴고 앉아 있는 모습으로 나타나곤 하였다. 카알이 아버지가 물을 따를 컵을 가지러 가거나 어머니의 심부름으로 부엌에 갈 때마다 그녀는 그를 물끄러미 쳐다보곤 하였다. 어떤 때는 부엌 찬장 옆에서 산만한 자세로 편지를 쓰다가는 카알의 얼굴에서 어떤 암시나 영감 같은 것을 느끼기도 하였다. 또 때로는 손으로 카알의 눈을 가리기도 하였지만 그는 그녀에게 말 한마디도 걸지 않았다. 그녀는 때때로 부엌 옆에 달린 비좁은 방에 무릎을 꿇고 앉아 나무로 된 십자가 앞에서 기도를 드리기도 하였다. 이럴 때에는 카알은 조금 열린 문틈으로 그녀의 모습을 쳐다보면서 수줍어하는 것이었다. 이따금씩 그녀는 방 안을 빙빙 돌다가 카알이 길을 막기라도 하면 갑자기 마녀처럼 웃으면서 뒤로 물러나곤 했다. 때로 카알이 들어오는 날이면 그녀는 부엌문을 잠그고는 그가 가게 해달라고 요구할 때까지 오랫동안 손잡이를 잡고 있기도 했다. 그리고 그녀는 카알이 별로 좋아하지도 않는 물건을 들고 와서 그의 손에 말없이 쥐여준 적도 여러 번 있었다.

한번은 그녀가 "카알" 하고 부르면서 영문을 몰라 놀라 하는 카알을 찌푸린 얼굴을 하고 한숨까지 내쉬면서 그녀의 방에 몰아넣고 자물쇠까지 잠가버리고는 정말 목이라도 졸라매듯이 카알의 목에 팔을 감았다. 이어서 그녀는 자기 옷을 벗겨달라고 애원하면서 실은 카알의 옷을 벗기고 침대에 눕히는 것이었다. 그녀는 마치 앞으로는 절대로 카알을 남에게 맡기고 싶지 않으며, 이 세상이 다할 때까지 그를 쓰다듬어주고 귀여워해주고 싶다는 듯이 "카알, 오! 내 사랑 카알!" 하고 외치면서 카알을 뚫어지게 쳐다보는 것이었다.

그녀는 카알이 자기 소유가 되었다는 증거를 확인하고 싶기라도 한 듯한 표정을 지었다.

한편 카알은 아무것도 눈여겨보려 하지 않았고 그녀가 그를 위해 몇 겹으로 포개준 따스한 이불 속에 드러누웠지만 아무래도 기분이 언짢았다. 그녀는 그 옆에 몸을 바싹 대고 드러누워 그의 입에서 무슨 은밀한 속삭임이라도 흘러나오기를 기다리는 모양이었지만 그는 그와 같은 달콤한 말을 한마디도 해줄 수 없었다.

그러자 그녀는 농담 반 진담 반으로 잔뜩 화를 내면서 카알의 몸을 흔들다가 자기 가슴에 귀를 대고 들어달라고 젖가슴을 내미는 것이었다. 그래도 카알이 아무런 반응을 보이지 않자 그녀는 완전히 벗은 배를 카알의 몸에 대고 있더니 드디어 참지 못해 카알의 사타구니 속에 손을 넣어 어루만지기 시작했다.

카알은 징그럽고 불쾌하여 몸을 비틀면서 이불 밖으로 머리와 몸을 내밀었다. 그러자 그녀는 자기 배를 카알의 몸에 두세 번 비벼댔다. 카알에게는 벌써 그녀가 자기 육체의 일부가 되어버린 것처럼 생각되었다. 그 때문인지 그는 말할 수 없이 한심스럽고 비참한 생각이 들었다. 그리고 그는 다시 와달라는 그녀의 하소연을 들으면서 울상이 되어 자기 침대로 돌아왔던 것이다.

이것이 이야기의 전부였다. 그런데 외삼촌은 그 사건을 무슨 큰 로맨스나 되는 것처럼 확대시켰던 것이다. 그리고 그 하녀는 카알의 외삼촌에게 카알의 도착을 미리 알렸던 것이다. 어쨌든 그 여자 때문에 일은 잘된 셈이었다. 언젠가 그녀에게 은혜를 갚아야 할 것 같았다.

"자 이제는," 하고 상원 의원은 큰 소리로 말했다.

"내가 네 외삼촌인지 아닌지 너한테서 분명한 이야기를 들어보자꾸나."

"외삼촌이 틀림없어요." 카알은 외삼촌의 손에 키스를 하고 외삼촌은 그의 이마에 키스를 해주었다.

"저는 외삼촌을 만나 뵙게 되어 참으로 기뻐요. 그런데 저의 부모님이 외삼촌을 나쁘게 여기는 것으로 생각하신다면 그건 오해입니다. 그건 그렇고 외삼촌 말씀에는 사실과 맞지 않는 몇 가지 점이 있어요. 그러니까 외삼촌이 말씀하신 내용은 실제로 일어난 일과는 좀 달라요. 줄곧 이곳에 계셨으므로 저쪽 일을 분명히 판단할 수 없다는 것도 잘 알고 있어요. 가령 여러분께서도 별로 큰 관계가 없는 사소한 사건에 다소 사실과 다른 보고가 섞여 있다고 하더라도 따져보면 크게 해를 입는 일은 없겠지요."

"말도 잘하는군." 하면서 상원 의원은 흥미를 느끼는 듯이 보이는 선장에게로 카알을 데리고 갔다.

"자랑스런 조카지요?"

"의원님의 조카 되시는 분과 알게 돼 저도 무척 기쁩니다."

선장은 이렇게 말하고 나서 군대식으로 상원 의원에게 경례를 하였다.

"저의 배로서는 이처럼 두 분께서 만나는 자리를 마련해드렸다는 것을 무한히 영광스럽게 생각합니다. 그러나 삼등 선실로 항해하였다니 여러모로 불쾌하고 불편한 점이 많았을 테지요. 어떤 분이 타고 있는지 저희들은 알 수가 없습니다. 좌우간 삼등 선실 승객들의 항해를 가능한 한 수월하게 해주기 위해 저희들은 모든 노력을 경주하고 있으며, 예를 들자면 어느 미국 항로들보다도 대우가 훨씬 낫다고 생각합니다. 그러나 아직도 만족스러울 만큼 즐겁게 해드리지는 못하고 있는 형편입니다."

"저는 아무렇지도 않았어요." 하고 카알이 말했다.

"아무렇지도 않았다고!" 상원 의원은 큰 소리로 웃으면서 그의 말을 되풀이하였다.

"다만 가방이 없어지지 않을까 해서 걱정되었을 뿐이에요."

카알은 이렇게 말하면서 지금까지의 사건과 앞으로 처리해야 할 일을 동시에 염두에 두고 주위를 돌아보았다. 사람들이 저마다 존경과 경탄하는 마음으로 자기 자리에서 멍하니 그를 바라보고 있다는 것을 알게 되었다. 다만 항만청 관리들만은 엄숙한 얼굴로 형편이 안 좋을 때에 그들이 오게 된 것을 못마땅하게 여기는 눈치였다. 그들에게는 지금 눈앞에 놓인 회중시계가 이 방 안에서 일어난 사건이나 앞으로 일어날지도 모르는 어떤 일보다도 한결 중요하게 보이는 것 같았다.

선장 다음으로 자기 의사를 말한 사람은 화부였다. 그에게는 그 사건이 뜻밖의 일이었다.

"진심으로 축하합니다."

화부는 이렇게 말하고는 카알의 손을 잡았다. 그렇게 해서 그에게 경의를 표시하려는 듯이 보였다. 이어서 그는 상원 의원에게도 축하의 말을 하려고 하였으나 그것은 화부로서는 분에 넘치는 행위가 된다는 듯이 상원 의원은 뒤로 물러섰고 또 화부도 이것을 알아차리고는 입을 다물어버렸다.

그러자 나머지 사람들도 이 자리에서 어떤 태도를 취해야 하는가를 스스로 깨닫고 카알과 상원 의원을 에워싸고 떠들썩하였다. 슈바알도 축하의 말을 하였으므로 카알은 그것도 솔직히 받아들이고 답례를 하였다. 끝으로 항만청 관리 두 사람이 옆으로 다가와서 영어로 축하를 해주었는데 그것은 좀 우습게 보였다.

상원 의원은 그 만족감을 마음껏 즐기기 위해 사소한 일까지도 다시 생각해보고 남들의 기억에도 떠오르게 하려고 했다. 모두들 그의 이와 같은 의도를 너그럽게 받아들였을 뿐만 아니라 관심까지도 표시해주었다. 그는 하녀의 편지 속에서 카알의 가장 큰 특징을 혹시 필요할 때 써먹으려고 수첩에 기록해두었다는 말도 주위 사람들에게 들려주었다.

그는 화부가 두서없이 떠벌리는 동안에 기분 전환을 위해 수첩을 꺼내어서 탐정이라도 되는 듯한 기분으로 정확하지도 않은 하녀의 묘사를 카알의 외모와 비교해보았다.

"이렇게 해서 나는 조카를 찾은 겁니다." 그는 축하의 말을 한 번 더 듣고 싶다는 듯이 이렇게 말을 맺었다.

"그럼 저 화부의 일은 어떻게 되는 거예요?" 하고 카알은 외삼촌이 말을 끝내자 이렇게 물었다. 그는 지금은 입장이 아주 달라졌으니 생각한 것을 그대로 말하여도 괜찮을 것같이 느꼈던 것이다.

"화부는 마땅히 책임을 져야지." 하고 상원 의원이 말했다.

"선장의 뜻에 의해 적당히 처리되겠지. 그렇지만 화부에 대해서는 우리 모두가 질렸어. 여러분들 모두 제 의견에 찬성하시리라 믿습니다."

"그렇지만 일을 바로잡으려면 그런 감정 같은 것은 문제가 되지 않아요." 하고 카알은 말했다. 그는 외삼촌과 선장 사이에 유리한 위치를 차지하고 있기 때문인지는 모르지만 최후의 결정을 마음대로 좌우할 수 있는 것처럼 생각되었다.

그러나 화부 쪽에서는 별로 희망을 걸고 있는 것 같지 않았다. 그는 흥분하여 바지 허리띠 속에 양손을 절반쯤 찌르고 있었는데 그 허리띠와 셔츠의 줄무늬가 드러나 보였다. 그래도 그는 태연하였다. 설사 사람들이 그가 걸친 초라한 옷을 보고 그를 밖으로 몰아내더라도 그는 이미 가슴에 맺힌 고민을 다 털어놓은 터였다. '여기에서 계급이 제일 낮은 두 사람인 하인과 슈바알이 나를 내쫓는 마지막 친절을 베풀어주겠지.' 하고 그는 생각해보았다. '그렇게 되면 슈바알은 마음이 가라앉아 회계 주임의 말대로 절망에 빠지지도 않겠지.' 선장은 루마니아 사람만 쓸 수 있을 것이며 배에서는 루마니아 말로만 이야기하게 될 것이다. 그리고 모든 일이 오히려 순조롭게 진행될 것이다. 앞으로는 화부가 회계 본부에 가 떠들어대는 일이 없을 것이고, 오늘 화부가 마지막으로 떠들어대는 것이 사람들의 머리에 남아 이야깃거리가 될지도 모른다. 상원 의원이 분명하게 말한 것처럼 어쨌든 그 사건이 간접적인 원인이 되어 그가 조카를 찾게 되었으니까 말이다.

그 조카는 전부터 여러 차례 화부를 도우려 했으므로 자기 신분이 다시금 밝혀진 데 대해 아까부터 화부에게 고맙다는 인사라도 하려고 생각했다. 그러나 화부로서는 그에게 아무것도 바라고 싶지가 않았다. 그가 설사 상원 의원의 조카라 하더라도 선장은 아니지 않은가. 결국은 선장 입에서 나쁜 말이 튀어나올 것이다. 화부는 그와 같이 생각하고 카알을 쳐다보려고도 하지 않았다. 그러나 유감스럽게도 어느 쪽을 돌아보나 적일 뿐 그 방에서는 눈길을 둘 곳이 없었다.

"실정을 분명히 파악하도록 해라." 하고 상원 의원은 카알에게 말했다.

"물론 일을 바로잡는 것도 중요하지만 규율도 무시할 수는 없다. 이 두 가지가 다 그렇겠지만 특히 규율 문제는 선장의 처분에 달려 있단다."

"그럴 테지요." 화부가 중얼거렸다. 그의 말을 듣고 사람들은 어이가 없다는 듯이 빙긋이 웃었다.

"배가 뉴욕에 닿았으니 선장님이 할 일이 부쩍 늘었습니다. 그런데 우리는 선장님을 너무나 괴롭혀드렸어요. 지금이 배에서 내려야 할 좋은 기회입니다. 기껏해야 기관사밖에 되지 않는 두 사람의 싸움에 괜스레 휘말려서 일을 크게 벌리고 악화시켜서는 안 될 겁니다. 그리고 애야! 나는 너의 처세술을 잘 알고 있다. 그러니 나는 너를 얼른 이곳에서 데리고 나가야겠다."

"그럼 손님들을 위해 얼른 보트를 준비시키지요." 하고 선장이 말했다.

선장의 이 말을 듣고 카알은 놀랐다. 외삼촌은 분명히 자기가 추측한 대로 말하였는데, 이에 대해서는 선장이 한마디도 입 밖에 내지 않는 게 놀랍게 생각되었다. 회계 주임이 탁자로 얼른 다가와서 선장의 지시를 수부장에게 전하였다.

'어물어물할 시간이 없어.' 카알은 혼잣말을 하였다.

'그렇지만 사람들의 기분을 해치지 않고서는 도리가 없다. 외삼촌이 나를 겨우 찾아내었는데 외삼촌을 버릴 수도 없는 일이다. 선장은 물론 친절하기는 하다. 그러나 친절한 데 그칠 뿐 선원의 규율 문제에서는 그의 친절도 쓸모가 없다. 외삼촌은 선장의 마음속을 들여다보기라도 하는 듯이 하고 싶은 이야기를 했을 뿐이다. 그렇다고 해서 슈바알과는 말도 건네기 싫다. 그와 악수를 한 것까지도 후회가 된다. 그리고 나머지 사람들은 다 건달이다.' 카알은 이렇게 생각하면서 화부에게로 천천히 다가가서는 허리띠에 끼고 있는 그의 오른손을 잡아당겨 자기 손에 꼭 잡고 만지작거리면서 이렇게 물었다.

"왜 아무 말도 하지 않아요? 무엇 때문에 처분을 달게 받으려고 해요?"

화부는 적당한 대답을 찾으려는 듯이 이마를 찌푸렸다. 그는 그러면서 카알의 손과 자기 손을 내려다보고 있었다.

"이 배에서는 오직 당신만이 억울한 일을 당하고 있어요. 나는 그것을 잘 알고 있어요." 카알은 화부의 손가락 사이에서 자기 손가락을 이리저리 빙빙 돌렸다. 화부는 자기를 고약하게 생각하는 사람이 없어 기쁘다는 듯이 눈을 반짝거리면서 사방을 돌아보았다.

"당신은 방어책을 세워야 해요. 그리고 '그렇다' 또는 '아니다'라고 분명히 말해야 해요. 그렇지 않으면 사람들은 무엇이 진실인지 몰라요. 내 말을 듣겠다고 약속해주세요. 나는 여러 가지 형편상 당신을 도와드릴 수 없을 것 같아요."

카알은 화부의 손에 키스하였다. 그는 갈라지고 시들어빠진 그의 손을 붙들고 마치 단념해야 하는 보물이나 되는 듯이 자기 볼에 갖다 댔다. 그때 외삼촌이 조카 옆으로 다가와서 그를 가볍게 껴안고는 가버렸다.

"너는 화부에게 홀린 것 같구나."

외삼촌은 무슨 깊은 암시라도 주는 듯 카알의 머리 너머로 선장을 바라보면서 말하였다.

"너는 외로웠을 거야. 한창 궁한 판에 화부를 만났으니 이제 그 은혜를 갚으려는 거겠지. 기특한 생각이다. 그러나 내 입장도 좀 생각해서 지나친 행동은 삼가야 해. 그리고 현재의 네 처지도 생각해 보아야 할 게 아니냐."

문 앞이 시끄러워지며 떠드는 소리가 들려왔다. 심지어 누가 떠밀려 문에 부딪히는 것 같기도 하다. 수부 한 사람이 들어왔다. 태도가 좀 거칠었으며 몸에는 앞치마를 두르고 있었다.

"밖에 사람들이 밀려왔어요."

그는 큰 소리로 이렇게 말하면서 아직도 군중 속에 끼어 있는 것처럼 발뒤축을 쳐들고 버티었다. 그러던 그는 정신을 차려 선장에게 인사를 하려다가 자기가 앞치마를 두르고 있는 것을 알자 그것을 땅바닥에 내던지면서 큰 소리로 말하였다.

"놈들이 내 몸에 앞치마를 감아놓았습니다."

그는 발뒤축을 모아 선장에게 경례를 하였다. 누군지 웃으려고 하자 선장은 엄숙한 어조로 말하였다.

"꽤 기분이 좋은 모양인데, 밖에 있는 사람들은 도대체 뭔가?"

"저의 증인들입니다." 하고 슈바알이 앞으로 나서면서 말했다.

"죄송하지만 저들의 추태를 용서하세요. 수부들은 항해가 끝나면 미친 사람처럼 날뛰기가 일쑤니까요."

"얼른 안으로 불러들여!"

선장은 이렇게 말하면서 상원 의원을 바라보고 공손하지만 성급한 어조로 말을 이었다.

"상원 의원님, 조카와 함께 이 선원의 뒤를 따라가십시오. 보트까지 안내해드리겠습니다. 의원님과 개인적으로 알게 된 것을 큰 영광으로 생각합니다. 나중에 기회가 있어 미국의 선박 사정에 대하여 제 이야기를 들어주신다면 고맙겠습니다. 의원님, 그때에는 오늘처럼 이야기가 중단되어서는 안 되겠지요."

"당분간은 이 조카로 충분합니다." 하고 외삼촌은 웃는 얼굴로 말을 이었다.

"당신의 호의에 진심으로 감사드리고 이만 실례하겠습니다. 우리가 가까운 장래에 유럽 여행을 하게 되면 그때는 아마 상당한 시간을 선장님과 보낼 수 있을 테지요." 하며 카알을 진심으로 껴안았다.

"그렇게 된다면 얼마나 좋겠습니까." 선장이 대답했다. 두 신사는 악수를 나누었다. 카알은 말없이 선장에게 손을 내밀었다. 그때였다. 슈바알을 앞장세운 열댓 명쯤 되는 사람들이 다소 당황한 기색으로 떠들썩하니 방 안으로 몰려들어 오자 선장은 그들을 상대하느라 바삐 돌아갔다.

수부가 상원 의원의 허락을 받고 앞으로 나서서 상원 의원과 카알을 위해 군중을 헤쳐주어서 두 사람은 경례하는 사람들 사이로 무사히 지나갈 수 있었다. 그 선량한 사람들은 슈바알과 화부의 다툼을 장난으로 알고 그런 우스꽝스러운 일이 선장 앞에서까지 계속되는 것으로 생각하고 있는 모양이었다.

카알은 부엌에 있던 린네도 그들 사이에 끼어 있는 것을 보았다. 린네도 즐거운 표정으로 그에게 눈을 끔벅거려 보였다. 그녀는 수부가 내던진 앞치마를 두르고 있었다. 그것은 그녀의 앞치마였던 것이다.

그들은 수부의 뒤를 따라 사무실을 나와 통로로 구부러졌다. 거기서 다시 두어 발짝 앞으로 내딛자 작은 문에 이르렀으며, 문을 열고 짧은 계단을 통하여 아래로 내려갔다. 그곳에는 바로 그들을 위해 마련된 보트가 대기하고 있었다. 지금까지 안내해주던 수부가 보트에 껑충 뛰어오르자 거기에 타고 있던 수부들이 일제히 몸을 일으켜 경례를 했다.

상원 의원은 카알에게 조심해서 내려오라고 주의를 주었다. 그때까지 제일 윗계단에 서 있던 카알은 갑자기 울음을 터뜨렸다. 상원 의원은 오른손으로 카알의 턱 밑을 받치고 꼭 껴안고는 왼손으로 쓰다듬어주었다. 그들은 몸을 서로 밀착시킨 채 계단을 하나하나 천천히 내려와서 보트로 옮겨 탔다. 거기에서 상원 의원은 카알에게 맞은편에 좋은 자리를 마련해주었다. 상원 의원이 손짓을 하자 선원들은 기선 옆을 벗어났고 곧바로 작업에 들어갔다. 그들이 탄 보트가 기선에서 몇 미터 가량 떨어졌을 때 카알은 뜻하지 않은 발견을 하게 되었다. 그것은 지금 그들의 위치가 바로 회계 본부의 창문이 있는 배의 측면이라는 것이다. 세 개의 창문은 슈바알의 증인들이 모조리 차지하고 있었다. 그들은 손을 흔들면서 정답게 환송해주었으며, 외삼촌은 그들에게 답례를 보냈다.

한 수부는 호흡을 맞추어 노 젓는 박자를 조금도 어기지 않고도 손으로 키스하는 교묘한 시늉을 해 보였다. 화부는 이미 시야에서 사라진 것 같았다. 카알은 무릎이 거의 닿을 만큼 가까이에서 외삼촌을 쳐다보았다. 카알은 '이분이 저 화부가 나에게 해준 역할을 대신해줄 수 있을까?' 하는 의심스러운 생각이 들었다. 외삼촌은 카알의 시선을 피해서 파도를 바라보고 있었다. 보트는 파도에 이리저리 흔들리고 있었다.

변신
Die Verwandlung

I

어느 날 아침 그레고르 잠자가 불안한 꿈에서 깨어났을 때, 그는 자신이 침대 속에 한 마리의 커다란 해충으로 변해 있는 것을 발견했다. 그는 갑옷처럼 딱딱한 등을 대고 누워 있었는데, 머리를 약간 쳐들면 반원으로 된 갈색의 배가 활 모양의 단단한 마디들로 나누어져 있는 것이 보였고, 배 위의 이불은 그대로 덮여 있지 못하고 금방이라도 미끄러져 내릴 것만 같았다. 나머지 몸뚱이 크기에 비해 비참할 정도로 가느다란 다리가 눈앞에서 힘없이 흔들거리고 있었다.

'어찌 된 일일까?' 그는 생각했다. 결코 꿈은 아니었다. 약간 좁긴 해도 제대로 된 사람 사는 방이라 할 수 있는 그의 방은 낯익은 네 개의 벽으로 둘러싸여 있었다. 옷감 견본 꾸러미가 풀려 있는 책상 위쪽에는—잠자는 외판 사원이었다—그가 얼마 전에 화보 잡지에서 오려내 금박으로 된 멋진 액자에 끼워 넣은 그림이 걸려 있었다. 그 그림은 한 숙녀의 초상화였는데, 그녀는 모피 모자를 쓰고 모피 목도리를 두른 채 꼿꼿이 앉아, 팔목까지 오는 무거운 모피 토시를 바라보고 있는 사람에게 쳐들고 있었다.

그레고르는 창 쪽으로 눈길을 돌렸다. 흐린 날씨가—창턱 함석 위로 빗방울 떨어지는 소리가 들렸다—그를 온통 우울하게 만들었다. '좀 더 잠을 청해 이런 어리석은 일을 잊도록 하자.'고 그는 생각했다. 그러나 전혀 그럴 수가 없었다. 그는 오른쪽으로 누워 자는 습관이 있는데, 지금 상태로는 그렇게 누울 수가 없기 때문이었다. 아무리 애를 써서 오른쪽으로 돌리려고 해도 자꾸만 나둥그러졌다. 그는 백 번쯤이나 그렇게 했으며, 허우적거리는 다리를 보지 않으려고 눈을 감았다. 옆구리에 전에는 없었던 가볍고 무딘 통증을 느끼기 시작하자 그는 그짓을 그만두었다.

'아아! 이렇게도 힘든 직업을 택하다니. 매일같이 출장이다. 이 일은 회사에서 하는 실질적인 일보다 훨씬 더 신경을 자극시킨다. 게다가 여행하는 고역이 있고, 기차 연결에 대해 늘 걱정해야 하며, 식사는 불규칙적이면서 나쁘고, 대하는 사람들은 항상 바뀌고 따라서 그들과의 인간관계는 절대로 지속적일 수 없으며 또한 진실한 것일 수도 없다. 이 모든 걸 악마가 가져갔으면!' 그는 배 위가 약간 가려운 것을 느꼈다. 머리를 더 잘 쳐들기 위해서 그는 드러누운 채 몸을 서서히 침대 기둥 가까이로 밀었다. 그는 가려운 곳을 찾았으나 작은 흰 반점만이 보였고, 그게 무엇인지 알 수가 없었다. 그는 한쪽 다리로 그곳을 만져보려고 하다가 곧 다리를 뒤로 젖혔다. 거기에 다리가 스치자 온몸이 소스라칠 정도로 아팠기 때문이었다.

그는 먼저 자세로 나자빠졌다. 그는 생각했다. '이렇게 일찍 일어나니까 사람이 멍청해지는군. 사람이란 잘 만큼 자야 해. 다른 외판 사원들은 규방 여인들처럼 살고 있지 않은가. 예를 들어, 내가 주문받은 것을 기입해두려고 여관에 돌아오면 그때서야 그들은 아침 식사를 하고 있거든. 내가 우리 사장한테 한번 그렇게 하겠노라고 말해볼 만도 하지만 그러면 당장에 쫓겨날 거야. 하지만 쫓겨나는 게 나에게 좋을는지 몰라. 부모님 때문에 망설이긴 했지만, 그렇지만 않다면야 벌써 오래전에 사표를 냈을 거야. 사장 앞에 다가가서 내 의견을 송두리째 털어놓았을 것이고, 그러면 사장은 책상에서 굴러떨어졌을 거야. 사장이 책상 위에 걸터앉아 내려다보며 직원한테 얘기하는 것은 참 별난 짓이다. 게다가 사장은 귀가 어두워 가까이에 다가서야 하지. 하지만 아직 희망은 있다. 부모가 진 빚을 그에게 다 갚을 만큼 돈을 모으면—그렇게 되려면 아직 오륙 년이 더 걸릴 테지만—꼭 그렇게 하고 말겠어. 그러면 큰일을 한 게 되지. 그렇지만 지금은 우선 일어나야겠다. 기차가 다섯 시에 떠나니까.'

그는 재깍거리는 탁상시계를 쳐다보았다. '맙소사' 하고 그는 마음속으로 말했다. 여섯 시 반이었다. 시곗바늘은 조용히 앞을 향하여 가고 있었다. 아니, 여섯 시 반을 지나 사십오 분에 가까워지고 있지 않은가. 자명종이 안 울렸나? 자명종을 네 시에 고정시켜놓은 것이 침대에서도 보였다. 틀림없이 울렸을 것이다. 온 방 안이 시끄러울 정도로 울렸을 텐데 어떻게 편안히 잠을 잘 수 있었을까? 아니야, 편안히 잤을 리 없어. 아마 더욱더 깊이 잠들었을지 몰라. 그런데 이제 무엇을 해야 한다지? 다음 기차는 일곱 시에 있다. 그 기차를 타려면 미친 듯이 서둘러야만 한다. 그런데 견본도 아직 꾸려놓지 않았고, 몸도 전혀 상쾌하지 않으며, 움직일 수도 없을 것 같다. 사환이 다섯 시 차를 기다렸을 것이고, 그래서 내가 늦은 것을 보고한 지도 이미 오래됐을 텐데. 그 녀석은 사장의 꼭두각시로 배짱도 없는 위인이지. 몸이 아파서 결근한다면 어떨까? 그렇지만 그것은 너무나 괴로운 일이며 너무나 의심받기 쉬운 일이다. 왜냐하면 나는 오 년이나 근무하는 동안에 단 한 번도 병을 앓은 적이 없었으니까. 아마도 사장이 의료보험 의사와 함께 와서 게으른 아들 때문에 부모님께 욕을 할 것이고, 그 의사의—의료보험 의사의 눈에는 건강하고 일하기 싫어하는 사람만 보일 뿐이지만—말을 빌려 어떤 항의도 제기할 수 없게 할 것이다. 그럴 경우에 사장이 틀렸다고 말할 수 있을까? 그레고르는 오래 자고 났는데도 더 자고 싶어지는 것을 제외하고는 몸에 아무 이상도 없는 것 같았고, 더구나 모진 시장기까지 드는 것이었다.

침대에서 빠져나가야겠다는 결심을 하지 못한 채 이 같은 것을 급히 생각하고 났을 때—그때 시계는 여섯 시 사십오 분을 가리켰다—침대 머리 쪽의 문을 조심스럽게 두드리는 소리가 들렸다. "그레고르" 하고 부르고 있었다. 어머니였다. "여섯 시 사십오 분이다. 안 갈 거니?" 마냥 부드러운 목소리! 그레고르는 자기의 대답 소리를 듣고 깜짝 놀랐다. 그 대답 소리는 틀림없이 자기 목소리였는데, 거기엔 저음 같기도 한 어떤 억제할 수 없는 고통스러운 찍찍하는 소리가 섞여 있었다. 그 찍찍거리는 소리는 하고 있는 말을 다만 처음 순간만 명료하게 할 뿐, 그 여운은 분명치 않아서 상대방이 똑바로 알아들었는지 알 수 없었다. 그레고르는 충분한 대답을 하고 모든 것을 설명하려 했지만 그런 상태에 있었기 때문에 그저 "네, 네. 고마워요, 어머니. 지금 일어나고 있어요."라고 말하는 걸로 그쳤다. 나무로 된 문이 막고 있어서 그레고르 목소리가 달라진 것을 밖에서는 알 수 없는 것 같았다. 어머니는 이 대답에 안심하고 발을 질질 끌면서 가버렸으니까. 그러나 이 짤막한 대화 소리 때문에 집 안의 다른 식구들도 뜻밖에 그레고르가 아직 집 안에 있다는 것을 알게 되었다. 그래서 한쪽 옆문을 아버지가 두드렸다. 그건 약한 소리였지만 주먹으로 두드린 것이었다. "그레고르! 그레고르 도대체 어찌 된 일이냐." 잠시 뒤에 묵직한 소리로 다시 한 번 재촉했다. "그레고르! 그레고르!" 다른 쪽 옆문에서는 여동생이 탄식하듯 나지막하게 말했다. "오빠, 아프세요? 뭐 필요한 것 있으세요?" 그레고르는 양쪽을 향해서 대답했다. "다 됐어요." 그는 아주 조심스럽게 발음을 하고 단어마다에 긴 간격을 두어 자기 음성에서 수상한 것이 없도록 애썼다. 아버지는 아침 식사 자리로 되돌아갔다. 그러나 여동생은 소곤거렸다. "오빠, 문을 열어봐요. 제발." 그러나 그레고르는 문을 열 생각을 전혀 하지 않고 여행 때나 집에서나 밤에 문을 잠그는 습관을 고맙게 여기고 있었다.

우선 그는 아무런 방해를 받지 않고 조용히 일어나서 옷을 입고 맨 먼저 아침 식사를 하고 그다음 일은 그때에 가서 다시 생각해보려고 했다. 그도 알고 있듯이 침대 속에서는 생각을 해봤자 올바른 결론이 나올 수 없기 때문이다. 잘못 누워 생긴 것 같은 가벼운 통증을 느끼다가도 나중에 일어나보면 그것이 순전히 착각에 불과하던 일이 종종 있었던 것을 그는 상기했다. 그래서 오늘 보았던 것도 서서히 없어지기를 초조하게 기다렸다. 그는 목소리가 변한 것은 외판 사원의 직업병이라 할 독감의 징조에 불과하다고 확신했다.

이불을 벗어 던지는 것은 아주 간단했다. 몸을 좀 부풀게 하니 저절로 미끄러져 내렸다. 그러나 그다음 동작부터가 힘들었다. 몸이 너무 옆으로 퍼져 있었기 때문에 더욱 그랬다. 일어나려면 팔이나 손이 있어야 하는데, 그런 것은 없고 다리만 많았다. 그 다리들은 끊임없이 멋대로 움직였고, 뜻대로 통제할 수 없었다. 한 다리를 구부리려고 하면 그 다리가 먼저 펴지는 것이었다. 한 다리를 자기가 원하는 대로 간신히 해놓아도 그 사이에 다른 다리들이 제멋대로 아프게 요란스레 움직이고 있는 것이었다. "이렇게 쓸데없이 침대 속에 있어서는 안 되겠어." 그레고르가 혼잣말을 했다.

우선 그는 자기 몸의 하체를 침대에서 빠져나오게 하려고 했다. 그러나 그가 아직 보지도 않았으며, 어떻게 생겼는지 상상조차 할 수 없는 그 하반신을 움직이기가 너무나 힘들었다. 그래서 천천히 움직였다. 마침내는 화가 나서 온 힘을 다해서 몸을 마구 앞으로 내밀었지만 방향을 잘못 잡아서 침대 기둥의 아랫부분에 모질게 부딪혔다. 그로 인한 심한 통증으로 그는 자기 몸의 하체가 현재 가장 예민한 부분인 것을 알게 되었다.

그래서 그는 먼저 몸의 상체를 침대에서 빠져나오게 하려고 조심스럽게 고개를 침대 가장자리 쪽으로 돌렸다. 이렇게 하는 것은 쉬웠다. 체구는 넓고 무거웠지만 머리가 움직이는 방향으로 서서히 따라 움직였다. 그러나 드디어 머리를 침대 밖의 허공에다 내밀었을 때 그는 그대로 계속 앞으로 나가기가 겁이 났다. 그런 상태에서 아래로 떨어진다면 기적이라도 일어나지 않는 한 으레 머리를 다치기 십상이니까. 그리고 지금이야말로 절대로 무분별한 짓을 해선 안 되었다. 그는 차라리 그냥 침대에 있고 싶었다.

그는 아까와 같은 수고를 한 후에 한숨을 내쉬면서 다시 처음 위치에 누워 자기의 다리들이 더욱 화난 듯이 서로 싸우는 것을 보다가 그렇게 멋대로 하는 짓을 막을 길이 없자, 그냥 침대에 누워 있을 수는 없으므로 비록 성공률은 지극히 희박하더라도 어떤 희생을 무릅쓰고라도 침대를 벗어나는 일이 최선책이라고 생각했다. 동시에 그때 그는 절망적인 결심보다는 침착한, 가급적

침착한 생각을 하는 것이 더 낫다는 것을 다짐하기를 잊지 않았
다. 그런 순간에 눈을 되도록 예리하게 하여 창문 쪽을 쳐다보았
는데 불행하게도 좁은 거리의 건너편까지 가리고 있는 안개만
보게 되어 자신감도 위안도 얻지 못했다. "벌써 일곱 시로군." 자
명종이 또 울리는 소리를 듣고서 그가 중얼거렸다. "일곱 시인데
도 여태껏 저렇게 안개가 끼어 있구나." 잠시 그는 완전한 적막
속에서 모든 것이 현실적이며 정상적인 모습을 되찾기를 기대하
는 것처럼 잠자코 가볍게 숨을 쉬면서 누워 있었다.

　그러다가 그는 중얼거렸다. "일곱 시 십오 분이 되기 전에는 어
떤 일이 있더라도 침대에서 완전히 벗어나야 해. 일에 대한 것을
물어보려고 그때까지 상점에서 누가 오는지도 몰라. 회사는 일곱
시 이전에 문을 여니까." 그래서 그는 몸 전체를 동일한 율동으로
흔들어 침대로부터 빠져나오려고 애썼다. 그런 식으로 침대에서
몸을 떨어뜨릴 경우, 떨어지면서 머리를 똑바로 쳐들기만 한다
면 머리를 다치지는 않을 것이다. 등은 단단한 것 같으니까 양탄
자 위로 떨어져도 아무렇지도 않을 것이다. 가장 염려스러운 것
은 떨어질 때 으레 생길 요란한 소리였다. 그런 소리가 나면 문 뒤
에 있을 식구들을 놀라게 하진 않더라도 걱정을 끼칠 것이다. 그
러나 그런 모험을 해보는 수밖에 없었다.

　그레고르가 몸을 반쯤 침대 밖으로 나오게 했을 때—새로운
방법의 동작은 힘들다기보다는 오히려 무슨 장난 같았다. 그저
간헐적으로 몸을 흔들기만 하면 되었다—누군가 도와주기만 하
면 모든 것이 간단히 끝나리라는 생각이 들었다. 힘센 사람 두 명
만 있어도……. 그는 아버지와 하녀를 생각했다. 충분할 것 같았
다. 그들이 자신의 둥그스름한 등 아래로 팔을 집어넣어 침대에

서 자신을 빼내고 그대로 든 채 몸을 아래로 굽힌 다음 자신이 방바닥 위에서 몸을 뒤칠 때까지 조심스럽게 잡아주기만 하면 될 것 같았다. 그 다음엔 자그마한 다리들이 제구실을 해야 할 것이다. 그렇다면 문이 잠겨 있는 것도 무시하고 도와달라고 소리치는 것이 나을까? 곤경에 빠져 있으면서도 그런 생각은 그에게 고소를 금치 못하게 하는 것이었다.

이제 그는 세게 흔들면 몸의 균형을 잡을 수 없을 정도에 이르렀다. 게다가 그는 곧 최종 결단을 내려야 했다. 오 분만 있으면 일곱 시 십오 분이 되기 때문이었다. 그때 현관에서 벨이 울렸다. '회사에서 누가 온 모양이군.' 그는 그렇게 생각하자 몸이 굳어졌다. 그런데도 다리는 더욱 요란하게 춤을 추고 있었다. 한순간 조용해졌다. "문을 안 여는데." 하고 그레고르는 중얼거리며 엉뚱한 희망에 사로잡혔다. 그러나 잠시 후 여느 때처럼 하녀가 확고한 걸음으로 나가서 문을 열었다. 그레고르는 방문객의 첫마디 인사말만으로 그게 누구인지를 알 수 있었다. 지배인이 몸소 왔던 것이다. 왜 나는 조금만 늦어도 굉장한 의심을 사는 그런 회사에 다니는 신세일까? 직원 모두가 건달이란 말인가. 그들 중에는 아침 한두 시간을 회사를 위해 일하지 않으면 미칠 듯이 양심의 가책을 받아 몸져눕게 되어 침대를 떠나지도 못하는 그런 성실하고 헌신적인 인간은 없단 말인가? 견습 사원을 보내 물어보게 해도—뭘 물어보는 게 필요하다면—충분하지 않은가. 지배인이 직접 와서, 이 수상한 사건은 오직 지배인만이 조사할 수 있는 것이라고 온 가족에게까지, 죄 없는 가족들에게까지 알려야 한단 말인가. 온전한 결단에서라기보다는 오히려 이런 생각에서 비롯된 흥분에서 그레고르는 온 힘을 다해 침대에서 뛰어내렸다. 떨어지는 소리가 크게 났다. 그렇지만 굉장한 소리는 아니었다. 양탄자 때문에 떨어지는 소리가 좀 약해졌다. 그리고 등은 그레고르가 생각했던 것보다는 탄력이 있었다. 그래서 주의를 끌 만한 요란한 소리는 나지 않았다. 단지 머리를 충분히 조심스럽게 들지 않은 관계로 부딪쳤을 뿐이었다. 그는 화가 나고 아파서 머리를 양탄자에 문질렀다.

"저 안에서 뭔가 떨어졌는데요." 지배인이 왼쪽 옆방에서 말했다. 그레고르는 오늘 자기한테 일어난 일과 흡사한 일이 지배인에게도 언젠가는 일어나지 않을까 생각해보았다. 그럴 가능성이 있다는 것은 부인할 수 없었다. 그러나 그런 생각에 대해서 거친 대답이라도 해주는 듯이 지배인은 옆방에서 몇 발짝 또박또박 걸으면서 에나멜 구두에서 삐걱삐걱하는 소리를 냈다. 오른쪽 옆방에서는 그레고르에게 바깥 사정을 알려주기 위해서 여동생이 소곤거렸다. "오빠, 지배인이 오셨어요." "알아." 그레고르는 혼자 중얼거렸다. 그러나 그는 여동생이 알아들을 만큼 큰 소리는 감히 낼 수 없었다.

"그레고르." 왼쪽 옆방에서 아버지가 말했다. "지배인님께서 오셔서 어째서 네가 새벽 차로 출발하지 않았느냐고 물으신다. 뭐라고 말씀드려야 할지 잘 모르겠구나. 그분께서는 너와 개인적으로 말씀하고 싶어 하신다. 그러니 문을 좀 열어라. 그분은 방이 지저분한 것을 용서해주실 거다." 이때 지배인이 다정하게 말을 건넸다. "안녕하십니까, 잠자 씨." 아버지는 계속 문에 대고 얘기를 하고 있었는데, 그러는 동안에 어머니가 지배인에게 말했다. "그애는 몸이 편칠 않아요. 정말입니다, 지배인님. 그렇지 않고서야 기차를 놓칠 리가 없지요. 그 애는 머릿속에 회사 일밖에 없어요.

저녁에도 외출하는 일이 없어서 제가 오히려 화가 날 지경이에요. 벌써 일주일째 이곳에 있으면서도 매일 저녁을 집에서 보내고 있어요. 우리와 함께 식탁에 앉아서 조용히 신문을 보거나 기차 시간표를 조사해보지요. 그 애의 유일한 오락이란 실톱으로 무엇을 만드는 일이지요. 예를 들면 이삼 일 동안 작은 액자를 만들었어요. 얼마나 예쁜지 보시면 놀라실 거예요. 방 안에 걸려 있어요. 그레고르가 문을 열면 금방 보실 수 있어요. 그런데 지배인님께서 이렇게 와주셔서 얼마나 고마운지 몰라요. 우리들만으로는 그레고르더러 문을 열게 하지 못했어요. 그 앤 너무나 고집이 세거든요. 그 앤 확실히 편치 않아요. 그렇지 않다고 했지만요."

"곧 나갑니다." 그레고르가 천천히 조심스레 말하고 대화하는 말을 한마디도 놓치지 않으려고 잠자코 있었다. "아주머님, 달리는 설명이 안 되는군요." 지배인이 말했다. "심하지만 않으면 좋겠군요. 그렇지만 더 말씀드리자면 우리들 사업하는 사람들은 행인지 불행인지 몸이 약간 불편한 것은 사업을 고려해서 참고 넘겨야만 하지요." "그럼 지배인님께서 들어가도 되겠느냐?" 참을성 없는 아버지가 다시 문에 대고 물었다. "안 됩니다." 그레고르가 말했다. 왼쪽 옆방에서는 고통스런 침묵이 흘렀고, 오른쪽 옆방에서는 여동생이 흐느끼기 시작했다.

왜 여동생은 다른 사람들에게로 가지 않는 걸까? 아마 침대에서 금방 일어나 미처 옷도 입지 못한 모양이다. 그런데 왜 우는 걸까? 내가 일어나지 않고 지배인을 들어오지 못하게 해서일까? 그래서 일자리를 잃게 될 위험이 있다고 그러는 걸까? 그리고 사장이 옛날 빚을 독촉하면서 부모님을 괴롭힐까 봐 그럴까? 그렇지만 그런 일들은 현재로서는 부질없는 걱정이다. 아직은 내가 여기에 있고, 식구를 저버릴 생각은 추호도 없으니까. 현재 나는 양탄자 위에 누워 있지만, 나의 형편을 아는 사람이라면 아무도 나더러 지배인을 들어오게 하라고 진지하게 요구하지는 않을 것이다. 그리고 나중에 쉽사리 적절한 변명을 붙일 수 있는 그런 사소한 일 때문에 내가 즉각 해고당하는 일은 있을 수 없는 일이다. 그리하여 그레고르의 생각으로는 울고 애원하면서 자기를 괴롭히는 것보다는 자기를 조용히 있게 해주는 것이 더 현명한 처사인 것 같았다. 그러나 그들을 당황하게 하고 그들의 행동을 변명하게 하는 것은 바로 의혹이었다.

"잠자 씨." 지배인이 언성을 높여서 말했다. "무슨 일입니까? 당신은 방 안에 바리케이드를 치고 틀어박혀서, 네, 아니요, 라고만 대답하면서 부모님한테 불필요한 걱정을 끼치고…… 말이 나온 김에 하는 말이지만, 업무상의 의무를 고약한 방법으로 태만히 하고 있어요. 당신 부모님과 사장님을 대신해서 하는 말인데, 즉각적이고 명확한 해명을 진정으로 요구합니다. 놀랍군요, 놀라워. 난 당신을 침착하고 분별 있는 사람으로 알고 있었는데, 이제 갑자기 괴팍한 변덕을 보이기 시작하는군요. 사실 오늘 아침 당신이 늦은 이유에 대해서는 사장이 그럴싸한 설명을 암시하긴 했어요. 그건 최근에 당신에게 맡긴 수금과 관계되는 것인데, 그래도 나는 그런 설명은 맞지 않는다고 맹세를 했어요. 그런데 이제 당신의 이해할 수 없는 고집을 보니까, 당신 편이 되어 얘기해줄 생각이 없어지고 마네요. 그리고 당신의 지위도 전혀 확고부동한 것이 아닙니다. 나는 둘이서만 얘기를 하려고 했는데, 당신이 내 시간을 이렇게 쓸데없이 허비하게 하기 때문에 부모님도 듣게 하지 않을 수가 없어요. 최근에 당신의 업무 성과는 무척 불만족스러워요. 지금이 장사의 호경기인 계절이 아니라는 사실은 우리도 알고 있어요. 그렇지만 장사가 안 되는 계절이란 원래 없는 법이고 있어서도 안 되지요. 잠자 씨." "그렇지만, 지배인님." 그레고르가 정신없이 이렇게 외쳤고 흥분한 나머지 다른 것을 다 잊어버리고 말았다. "금방 문을 열려고 합니다. 몸이 약간 불편할 뿐이에요. 현기증이 나는 바람에 일어나지 못했어요. 아직도 침대에 누워 있어요. 그렇지만 이제 다시 나았어요. 지금 침대에서 나오는 중입니다. 잠깐만 참아주세요. 아직은 몸이 생각만큼 좋진 않아요. 그렇지만 정말 괜찮아요. 이렇게 갑자기 사람을 놀라게 하는 일이 생길 줄이야 어떻게 알았겠습니까. 어제저녁까지만 해도 몸이 아주 좋았어요. 부모님께서도 그건 아십니다. 아니죠. 실은 어제저녁에 벌써 좀 그런 예감이 들었어요. 분명히 내게서 그런 조짐이 보였을 겁니다. 왜 제가 그걸 사무실에 미리 알리지 않았는지 모르겠군요. 하지만 사람들은 집에서 쉬지 않고도 병을 이겨낼 수 있다고 생각하기 일쑤지요. 지배인님, 제 부모님을 아껴주십시오. 지금 저에 대해 하신 비난은 모두 당치 않은 것입니다. 아무도 저에게 그런 말을 한 적이 없습니다. 제가 최근 발송한 주문서를 읽어보시지 않은 모양이군요. 어쨌든 여덟 시 기차로 여행을 떠나도록 하겠습니다. 몇 시간 쉬었더니 원기가 나는군요. 지배인님, 제발 여기 계시지 말아주세요. 곧 제 자신이 회사에 나가겠습니다. 그러니 사장님께 이런 말씀을 드리고 사과의 말씀도 전해주십시오."

그레고르는 이런 얘기를 급히 해놓고는 자기가 무슨 말을 하고 있는지도 거의 모르고 있었다. 아까 침대에서 연습했던 탓인지, 그는 그동안에 쉽사리 옷장에 다가갔으며, 이제 거기에 기대어 일어서려고 애썼다. 그는 정작 문을 열고 자기를 내보이면서 지배인과 이야기를 하려는 것이었다. 그는 자기를 그토록 만나고 싶어하는 사람들이 자기를 보면 무슨 말을 할는지 정말 알고 싶었다. 그들이 놀라 자빠져도 그건 내 책임이 아니니까 가만히 있으면 되겠지. 그들이 모든 것을 태연하게 받아들인다면 내 자신도 흥분할 아무런 이유가 없고 서두르기만 하면 여덟 시에 역에 도착할 수 있을 것이다. 그는 처음에는 몇 번이나 매끄러운 옷장에서 미끄러졌지만 나중엔 몸을 훌쩍 쳐올려 똑바로 일어섰다. 하복부가 불이 나는 듯이 아팠지만 그는 그런 고통엔 전혀 개의치 않았다. 그는 가까이에 있는 의자 등받이에 몸을 떨구고는, 다리로 그 가장자리를 꽉 잡았다. 그렇게 함으로써 그는 자제하게 되었으며 말을 멈췄다. 지배인이 하는 말을 들을 수 있었기 때문이다.

"한마디라도 알아들으셨나요?" 지배인이 부모에게 물었다. "우리를 놀리는 것은 아니겠지요." "그럴 리가 있겠어요!" 어머니가 울면서 소리를 질렀다. "그 앤 심하게 아픈가 봐요. 우리가 그 앨 괴롭히고 있어요. 그레테! 그레테야!" 어머니가 소리쳤다. "왜요, 엄마?" 여동생이 다른 편에서 외쳤다. 그들은 그레고르의 방을 사이에 두고 얘기를 주고받았다. "즉시 의사한테 가거라. 오빠가 병이 났다. 빨리 의사한테 가. 너 방금 그레고르가 말하는 소리를 들었니?" "그건 동물의 목소리였습니다." 지배인은 어머니의 외침소리와 대조적으로 낮은 소리로 말했다. "안나! 안나야!" 아버지가 현관방을 향해 부엌에다 대고 소리치면서 손뼉을 쳤다. "열쇠공을 불러오너라." 그러자 두 처녀는 치마를 끌면서 현관방으로 달려가서 ─여동생이 어떻게 저렇게 빨리 옷을 입었을까? ─ 현관문을 확 열었다. 문을 닫는 소리는 들리지 않았다. 큰 사고가 벌어진 집에서처럼 그들은 문을 활짝 열어놓고 간 모양이다.

그러나 그레고르는 훨씬 더 침착해졌다. 다른 사람들은 그의 말을 더 이상 알아듣지 못했다. 그러나 그는 귀에 익은 탓인지 자신의 말이 아까보다 훨씬 더 명료하다고 여겼다. 아무튼 이제 사람들은 그에게 무언가가 잘못됐다고 믿고서 그를 도와줄 용의가 있었다. 그는 자기를 위한 앞서의 조치가 신뢰와 확신에서 취해졌다고 생각되어 마음이 흐뭇했다. 그는 다시 사람들 무리 속에 끼어드는 기분이었으며, 의사와 열쇠공을 정확히 구별도 안 하면서 그들에게 굉장하고 놀랄 만한 성과를 기대했다. 다가오는 결정적인 대답에서 가급적 명료한 목소리로 말하기 위해서 그는 기침을 약간 해보았다. 물론 낮은 소리로 했다. 왜냐하면 기침 소리조차도 사람의 기침 소리와는 다르게 울리는지 모르기 때문이었다. 그리고 그는 스스로가 그런 것을 구별할 자신이 없었다. 옆방은 그동안 조용해졌다. 부모님이 지배인과 식탁에 앉아 귀엣말을 하고 있는 걸까, 아니면 모두들 문에 기대서 엿듣고 있는 걸까.

그레고르는 천천히 소파를 밀어 문 쪽으로 다가가서는 소파에서 몸을 떼고 얼른 문에 기대면서 꼿꼿이 서서 —그의 발바닥엔 끈적끈적한 점액이 약간 있었다— 잠시 피곤을 풀었다. 그런 다음 그는 입으로 열쇠 구멍에 꽂힌 열쇠를 돌리려고 했다. 불행히도 그는 제대로 된 이가 없는 것 같았는데 —무엇으로 열쇠를 잡지? —그 대신 단단한 턱이 있었다. 실제로 그는 턱으로 열쇠를 움직일 수 있었다. 그는 어딘가를 다쳤는데 개의치 않았다. 그의 입에서 거무스레한 액체가 나와 열쇠 위로 흘러 바닥에 떨어졌다. "들어보십시오." 옆방에서 지배인이 말했다. "열쇠를 돌리고 있어요." 이 말은 그레고르에게 큰 격려가 되었다. 하지만 모두 다 날

응원해주면 좋을 텐데. "자, 좀 더 열쇠를 꽉 쥐고!" 자신이 애쓰고 있는 것을 모두가 주시하고 있다고 생각하면서 그는 온 힘을 다하여 미친 듯이 열쇠를 물었다. 열쇠를 계속 돌리면서 그는 열쇠 구멍 주위를 돌았다. 지금 그는 입만으로 몸을 부지하고 있었는데, 필요에 따라 자물쇠가 열리는 찰칵하는 소리에 제정신이 났다. 숨을 내쉬면서 그는 "열쇠공이 도와주지 않아도 해내고 말았어." 하고 혼잣말을 한 다음 문을 활짝 열어놓기 위해서 머리를 손잡이에다 올려놓았다.

그가 그런 식으로 문을 열어야만 했기 때문에 문이 꽤 넓게 열렸지만 그 자신은 아직 보이지 않았다. 그는 우선 천천히 한쪽 문짝 주위를 돌아야만 했는데, 거실로 들어가기 전에 벌렁 뒤로 나자빠지는 일이 없도록 조심스럽게 움직여야 했다. 그는 그 힘든 동작을 하느라 다른 것엔 신경 쓸 시간이 없었다. 그때 그는 지배인이 크게 "앗" 하는 소리를 들었고—그것은 마치 바람이 지나가는 소리와도 같았다—또 지배인이 문 바로 옆에 섰다가 손으로 벌린 입을 막으면서 보이지 않는 줄기찬 힘에 쫓기듯이 물러나고 있는 것을 보았다. 어머니는—지배인이 있는데도 그녀는 밤에 풀어놓은, 곤두세워진 머리를 하고 있었다—합장을 한 채 아버지를 쳐다보더니 두 걸음 그레고르한테 다가오다가 둥그렇게 치마를 펼치면서 쓰러지고 말았다. 얼굴은 가슴에 묻혀 보이지 않았다. 아버지는 그레고르를 그의 방으로 도로 밀어 넣으려는 듯이 주먹을 쥐고 사나운 표정을 하더니 불안스레 거실을 둘러본 후에 두 손으로 눈을 가리고 튼튼한 가슴팍이 들먹일 정도로 울었다.

그레고르는 거실로 들어가지 않고 안에서 꽉 고정시켜놓은 문짝에 기대고 있었으므로 몸의 절반과 옆으로 수그린 머리가 보였다. 그 머리로 그는 다른 사람들을 엿보고 있었다. 그러는 동안에 날이 훨씬 밝아졌다. 길 건너편에는 서로 마주 서 있는 한없이 긴 진회색 집의 일부가—그것은 병원이었다—전면이 심하게 부서진 규칙적인 모양의 창문과 함께 명료하게 보였다. 아직도 비가 내리고 있었는데, 눈에 보일 만큼 커다란 빗방울이 정작 한 방울씩 땅에 떨어지고 있었다. 아침 식사 때의 식기가 식탁에 수북이 쌓여 있었다. 아버지에게는 아침 식사가 하루 중에 제일 중요한 식사이기 때문이었다. 아버지는 각종 신문을 읽어가면서 아침 식사를 몇 시간씩 질질 끌었다. 맞은편 벽에는 군대 시절의 그레고르 사진이 걸려 있었다. 계급은 소위였는데, 손을 군도에 붙이고 걱정 없는 웃는 얼굴로 자기의 자세나 제복에 경의를 표해주기를 바라는 것 같았다. 현관방으로 난 문은 열려 있었는데 현관문마저 열려 있어서 거실 출입구와 내려가는 계단 윗부분이 보였다.

"그럼," 그레고르가 말했다. 그는 지금 안정을 유지하는 사람은 자기 혼자라는 것을 알았다. "곧 옷을 입고 견본을 꾸며 떠나도록 하겠습니다. 정작, 정작 절 가도록 해주시겠지요? 지배인님, 보다시피 전 고집불통이 아니라 일하기를 좋아합니다. 여행이란 고된 것이지만 전 여행을 안 하면 살 수 없어요. 지배인님, 어디로 가시는 겁니까? 회사로 가십니까? 그렇죠? 모든 일을 사실대로 보고 하시겠지요? 사람이란 때로는 일을 할 수 없을 때도 있는 법인데 바로 그럴 때 과거 업적을 기억하셔서 장애가 사라진 후에는 전보다 더 열심히, 더 집중적으로 일할 수 있다는 것을 생각하셔야지요. 제가 사장님에게 충실해야 한다는 것은 당신도 잘 아시지요. 그런데다가 저는 부모님과 여동생도 보살펴야 됩니다. 전 지금 역경에 처해 있습니다만, 다시 거기에서 빠져나올 것입니다. 저를 더 이상 곤란하게 만들진 마십시오. 회사에서 제 편이 되어주십시오. 사람들이 외판 사원을 좋아하지 않는다는 건 저도 알고 있어요. 떼돈을 벌어서 신나게 살고 있다고들 생각하지요. 그런 편견을 고쳐볼 특별한 이유는 없습니다. 그러나 지배인님께서는 다른 사원들보다도 사정을 더 잘 알고 계십니다. 사장님은 주인이라는 입장이기 때문에 판단에 있어서 고용인이 불리하도록 잘못 나가기가 쉽습니다. 거의 일 년 내내 회사 밖에서 지내는 외판 사원이란 험담이나 우연한 일이나 이유 없는 비난의 대상이 되기 십상이지요. 그로서는 그런 것을 도저히 막을 수 없어요. 그는 대개 그런 일에 대해선 아무것도 모르고 지내기 때문입니다. 그리고 여행을 마치고 지쳐 집에 돌아와 있을 때 그런 일의 원인 불명의 결과만을 몸소 느끼게 되는 수가 있어요. 지배인님, 가시기 전에 제 이야기가 조금이라도 옳다는 말씀을 한마디라도 해주십시오."

그러나 그레고르가 말을 시작하자마자 지배인은 몸을 돌리고 입술을 삐죽거리면서 떨고 있는 자신의 어깨 너머로 그레고르를 쳐다보았다. 그리고 그레고르가 말하는 동안 그는 잠시도 가만있지 못하고 그레고르에게서 눈을 떼지 않은 채 문 쪽으로 발을 옮겼다. 나가서는 안 된다는 비밀 지령이라도 받은 것처럼 천천히, 그러나 그는 이미 현관방까지 가 있었다. 그가 거실에서 마지막 발을 떼는 동작은 마치 발바닥에 불이라도 붙은 것처럼 너무나 갑작스러웠다. 현관방에서 그는 마치 하늘의 도움이 자기를 기다리고 있기라도 하듯이 오른손을 층계 쪽으로 내밀었다.

그레고르는 지배인을 이런 기분으로 가게 한다고 해서 회사에서의 자기 위치가 굉장히 위태롭게 되는 것은 아니지만 그래도 그를 그렇게 보내서는 안 된다고 생각했다. 부모는 모든 것을 잘 이해하지 못했다. 여러 해가 지나는 동안에 그들은 그레고르가 그 회사에서 평생토록 신분이 보장돼 있다고 확신하게 되었다. 그리고 지금 그들은 이 순간에 닥쳐 있는 걱정에 너무 신경을 많이 쓰고 있어서 앞일을 생각하기란 불가능했다. 그러나 그레고르는 앞일을 생각하고 있었다. 그의 생각으로는 지배인을 붙잡아 진정시키고 설득시켜 동감을 얻어내야 한다. 그레고르와 그의 가족의 장래가 그 사람한테 달려 있지 않은가! 여동생이 여기에 있으면 좋을 텐데. 그 애는 똑똑하다. 내가 멍하니 누워 있을 때에 여동생은 벌써 울고 있었다. 지배인은 여자한테는 약하니까 그 애라면 설득시킬 수가 있을 것이다. 그 애라면 현관문을 닫고 현관방에서 그가 놀라지 않도록 변명할 수 있을 텐데. 그렇지만 지금 여동생이 여기에 없으니 내 스스로가 행동해야 한다. 그래서 현재 움직이지 못한다는 것도 생각하지 않고 그는 문짝에서 몸을 떼고 문이 열린 곳으로 미끄러져 나와 이미 현관 출입구의 난간을 두 손으로 붙잡고 있는 지배인에게 가려고 했다. 그러나 그는 잡을 곳을 찾다가 나지막하게 비명을 지르면서 수많은 발과 함께 아래로 넘어지고 말았다. 그렇게 되자마자 그는 그날 아침 처음으로 육체적 쾌감을 느꼈다. 다리를 단단히 딛고 있었다. 그리고 기분 좋게도 그 다리가 완전히 뜻대로 움직였다. 다리는 그가 가고자 하는 곳으로 그를 운반해 가려고 애를 썼다. 그래서 그는 조금만 있으면 갖은 고통으로부터 완전히 회복되리라고 생각했다. 그러나 그가 어머니로부터 별로 떨어지지 않은 맞은편 마룻바닥 위에 누워 몸 움직임을 억제하느라고 흔들거리고 있는 바로 그때, 실신한 것처럼 보이던 어머니가 별안간 벌떡 일어나 두 팔을 벌리고 손가락을 펼치면서 소리를 질렀다. "사람 살려요!

사람 살려!" 어머니는 그레고르를 더 자세히 보려는 듯이 고개를 숙였다가, 그러나 그와는 반대로 곧 뒤로 마구 달음질쳤다. 그녀는 자기 뒤에 식사를 차려놓은 식탁이 있다는 것도 잊어버렸는데, 거기에 닿자 얼빠진 듯이 얼른 그 위에 올라앉았다. 그리고 옆에 엎어진 주전자에서 커피가 양탄자 위로 줄줄 흘러내리고 있다는 것도 모르고 있는 듯했다.

"어머니, 어머니." 그레고르가 나지막하게 말하면서 어머니를 올려다보았다. 지배인 생각은 잠시 그의 머리에서 없어졌다. 흘러내리는 커피를 본 순간, 그는 몇 번이나 턱을 허공에 저었다. 그러자 다시 어머니가 소리를 지르고 식탁에서 도망쳐서 마주 달려오던 아버지의 품 안으로 쓰러졌다. 그러나 지금 그레고르로서는 부모를 생각할 여유가 없었다. 지배인은 벌써 계단에 가 있었다. 그는 턱을 난간에 대고 마지막으로 뒤를 돌아다보았다. 그레고르는 어떻게 해서든 그를 붙잡아보려고 훌쩍 뛰었다. 지배인은 어떤 예감이 있었던 것 같았다. 그는 한 번에 몇 계단씩 뛰어 내려가더니 아주 사라져버렸다. "휴!" 하고 그가 또 한 번 외쳤는데, 그 소리가 계단실 전체에 울렸다. 그런데 지배인이 도망치자 지금까지 어지간히 침착하던 아버지가 아주 정신을 잃은 것 같았다. 몸소 지배인을 붙잡으러 가거나 그렇지 않으면 적어도 지배인을 쫓아가려는 그레고르를 그의 방으로 몰아넣으려고 하는 것이었다. 그레고르가 아무리 애원해도 소용이 없었다. 아무리 애원해도 전달이 불가능했다. 그가 고개를 얌전하게 돌리려고 해도 아버지는 더 요란스레 발을 굴렀다. 아버지 뒤쪽에서 어머니는 추운 날씨인데도 창문을 열어놓고 두 손으로 얼굴을 가린 채 몸을 밖으로 내밀고 있었다. 골목과 계단실 사이에서 거센 바람이 일었고, 커튼이 나부꼈으며, 식탁 위의 신문들이 펄럭이더니 한 장 한 장 방바닥 위로 떨어졌다. 아버지는 무자비하게 재촉하면서 야만인처럼 쉿쉿 소리를 냈다. 그런데 그레고르는 아직 뒷걸음치는 연습을 하지 않았기 때문에 무척 천천히 움직였다. 그레고르는 돌아설 수만 있었더라면 금방 자기 방으로 돌아갈 수 있었을 것이다. 그러나 그는 회전하느라 시간이 걸려서 아버지를 신경질 나게 할까 봐 두려웠다. 게다가 매 순간마다 아버지가 손에 든 지팡이로 그의 등이나 머리를 때릴 위험이 있었다. 그래도 그레고르로서는 다른 방도가 없었다. 왜냐하면 뒷걸음질할 때에 방향을 제대로 잡지 못한다는 것을 깨닫고 놀랐기 때문이다. 그래서 그는 계속 근심스럽게 아버지를 곁눈질하면서 되도록 빨리 돌아서려고 했는데, 실은 무척 느리게 돌기 시작했다. 아버지는 그의 선의를 알아차리자 그때서야 방해를 하지 않고 멀리서 지팡이 끝으로 돌고 있는 동작을 지휘하곤 했다. 듣기 괴로운 저 쉿쉿 하는 소리 좀 안 내실 수 없나! 그레고르는 그것 때문에 정신이 나갈 지경이었다. 몸이 거의 돌아갔을 때 그는 그 쉿쉿 소리 때문에 혼동해서 다시 얼마쯤 잘못 돌았다. 그런데 드디어 머리를 열려 있는 문간 방향으로 놓고 보니 그의 몸이 너무 넓어서 도저히 들어갈 수가 없었다. 그러나 아버지의 현재 기분으로는 그레고르에게 충분한 통로를 마련해주려고 다른 쪽 문짝을 열어줄 생각을 한다는 것은 전혀 있을 수 없었다. 아버지로서는 그레고르를 되도록 빨리 그의 방으로 들어가게 해야 한다는 생각뿐이었다. 아버지는 일어서서 문을 지나가는 데 필요한 번거로운 준비를 하도록 참아주지 않을 것이다. 그러기는커녕 아버지는 아무런 장애도 없다는 듯이 더욱 요란스러운 소리를 내면서 그레고르를 앞으로 몰았다. 그레고르 뒤에서 나는 소리는 한 분밖에 안 계신 아버지의 여느 때 목소리 같지 않았다. 그건 그야말로 장난이 아니었다. 그래서 그레고르는 무슨 일이 일어나도 괜찮다는 각오로 문간으로 돌진했다. 그의 몸 한쪽은 위로 치켜진 채 문간에 비스듬히 끼어 있었다. 그는 한쪽 옆구리에 찰상을 입었고, 하얀 문에는 지저분한 자국이 남았다. 곧 몸이 꽉 끼어들어서 그는 혼자서는 운신할 수 없을 지경이었다. 한쪽 다리가 허공에서 떨고 있었으며, 다른 한쪽 다리는 아프게 마룻바닥에 짓눌려져 있다. 그때 아버지가 뒤에서 힘껏 떠밀어 그야말로 그를 구원해주었다. 그는 피를 심하게 흘리며 휙 날아서 방 안으로 들어갔다. 지팡이에 밀려 문이 닫히고 마침내 조용해졌다.

II

저녁 어스름할 무렵에서야 그레고르는 혼수상태 같은 깊은 잠에서 깨어났다. 실컷 쉬고 푹 잠을 잤으니 잠을 방해하는 소리가 아니더라도 곧 깨어났을 테지만, 빠른 발걸음 소리와 현관방 쪽의 문을 조심스럽게 닫는 소리가 잠을 깨운 것 같다. 거리의 전등 불빛이 천장과 가구의 윗부분을 여기저기 창백하게 비추고 있었지만, 그레고르가 누워 있는 아래쪽은 어두웠다. 그제서야 그 가치를 인정하게 된 촉각으로 서툴게나마 더듬으면서 그는 무슨 일이 벌어졌는가를 알아보기 위해서 문 쪽으로 갔다. 왼쪽 옆구리엔 깊고 불쾌하게 당기는 상처가 나 있었다. 그래서 두 줄의 다리로 절름거리지 않을 수 없었다. 게다가 오전의 사건 때 작은 다리 하나를 심하게 다쳐서 — 다리가 하나만 부상당했다는 것은 기적과도 같았다 — 마비된 것처럼 질질 끌려 왔다.

문가에 와서야 그는 무엇이 정작 자기를 그곳으로 유인했는가를 알았다. 그것은 무슨 음식 냄새였다. 대접에 신선한 우유가 담겨 있었고, 그 안에는 흰 빵 조각이 떠 있었다. 너무 좋아서 그는 웃을 뻔했다. 아침보다 훨씬 더 배가 고팠기 때문이었다. 그래서 그는 당장에 눈 위까지 잠기도록 머리를 우유 속에 처박았다. 그러나 그는 곧 실망해서 머리를 뺐는데, 그것은 거북스러운 왼쪽 옆구리가 아파서 먹기가 힘들었기 때문만이 아니라 — 그의 몸 전체가 헐떡거리면서 협조만 한다면 먹을 수는 있었다 — 우유가 그에게 맛이 없는 탓이기도 했다. 우유야말로 전에 그가 가장 좋아하던 음료였고 그렇기 때문에 여동생이 그것을 들여다 놓은 게 분명했다. 그는 역겨워 대접을 외면하고 기어서 방 한가운데로 돌아왔다.

그레고르가 문틈으로 내다보니 거실에는 가스등이 켜져 있었다. 여느 때 같으면 이 시각에 아버지가 석간신문을 어머니나 때로는 여동생에게 읽어주기가 일쑤였는데, 지금은 아무 소리도 나지 않았다. 여동생이 그에게 이야기해주고 편지에도 적어 보내던 그 신문 낭독이 최근에는 중단된 모양이었다. 거실은 분명 비어 있지 않은데 주위가 잠잠했다. "식구들이 무척 조용한 생활을 하고 있구나." 하고 그레고르는 혼잣말을 했다. 그는 어둠 속을 응시하며, 부모와 여동생을 이런 좋은 집에서 이렇게 생활해나가도록 뒷받침해왔다는 사실을 무척 자랑스럽게 여겼다. '그런데 혹시 이 편안과 윤택한 생활과 만족스러움이 끔찍스럽게도 끝장나면 어떡하지?' 그런 생각에 잠기지 않기 위해서 그레고르는 움직이고 싶었고, 그래서 방 안을 이리저리 기어 다녔다.

긴 저녁 동안 한 번은 한쪽 문이 약간 열렸다가 재빨리 닫혔고, 그런 후에 다른 쪽 문도 그렇게 열렸다가 닫혔다. 누군가가 들어오고 싶어 했다가 주저한 것 같았다. 그레고르는 거실 문 옆에 바짝 붙어 서서 그 주저하는 방문객을 들어오게 하거나 적어도 그 사람이 누구인지 알아보려고 작정했다. 그러나 다시는 문이 열리지 않았고, 그레고르는 헛되이 기다린 것이었다. 아침에 문이 잠겨 있을 때는 모두가 그에게로 들어오려고 하더니, 그가 문 하나를 열어놓고 있는 지금이나 낮에 다른 문들이 열려 있을 때에는 아무도 들어오지 않고 바깥쪽에 열쇠까지 꽂아놓고 있었다.

밤늦게야 거실의 불이 꺼졌다. 부모와 여동생이 그때까지 자지 않고 있었다는 것이 확실했다. 세 사람이 발끝으로 가만가만 물러가는 소리가 똑똑히 들렸기 때문이었다. 아침까지 아무도 그레고르에게로 들어오지 않을 것이다. 그래서 그는 자기 생활을 이제부터 어떻게 계획해야 할지 조용히 생각할 충분한 여유를 갖게 되었다. 그러나 그가 어쩔 수 없이 방바닥에 납죽 누워 있어야만 하는 높고 텅 빈 방이 그를 불안하게 만들었다. 그는 그 원인을 알 수 없었다. 그는 오 년째 그 방에 살고 있었기 때문이었다. 그래서 그는 반쯤 무의식적인 동작으로 약간 부끄러워하면서 소파 아래로 기어들어 갔다. 등이 약간 눌리고 머리를 쳐들 수가 없었지만, 그래도 그는 금방 기분이 좋아졌다. 다만 몸이 너무나 넓어서 소파 아래로 완전히 들어갈 수 없는 것이 유감이었다.

밤새도록 그는 그 속에서 지냈는데, 때로는 반수면을 하다가 배가 고파서 몇 번씩 깜짝 놀라 깨기도 했다. 또 때로는 걱정과 막연한 희망을 갖기도 했지만 그것에서 얻은 결론은 지금으로서는 조용히 처신하고 인내와 신중을 다해서 지금 그의 상태 때문에 야기되는 불쾌한 일들을 식구들로 하여금 이겨나갈 수 있도록 애써야 한다는 것이었다.

아직 밤이나 다름없는 이른 새벽에 그레고르는 아까 결심한 것을 시험해볼 기회를 갖게 되었다. 옷을 거의 다 입고 있는 여동생이 현관방에서 문을 열고 초조하게 들여다보는 것이었다. 그녀는 그를 금방 찾아내진 못했지만, 그가 소파 밑에 있는 것을 보더니—글쎄, 어딘가에 있을 텐데, 어디로 날아갈 리야 없겠지—깜짝 놀라서 자제력을 잃고 밖에서 다시 문을 닫았다. 그러나 그녀는 자기 태도를 후회하는 듯이 다시 문을 열더니 마치 중환자나 낯선 사람 곁으로 오는 것처럼 발끝으로 가만가만 들어왔다. 그레고르는 소파의 끝에까지 머리를 내밀고 그녀를 쳐다보았다. 그가 우유를 먹지 않았다는 것을 동생은 알까? 그것이 배가 덜 고파서가 아니라는 것까지도. 그에게 더 잘 맞는 다른 음식을 가져다줄 것인가? 실은 소파 밑에서 기어 나와 여동생 발밑에 엎드려 좋은 음식을 갖다 달라고 빌고 싶은 마음이 절실했지만 그녀가 자진해서 그렇게 해주지 않는다면 그걸 주지시키느니보다는 차라리 굶어 죽고 싶었다. 여동생은 우유가 조금 밖으로 흘러넘쳤을 뿐 아직도 대접에 가득 차 있는 것을 보더니 놀라면서 곧 그것을 집어 들었다. 그리고 손으로가 아니라 걸레로 집어 들고 나가는 것이었다. 그녀가 그것 대신에 무엇을 가져올지 그레고르는 사뭇 궁금해서 별별 생각을 다 해보았다. 그러나 마음씨 착한 동생이 실제로 무엇을 갖다줄지는 도저히 예측할 수가 없었다. 동생은 그의 입맛을 시험해보기 위해서 여러 가지 음식을 가져와서 그것을 묵은 신문지 위에다 펼쳐놓았다. 반쯤 썩은 야채도 있었고, 저녁 식사 때 남긴 뼈다귀도 있었는데, 거기엔 굳어진 흰 소스가 발라져 있었다. 건포도 몇 개와 아몬드도 있었고 그레고르가 이틀 전에 맛이 없다고 말한 치즈 한 조각, 식빵 한 조각, 버터 바른 빵 한 조각, 버터를 바르고 소금을 뿌린 빵도 있었다. 거기에다가 그녀는 그레고르 것으로 정한 듯싶은 대접도 놓아두었는데 물이 들어 있었다. 그리고 자기 앞에서는 그레고르가 아무것도 먹지 않으리라고 생각한 그녀는 착하게도 급히 방에서 나가 열쇠까지 잠그고 그레고르더러 마음껏 편히 먹을 수 있다는 것을 몸소 알렸다. 이제 음식이 있는 데로 가려니까 그레고르의 다리에서 윙윙 소리가 났다. 그의 상처는 완전히 나은 것 같았다. 그는 아무 장애도 느끼지 않았다. 그는 그것을 이상하게 생각했다. 한 달도 전에 칼로 손가락을 약간 베었는데 그 상처가 어제까지만 해도 꽤 아팠다는 생각이 났기 때문이었다. "이젠 내가 덜 예민해진 모양이지?"라고 그는 생각하면서, 어느 틈에 다른 음식보다도 먼저 그리고 강하게 눈길을 끄는 치즈를 열심히 핥기 시작했다. 그는 치즈와 야채와 소스를 만족스럽게 눈물까지 흘리면서 차례로 허겁지겁 먹었다. 신선한 음식은 전혀 맛이 없었으며 그 냄새조차 참지 못해 자기가 먹으려는 음식을 멀리 끌어가기까지 했다. 그가 한참 전에 식사를 끝내고 그 자리에 아무렇게나 누워 있자 그에게 물러가라는 신호를 하느라고 여동생이 천천히 열쇠를 돌렸다. 거의 잠이 들 뻔했던 그는 그 소리에 깜짝 놀라 아래로 기어들어갔다. 여동생이 방 안에 머문 시간은 굉장히 짧았지만, 소파 밑에 들어가 있는 일은 그에겐 상당한 인내를 필요로 했다. 식사를 많이 해서 배가 불러 그 좁은 곳에서 제대로 숨을 쉴 수 없었기 때문이었다. 약간씩 질식하는 가운데 좀 튀어나온 눈으로, 그는 그런 형편을 모르는 여동생이 빗자루로 먹다 남은 것뿐만 아니라 그가 전혀 건드리지도 않은 음식까지도 쓸어 모아 이젠 쓸데없다는 듯이 전부 쓰레기통에 급히 붓고 나무 뚜껑을 덮은 후에 그 모든 것을 들고 밖으로 나가는 것을 보았다. 그녀가 돌아서자마자 그레고르는 소파에서 기어 나와 몸을 쭉 펴고 부풀게 했다.

그런 식으로 그레고르는 매일 음식을 받았다. 한 번은 아침 시간에 부모님과 하녀가 잠들어 있을 때에 받았고, 두 번째는 모두가 점심 식사를 한 뒤에 받았는데, 이때에 부모님은 대개 잠깐 낮잠을 자고 하녀는 여동생이 심부름을 내보내는 것이었다. 부모님은 그레고르가 굶어 죽는 것을 바라지는 않았지만, 그의 식사에 대해서는 얘기를 듣는 것 이상으로 알기를 싫어하는 것 같았다. 아마도 여동생은 부모님에게 조그마한 걱정이라도 덜어주려는 것 같았다. 실제로 부모님은 충분히 고통받고 있었기 때문이었다.

그 첫날 아침에 무슨 핑계를 대서 의사와 열쇠공을 집 밖으로 내보냈는지를 그레고르로서는 알 길이 없었다. 왜냐하면 다른 사람들은 그가 하는 말을 전혀 알아듣지 못했고, 또한 그들 중 아무도, 심지어 여동생까지도 그가 그들이 하는 말을 알아들으리라고는 생각조차 못했기 때문이었다. 그래서 그는 여동생이 자기 방에 들어와 있을 때도 그녀가 때때로 한숨을 내쉬거나 성자들에게 호소하는 소리 따위를 듣는 것으로 만족해야만 했다. 얼마 뒤 여동생이 모든 것에 약간 익숙해졌을 때 — 완전히 익숙해진다는 것은 물론 절대로 불가능한 일이었다 — 가끔 그레고르는 친절한 뜻으로 하거나 혹은 그렇게 해석할 수 있는 말을 들었다. 그레고르가 식사를 잘 먹어치웠을 때에는 "맛이 있었나 봐."라고 말했다. 그레고르가 그렇게 잘 식사하지 않는 경우가 나날이 흔해졌는데, 그런 때에 그녀는 "또 다 남겼네." 하고 말했다.

그레고르는 직접적으로는 아무 소식도 들을 수 없었지만, 옆 방으로부터 무언가 엿듣기도 했다. 그래서 말소리가 들리면 즉시 소리가 나는 쪽 방문으로 당장에 달려가 온몸을 거기에 댔다. 특히 초기엔 은밀히 이야기를 했는데, 그에 관계되지 않은 얘기는 없었다. 이틀 동안 식사 때마다 식구들이 어떻게 행동하는 게 좋을까에 대해 의논하는 것을 들었다. 그리고 식사 시간이 아닌 때에도 그들은 똑같은 문제에 대해서 이야기했다. 그들 중 아무도 혼자 집에 남아 있으려고 하지 않는 데다 모두가 집 밖으로 나갈 수도 없는 까닭에 적어도 두 사람은 항상 집에 남았다. 그리고 첫날에 하녀가—그녀가 그레고르의 일에 대해서 무엇을 얼마나 아는지는 그다지 분명하지가 않았다—어머니에게 그만두게 해 달라고 애원했다. 십오 분 뒤에 작별을 할 때 그녀는 그만두게 해 준 것이 이 집에서 베푼 최대의 호의인 것처럼 눈물을 흘리면서 감사를 했고, 또 아무도 부탁하지 않았는데도 불상사에 대해 그 누구에게도 절대로 말하지 않겠노라고 엄숙히 맹세했다.

이제는 여동생이 어머니와 함께 부엌일까지 하지 않으면 안 되었다. 그러나 모두가 거의 먹질 않았기 때문에 그것은 별로 힘든 일이 아니었다. 서로가 괜히 식사를 권하는 소리라든지 "괜찮아. 실컷 먹었어요."라는 식의 대답이나 그와 흡사한 소리 따위를 거듭 듣곤 했다. 식구들은 뭘 마시지도 않는 것 같았다. 때때로 여동생이 아버지에게 맥주를 드시겠느냐고 묻고는 자기가 사 오겠다고 나섰다. 아버지가 대답을 안 하면 그녀는 아버지에게 아무 부담감도 없게 하려고 집 관리인의 아내를 심부름 보내겠다고 말하는 것이었다. 그러면 아버지가 단호히 "싫다."라고 말했고,

그래야 그것에 대해 더 이상 말하지 않았다.

첫날에 아버지는 이미 집안의 재정 형편과 전망을 어머니와 여동생에게 설명했다. 때때로 그는 식탁에서 일어나 오 년 전에 그의 사업이 파산할 때 건져낸 작은 금고에서 무슨 증서나 장부를 꺼냈다. 그가 복잡한 자물쇠를 열고는 찾던 물건을 꺼낸 뒤, 다시 잠그는 소리가 들렸다. 아버지가 설명한 이야기 중 어떤 것은 그레고르가 감금된 이래 들을 수 있는 최초의 기쁜 소식이었다. 지금까지 그는 아버지가 예전 사업에서 아무것도 남기지 못했다고 생각했다. 적어도 아버지는 그에게 지금 이야기와 반대되는 상황을 말한 적이 없었고, 또 그레고르는 물론 그런 것에 관해 물어본 적도 없었다. 당시 그레고르의 걱정은 온 식구를 최악의 절망에 빠뜨린 그 사업 실패에 대해 식구들로 하여금 되도록 빨리 잊게 만드는 데 전력을 다하는 것이었다. 그래서 그는 당시 최대의 열성으로 일하기 시작했고, 거의 하룻밤 사이에 말단 사원에서 외판 사원이 되었다. 외판 사원은 돈벌이에서 물론 전보다 훨씬 더 많은 기회가 있었는데, 일의 성공이 즉시 중개비 조로 현금이 되었다. 그가 집에서 그 돈을 식탁 위에 올려놓으면 식구들은 놀라서 기뻐했다. 정말 좋은 시절이었다. 나중에도 그레고르는 온 식구의 생활비를 감당할 수 있을 정도로, 또 실제로 감당했던 정도로 돈을 많이 벌어들였지만, 그런 시절이 적어도 그렇게 화려하게는 되풀이되지 않았다. 식구들이나 그레고르나 그것에 습관이 되고 만 것이었다. 식구들은 고맙게 돈을 받고 그는 기꺼이 돈을 대주었지만, 거기에 특별한 온정 같은 것은 두 번 다시 없었다. 단지 여동생만은 그와 가까웠다. 그와는 달리 음악을 사랑하고 바이올린을 멋지게 켤 줄 아는 그 여동생을 큰 비용을 무릅쓰고 내년에 음악학교에 보낸다는 것이 그의 비밀 계획이었다. 그 비용을 그는 따로 벌어야 했다. 그레고르가 잠깐 집에 와 있는 때면 가끔 여동생과의 대화에서 음악학교가 언급되곤 했지만, 언제나 그것은 실현이 예상되지 않는 아름다운 꿈처럼 얘기됐다. 부모는 그런 순진한 말을 듣기조차 싫어했다. 그러나 그레고르는 그 일에 대한 생각이 확고했으며, 그 일을 크리스마스 저녁에 엄숙하게 발표할 작정이었다.

그의 현재 상황에서는 전혀 쓸데없는 그런 생각들이 그의 머리를 스쳐 지나가고 있었지만, 그래도 그는 문에 똑바로 기대서서 귀를 기울이고 있었다. 몇 번이나 그는 피곤해서 더 이상 엿들을 수가 없었는데, 부주의하게 머리를 문에 부딪쳤다가 다시 쳐들기도 했다. 왜냐하면 그것으로 생긴 작은 소음이 옆방에 들려서 모두의 입을 다물게 했기 때문이다. "또 뭘 하는 모양이야."라고 아버지가 잠시 뒤에 말했는데, 틀림없이 문 쪽을 보고 하는 말인 것 같았다. 그러더니 중단되었던 대화가 서서히 다시 시작되었다.

그레고르는—아버지는 설명을 되풀이할 때가 많았는데, 그 이유는 아버지 자신이 그런 일을 다루지 않은 지가 벌써 오래되었다는 탓도 있고, 또 어머니가 모든 얘기를 금방 알아듣지 못했다는 탓도 있었다—아버지가 모조리 파산하고 말았지만 그래도 당시의 재산이 약간 남아 있으며, 손도 안 댄 이자까지 그새 불어났다는 사실을 상세히 들었다. 게다가 그레고르가 매달 집으로 가져온 돈도—그 자신은 몇 푼밖에 쓰지 않았다—다 써버리지 않고 모아서 소규모의 자본금이 되어 있었다. 그레고르는 문 뒤에서 열심히 고개를 끄덕이며 그러한 예기치 못했던 조심성과 절약 정신에 대해 기뻐했다. 실은 그가 그렇게 남은 돈으로 사장에 대한 아버지 빚을 보다 많이 갚아버릴 수 있었을 것이고, 그리하여 직장에서 벗어날 날도 보다 가까워질 수 있었을 것이다. 그러나 지금으로서는 그런 돈 문제는 아버지가 해놓은 대로 둔 것이 의심할 여지없이 더 나은 것이었다.

그러나 그 돈은 결코 이자로 식구들이 살아갈 수 있을 정도로 넉넉한 것은 아니었다. 그 돈은 일 년 동안, 아니 기껏해야 이년 동안 식구들을 부양할 정도의 돈이지 그 이상은 아니었다. 그러니까 그것은 손을 대서는 안 되는 액수이며, 비상금으로 보관되어야 하는 것이었다. 실생활비는 벌어야만 했다. 아버지는 아직 건강하긴 하지만 나이가 들었고, 벌써 오 년째 일을 하지 못하고 있으니 아무튼 아버지에게 너무 많은 부담을 바랄 수는 없었다. 어려운 실패의 삶을 보내다가 처음으로 휴식하게 된 지난 오년 동안에 아버지는 살이 많이 쪄서 둔해지셨다. 그러면 어머니가 돈벌이를 해야 할까? 어머니는 천식을 앓아 집 안을 한 바퀴만 돌아도 힘들어하는데다가 이틀마다 한 번씩 종일 호흡 장애로 창문을 열어놓고 소파에서 지내는 몸이었다. 그러면 여동생이 돈벌이를 해야 할까? 그 애는 이제 겨우 열일곱 살밖에 안 된 어린애로 지금까지 즐겨하던 생활 방식이란 옷이나 잘 입고, 늦잠자고, 집안일이나 도와주고, 몇 가지 간단한 유흥에나 끼고 바이올린을 켠다든지 하는 일이었다. 돈벌이의 필요성에 대한 얘기가 나오면 항상 그레고르는 문에서 몸을 떼고 문가에 있는 차가운 가죽 소파에 몸을 던지곤 했다. 그토록 부끄러움과 슬픔으로 달아올랐기 때문이었다.

때때로 그는 밤새도록 거기에 누워서 잠시도 자지 못하고 소파의 가죽을 몇 시간씩 긁었다. 혹은 그는 안락의자를 창가로 밀고 가는 수고를 했는데, 그렇게 한 후에는 창틀에 기어올라 몸을 안락의자에 받치면서 창문에 기댔다. 그때 그는 예전에 창밖을 내다보면서 느꼈던 해방감 같은 것을 회상하고 있었음에 틀림없다. 왜냐하면 얼마 되지 않는 거리의 건물들마저 점점 더 분명하지 않게 보였던 까닭이었다. 예전에 너무 자주 보아서 지겨웠던 맞은편 병원을 이제는 통 볼 수가 없었다. 만약 자기가 적막하기는 해도 도시에 있는 샤로텐가에 살고 있다는 사실을 분명히 알고 있지만 않다면, 그는 자기가 창밖으로 내다보는 곳은 회색 하늘과 회색 땅이 분간할 수 없이 합쳐지고 있는 사막이라고 생각할 것이다. 세심한 여동생은 소파가 창가에 가 있는 것을 두 번이나 보자 그 이후부터는 방을 청소한 다음엔 꼭 소파를 다시 창가로 밀어다 놓았다. 그리고 그때부터는 안쪽 덧문까지도 열어놓아 주는 것이었다.

만약 그레고르가 여동생에게 말을 건넬 수 있어서 여동생이 자기에게 해주는 일에 대해서 고맙다고 말할 수만 있었다면, 여동생의 수고를 좀 더 가벼운 마음으로 받아들일 수 있었을 것이다. 그러나 그렇지 못했기 때문에 그는 마음이 아팠다. 물론 여동생은 자기가 하는 일에서 고통스러운 것은 가급적 없애버리도록 애썼으며, 시간이 지날수록 그 일을 점점 더 잘해갔다. 그러나 그레고르는 시간이 지남에 따라 모든 것을 훨씬 더 정확하게 파악했다. 여동생이 들어오기만 해도 그는 겁이 났다. 전에는 누구에게도 그레고르의 방을 보이지 않으려고 무척 신경을 쓰던 여동생이 이제는 방에 들어서면 방문을 닫을 틈도 없이 곧장 창가로 가서는 마치 질식할 것 같다는 듯이 황급히 두 손으로 창을 열어제치고는 추운 날씨라도 잠시 창가에 서서 심호흡을 하는 것이었다. 그녀는 하루에 두 번씩 그렇게 달리거나 소음을 내면서 그레고르를 놀라게 했다. 그렇게 하는 동안 그는 내내 소파 밑에서 떨고 있었고, 그녀가 그레고르가 있는 방에서 창문을 닫은 채로 있을 수만 있었다면, 그런 방해는 하지 않았을 것이라는 사실을 잘 알고 있었다.

그레고르가 변신한 지 한 달쯤 지나서 이젠 그레고르의 모습을 보아도 여동생이 별로 놀랄 만한 이유가 없게 되었을 무렵 한 번은 여동생이 여느 때보다 좀 일찍 들어왔다. 그래서 그녀는 밖을 내다보고 있는 그레고르와 마주쳤다. 그는 꼼짝도 하지 않고 있어 겁을 주기에 안성맞춤의 모습을 하고 있었다. 그의 현재 위치가 그녀가 즉시 창문을 여는 행동을 방해하는 것이기 때문에 혹시 그녀가 당장에 들어오지 않는다 해도 그것이 그에게는 예상 밖의 일이 될 수는 없을 게다. 그러나 그녀는 들어오지 않는 정도가 아니라 휙 돌아서고는 문을 닫아버렸다. 모르는 사람이라면 그레고르가 여동생을 숨어 기다리다가 물려고 했다고 생각할지도 모른다. 물론 그레고르는 재빨리 소파 아래로 몸을 숨겼다. 그러나 그가 점심때까지 기다리자 그때서야 여동생이 다시 왔다. 동생은 여느 때보다 훨씬 더 불안해 보였다. 그래서 그는 자기를 쳐다보는 것이 여동생에겐 여전히 견딜 수 없는 일이며, 또 앞으로도 그럴 것이라는 사실과, 여동생이 그가 소파 밑에서 내보이는 육체의 작은 부분을 보고도 도망가지 않도록 하기 위해서는 크게 자제해야 한다는 사실을 깨닫게 되었다. 그녀에게 그런 부분도 보이지 않기 위해서 어느 날 그는 시트를 등 위에 얹어 소파 위에 갖고 와서—그는 그 일을 하느라고 네 시간이나 소비했다—자기 몸을 완전히 가려 동생이 몸을 수그려도 자기를 볼 수 없도록 펴놓았다. 만약 여동생의 의견으로 그 시트가 불필요한 것이라면 여동생 스스로가 그것을 치워버릴 수 있었을 게다. 왜냐하면 자기를 꽉 덮어버리는 것이 그레고르에게 기분 좋은 일이 될 수 없다는 것이 너무나 분명했기 때문이다. 그러나 여동생은 시트를 그대로 놓아두었다. 그가 한 번 조심스레 고개를 이불 밖으로 살짝 내밀고 여동생이 이 새로운 조치에 대해 어떻게 여기는지를 살폈을 때 여동생이 감사의 눈짓을 보내는 것 같은 느낌이었다.

처음 두 주일 동안 부모님은 그가 있는 곳에 들어올 엄두도 내지 못했다. 때때로 그는 부모님이 여동생의 수고에 고마워하는 말을 들었다. 그들은 그 이전에는 여동생을 좀 쓸모없는 계집아이라고 여기고 여동생에 대해 화내는 적이 많았었다. 그런데 이제는 여동생이 그레고르의 방을 청소하는 동안 아버지와 어머니가 방 앞에서 기다릴 때도 종종 있었다. 여동생은 그 방에서 나와 즉시 부모님에게 방의 꼴이 어떤지, 그레고르가 무엇을 먹었는지, 그가 어떻게 처신했는지, 좀 나아지는 기색이 보이는지 등을 자세히 얘기해야만 했다. 어머니는 가까운 시일 내에 그레고르에게 들어가 볼 생각이었지만, 아버지와 여동생이 우선은 그럴싸한 이유를 들어 만류했다. 그 이유를 그레고르는 자세히 들었으며 전적으로 옳다고 인정했다. 나중에는 어머니를 완력으로 막아야 했다. 어머니가 "그레고르에게 가게 놓아줘. 그 앤 불쌍한 아이야. 내가 그 애한테 가야 한다는 걸 왜 이해 못하는 거지." 하고 소리치자, 그레고르는 어머니가 물론 매일 들어올 수야 없지만 일주일에 한 번 정도는 들어오는 게 좋을 거라고 생각했다. 여동생보다야 매사에 어머니가 낫다. 여동생은 대담하긴 해도 아직 어린 애이고 결국 어린애다운 경솔한 생각에서 그런 어려운 일도 맡은 것이 아닌가.

어머니를 만나보려는 그레고르의 소원은 곧 이루어졌다. 그는 낮 동안에는 부모를 염려해서 창가에는 나타나려고 하지 않았다. 그런가 하면 이삼 평방미터밖에 안 되는 방바닥에서 많이 기어 다닐 수도 없었다. 밤에도 가만히 누워 지낸다는 것이 힘들었다. 먹는 일도 금방 싫증이 났다. 그리하여 그는 심심풀이로 벽과 천장을 이리저리 기어 다니는 습관을 갖게 되었다. 그는 특히 천장에 매달려 있기를 좋아했다. 그것은 마룻바닥에 누워 있는 것과는 전혀 달랐다. 그렇게 하면 보다 자유롭게 호흡할 수 있었고 쉽사리 몸을 흔들 수도 있었다. 그레고르는 천장에서 갖게 되는, 거의 유쾌한 방심 상태에서 자기도 모르는 사이에 몸을 떼고 방바닥에 찰싹 떨어지는 일이 있었다. 그런데 지금은 그가 자기 몸을 훨씬 더 잘 다룰 수가 있어서 그렇게 높은 데서 떨어져도 다치지 않았다. 여동생은 그레고르가 발견해낸 이 새로운 놀이를 이내 알아채고—그는 기어 다닐 때 곳곳에 끈끈한 점액 자국을 남겼다—그레고르가 좀 더 넓게 기어 다닐 수 있도록 방해가 되는 가구, 특히 장과 책상을 치우려는 생각을 했다. 그러나 여동생 혼자서 그런 일을 할 수는 없었다. 감히 아버지에게 거들어달라고 할 수도 없었다. 하녀도 도와주지 않을 게 뻔했다. 열여섯 살쯤 되는 그 처녀는 먼젓번 하녀가 그만둔 이래 계속 용감하게 버티고 있지 않고 특별히 양해를 얻어 부엌문을 항상 잠그고 급한 용건이 있을 때만 여는 것이었다. 그래서 여동생은 아버지의 부재중에 어머니를 불러오는 도리밖에 없었다. 기뻐서 소리를 지르며 따라 나섰지만, 그레고르의 방 앞에 오자 어머니는 입을 다물었다. 우선 여동생이 방 안이 제대로 돼 있는지 살펴보았다. 그런 후에 어머니를 들어가게 했다. 그레고르는 황급히 시트를 더 아래로 더 많이 처지도록 잡아당겼다. 그리하여 그것은 정작 우연히 소파 위에 던져놓은 시트처럼 보였다. 그레고르는 시트 아래에서 살짝 내다보는 것을 이번만은 그만두었다. 그는 어머니를 이번에 보는 것을 포기하고 어머니가 오신 것에 대해서만 기뻐하기로 했던 것이다. "이리 오세요, 오빠는 안 보여요." 하고 여동생이 말했다. 그녀는 어머니의 손을 잡고 인도하는 것 같았다. 이제 그레고르는 연약한 두 여자가 무거운 낡은 장을 옮기는 소리를 들었다. 그리고 너무 무리할까 걱정하는 어머니의 주의에도 개의치 않고, 여동생이 대부분을 혼자 떠맡아 한다는 것도 그레고르는 알 수 있었다. 무척 오래 걸렸다. 십오 분가량 지났을 때 어머니가 장은 차라리 제자리에 놓아두자고 했다. 그 첫째 이유는 장이 너무 무거워 아버지가 오시기 전에 일을 다 끝내지 못하거니와 또 장을 방 한가운데다 놓아두면 그레고르가 다니는 모든 길을 막는다는 것이었고, 그 둘째 이유는 가구가 치워지는 것을 그레고르가 좋아할는지가 확실치 않다는 것이었다. 어머니로서는 가구가 그대로 있는 게 마음에 든다는 것이었다. 말하자면 텅 빈 벽을 보니까 어머니 가슴이 답답한데 그레고르인들 어찌 그런 느낌이 없겠으며, 더구나 그가 방 가구에 오랫동안 정을 붙이고 있어서 방이 텅 비면 쓸쓸해할 거라는 것이었다. "그러면 실은," 어머니는 나지막한 목소리로 말을 끝내려고 했다. 그 소리는 거의 소곤거리는 목소리와도 같았는데 그렇게 한 것은 마치 어머니가―그녀는 그레고르의 정확한 위치를 몰랐다―그레고르에게 자기 음성조차도 들리지 않도록 하기 위해서인 것처럼 보였다. 왜냐하면 어머니는 그레고르가 말을 이해하지 못한다고 확신하고 있었기 때문이다. "그러면 실은, 가구를 치워버린다는 것은 우리가 그레고르가 회복된다는 희망을 일체 포기하고 그 애를 냉정하게 그 애 자신에게 맡겨두려고 한다는 것처럼 되지 않니? 내 생각으로는 방을 예전 그대로 놓아두어서 그레고르가 다시 우리에게 돌아올 때 모든 것을 예전대로 보게 해주고, 또 그로 인해 그 이전의 일을 더욱 쉽게 잊게 해주는 것이 최선책일 것 같구나."

어머니의 이러한 말을 듣자 그레고르는 한 집안에서 단조로운 생활을 하면서도 사람과의 직접적인 대화를 갖지 않아서 이 두 달 동안 자기의 머리가 뒤틀린 것이라고 믿었다. 왜냐하면 자기 방을 치워주기를 그가 어떻게 진심으로 바랄 수 있었는지를 자신에게 다르게는 설명할 수 없기 때문이었다. 정말 그는 상속받은 가구로 안락하게 꾸며진 따스한 방을 방해도 없이 사방으로 기어 다닐 수 있고 인간으로서의 과거를 빨리 온통 잊게 되는 그런 동굴로 바꿔놓을 생각이었을까? 이미 지금 그는 모든 것을 잊어버리는 한계점 가까이에 와 있지 않은가? 다만 오래전부터 듣지 못했던 어머니의 목소리가 그를 거기로부터 되돌려놓았다. 아무것도 치워선 안 된다. 모든 것이 그대로 있어야 한다. 그의 심적 상태에 가구가 좋은 작용을 하는 것을 그가 배제할 수는 없는 것이다. 가구가 무의미한 기어 다니기 동작을 방해한다면, 그것은 손해가 아니라 큰 이익이 되는 것이다.

그러나 유감스럽게도 여동생은 다른 의견이었다. 여동생은 부당하지는 않았지만 그레고르의 일을 의논하는 자리에서는 항상 전문가의 행세를 하면서 부모와 맞서는 습성이 있었다. 어머니의 충고를 듣자 그것이 이유가 되어 여동생은 애초에 생각했던 장과 책상만을 치울 게 아니라 꼭 놓아두어야 하는 소파를 제외한 모든 가구를 모조리 치우자고 주장하는 것이었다. 그렇게 주장하는 것은 어린애다운 고집이나 최근에 와서 예기치 않게 또 어렵게 얻은 자신감 때문만은 아니었다. 그녀는 그레고르가 기어 다닐 공간을 많이 필요로 하며 반면에 가구를 전혀 사용하지 않는다는 것을 알아차린 것이었다. 그러나 어떤 일에나 뛰어드는 그 나이 또래 처녀들의 정열로 인해 그레테는 그레고르의 상황을 더 끔찍스럽게 만들고 싶어 하며, 또 그렇게 함으로써 그를 위해 지금보다도 더 많은 일을 해주고 싶어 하는 것이다. 왜냐하면 그레고르가 혼자서 아주 텅 빈 벽을 지배하고 있는 그 방 안으로는 그레테 이외엔 아무도 들어가려고 하지 않을 것이기 때문이다.

어머니의 충고에도 불구하고 그녀는 자기 결심을 뒤집지 않았다. 어머니는 그 방 안에서는 불안스럽기만 해서 안절부절못하는 것 같았으며, 곧 말을 멈추고 장을 끌어내는 일에 전력을 다해 여동생을 도왔다. 그레고르로서는 장이야 형편에 따라 없어도 괜찮지만 책상만은 꼭 있어야 했다. 여자들이 낑낑대면서 장을 들고 방에서 나가자마자 그레고르는 살며시 불쾌하지 않게 개입할 방도가 없을까 하고 소파 아래서 머리를 내밀었다. 그러나 불행히도 먼저 돌아온 사람은 어머니였다. 그동안 그레테는 옆방에서 장을 잡고 혼자서 이리저리 당겨보았으나 그것을 조금도 이동시킬 수가 없었다. 어머니는 그레고르의 모습에 습관이 들지 않았으므로 그를 보게 되면 어떤 충격을 받을 수도 있었다. 그래서 그레고르는 깜짝 놀라 뒷걸음질을 쳐서 소파의 다른 쪽 귀퉁이로 갔다. 그러나 시트 앞부분이 약간 들먹이는 것은 막을 수 없었다. 그것만으로도 어머니의 주의를 끌기에 충분했다. 어머니는 멈췄다가 잠시 묵묵히 서 있더니 그레테에게로 달려갔다.

별로 특별한 일이 벌어진 것은 아니고 가구 몇 개만이 옮겨졌을 뿐이라고 그레고르가 몇 번이나 혼잣말을 했지만, 곧 스스로가 고백하듯이 여자들이 그렇게 왔다 갔다 하는 일이나 그들 서로가 나지막하게 불러대는 소리나 가구가 방바닥에 긁히는 소리 등은 사방에서 밀려오는 큰 소란처럼 그를 자극했다. 그래서 그는 머리와 다리를 오그리고 몸체를 방바닥에 꽉 밀착시켰다. 그래도 그는 그 모든 것을 도저히 견디어낼 수 없다고 실토하지 않을 수 없었다. 그들은 그의 방을 치우고 있었다. 그가 좋아하는 것을 모두 빼앗아가고 있었다. 가는 톱이나 다른 연장들이 들어 있는 장은 이미 내어갔고, 지금은 방바닥에 꽉 박아 넣은 책상을 떼고 있었는데, 그것은 그가 상과 대학생, 고등학생, 심지어 초등학교 학생 때에도 숙제를 하던 책상이었다. 이젠 두 여자가 품고 있는 선의를 헤아려볼 시간이 없었다. 그는 그들의 존재 자체를 거의 잊고 있었다. 그들은 지쳐서 묵묵히 일만 하고 있었으며, 발을 질질 끄는 소리만이 들렸다.

그래서 그는 앞으로 나와—여자들은 잠시 숨을 돌리기 위해 옆방에서 책상에 기대 서 있었다—네 번이나 달려가는 방향을 바꾸었다. 그는 무엇을 맨 먼저 건져야 할지 알 수가 없었다. 그때 텅 빈 벽에 모피 제품만을 걸친 여자의 사진이 걸려 있는 것이 눈에 띄었다. 그는 재빨리 기어 올라가 유리 위에 몸을 붙였다. 유리는 몸이 찰싹 붙게 했으며 뜨거운 배를 시원하게 해주었다. 그가 지금 가리고 있는 이 사진은 아무도 가져가지 않을 것이다. 그는 돌아오는 여자들을 바라보기 위해서 머리를 거실 문 쪽으로 돌렸다.

그들은 그리 오래 쉬지 않고 다시 왔다. 그레테는 어머니를 한쪽 팔로 껴안고 거의 부축하다시피 했다. "그럼 이젠 무얼 나를까

요?" 하고 그레테는 주위를 둘러보며 말했다. 그때 그녀의 시선
이 벽에 있는 그레고르의 시선과 마주쳤다. 어머니가 계신 탓인
지 그녀는 정신을 잃지 않고 얼굴을 어머니 쪽으로 숙여 어머니
가 돌아보지 못하게 했다. 물론 떨면서 생각도 안 하고 그녀가 말
했다. "가요. 잠깐 거실로 가는 게 좋겠어요." 그레테의 의도는 그
레고르에게 명백했다. 어머니를 안전한 곳에다 모셔놓고서 그
를 벽에서 내려오게 할 작정인 것이다. 그럼, 어디 멋대로 해봐라!
그는 사진 위에 앉아서 그것을 내주지 않았다. 그는 그레테의 얼
굴에 뛰어내리고 싶었다.

　　그러나 그레테의 말은 어머니를 무척 불안하게 했다. 어머니
는 옆으로 비켜서서 꽃무늬 벽지 위에 있는 커다란 갈색 뭉치를
보고 자신이 보고 있는 것이 그레고르라는 것을 깨닫기도 전에
거칠게 울부짖는 소리를 질렀다. "아, 저기 봐! 저기 봐!" 그러고
는 만사를 포기하듯이 팔을 벌린 채 소파 위에 쓰러지더니 꼼짝
도 하지 않았다. "그레고르!" 여동생이 주먹을 쳐들고 찌르는 듯
한 시선으로 소리쳤다. 그것이 변신을 한 이후 동생이 직접 그에
게 건넨 최초의 말이었다. 그녀는 기절한 어머니를 깨워줄 약물
을 가져오려고 옆방으로 달려갔다. 그레고르도 도와주고 싶었다.
사진을 구할 시간은 아직 있었다. 그러나 그는 유리에 꼭 붙어 있
었기 때문에 힘을 들여 몸을 떼었다. 그는 평상시처럼 여동생에
게 충고를 해줄 수 있을까 해서 옆방으로 달려갔다. 그러나 아무
것도 못하고 여동생 뒤에 서 있는 수밖에 없었다. 그동안 여동생
은 여러 가지 병을 뒤적거리더니 뒤로 돌아서자 깜짝 놀랐다. 병
하나가 떨어져 깨졌다. 유리 조각 하나가 그레고르 얼굴에 상처
를 입혔고, 무슨 부식제 같은 것이 그에게 튀었다. 그레테는 더 이

상 지체하지 않고 손에 잡을 수 있는 만큼 여러 개의 병을 들고서 어머니에게로 달려갔다. 그녀는 발로 문을 닫았다. 그리하여 그레고르는 자기 탓으로 거의 죽어가고 있을지 모르는 어머니와 차단되었다. 어머니 곁에 있어야 하는 여동생을 거기서 쫓아버릴 생각이 없다면 그가 문을 열어서는 안 되었다. 그는 지금으로서는 기다리는 수밖에 없었다. 그레고르는 자책과 걱정으로 고통스러워 기어 다니기 시작했다. 벽과 가구와 천장 등, 모든 것 위를 기어 다니다가 방 전체가 자기 주위를 빙빙 돌기 시작하는 것 같을 때 절망한 나머지 커다란 책상 한가운데로 떨어졌다.

시간이 좀 지났다. 그레고르는 힘없이 누워 있었고, 주위는 잠잠했다. 그것은 좋은 조짐인 것 같았다. 그때 초인종이 울렸다. 하녀는 부엌에 틀어박혀 있어서 그레테가 문을 열어주러 가야만 했다. 아버지가 오신 것이다. "무슨 일이냐?" 하는 것이 아버지의 첫마디 말이었다. 그레테의 표정이 아버지에게 모든 것을 알려주었다. 그레테는 억눌린 목소리로 말했는데 얼굴은 분명 아버지의 가슴에 묻고 있는 듯 보였다. "어머니가 기절하셨어요. 이젠 좀 나아가고 있어요. 그레고르가 안에서 나왔어요." "그럴 줄 알았어." 아버지가 말했다. "내가 그렇게 말했는데도 여자들이란 말을 들어먹어야 말이지." 그레테의 너무나 간단한 보고를 아버지는 나쁜 방향으로 해석하고서, 그레고르가 무슨 폭행을 저지른 것으로 오해하고 있다는 게 그레고르에게 명백해졌다. 그래서 그레고르는 우선 아버지를 진정시키고자 했다. 그에게 사실을 해명할 시간적 여유도 없고 또 그럴 가능성도 없었기 때문이었다. 그레고르는 자기 방문 쪽으로 도망가서 문에 찰싹 붙었다. 그것은 아버지가 집에 들어서면서 곧 응접실에서 자신을 볼 수 있도록 하기 위해서였고, 즉시 방으로 들어갈 착한 의도를 갖고 있으니 자신을 억지로 몰아넣을 필요가 없으며, 문만 열어주면 금방이라도 사라진다는 것을 알려주기 위해서였다.

그러나 아버지는 그런 세밀한 의향을 알아볼 만한 기분이 아니었다. "아!" 들어오자마자 아버지가 이렇게 외쳤는데, 그 소리는 화도 나고 기쁘기도 하다는 듯한 투였다. 그레고르는 문에서 머리를 떼어 아버지 쪽으로 쳐들었다. 그는 지금과 같은 아버지의 모습을 생각해보지 않았었다. 요즈음에 와서는 새로운 식으로 기어 다니는 데 정신이 팔려서 전처럼 집안일에 신경 쓰기를 게을리했다. 실은 그는 변화된 상황에 대응할 준비를 했어야 했다. 그렇더라도, 그렇더라도 저 사람이 아버지일까? 전에 그레고르가 업무 여행에 나간 때면 피곤에 지쳐서 침대에 죽은 듯이 누워 있었던 바로 그 사람일까? 저녁에 귀가할 때면 잠옷 바람으로 안락의자에 앉아 나를 맞아주던 사람, 제대로 일어나지도 못해서 반갑다는 표시로 손만 쳐들던 사람, 일 년에 두세 번 일요일 또는 큰 명절에 드물게도 함께 산책을 갈 때면 워낙 느리게 걷는 그레고르와 어머니 사이에 서서 낡은 외투를 몸에 두른 채 언제나 조심조심 지팡이를 내디디며 더욱 천천히 가던 사람, 무슨 말을 할 때면 거의 언제나 발걸음을 멈추고 옆에 가는 사람들을 자기한테로 불러모으던 그 사람일까? 그런데 이제 그 사람이 꼿꼿하게 서 있으면서 은행 급사처럼 금단추가 달린 푸른 제복을 입고, 상의의 높고 빳빳한 칼라 위에는 억센 이중 턱이 나와 있고, 숱이 많은 눈썹 아래에는 검은 눈이 생생하고 날카로운 시선을 보내고 있지 않은가? 전에는 엉클어져 있던 흰머리도 반듯한, 광택이 나는 가르마를 내어 곱게 빗겨 내려져 있었다. 은행 것 같은 금빛 모표가 달린 모자를 아버지는 방 끝에 닿도록 포물선을 그리며 소파 위에 떨어지게 던지고는, 기다란 상의 자락을 뒤로 젖힌 채 양손을 바지 주머니에 넣고서 찡그린 얼굴로 그레고르에게로 다가왔다. 아버지는 자신이 지금 무엇을 꾀하고 있는지도 모르는 것 같았다. 아무튼 아버지는 발을 유별나게 높이 쳐들었다. 그레고르는 아버지의 구두창이 엄청나게 큰 것에 깜짝 놀랐다. 그러나 그레고르는 그대로 서 있지 않았다. 새로운 생활이 시작된 첫날부터 그는 아버지가 자기를 최대한 엄하게 다루는 것을 합당한 일로 여긴다고 알고 있었다. 그래서 그는 아버지 앞에서 달아났다. 아버지가 서 있으면 자신도 멈추었고, 아버지가 움직이면 그는 재빨리 앞으로 갔다. 그런 식으로 그들은 방 안을 몇 바퀴나 돌았다. 그러나 무슨 중대한 일은 벌어지지 않았다. 때문에 그레고르는 우선 마룻바닥에 있어보기로 했다. 더구나 벽이나 천장으로 도망치면 아버지가 그것을 특별히 악한 행동으로 여길까 봐 두려웠다. 게다가 그레고르는 이렇게 달아나는 짓을 자신이 오래도록 지속하지 못할 것이라고 생각했다. 왜냐하면 아버지가 한 발자국 떼어놓기만 해도 그로서는 무수히 많은 동작을 해야 하기 때문이었다. 벌써 숨이 가쁘게 느껴졌다. 사실 예전부터 그의 폐는 좋지 않았다. 그는 어리둥절해서 바닥을 기어가는 것 이외의 다른 구조책은 생각하지 못했다. 많은 모서리와 뾰족한 것들이 잔뜩 장식되어 세심하게 만든 가구들로 가려진 벽에 있긴 해도 그는 벽을 이용할 수 있다는 것을 거의 잊고 있었다. 이제 그가 달리려고 전력을 다하며 눈도 제대로 뜨지 못한 채 비틀비틀 가고 있을 때 갑자기 그의 바로 곁에 어떤 물건이 가볍게 날아와 떨어졌다. 그것은 사과였다. 곧 이어 두 번째 사과가 날아왔다. 그레고르는 겁이 나서 멈춰 섰다. 계속 도망쳐보았자 소용없는 일이었다. 아버지는 선반 위에 있는 과일 그릇에서 과일을 양쪽 주머니에 가득 넣고 잘 겨냥하지도 않은 채 사과를 계속 던져댔다. 그 작은 사과들이 전기로 움직이듯 굴러가며 서로 부딪쳤다. 약하게 던진 사과 하나가 그레고르의 등을 스쳤지만 상처는 내지 않고 떨어졌다. 그런데 곧 이어 날아온 사과가 그레고르의 등에 박혔다. 갑작스러운 극심한 통증이 자리를 옮기면 사라질 것 같아 그는 계속 기어가려고 했다. 그러나 그는 몸이 마치 못에 박힌 것 같은 느낌이었고, 모든 감각이 완전히 마비된 채 쭉 뻗었다. 마지막으로 그가 보았던 것은 자기 방문이 활짝 열리고 어머니가 내복 바람으로—여동생은 실신한 어머니가 숨을 편안히 쉴 수 있도록 어머니의 옷을 벗겼다—비명을 지르는 동생보다도 먼저 뛰어나오는 장면이었다. 그리고 어머니가 아버지 쪽으로 달려가다가 도중에 끈이 풀어진 치마가 하나씩 방바닥으로 미끄러져 떨어지는 것을 보고, 또 어머니가 비틀거리면서 치마를 밟고 넘어 아버지에게 엎어지며 아버지와 완전히 한 몸이 되도록 아버지를 포옹하더니—그때 그레고르의 눈은 시력을 잃기 시작했다—양손으로 아버지의 목덜미를 잡고 그레고르의 목숨을 살려달라고 애걸하는 것도 보았다.

III

그레고르에게 한 달 이상이나 고통을 주었던 심한 상처는—아무도 사과를 빼내 주려고 하지 않았기 때문에 사과는 눈에 보이는 기념품처럼 살 속에 박혀 있었다—그레고르의 현재 모습이 비참하고 역겹게 보일지라도 그 역시 한 식구이니 원수처럼 취급해서는 안 되고 증오심을 억누르고 참고 또 참는 것만이 가족이 지킬 의무의 계명이라는 것을 아버지에게 주는 것 같았다.

그레고르는 그 상처 때문에 아마도 영원히 운동할 수 있는 능력을 잃어버려 방 안을 건너가는 데에도 늙은 병자처럼 오랜 시간이 걸렸는데—벽을 기어 올라간다든가 하는 것은 생각조차할 수 없었다—그는 이러한 자기 상태의 악화에 대해서 어떤 완전한 보상을 받고 있다고 생각했다. 그 보상이란 항상 저녁 무렵이 되면 그가 한두 시간 전부터 뚫어지게 쳐다보는 거실 문이 열려서 거실 쪽에서는 안 보이게 자기 방의 어둠 속에 누워서 등불을 켜놓은 식탁에 앉아 있는 가족 모두의 모습을 보기도 하고, 가족의 이야기를 어느 정도 그들의 허락 아래, 말하자면 전과는 다른 형편에서 엿듣는다는 것이었다.

물론 그것은 그가 작은 호텔 방에서 지친 몸을 눅눅한 침대에던지고 나서 항상 아쉽게 생각하곤 했던 예전의 활기찬 대화는아니었다. 지금은 식구들이 대개 조용하기만 했다. 아버지는 저녁 식사가 끝나기가 무섭게 소파에서 잠이 들었고, 어머니와 동생은 서로 조용히 하라고 주의를 주었다. 어머니는 등불 아래서고개를 숙인 채 양장점에서 맡아 온 고급 내의를 바느질했고, 판매원으로 취직한 여동생은 후일에 더 나은 직장을 얻으려는 생각에서인지 저녁이면 속기와 불어를 공부했다. 때때로 아버지는잠을 깨서는 자신이 이때까지 잠을 잤다는 사실을 모르는 사람처럼 "오늘 당신은 바느질을 너무 많이 하는군." 하고 어머니에게말한 다음, 또다시 잠이 드는 것이었다. 어머니와 여동생은 서로 피곤한 표정으로 미소를 지었다.

일종의 고집으로 아버지는 집에서도 회사 제복을 벗기 싫어했다. 잠옷은 아무런 소용없이 옷걸이에 걸려 있었다. 아버지는 마치 항상 일을 할 태세로, 집에서도 윗사람의 분부를 기다리는 것처럼 옷을 다 입은 채로 자기 자리에서 잠을 잤다. 그래서 처음부터 새것이 아니었던 아버지의 제복은 어머니와 여동생이 아주 손질을 잘했어도 깨끗하질 못했다. 때때로 그레고르는 언제나 잘 닦여진 금단추만이 반짝이는 한없이 지저분한 아버지의 옷을 저녁 내내 바라보았다. 그런 옷을 입었으니 노인은 불편할 텐데도 편안히 잠을 잤다.

시계가 열 시를 치자, 어머니는 낮은 목소리로 아버지를 깨워 침대에서 주무시도록 달랬다. 여기서는 제대로 잘 수 없으며 여섯 시면 일을 시작해야 하는 아버지로서는 제대로 잠을 자는 것이 절대로 필요한 까닭이었다. 그러나 급사가 된 이래 고집만 부리게 된 아버지는 규칙적으로 다시 잠이 들면서도 좀 더 식탁 옆에 앉아 있겠노라고 늘 우기곤 했다. 그래서 아버지를 소파에서 침대로 모셔 가기란 여간 힘이 드는 일이 아니었다. 어머니와 여동생이 약간 책망까지 하면서 재촉해도 아버지는 십오 분쯤이나 고개를 천천히 저으면서 눈을 감은 채 일어나지 않았다. 어머니는 옷소매를 잡아당기고 귀에다 대고 달래는 말을 하고 여동생도 공부하던 것을 집어치우고 어머니를 거들었지만, 아버지한테는 별로 효과가 없었다. 아버지는 점점 소파 속으로 깊이 들어갔다. 여자들이 겨드랑이를 잡을 때 그제야 아버지는 눈을 뜨고 어머니와 여동생을 번갈아 쳐다보면서 "이게 인생이군, 이게 내 말년의 휴식이구먼." 하고 말하기 일쑤였다. 그리고 그는 두 사람의 부축을 받으면서 일어났는데, 자신의 몸이 자신에게 큰 짐이라도 되는 듯 무척 느렸고, 문까지 두 사람의 인도를 받았다가 거기서 그들을 물러가게 하고 혼자 걸어갔다. 그러나 어머니는 바느질감을 치우고 여동생은 펜을 급히 놓고 아버지를 뒤따라가서 계속 거들어주었다.

이렇게 힘들게 일을 하고 과로한 식구들 중에 누가 꼭 필요한 것 이상으로 그레고르를 돌봐줄 시간이 있겠는가? 살림은 점차 줄어들었다. 하녀도 해고해버렸다. 흰머리가 흩날리고 몸짓이 크고 뼈대가 굵은 파출부가 아침저녁으로 와서 힘든 일을 해주었다. 나머지 일은 어머니가 바느질 일을 하다가 틈이 나면 했다. 전에 어머니와 여동생이 기뻐하면서 파티나 축제 때 몸에 달고 다니던 여러 가지 장신구도 팔아버렸다. 그레고르는 식구들이 저녁에 그런 물건들의 가격에 대해서 의논하는 소리를 들었다. 그러나 그들의 가장 큰 불평거리는 지금의 가정 형편으로는 너무나 큰 이 집에서 이사를 갈 수 없다는 사실이었다. 그레고르를 옮겨갈 방도를 생각해낼 수 없는 까닭이었다. 그러나 그레고르는 이사를 못 가게 막는 것은 자신에 대한 걱정 때문에서만은 아니라는 것을 잘 알고 있었다. 왜냐하면 그는 적당한 상자에다 공기 구멍을 몇 개 내서 쉽게 운반할 수 있는 까닭이었다. 식구들이 집을 옮기지 못하는 주된 이유는 완전한 절망감, 그리고 다른 친척이나 친지들 중에는 아무도 당하지 않은 그런 불상사를 자기네가 당하고 있다는 생각에서였다. 세상이 가난한 사람들에게 시키는 온갖 일을 식구들은 최대한으로 해냈다. 아버지는 말단 행원들에게 아침 식사를 날라다 주었으며, 어머니는 모르는 사람들의 내의를 만드느라 헌신했고, 여동생은 고객의 명령에 따라 판매대 뒤에서 이리저리 뛰어다녔다. 식구들의 힘으로는 더 이상은 할수 없는 것이었다. 어머니와 여동생이 아버지를 침대로 데려간 다음 다시 돌아와 하던 일을 그만두고 볼과 볼이 서로 닿을 정도로 다가앉아서, 어머니가 그레고르의 방을 가리키면서 "그레테야. 이젠 문을 닫으려무나." 하고 말하고, 그래서 그레고르가 다시 어둠 속에 있게 될 때 그는 등의 상처가 새로 생긴 것인 양 아프기 시작했다. 그럴 때 옆방에서 여자들은 눈물을 흘리거나 혹은 눈물도 흘리지 못하며 멍하니 식탁을 쳐다보고 있었다.

밤이고 낮이고 그레고르는 거의 잠을 이루지 못했다. 이따금씩 그는 다음번에 방문이 열리면 식구들의 일을 옛날처럼 다시 떠 맡게 되리라는 생각을 했다. 그의 머릿속에는 오랜만에 다시 사장, 지배인, 외판 사원과 견습 사원, 아둔한 사환, 다른 회사에 다니는 두세 명의 친구, 시골 어느 호텔의 하녀, 아름답지만 잡을 수 없는 추억, 진정이었지만 너무나 때늦게 구애를 했던 어느 모자 가게의 판매원 아가씨—이들 모두가 낯선 사람이나 이미 잊힌 사람들과 뒤섞여 나타났는데, 그들은 그나 그의 식구들을 도와 주기는커녕 모두가 사귀기가 어려웠고, 그들이 사라지자 그는 마음이 편안해졌다. 그러면 그는 자기 식구를 돌보아주고 싶은 기분이 완전히 사라지고 자기를 푸대접하는 것에 대한 분노로 가득 찼다. 무엇이 자기 입맛에 당기는지 도저히 알 바 아니었고 또 배도 고프지 않았지만, 그래도 그는 자기가 먹을 만한 것을 먹을까 해서 어떻게 식당으로 갈 수 있을지 계획까지 세웠다. 무얼 가져다주면 그레고르가 크게 좋아할는지를 이젠 생각도 해보지 않고 여동생은 아침과 점심때 직장에 나가기 전에 급히 아무 음식이나 그레고르의 방에 발로 밀어 넣었다가 저녁에는 그가 음식

에 입을 댔는지 안 댔는지에는—안 대기가 일쑤였다—개의치
않고, 비로 한번에 쓸어버렸다. 여동생은 항상 저녁에 해주던 방
안 청소를 이젠 아무렇게나 빨리 해치웠다. 더러운 줄들이 벽에
죽 그어져 있었고, 곳곳에 먼지와 오물이 엉켜 있었다. 처음에 그
레고르는 여동생이 들어올 때면 오물이 특히 많은 곳에 가서 서
있었는데, 그렇게 함으로써 여동생에게 핀잔을 주려고 했다. 그
러나 그가 몇 주일 동안이나 그런 곳에 서 있었더라도 여동생은
조금도 나아지지 않았을 것이다. 여동생은 그와 마찬가지로 그런
더러운 곳을 분명히 보았지만 그대로 거기에 놔두기로 결심했던
것이다. 그러면서도 전에 없이 신경을 곤두세우면서—그런 예
민함이 온 가족에게 번진 것 같았다—그레고르의 방 청소는 자
기만이 하는 것으로 고수하고자 애썼다. 한번은 어머니가 그레
고르의 방을 대신 청소한 적이 있었다. 너무 축축해서 그레고르
는 마음이 상했고 소파 위에 벌렁 누워 언짢은 기분으로 꼼짝도
하지 않았다. 곧 어머니는 청소한 것에 대한 벌을 받았다. 저녁에
여동생은 그레고르의 방이 달라진 것을 보자마자 크게 모욕당했
다는 생각에서 거실로 달려가 어머니가 애원조로 빌어도 울고불
고 했다. 부모는—아버지는 소파에서 깜짝 놀라 고개를 쳐들었
다—처음엔 놀라서 멍하니 쳐다보았으나 잠시 뒤엔 다르게 행
동하기 시작했다. 아버지는 오른쪽의 어머니를 향하여 그레고르
의 방 청소를 여동생에게 맡기지 않은 것에 대해 꾸짖고, 왼쪽의
여동생을 향해서는 그레고르의 방을 앞으로 절대로 청소하지 말
라고 고함을 쳤다. 한편 어머니는 흥분해서 제정신이 아닌 아버
지를 끌어당기려고 했으며, 여동생은 흐느끼느라고 몸을 떨면서
작은 손으로 식탁을 두드렸다. 문을 닫아 그레고르에게 그 광경

과 소음을 막아줄 생각을 하는 사람이 아무도 없었기 때문에 그레고르는 화가 나서 씩씩거리고 있었다.

그러나 직장 일에서 지쳐 돌아온 여동생이 전처럼 그레고르를 돌보는 데 싫증이 났다고 해도 어머니가 동생 대신 그 일을 할 필요는 없었고 또 그레고르를 등한시할 필요도 없는 것 같았다. 왜냐하면 이젠 파출부가 오는 까닭이었다. 한평생 억센 골격 덕분에 최악의 일도 이겨낸 듯한 그 늙은 과부는 그레고르를 별로 싫어하지 않았다. 호기심에서가 아니라 우연히 그녀가 그레고르의 방문을 연 적이 있었다. 그때 그레고르는 깜짝 놀라서 누가 쫓으려고 하지도 않는데 이리저리 달리기 시작했고, 그것을 보고 있던 그녀는 양손을 배 위에 얹은 채 멍하니 서 있기만 했다. 그 이후로 그녀는 아침저녁으로 문을 약간 열고서 잠깐 그레고르를 들여다보는 일을 게을리하지 않았다. 처음엔 "이리 와봐, 말똥벌레야!" 또는 "저 말똥벌레를 좀 봐요!"라는 등의 자기 딴에는 다정하다고 생각되는 말로 그를 불렀다. 그렇게 부르는 말에 그레고르는 아무 대답도 하지 않았으며, 문이 열리지도 않은 것처럼 꼼짝도 않고 제자리에 서 있었다. 이 파출부더러 멋대로 공연히 나를 방해나 하지 말고 내 방을 매일 청소하라는 지시나 좀 해주었으면 얼마나 좋을까! 어느 이른 아침에 ─ 봄이 오는 신호인 양 모진 비가 유리창을 때리고 있었다 ─ 파출부가 그 같은 말을 다시 하기 시작하자, 그레고르는 화가 잔뜩 나서 공격이라도 하려는 듯이 느리고도 어질어질한 동작으로 그녀를 향해 돌아섰다. 그러나 파출부는 무서워하기는커녕 문 가까이에 있는 의자를 높이 쳐들었다. 그때 그녀는 입을 딱 벌리고 있었는데, 그것은 손에 들고 있는 의자를 그레고르의 등에 내려치면서 비로소 입을 다물 거라는 의도를 알려주는 것이었다. 그레고르가 다시 몸을 돌리자 그녀는 "더 가까이 와보지 그래?"라고 말하면서 살며시 의자를 다시 모서리에 내려놓았다.

이제 그레고르는 거의 아무것도 먹지 않았다. 갖다 놓은 음식 옆을 우연히 지나가게 되면 장난삼아 한 입 물어서 입에 넣고는 몇 시간씩 그대로 물고 있다가 대개는 도로 뱉었다. 처음에 그가 식욕이 나지 않는 것은 자기 방이 달라진 것에 대한 슬픔 때문이라고 생각했지만, 실은 방의 변화에는 곧 불만이 없게 되었다. 식구들은 다른 곳에 둘 수 없는 물건들을 그 방으로 갖다 놓는 버릇이 생겼는데, 그런 물건이 아주 많아졌다. 그 집의 방 하나를 세 명의 하숙인들에게 세를 내주었기 때문이었다. 이 엄숙한 남자들은—그레고르가 한번 문틈으로 내다보니 세 사람 모두 털보였다—질서 정연한 것을 지나칠 정도로 주장했다. 자기네 방만이 그래야 하는 것이 아니라 일단 여기에 세를 든 이상 집 안 전체가, 특히 부엌이 그래야 한다는 것이었다. 쓰지 않는 것이나 또는 더러운 잡동사니는 참지 못했다. 게다가 그들은 상당히 많은 살림살이를 갖고 들어왔다. 그런 이유로 해서 많은 물건이 불필요하게 되었는데, 그것은 팔 수도 버릴 수도 없었다. 그런 물건이 모두 그레고르의 방으로 옮겨졌다. 부엌에 있던 재받이 통과 부엌의 쓰레기통까지 옮겨졌다. 당장에 쓰지 않는 물건은 매사에 재빠른 파출부가 얼른 그레고르 방으로 옮겨놓았다. 다행히도 그레고르는 그런 경우 대개 물건만을 보든가 그것을 들고 오는 손만을 보았을 뿐이다. 아마도 파출부는 시간과 기회가 나면 그 물건들을 다시 가져가거나 모조리 한꺼번에 내다 버릴 생각이었던 모양인데, 실제로는 그레고르가 그 잡동사니 사이로 꿈틀거리며 지나가다 비켜놓거나 하지 않으면 그것들은 처음에 내던져진 그 자리에 그냥 있었다. 그는 물건을 그렇게 비켜놓는 일을 처음에는 단지 편의상 했던 것이다. 그러나 나중엔 점점 재미가 나서 그렇게 했다. 그는 그렇게 기어 다닌 후에는 죽을 정도로 지치고 또 슬퍼져서 몇 시간씩 꼼짝도 할 수가 없었다.

하숙인들이 저녁 식사도 가끔 집 안 공동 거실에서 하는 까닭에 가끔 거실 문이 닫혀 있었는데, 그럴 때 그레고르는 문을 여는 것을 쉽사리 단념했다. 게다가 그는 문이 열려 있는 저녁에도 그 기회를 이용하지 않고 식구들도 모르게 자기 방의 가장 어두운 구석에 누워 지냈다. 한번은 파출부가 거실로 가는 문을 약간 열어놓은 적이 있었는데, 저녁에 하숙인들이 들어와서 불을 켤 때도 그냥 열려 있었다. 그들은 예전에 아버지와 어머니와 그레고르가 앉던 식탁 위쪽에 앉아 냅킨을 펴고 나이프와 포크를 집었다. 곧 문 안에 고기 주발을 든 어머니가 나타났고 어머니 바로 뒤에는 여동생이 감자가 수북이 담긴 접시를 들고 들어왔다. 음식에서는 김이 무럭무럭 피어오르고 있었다. 하숙인들은 들기 전에 감사라도 할 양으로 자기네 앞에 놓인 접시 위로 몸을 수그리더니, 다른 두 사람을 위압하고 있는 듯한 가운데 앉은 사람이 주발의 고기 한 조각을 잘랐다. 그것은 고기가 연한지 아니면 다시 부엌으로 돌려보내야 할지를 결정하기 위해서였다. 그가 만족해하자 초조하게 쳐다보고 있던 어머니와 여동생은 안도의 숨을 내쉬며 미소를 지었다.

식구들은 부엌에서 식사를 했다. 그래도 아버지는 부엌에 들어가기 전에 그 방에 들어가서 모자를 손에 들고 허리를 굽힌 채 식탁 주변을 한 바퀴 돌았다. 하숙인들은 모두 일어나서 수염에 가려진 입으로 무어라고 중얼거렸다. 그들은 자기들만이 있게 되자 거의 아무 말도 없이 식사를 했다. 그들이 식사하면서 내는 여러 가지 소리 중에서도 유독 이로 씹는 소리만을 거듭 듣게 되는 것을 그레고르는 이상하게 여겼다. 그 씹는 소리는 마치 사람이란 먹기 위해서는 이가 필요하며 이가 없는 턱이란 아무리 멋진 것이라도 쓸모가 없다는 것을 그레고르에게 알려주는 듯했다. "나도 식욕이 나는 걸." 하고 그레고르가 근심에 차서 중얼거렸다. "그렇지만 이런 음식엔 식욕이 없어. 하숙인들은 잘들 살아가고 있는데 난 굶어 죽다니!"

바로 그날 저녁에 바이올린 소리가―지금껏 그레고르는 그것을 들은 기억이 없었다―부엌에서 들려왔다. 하숙인들은 이미 저녁 식사를 끝냈고, 가운데 앉은 남자가 신문을 꺼내 다른 두 사람에게 각각 한 장씩을 주었다. 그들은 뒤로 기댄 채 신문을 읽으며 담배도 피우고 있었다. 바이올린 연주가 시작되자 그들은 그것에 마음이 쏠린 듯 일어나 발끝으로 현관방 문가로 가서는 거기에 나란히 붙어서 있었다. 부엌에서도 그들의 인기척이 들린 모양이었다. 아버지가 이렇게 소리를 쳤으니 말이다. "선생님들은 바이올린 소리가 싫으신가요? 그러시다면 곧 중단시키겠습니다." "천만에요." 가운데 남자가 말했다. "아가씨께서 이리로 좀 나와 여기서 연주하면 어떨는지요? 여기가 더 편안하고 아늑한데요." "그러지요." 마치 자신이 바이올린 연주자인 양 아버지가 이렇게 대답했다. 하숙인들은 방으로 돌아와 기다렸다. 곧 악보대를 든 아버지와 악보를 든 어머니와 바이올린을 든 여동생이 왔다. 여동생은 조용히 연주 준비를 했다. 전에는 하숙을 쳐본 적이 없기 때문에 하숙인들에게 지나치게 예의를 차리는 부모님은 감히 자기 자리에 앉지 못했다. 아버지는 입고 있는 제복의 두 개의 단추 사이에 오른손을 끼워 넣은 채 기대어 서 있었다. 어머니는 한 하숙인이 내준 의자를 받았지만, 그것을 그 사람이 우연히 갖다 놓은 그대로 방 한쪽 구석에 놔두고 앉아 있었다.

여동생이 연주를 시작했다. 아버지와 어머니는 각각 자기 자리에서 여동생의 손놀림을 유심히 바라보았다. 바이올린 소리에 마음이 끌린 그레고르는 약간 앞으로 나와서 머리를 거실에 내밀고 있었다. 그는 자기가 근래에 와서는 다른 사람들에게 별 관심을 두지 않은 것에 대해서 그다지 이상하게 생각하지 않았다. 전에는 다른 사람들에 대한 관심이 그의 자랑이었다. 때문에 지금에서는 자신을 숨겨야 할 이유가 더 많았을 것이다…… 왜냐하면 먼지가 그의 방 곳곳에 쌓여 있어 조금만 움직여도 날려서 그는 온통 먼지투성이였던 까닭이다. 실밥, 머리카락, 음식 찌꺼기 등을 그는 등과 옆구리에 묻히고 기어 다녔다. 이제는 모든 것에 너무나 무관심해져서 전처럼 낮에 몇 번씩 등을 대고 누워 양탄자에 몸을 문지르는 일은 아예 하지 않았다. 그런 더러운 꼴인데도 그는 깨끗한 거실 바닥에 몸을 내미는 것을 꺼려하지 않았다.

그러나 아무도 그를 보지 못했다. 식구들은 바이올린 연주에 정신이 팔려 있었다. 반면에 하숙인들은 처음엔 손을 바지 주머니에 넣은 채 모두 악보가 들여다보일 정도로 여동생의 악보대에 바짝 다가가 있었고, 때문에 여동생이 분명 방해를 받기까지 했다. 그러더니 곧 뭐라고 웅얼웅얼하면서 고개를 숙인 채 창가로 물러나 아버지의 근심스러운 시선을 받으면서 거기에 서 있었다. 멋지고 흥미로운 바이올린 연주를 들을 거라고 예상했던 그들이 실망을 하고 연주에 싫증이 났지만, 단지 예의상 가만히 있는 것 같은 인상을 역력히 볼 수 있었다. 특히 그들 모두가 시가 연기를 코와 입으로 위로 뿜어대는 태도로 보아 굉장히 초조한 것 같았다. 그러나 동생은 멋지게 연주하고 있었다. 얼굴을 옆으로 숙인 채 조심스럽고 슬프게 그 애의 눈길은 악보를 좇고 있었다. 그레고르는 좀 더 앞으로 기어 나갔는데, 동생의 눈길과 마주칠 수 있도록 머리를 마룻바닥에 바짝 갖다 댔다. 음악에 이렇게 감동을 하는데도 내가 동물이란 말인가? 그가 열망했던 미지의 양식에 이르는 길이 나타나는 듯한 느낌이었다. 그는 여동생 앞까지 나가서 스커트를 잡아당기며 동생더러 바이올린을 들고 자기 방으로 와달라고 암시하기로 결심했다. 왜냐하면 거기에 있는 사람 중엔 아무도 자기만큼 열렬히 연주를 감상하지 않았기 때문이었다. 여동생이 와준다면 그는 여동생을 자기 방에서 나가게 하고 싶지 않았다. 그의 흉측스러운 모습이 그에게 처음으로 쓸모 있게 될 것 같았다. 즉시 방문마다 달려가서 공격자를 물리칠 생각이었다. 그러나 여동생을 강제로가 아니라 자의로 자기 방에 있게 하고 싶었다. 그리고 그는 여동생을 소파에서 자기 옆에 앉히고, 자기에게 귀를 기울이게 한 후에 자기가 여동생을 음악학교에 보내려는 확고한 의도가 있었다는 것과 그리고 그동안에 이런 불상사만 생기지만 않았더라도 지난 크리스마스 때—벌써 크리스마스가 지나갔나?—어떤 반대를 무릅쓰고라도 모두에게 그것을 발표했을 것이라는 이야기 등을 털어놓고 싶었다. 이런 얘기를 하고 나면 여동생은 감동의 울음을 터뜨릴 것이고, 그레고르는 그녀의 어깨까지 몸을 일으키고 그녀의 목에 키스할 것이다. 직장에 다닌 후부터 그녀는 리본이나 칼라도 없이 목을 드러내놓고 다녔다.

"잠자 씨." 가운데 남자가 아버지에게 소리치더니 더 이상 아무 말도 하지 않고 집게손가락으로 천천히 앞으로 걸어 나오고 있는 그레고르를 가리켰다. 바이올린 소리가 그쳤다. 가운데 하숙인은 그제서야 고개를 저으면서 친구들에게 빙긋이 웃더니 다시 그레고르를 쳐다보았다. 아버지는 그레고르를 쫓아내는 것보다는 우선 하숙인들을 진정시키는 것이 더 급하다고 여기는 모양이었지만 그들은 조금도 놀라지 않았으며, 그들에게는 바이올린 연주보다 그레고르가 더 흥미 있는 듯 보였다. 아버지는 그들에게 달려가 두 팔을 벌려 그들을 방으로 돌려보내려고 하면서 자신의 몸으로 그레고르를 보지 못하게 하려고 했다. 그들은 이제 정작 화를 내는 것 같았는데, 그것이 아버지 태도 때문인지 아니면 자기네가 그레고르 같은 자가 자기 옆방에서 사는 것을 몰랐다가 지금 알게 되었기 때문인지 알 수 없었다. 그들은 아버지에게 해명을 요구하고는 아버지처럼 양팔을 쳐들더니 불안스럽게 수염을 잡아당기다가 서서히 자기네 방으로 물러갔다. 그러는 동안 여동생은 연주가 갑작스럽게 중단된 것에 상심했던 마음을 극복하고, 한동안 축 늘어뜨렸던 두 손으로 바이올린과 활을 잡고 연주를 할 듯이 악보를 들여다보았다. 그러더니 그녀는 갑자기 정신을 차리고 폐가 답답하고 호흡이 곤란해져서 그냥 소파 위에 앉아 있는 어머니의 무릎에 악기를 놓고 옆방으로 달려갔다. 하숙인들은 아버지가 쫓는 통에 더 빨리 방으로 다가가고 있었다. 여동생의 능숙한 손놀림으로 침대의 이불과 베개가 오르락내리락하면서 정돈되어가는 것이 보였다. 하숙인들이 방에 들어오기도 전에 그녀는 침대 정돈을 끝내고 거기를 빠져나왔다. 아버지는 다시 고집을 부리느라고 하숙인들에 대해 의당 가져야 하는 존경심을 다 잊어버리고 있었다. 아버지는 쫓고 또 쫓았는데, 방문에 이르렀을 때, 가운데 하숙인 남자가 요란스레 발을 구르면서 아버지를 서게 만들었다. "지금 나는," 하고 그는 한 손을 들면서 그레고르의 어머니와 여동생도 쳐다보았다. "이 집과 이 가족이 처해 있는 불미스러운 사정을 이유로 해서" —이때 그는 대뜸 방바닥에 침을 뱉었다 —"내 방을 즉시 내놓는다는 것을 선언하는 바입니다. 지금까지 살아온 날짜에 대한 하숙비도 전혀 내지 못하겠습니다. 오히려 나는 당신에게 어떤 배상 청구를 해볼까 하는데, 그 배상 사유는 —정말입니다 —아주 쉽게 말할 수 있지요." 그는 입을 다물고 무언가를 기다리는 사람처럼 앞만 쳐다보았다. 그러자 그의 두 친구도 입을 열었다. "우리들도 즉시 방을 내놓겠습니다." 그리고 그는 문고리를 잡고 쾅 하고 문을 닫았다.

아버지는 양손으로 더듬으며 비틀거리면서 소파로 돌아와 주저앉았다. 몸을 쭉 뻗고 여느 때의 초저녁잠을 자는 것 같았으나 쉴 새 없이 머리를 계속 끄덕거리는 것을 보니 자는 게 아니었다. 그동안 내내 그레고르는 하숙인들이 그를 목격했던 그 자리에 가만히 누워 있었다. 자기 계획의 실패에서 비롯된 실망감과 너무 굶은 탓으로 생긴 듯한 허약함 때문에 그는 움직일 수 없었다. 그는 다음 순간에는 무언가 전체가 폭발하며 자기에게 쳐들어올 것 같아 두려워하면서 그것을 기다리고 있었다. 바이올린이 어머니의 떨리는 손가락에서 벗어나 무릎에서 떨어져 요란한 소리를 냈지만, 그 소리는 그를 조금도 놀라게 하지 않았다.

"어머니, 아버지" 하고 여동생은 말을 시작하기 위해서 손으로 식탁을 두드렸다. "이럴 순 없어요. 어머니와 아버지는 잘 모르실지 몰라도 전 잘 알아요. 이런 괴물에게 내 오빠의 이름을 부르고 싶지 않아요. 제가 단지 말씀드리는 것은 우리가 저것에서 벗어나야 한다는 거예요. 우리는 저것을 돌보고 또 참기 위해서 인간이 할 수 있는 모든 일을 했지요. 우리를 조금이라도 비난할 수 있는 사람은 아무도 없을 거예요."

"저 애 말이 꼭 맞아." 아버지가 혼잣말을 했다. 아직도 충분히 숨을 쉬지 못하는 어머니가 눈을 사납게 흘기면서 손으로 입을 막고 쿨룩쿨룩 기침을 하기 시작했다.

여동생이 어머니에게로 달려가서 이마를 잡아주었다. 아버지는 여동생의 말로 인해 보다 분명한 생각에 이르게 된 것 같았다. 그는 꼿꼿이 앉아서 하숙인들이 저녁 식사를 하느라고 식탁에 놓아두었던 접시 사이에서 급사 모자를 만지작거리고 있었으며, 때때로 묵묵히 그레고르를 바라보았다.

"우리는 저것에서 벗어나야 해요." 여동생은 오로지 아버지를 향해서 이렇게 말했다. 어머니는 기침하느라 얘기를 듣지 못했기 때문이었다. "저것이 두 분을 돌아가시게 할 거예요. 저에겐 그렇게 되는 게 뻔히 보여요. 우리는 전부 힘들여 일을 해야만 하는데, 집에서 저런 끝없는 두통거리를 감당할 수는 없어요. 더 이상 그럴 수 없어요." 그리고 그녀가 너무 심하게 울음을 터뜨리는 바람에 눈물이 어머니의 얼굴로 흘러내렸고, 그녀는 기계적으로 손을 놀리면서 어머니의 얼굴에서 눈물을 훔쳐내고 있었다.

"애야." 아버지가 동정과 이해심 많은 태도로 말했다. "그럼 우리는 어떻게 해야 한단 말이냐?"

그녀는 아까의 말하던 태도와는 달리 우는 동안 빠져든 절망감을 표시하느라고 어깨만 들먹거렸다.

"저 애가 우리 말을 알아듣는다면." 아버지가 얼마쯤 물어보는 투로 말했다. 그런 일은 생각할 수도 없다는 듯이 여동생은 울다가 손을 세차게 흔들었다. "저 애가 우리 말을 알아듣는다면." 하고 아버지가 말을 되풀이하고는 그것의 불가능에 대한 여동생의 확신을 시인한다는 뜻에서 눈을 감았다. "그렇다면 저 애하고 무슨 합의라도 볼지 모르는데. 그렇지만……"

"없어져야 해요." 여동생이 소리쳤다. "아버지, 그 방법밖에 없어요. 저것이 그레고르 오빠라는 생각은 집어치우세요. 우리가 너무나 오래 그렇게 생각해온 것이 우리들의 불행이에요. 어떻게 그것이 그레고르일 수 있어요? 그것이 그레고르라면 그런 동물과 함께 살 수 없다는 것을 아마 오래전에 알아차리고, 스스로 떠났을 거예요. 그러면 오빠는 없게 되겠지만, 우리는 계속 살아갈 수 있을 것이고, 오빠에 대한 추억을 소중하게 간직할 수 있을 거예요. 그런데 이 동물은 우리를 못살게 굴고, 하숙인들을 내쫓고, 온 집 안을 차지하고서는 우리를 길에서 밤을 새게 하려고 해요. 저것 좀 보세요, 아버지!" 동생이 갑자기 소리를 쳤다. "또 시작이에요!" 그리고 그녀는 그레고르로서는 전혀 이해할 수 없는 두려움을 갖고서 어머니로부터 떨어지더니, 마치 그레고르 가까이에 있는 것보다는 차라리 어머니를 희생시키는 것이 낫다는 듯이 어머니의 소파에서 뛰어나와 아버지 뒤로 달려갔다. 아버지도 누이동생의 태도에 자극되어 자리에서 일어나서는 그녀를 보호하려는 듯이 양팔을 반쯤 쳐들었다.

그러나 그레고르로서는 여동생은 물론이고 누구에게든 겁을 줄 생각은 전혀 없었다. 단지 자기 방으로 돌아가기 위해서 몸을 돌리기 시작한 것뿐인데, 아픈 몸이라 그 어려운 몸 돌리기를 하는 데 머리를 함께 놀려야 했기 때문에 그것이 유별나게 보였다.

그는 머리를 여러 번 들었다가 바닥에 부딪쳤다. 그는 가만히 서서 주위를 살폈다. 그의 선량한 의도가 알려진 듯이 보였다. 잠시 놀란 것뿐이었다. 이제 모두가 말없이 그리고 슬프게 그를 바라보고 있었다. 어머니는 다리를 쭉 펴서 모은 채로 소파에 누워 있었는데, 피곤해서 눈이 거의 감겨 있었다. 아버지와 여동생은 나란히 앉아 있었다. 여동생은 아버지의 목을 안고 있었다.

'이젠 몸을 돌려도 되겠지.' 하고 그레고르가 생각하고 몸을 다시 돌리기 시작했다. 그는 힘이 들어 숨을 헐떡이는 것을 억누를 수가 없어 이따금씩 쉬어야만 했다. 그러나 아무도 그를 독촉하지 않았다. 모든 것이 그 자신에게 맡겨졌다. 그는 몸 돌리는 것을 끝마치자 즉시 물러가기 시작했다. 그는 자기 방까지의 거리가 너무나 먼 것에 대해서 놀랐으며 몸이 쇠약한데도 아까 이 먼 거리를 마구 기어 나온 것이 도무지 이해가 되지 않았다. 빨리 기어갈 생각만 하느라고 그는 식구들의 말이나 외침이 자기의 길을 방해하지 않았다는 것을 거의 모르고 있었다. 문 안에 다 들어가서야 그는 머리를 돌렸는데, 목이 뻣뻣해지는 것을 느꼈기 때문에 완전히 돌리지는 않았다. 그러나 그는 여동생이 일어선 것 이외에 뒤에서는 아무 변화가 없는 것을 보았다. 그의 마지막 시선이 어머니를 스쳤는데, 어머니는 완전히 잠이 들어 있었다.

그가 방으로 들어가자 문이 재빨리 닫히더니 문고리가 내려지며 잠겼다. 뒤쪽에서의 그 갑작스러운 소음에 그레고르는 너무나 놀라서 다리가 꺾였다. 그렇게 서둘러 문을 닫은 사람은 여동생이었다. 그녀는 미리 일어나서 기다리다가 살그머니 달려왔던 것이다. 그레고르는 그녀가 오는 소리를 전혀 듣지 못했다. 자물쇠를 구멍에 돌리면서 그녀는 "됐어요." 하고 부모에게 외쳤다.

"이젠 어떡한다지?" 하고 그레고르는 자문하면서 주위를 둘러보았다. 곧 그는 자기가 전혀 움직일 수 없다는 사실을 발견했다. 그는 그것이 전혀 이상하질 않았다. 차라리 자기가 지금껏 그렇게 약한 다리로 돌아다닐 수 있었다는 것이 이상하게 여겨졌다. 그리고 그는 비교적 기분이 좋았다. 온몸에 통증이 있었지만 그것이 차차 약해져서 결국은 다 사라질 것처럼 생각되었다. 그의 등에 박힌 썩은 사과도, 얇게 먼지가 덮인 그 주변의 염증도 그는 이제 거의 느끼지 못했다. 식구들에 대해서 그는 감동과 사랑으로 돌이켜 생각해보았다. 자기가 없어져야 한다는 것에 대한 그의 생각은 아마도 여동생의 생각보다 더 확고한 것 같았다. 교회의 탑시계가 세 시를 칠 때까지 그는 이렇게 공허하고 평화로운 명상에 잠겨 있었다. 그는 창밖에서 세상이 환해지기 시작하는 것도 느꼈다. 그러자 그의 머리가 자신도 모르게 푹 수그러졌다. 그의 콧구멍에서는 마지막 숨이 힘없이 흘러나왔다.

이른 아침에 파출부가 와서―그러지 말라고 몇 번이고 부탁했지만 모든 문을 힘차게 급히 열어젖히는 바람에, 그 여자만 오면 집 안에서는 더 이상 조용히 잘 수 없었다―평소대로 그레고르의 방을 잠깐 들여다보았으나 처음에는 아무 이상도 발견할 수 없었다. 그녀는 그레고르가 일부러 꼼짝 않고 누워서 화가 난 척하고 있다고 생각했다. 그녀는 그가 온갖 지능을 다 갖고 있다고 믿었다. 우연히 긴 빗자루를 손에 들고 있었기 때문에 그녀는 그것으로 그레고르를 간질이려고 했다. 그런데도 아무런 반응이 없자 그녀는 화가 나서 그레고르를 약간 찔러보았고, 그레고르는 아무런 저항도 없이 그 자리로부터 밀려났다. 그때서야 그녀는 이상하게 여겼다. 이내 진상을 알자 그녀는 눈이 휘둥그레져서 휘파람을 불었다. 그러나 그녀는 오래 서 있지 않고 침실 문을 열어젖히고 큰 소리로 어둠 속에다 대고 외쳤다. "좀 와보세요. 그것이 죽었어요. 자빠져 있어요. 영영 죽었어요."

잠자 부부는 침대에 반듯하게 앉아 그녀의 보고 내용을 알아차리기 전에 우선 파출부에게 놀란 기색을 드러내지 않으려고 애썼다. 그런 다음에 잠자 부부는 각각 급하게 자기 쪽으로부터 침대에서 내려왔는데, 잠자 씨는 이불을 어깨에 걸치고 있었고, 잠자 부인은 잠옷 바람이었다. 그런 모습으로 그들은 그레고르의 방으로 들어갔다. 그러는 동안, 하숙인이 입주한 뒤부터 그레테가 거기서 잠을 잤던 거실 문이 열렸다. 그레테는 전혀 잠을 자지 않은 사람처럼 옷을 다 입고 있었는데, 그녀의 창백한 얼굴 역시 잠을 자지 않았다는 것을 입증해주는 듯했다. "죽었나요?" 하고 잠자 부인은 의아스럽게 파출부를 쳐다보았다. 그러나 그녀 스스로 그것을 검사해볼 수도 있겠고 또 검사하지 않아도 알 만한 일이었다. "그런 것 같아요." 하고 파출부는 자기 주장을 입증하기 위해서 그레고르의 시체를 빗자루로 크게 옆으로 밀었다. 잠자 부인은 빗자루를 잡아두려는 듯한 동작을 했지만 실제로 그러지는 않았다. "그럼," 잠자 씨가 말했다. "이젠 하나님께 감사를 드려야 해." 그가 성호를 긋자 세 여자가 따라했다. 시체에서 눈을 돌리지 않은 그레테가 말했다. "얼마나 여위었나 좀 보세요. 오랫동안 아무것도 안 먹었어요. 음식은 들여다 놓았던 그대로 다시 내보내졌으니까요." 사실 그레고르의 몸은 아주 납작하게 말라 있었다. 그것을 이제야 제대로 알 수 있었다. 이제는 그의 몸이 다리로 버티고 있지도 않고 또 보는 사람의 시선을 흐트러지게 하지도 않았던 때문이었다.

"그레테야, 잠깐 이리로 오너라." 잠자 부인이 우울한 미소를 띠고 말했다. 그레테는 시체를 돌아다보면서 부모를 따라 침실로 들어갔다. 파출부는 문을 닫고 창문을 활짝 열었다. 이른 아침인데도 맑은 공기에는 온화한 기운 같은 것이 감돌았다. 이미 삼월 말이었다.

세 하숙인들이 자기네 방에서 나와 놀란 기색을 하며 아침 식사를 찾았다. 모두 그들에 대해서는 잊고 있었다. "아침 식사는 어디에 있지요?" 하고 가운데 하숙인이 파출부에게 무뚝뚝하게 물었다. 그러나 파출부는 손가락을 입술에 댄 채 말없이 급하게 그 남자들에게 그레고르의 방으로 가보라는 눈짓을 보냈다. 그들도 들어갔다. 이미 환해진 방 안에서 그들은 약간 낡은 상의 호주머니에 두 손을 찌른 채 그레고르의 시체 주위에 둘러섰다.

그때 침실 문이 열리고 제복 차림의 잠자 씨가 한쪽 팔에는 부인을 끼고, 또 다른 팔에는 딸을 끼고 나타났다. 모두가 좀 울었던 것 같았다. 그레테는 때때로 얼굴을 아버지 팔에 묻었다.

"당장 우리 집에서 나가시오." 하고 잠자 씨는 여자들을 떼어 놓지 않은 채 문을 가리켰다. "무슨 말씀이지요?" 가운데 하숙인이 약간 당황한 듯이 말하고 싱긋 웃었다. 다른 두 사람은 손을 등 뒤로 보낸 채 계속 비비고 있었다. 마치 자기네한테 유리하게 끝날 대언쟁을 신이 나서 기다리고 있다는 듯이. "내가 말한 그대로 올시다." 하고 잠자 씨가 대답하고서 두 명의 여자와 나란히 가운데 하숙인에게로 다가갔다. 그 남자는 처음엔 가만히 서 있다가, 마치 자기 생각이 머릿속에서 새로 정리된 듯이 방바닥을 내려다보았다. "그렇다면 나가지요." 하고 그는 마치 갑작스레 그를 덮친 겸손으로 이 결심에 대해서 새로운 승낙이라도 요청하는 듯이 잠자 씨를 쳐다보았다. 잠자 씨는 크게 눈을 부릅뜨고 그에게 여러 번 짤막하게 고개를 끄덕였다. 그러자 그 남자는 실제로 즉시 현관방으로 성큼성큼 걸어갔다. 그의 두 친구는 잠시 손을 움직이지 않고 듣고 있다가, 마치 잠자 씨가 자기네보다 먼저 응접실에 들어가 자기네 지휘자와의 사이를 끊어놓을까 두려워하는 양 그의 뒤를 따라갔다. 현관방에서 그들 세 사람은 옷장에서 모자를 꺼내고 지팡이 통에서 지팡이를 꺼내더니 말없이 꾸벅 인사를 하고는 집을 나갔다. 전혀 근거가 없는 것으로 밝혀진 의혹을 품고 잠자 씨는 두 여자와 함께 층계참으로 나가 난간에 기댄 채, 세 남자가 천천히 계속 층계를 내려가 각 층마다에 있는 층계 커브 길에서 사라졌다가는 잠시 후에 다시 나타나는 것을 내려다보았다. 그들이 점점 밑으로 내려갈수록 그들에 대한 잠자 가족의 관심도 점점 줄어들었다. 그리고 머리에 들것을 진 정육점 점원이 으스대며 그들을 지나 위로 올라가자 잠자 씨는 여자들과 함께 난간을 떠났다. 그들은 모두가 한시름 놓은 듯이 집 안으로 들어왔다.

그들은 오늘 하루를 쉬면서 산책하는 데 보내기로 했다. 그들은 그렇게 일을 그만두고 쉴 만한 이유가 있었을 뿐만 아니라, 그것이 절대로 필요했다. 그래서 그들은 식탁에 앉아서 세 장의 결근계를 썼다. 잠자 씨는 지배인에게, 잠자 부인은 청탁인에게, 그레테는 상점 주인에게 썼다. 글을 쓰고 있는 동안에 파출부가 들어와 아침 일을 끝냈으니 돌아가겠다는 말을 했다. 글을 쓰던 세 사람은 처음엔 쳐다보지도 않고 고개만 끄덕였지만, 파출부가 갈 생각을 하지 않자 언짢게 쳐다보았다. "뭐지요?" 잠자 씨가 물었다. 파출부는 빙긋이 웃으면서 문 안에 서 있었는데, 그것은 마치 식구들에게 큰 기쁜 소식을 전할 게 있지만 열심히 물어봐야만 말하겠다는 태도처럼 보였다. 그녀의 모자에 꽂힌 빳빳한 작은 타조 깃이 이리저리 가볍게 흔들리고 있었다. "도대체 왜 그러는 거지요?" 파출부에게 가장 존경을 받고 있는 잠자 부인이 물었다. "네,"라고 파출부가 대답하고는 생글생글 웃느라고 이내 얘기를 계속하지 못했다. "옆방의 물건을 치워버리는 일에 대해선 걱정 안 하셔도 됩니다. 벌써 치워버렸으니까요." 잠자 부인과 그레테는 마치 글을 계속 쓰려는 것처럼 편지지 위로 몸을 수그렸다. 파출부가 얘기를 자세하게 하기 시작하려는 것을 눈치챈 잠자 씨가 손을 죽 내밀며 한사코 그를 막았다. 이야기를 못하게 하자 그녀는 자기가 바쁘다는 것을 생각하고 분명 모욕당한 투로 말했다. "모두들 안녕히 계세요." 그녀는 휙 돌아서더니 요란하게 문을 닫고서 집을 떠났다.

"저녁엔 해고해야겠다." 하고 잠자 씨가 말했지만, 아내나 딸은 아무 대답도 하지 않았다. 왜냐하면 그 이야기를 하면 그들이 겨우 얻은 휴식이 깨져버릴 것 같았기 때문이었다. 그들은 일어나 창가로 가서 서로 부둥켜안은 채 서 있었다. 잠자 씨는 소파에 앉은 채 그들을 향해 몸을 돌리고 잠시 묵묵히 그들을 바라다보았다. 그러다가 그들을 향해 소리쳤다. "자 이리 와, 이젠 지난 일을 생각하지 마. 그리고 날 좀 생각해줘." 여자들은 당장 그의 말을 좇아 그에게로 달려가 그를 안아주고는 재빨리 결근계를 끝냈다.

그런 다음 그들은 함께 집을 나섰다. 벌써 몇 달째 그래 보지 못했던 일이었다. 그러고는 전차를 타고 야외로 나갔다. 타고 있는 사람이라곤 그들밖에 없는 전차에는 따스한 햇살이 들어오고 있었다. 그들은 의자에 편안히 기대어 앉은 채, 장래의 전망에 대해서 얘기했다. 그 전망이라는 것도 잘 생각해보면 조금도 나쁘지 않았다. 그들 서로가 아직 제대로 따져본 적이 없었지만, 그들의 직장은 꽤 괜찮은 자리인데다가 훗날이 유망했기 때문이었다. 그들 생활환경을 당장에 최대한으로 개선하는 문제는 물론 집을 이사하면 쉽사리 해결될 것이다. 그들은 그레고르가 골랐던 지금 집보다는 좀 작고 싸면서도 위치가 낫고 더 실용적인 집을 구할 작정이었다. 그들이 그런 얘기를 나누는 동안 거의 동시에 잠자 씨 부부는 점점 활발해지는 딸을 바라보면서 딸이 근래에 뺨이 창백해질 정도로 고생을 했음에도 불구하고 아름답고 풍만한 몸집의 처녀로 피어나고 있음을 보았다. 점점 조용해지고 거의 무의식적으로 시선을 주고받으면서 그들은 이젠 그 애를 위해서 착한 남자를 구해야 할 때가 되었다고 생각했다. 그리고 전차가 목적지에 도착해서 딸이 맨 먼저 일어나 젊은 육체를 쭉 펴자, 그것이 그들에게는 마치 새로운 꿈과 훌륭한 계획에 대한 확신처럼 생각되었다.

유형지에서

In der Strafkolonie

"묘한 장치이지요."라고 장교가 탐험가에게 말하고는 탄복해 마지않는다는 눈길로 평소부터 잘 알고 있는 그 장치를 새삼스럽게 살펴보았다. 탐험가는 단지 예의로 사령관의 청에 응한 것 같았다. 사령관은 그에게 불복종과 상관 모욕으로 인해서 유죄 판결을 받은 한 사병을 처형하는 자리에 참석해달라고 요청했던 것이다. 이런 처형에 대해 유형지에서도 별 관심이 없었다. 헐벗은 언덕으로 둘러싸인 이곳 모래땅의 깊고 작은 계곡에는 장교와 탐험가 이외에는 우둔하고 입이 넙죽하며 얼굴과 머리가 지저분한 죄수와 묵직한 쇠사슬을 들고 있는 한 사병이 있을 뿐이었다. 그 쇠사슬에는 작은 사슬이 끼어 있었는데, 그것은 죄수의 발목, 팔목, 목 등에 채워져 있었고, 또 얽히고설킨 사슬에 의해서 서로 연결되어 있었다. 죄수는 개처럼 말을 잘 들을 것 같아서 멋대로 언덕에 돌아다니도록 풀어놓았다가 처형을 시작할 무렵에 단지 호각만 불면 스스로 되돌아올 것만 같은 느낌이 들었다.

탐험가는 처형 장치에 대해서 그다지 관심이 없었고, 눈에 띨 정도로 무관심한 태도로 죄수 뒤에서 왔다 갔다 하고 있었다. 그러나 장교는 마지막 준비를 하느라 땅속까지 깊숙이 들어 있는 장치 밑부분으로 기어 들어가기도 하고, 그 윗부분을 검사하기 위해서 사다리 위로 올라가 보기도 했다. 그런 것은 원래 기계 기술자한테 맡겨도 되는 일이었다. 그러나 장교는 그 장치를 옹호하는 사람이어선지 혹은 다른 이유로 그 일을 다른 사람에게 맡길 수 없어서인지 어쨌든 무척 열심히 그 일을 했다. "이제 준비가 다 됐습니다!" 드디어 그는 이렇게 외치고 사다리에서 내려왔다. 그는 무척 지쳐 있었고 입을 커다랗게 벌린 채 숨을 쉬면서 부드러운 여성용 손수건 두 개를 군복 칼라 속에 쓸어 넣었다. "열대지방에서 그런 군복은 너무 덥겠군요." 탐험가는 장교의 기대와는 달리 장치에 대해 묻는 대신에 이렇게 말했다. "그렇습니다." 하고 장교는 기름과 때로 더러워진 손을 옆에 있는 물통에 씻었다. "그러나 군복은 고향을 뜻하지요. 우리는 고향을 잃고 싶지 않아요. 자, 이 장치를 보십시오." 하고 그는 곧 말을 잇더니, 수건으로 손을 닦으면서 처형 장치를 가리켰다. "아까는 손으로 일을 했지만 지금부터는 장치가 혼자서 다 해낼 것입니다." 탐험가는 고개를 끄덕이고 장교를 따라갔다. 장교는 어떤 돌발적인 사고에 대해서도 변명할 구실을 마련하려는 듯이 이렇게 말했다. "물론 고장도 나지요. 오늘은 사고가 없기를 바라지만, 어쨌든 사고를 예상하고 있어야 합니다. 이 장치는 열두 시간 계속 가동해야 하지요. 그러나 사고가 난다 해도 그건 아주 사소한 것이어서 금방 고칠 수 있습니다."

"앉지 않으시겠습니까?"라고 그가 마침내 묻더니 무더기로 쌓여 있는 등나무 의자 가운데서 하나를 꺼내어 탐험가에게 권했다. 탐험가는 거절할 수가 없었다. 그래서 그는 한 구덩이 언저리에 앉아 그 안을 흘끗 쳐다보았다. 구덩이는 별로 깊지 않았다. 구덩이 한쪽으로는 파 올린 흙이 벽을 이루고 있었고, 다른 쪽에는 처형 장치가 놓여 있었다. "혹시," 장교가 말했다. "사령관께서 당신에게 저 장치에 관해 설명해드리지나 않았는지요?" 탐험가는 애매하게 손을 저었다. 장교는 더 나은 대답을 요구하지 않았다. 이제 자기가 처형 장치에 대해 설명할 수 있게 된 까닭이었다. "이 장치는," 하며 그는 손잡이를 잡고 거기에 기대섰다. "우리들의 전임 사령관이 고안한 것입니다. 저는 첫 고안 작업 시에도 함께 일을 했고 또한 완성될 때까지 모든 작업에 관여하였지요. 그러나 고안한 공로는 어디까지나 그분만의 것이지요. 우리들의 전임 사령관에 관해 말씀 들으신 적이 있는지요? 없으시다구요? 그런데 유형지 시설 전체가 그분 작품이라고 해도 과언이 아니지요. 그분이 세상을 떠날 당시에 그분과 가까이 지내왔던 우리는 이미 유형지의 시설이 전에 없이 완전하며, 그분의 후계자가 아무리 많은 새로운 계획을 머릿속에 갖고 있다 하더라도 앞으로 적어도 몇 해 동안은 옛날 것을 변경할 수 없으리라고 생각했습니다. 우리의 예언은 적중했어요. 신임 사령관도 이걸 실감하게 되었지요. 당신이 전임 사령관을 모르시다니 유감이군요. 그런데," 장교가 말을 중단했다. "제가 수다를 떨었군요. 그분이 고안한 장치가 우리 앞에 있습니다. 당신께서 보시다시피 그것은 세 부분으로 나누어져 있습니다. 세월이 흐름에 따라 이들 각 부분은 속칭을 갖게 되었지요. 하부를 침대라고 부르고 상부를 제도기라 합니다. 그리고 여기 한복판에 움직이는 부분을 써레라고 합니다." "써레라고요?" 탐험가가 물었으나 별로 주의해 듣고 있지는 않았다. 햇볕이 그늘이라곤 없는 계곡 안을 쨍쨍 내리쬐고 있어서, 생각을 집중할 수 없을 정도였다. 그래서 그에게는 견장을 달고 술이 달린 꽉 끼는 전투용 군복을 입고 그렇게 열심히 자기 일을 설명하고 있는 장교가 더욱 대견스러워 보였다. 장교는 말을 하면서도 드라이버를 가지고 여기저기 나사를 매만지고 있었다. 사병은 탐험가와 비슷한 심정인 것 같았다. 그는 양 팔목에 죄수의 사슬을 감고 한 손으로 총을 잡고 거기에 기대고는 머리를 늘어뜨리고 있었는데, 그 어느 것에도 관심을 보이지 않았다. 탐험가는 사병의 그러한 태도를 그다지 이상하게 여기지 않았다. 장교는 프랑스어로 이야기하였는데, 그것은 분명 사병이나 사형수가 프랑스어를 알아듣지 못할 것이기 때문이었다. 그러나 죄수는 장교의 설명을 알아보려고 애를 쓰고 있는 게 완연하였다. 졸린 눈을 버티어가면서 그는 늘상 장교가 가리키는 쪽을 바라보았다. 그러다가 탐험가가 질문하는 바람에 장교의 말이 중단되자, 그 역시 장교와 마찬가지로 탐험가를 쳐다보았다.

"네, 써레입니다." 장교가 말했다. "이름이 잘 어울리지요. 바늘들이 써레처럼 장치되어 있고 전체가 써레처럼 작동합니다. 비록 한곳에만 집중되어 있지만 써레보다는 훨씬 교묘하게 되어 있어요. 어쨌든 이내 이해하시게 될 겁니다. 여기 침대 위에 죄수가 눕혀집니다. 내가 처형 장치에 대해 먼저 설명을 하고 그런 후에 작동시켜보겠습니다. 그래야 장치의 움직임을 더 잘 이해하실 수 있을 겁니다. 제도기에 있는 톱니바퀴가 너무나 닳아서 작동 시에 삐걱삐걱 소리가 납니다. 그래서 그럴 때면 거의 말을 알아들을 수가 없을 정도입니다. 부속품은 여기에서 구하기가 힘들거든요. 그러니까 아까 말씀드린 대로 여기가 침대입니다. 이것은 완전히 솜으로 덮여 있어요. 이 물건의 용도에 대해선 뒤에 아시게 될 겁니다. 이 탈지면 위에 죄수가 배를 대고 눕게 됩니다. 물론 벌거벗은 채로요. 그를 잡아매기 위해 저기에 손을 매는 끈이 있고, 저기에 발을 매는 끈이 있고, 저기에 목을 매는 끈이 있습니다. 죄수가 제가 말씀드린 바와 같이 얼굴을 아래로 하고 눕게 될 침대의 저 머리끝에 펠트로 된, 작은, 입을 틀어막는 것이 있는데, 그것은 죄수의 입속으로 곧장 들어가도록 쉽게 조절할 수 있습니다. 그것의 목적은 소리치거나 혀를 깨무는 것을 막는 데 있어요. 물론 죄수는 그 펠트를 물어야만 하게 되어 있습니다. 그렇지 않으면 목의 끈에 의해 목이 부러지니까요." "이게 탈지면인가요?" 탐험가가 물으며 몸을 수그렸다. "네, 그렇습니다." 장교가 미소를 지으면서 말했다. "직접 만져보시지요." 그는 탐험가의 손을 잡고 침대 위를 만져보게 했다. "그건 특별히 만든 솜입니다. 그래서 그것을 제대로 알기가 힘들지요. 그 용도에 대해서 말씀드리겠습니다." 탐험가는 처형 장치에 어느 정도 마음이 쏠렸다. 그는 해를 가리느라고 손을 눈 위에 대고 그 장치를 윗부분까지 죽 훑어보았다. 그것은 큰 시설물이었다. 침대와 제도기는 비슷한 크기였는데, 두 개의 컴컴한 궤짝처럼 보였다. 제도기는 침대 위 이 미터쯤에 붙어 있었다. 둘 다 귀퉁이가 햇빛에 빛을 발하는 놋쇠 막대기로 연결되어 있었다. 그 두 개의 궤짝 사이로 써레가 쇠줄에 매달려 있었다.

장교는 아까 탐험가의 무관심한 태도를 거의 알아보지 못했지만, 그가 흥미를 갖기 시작했다는 것은 쉽게 알아차렸다. 그래서 탐험가에게 마음껏 관찰할 수 있는 시간을 주려고 잠시 설명을 중단하였다. 죄수도 탐험가를 흉내 냈다. 손을 눈 위에 얹어놓을 수 없었기 때문에 그는 눈을 가늘게 뜨고 바라보았다. "그러니까 죄수가 눕는다는 말씀이지요." 하고 탐험가는 의자에서 몸을 뒤로 젖히고 다리를 꼬았다.

"그렇습니다." 장교는 모자를 약간 뒤로 젖히고 손으로 자기의 화끈거리는 얼굴을 만졌다. "들어보십시오. 침대와 제도기에는 각각 전지가 달려 있습니다. 침대는 그 자체를 위해 전지가 필요하고, 제도기는 써레를 위해 전지가 필요합니다. 사람이 잡아매어지면 곧 침대가 움직입니다. 그것은 매우 빠르면서도 작게 상하 좌우로 흔들리게 됩니다. 당신은 아마 비슷한 장치를 병원에서 보셨을 것입니다. 단지 저 침대에서는 모든 움직임이 정확하게 계산되어 있지요. 그 움직임은 써레의 움직임과 일치해야만 하니까요. 그런데 이 써레가 실제로는 판결의 집행을 떠맡고 있는 겁니다."

"판결문은 어떻게 되어 있나요?" 탐험가가 물었다.

"그것도 모르셨습니까?" 장교가 놀라서 묻고는 입술을 깨물었다. "제 설명이 조리가 없더라도 용서하십시오. 크게 용서를 비는 바입니다. 그 설명을 전에는 사령관이 직접 하셨지요. 그런데 신임 사령관은 그 명예로운 의무를 거절한 겁니다. 이렇게 귀빈이 방문하셨는데도 말입니다." 그런 경의의 표시를 못하게 하려고 탐험가는 양손을 저었지만 장교는 그 표현을 되풀이했다. "이런 귀빈께 우리들의 판결 형식에 대해 알려드리지 않았다는 사실 역시 전에 없던 일이며……" 그는 욕설이 입술까지 나왔으나 꾹 참고 이렇게만 말했다. "저는 그걸 몰랐는데, 제 잘못이 아닙니다. 그리고 우리들의 판결 방식을 설명하는 데는 제가 제일 나은 사람입니다. 왜냐하면 여기에 제가," 그는 안주머니가 있는 부분을 두드렸다. "전임 사령관이 남기신 그것에 관한 여러 가지 도안을 갖고 있거든요."

"사령관이 손수 도안한 건가요?" 탐험가가 물었다. "그러고 보니 그분은 못하는 일이 없었군요? 그분은 군인이고, 판사이고, 건축가이고, 화학자이고, 또 도안사였나 보군요?"

"그렇지요." 장교는 고개를 끄덕이면서 말했고, 멍하니 생각에 잠긴 시선을 하고 있었다. 그러고는 자기 손을 유심히 살펴보았다. 설계도를 만지기에는 손이 너무 더럽다고 생각하는 듯했다. 그는 물통으로 가서 다시 손을 씻었다. 그러고는 가죽 지갑을 꺼내 들고는 이렇게 말했다. "우리들의 판결은 엄하지 않습니다. 죄수가 범한 계율을 그의 몸에다 써레로 써넣는 것입니다. 예를 들면, 저 사람의 몸에는," 장교가 그 남자를 가리켰다. "네 상관을 존경하라는 말을 써넣습니다."

탐험가는 그 남자를 흘끗 쳐다보았다. 장교가 그를 가리켰을 때 그는 머리를 수그리고 귀에 온 신경을 모아 무슨 말인지 알아들으려고 했다. 그러나 불룩하게 튀어나오도록 꼭 다문 입술은 그가 아무 말도 알아듣지 못했음을 알려주고 있었다. 탐험가는 여러 가지 질문을 하고 싶었지만 죄수를 쳐다보고 이렇게만 물었다. "저 사람은 판결문을 알고 있나요?" "모릅니다." 하고 장교는 곧 설명을 계속하려 했지만 탐험가가 그러지 못하게 했다. "자신의 판결을 모르고 있다고요?" "모릅니다." 장교는 다시 이렇게 말하고 탐험가로부터 그의 질문에 대한 구체적인 이유를 바라는 듯하다가 말했다. "그걸 그에게 알려주는 것은 쓸데없는 일입니다. 자신의 몸에서 직접 그것을 알게 될 테니까요." 죄수가 자기에게 시선을 보내고 있다는 것을 느꼈기 때문에 탐험가는 말을 하지 않으려고 했지만 죄수가 자신을 쳐다보는 것을 느꼈다. 그의 시선은 그가 지금까지 들은 이야기를 인정할 수 있겠느냐고 묻는 것 같았다. 때문에 탐험가는 뒤로 젖혔던 몸을 다시 앞으로 수그리고 물었다. "그렇지만 자신이 유죄 판결을 받았다는 사실은 알고 있겠죠?" "그것도 모릅니다." 하고 장교는 그에게서 무슨 특별한 말이라도 기대하는 것처럼 미소를 지으면서 그를 쳐다보았다. "모른다구요?" 하고 탐험가는 이마를 쓸어 올렸다. "그렇다면 저 사람은 자신의 변호가 어떻게 받아들여졌는지도 모르겠군요." "그 사람은 자신을 변호할 기회가 없었습니다." 하고 장교는 옆으로 눈을 돌렸는데, 그것은 마치 자신에겐 당연한 그런 일들의 이야기로 탐험가를 거북하게 하지 않으려고 자기 자신에게 말하는 듯한 태도였다. "그렇지만 저 사람에게 자신을 변명할 기회를 주어야 하지 않을까요?" 하고 탐험가는 안락의자에서 일어났다.

장교는 자신이 기계 장치를 설명하는 데 너무 많은 시간을 쓰지나 않았나 해서 걱정하는 모양인지, 탐험가에게로 가서 그의 팔을 잡고 한쪽 손으로 죄수를 가리켰다. 그러자 죄수는 그제서야 분명히 자신이 두 사람의 화제에 오르고 있다는 것을 깨닫고 몸을 벌떡 일으켰다 ─ 그래서 사병은 쇠사슬을 끌어당길 수밖에 없었다. 장교가 말했다. "사실은 이렇답니다. 저는 이 유형지에서 판사로 있습니다. 젊긴 하지만 말입니다. 모든 형벌 문제에서 전임 사령관을 보좌했으며, 장치에 대해서도 일가견이 있으니까요. 죄란 항상 의심할 여지가 없다는 것이 제 결단의 원칙입니다. 다른 법원들은 이런 원칙을 따를 수가 없지요. 그 법원들은 인원이 많고 또 그 위에 상급 법원도 있기 때문입니다. 그러나 여긴 그렇지 않습니다. 적어도 전임 사령관 시절엔 그렇지 않았습니다. 신임 사령관은 저의 재판에 간섭할 의향을 비쳤습니다만, 이제까지는 제가 그분을 막아낼 수가 있었습니다. 또 앞으로도 그렇게 할 수 있을 겁니다. 당신께서는 저 사람 건에 대한 해명을 원하셨지요. 이 사건은 모든 다른 사건과 마찬가지로 간단한 것입니다. 어느 대위가 오늘 아침 그를 고발했습니다. 그 사유는 자신의 당번으로 배치돼서 자기 집 문 앞에서 보초를 서야 하는 놈이 잠을 자느라 근무에 태만했다는 것입니다. 그는 시계가 매시간을 칠 때마다 일어나서 대위의 방 앞에서 경례하는 임무를 지고 있었습니다. 분명 어려운 일은 아니지만 필요한 일이었지요. 왜냐하면 보초 임무나 심부름을 하려면 팔팔한 상태로 있어야 하니까요. 어젯밤에 대위는 당번이 임무를 잘 수행하고 있는지 보려고 했어요. 두 시를 칠 때 그가 문을 열고 내다보니 당번병은 웅크린 채 자고 있었답니다. 그가 승마용 채찍을 가져와서 저자의 얼굴을 후려갈겼습니다. 저자는 일어나서 용서를 빌기는커녕 자기 주인의 다리를 잡고서 그를 흔들면서 소리를 쳤습니다. '채찍을 내던지시오. 안 그러면 물어뜯을 겁니다.' 이것이 사건 내용입니다. 대위는 한 시간 전에 저에게 왔습니다. 나는 그의 진술을 받아 적고 그 자리에서 즉시 판결을 내렸습니다. 그러고는 저자에게 쇠고랑을 채우도록 했습니다. 모든 게 아주 간단했습니다. 제가 처음에 저자를 소환해서 심문을 했다면 혼란만 야기시켰을 거예요. 그는 거짓말을 했을 것이고, 제가 그 거짓말을 반박했다면 또 새로운 거짓말을 한다든가 했을 것입니다. 그렇지만 저는 지금 저자를 잡아놓고 그렇게 하지 못하도록 하고 있지요. 이제 다 아시겠습니까? 그런데 시간이 가니까 처형이 시작되어야 하는데, 저는 처형 장치에 대한 설명을 다 끝내지 못했습니다." 그는 탐험가를 의자에 앉히고는 다시 기계 장치가 있는 곳으로 가서 말을 시작했다. "보시다시피 써레는 사람의 형태에 맞게 되어 있습니다. 이것이 상체를 위한 써레이고 이것은 다리를 위한 써레입니다. 머리를 위해서는 이 작은 송곳뿐입니다. 아시겠습니까?" 그는 상세한 설명을 할 작정으로 친절하게 몸을 수그렸다.

탐험가는 얼굴을 찡그리며 써레를 쳐다보았다. 재판 과정에 대한 이야기가 그를 불만스럽게 만들었다. 그러나 그는 여기가 유형지이며 따라서 특별한 조치가 필요하고 끝까지 군대식으로 대처해나갈 수밖에 없다고 혼잣말을 해야 했다. 그리고 그는 신임 사령관에게 몇 가지 희망을 걸어보았다. 분명 그분은 이 장교의 옹졸한 머리로는 이해할 수 없는 새로운 조치를 서서히 취해볼 생각이 있을 것이다. 이러한 생각을 하다가 탐험가는 물었다. "사령관이 처형에 참석하시나요?" "그것은 확실하지 않습니다." 장교는 그의 단도직입적인 질문에 기분이 상해서 이렇게 말했으며, 그의 정다운 얼굴 표정도 흐려졌다. "바로 그 때문에 우리는 서둘러야 합니다. 죄송하지만 제 설명도 이제 그만 줄여야겠습니다. 처형 장치가 다시 깨끗이 청소되는 내일—아주 더러워지는 게 이 장치의 유일한 결점입니다—제가 자세한 설명을 더 해드리지요. 지금은 꼭 필요한 것만 설명드리겠습니다. 저 사람이 침대에 누운 다음에 침대가 흔들리면 써레가 그의 몸으로 내려옵니다. 써레는 자동으로 작동하여 끝부분만 몸에 닿습니다. 그 작동이 끝나면 곧 이 쇠줄이 막대기처럼 팽팽해집니다. 그렇게 되면 작업이 시작되는 거지요. 관계자가 아니면 겉으로는 여러 가지 형벌의 차이점을 식별하기가 어렵습니다. 써레가 같은 식으로 작업하는 것처럼 보이니까요. 써레가 흔들리면서 끝을 몸에다 박고 몸은 침대 때문에 흔들리지요. 누구나 판결 집행을 관찰할 수 있도록 써레는 유리로 되어 있습니다. 거기에 바늘을 박는데 몇 가지 기술적인 어려움이 있었지만 여러 차례 시도한 끝에 일이 제대로 되었습니다. 우리는 어떠한 노고도 꺼리지 않았습니다. 그래서 누구나 유리를 통해서 글자가 몸에 새겨지는 것을 볼 수 있게 되어 있습니다. 더 가까이 오셔서 바늘을 보시지 않겠습니까?"

탐험가는 천천히 일어나 써레 가까이에 가서 그 위에 몸을 수그렸다. "보십시오." 장교가 말했다. "두 가지 종류의 바늘이 여러 갈래로 늘어서 있습니다. 긴 바늘 옆에는 짧은 바늘이 붙어 있습니다. 긴 바늘은 물론 글씨를 새기는 것이고 짧은 바늘은 물을 내뿜어 피를 씻고 글씨를 항상 잘 보이도록 하는 역할을 합니다. 핏물은 이 작은 홈통을 지나 나중에는 이 큰 홈통으로 흘러가는데 그 배수관은 구덩이로 이어져 있습니다." 장교는 손가락으로 핏물이 흘러가는 길을 자세히 가리켰다. 그리고 될 수 있는 대로 생생하게 설명하려고 배수관 입구에다 두 손을 갖다 대고 핏물을 받는 시늉을 하자 탐험가는 머리를 쳐들고 손으로 뒤쪽을 더듬으며 의자로 되돌아가려고 했다. 그때 놀랍게도 그는 써레 장치를 가까이에서 보라는 장교의 청에 죄수도 그처럼 따르고 있는 것을 보았다. 그는 졸면서 쇠사슬을 잡고 있던 사병을 약간 앞으로 끌어당기고 유리 위로 몸을 수그렸다. 불안스런 눈으로 그는 두 사람이 방금 무얼 보았는지 알아내려고 했다. 그러나 그에게는 설명이 없었던 터라 그것을 알아낼 리 없었다. 그는 이곳저곳을 들여다보았다. 그는 자꾸만 유리를 훑어보았다. 탐험가는 그를 제자리로 쫓고 싶었다. 그가 하고 있는 행동이 처벌받을 것 같았기 때문이다. 그러나 장교는 한쪽 손으로 탐험가를 꼭 잡고 다른 손으로 둑에 있는 흙덩어리를 집어 사병에게 던졌다. 사병은 벌떡 눈을 뜨고 죄수가 한 짓을 보고는 총을 내던지고 발꿈치로 땅을 버티면서 죄수를 뒤로 끌어당겼다. 그러자 죄수가 곧 쓰러졌다. 사병은 허우적대면서 쇠사슬을 덜거덕거리고 있는 죄수를 내려다보았다. "일으켜 세워!" 하고 장교가 소리쳤다. 탐험가가 죄수 때문에 너무나 산란해져 있었기 때문이었다. 탐험가는 써레에 대해서는 아무런 흥미도 갖고 있지 않았다. 그는 되도록 써레 위로 몸을 굽혀 죄수의 태도를 유심히 살펴볼 뿐이었다. "조심스럽게 다루게!" 장교가 다시 소리쳤다. 그는 처형 장치 옆을 돌아서 죄수의 겨드랑이를 부축하고 사병의 도움으로 자꾸만 발이 미끄러지는 그를 일으켰다.

"이젠 다 알겠습니다." 장교가 되돌아오자 탐험가가 말했다. "제일 중요한 것만 빼놓고요." 하고 장교는 탐험가의 팔을 잡고 위쪽을 가리켰다. "저 제도기 속에는 써레의 동작을 이끄는 톱니바퀴가 들어 있는데, 그 톱니바퀴는 판결에 해당하는 도표에 따라 작동됩니다. 저는 아직도 전임 사령관의 도표들을 사용하고 있습니다. 여기에 그 도표들이 있습니다." 그가 가죽 가방에서 몇 장의 도표를 꺼냈다. "그런데 죄송하지만, 이걸 당신 손에 넘겨드릴 수는 없습니다. 제가 가진 가장 중요한 것이니까요. 앉으십시오. 이정도의 거리에서 그걸 보여드리면 잘 보일 것입니다." 그가 첫 장을 보여주었다. 탐험가는 무슨 감탄하는 말이라도 하고 싶었지만 알 수 없는, 서로 몇 겹으로 엇갈리는 미로 같은 선만을 보고 있었다. 선이 지면을 꽉 메우고 있어서 애를 써야만 이 선 사이의 흰 공간을 알아볼 수 있었다. "읽어보십시오." 장교가 말했다. "읽을 수 없군요." 탐험가가 말했다. "뻔한데요, 뭐." 장교가 말했다. "정말 정교하군요." 그의 말을 피하려는 듯이 탐험가가 이렇게 말했다. "그렇지만 전 해독할 수가 없군요." "네." 하고 장교가 웃으며 서류를 다시 집어넣었다. "학생들을 위한 정서체야 아니지요. 오래 읽으면 해독할 수 있습니다. 당신도 결국엔 틀림없이 해독

176

할 수 있게 될 겁니다. 물론 간결한 필체여서는 안 되지요. 죄수가 즉시 죽어서는 안 되고 평균적으로 열두 시간이라는 시간이 걸리게 됩니다. 여섯 시간이 되면 전환점이 옵니다. 진짜 글자 주변에는 별의별 장식이 다 나타나니까요. 진짜 글자는 좁은 띠를 이루고 몸을 휘감습니다. 나머지 몸 부분에는 무늬가 나타나게 되어 있습니다. 이제 당신은 써레와 처형 장치 전체의 작업에 대해 그 진가를 알 수 있겠습니까? 보십시오." 그가 사다리 위로 훌쩍 뛰어 올라가 바퀴 하나를 돌리며 아래쪽으로 소리쳤다. "조심하십시오. 옆으로 비켜서십시오." 그러자 모든 것이 작동했다. 바퀴가 삐걱거리지만 않았더라면 실로 장관이었을 것이다. 장교는 그 삐걱거리는 바퀴 때문에 놀란 듯이 그 바퀴를 향해 주먹을 내밀었다. 그런 다음 그는 사과하는 듯이 탐험가 쪽으로 양팔을 내벌리더니 사다리를 내려와서 처형 장치의 작동을 아래에서부터 쳐다보았다. 무언가가 잘못돼 있었는데, 그만이 그것을 알아차렸다. 그는 다시 사다리를 올라가 두 손으로 제도기 내부를 잡아보더니 빨리 내려오기 위해서 사다리를 사용하지 않고 한 쇠막대기를 타고 내려와서 소음 속에서도 자기 말을 알아듣게 하느라고 온 힘을 모아 탐험가의 귀에다 소리쳤다. "저 동작을 아시겠어요? 써레가 새기기 시작했어요. 써레는 저 사람의 등에다 글자의 첫 부분을 다 쓰면 탈지면 깔개를 말고 몸을 옆으로 돌려놓아 써레에 새 자리를 마련해줍니다. 동시에 써레의 침으로 상처를 입은 부분이 이 위에 직접 놓이게 되지요. 여기에 대비해서, 특별히 만든 탈지면이 출혈을 멈추게 하면서 새로 글자를 더 깊게 새길 수 있도록 해줍니다. 여기 써레 가장자리의 톱날들은 몸을 다시 뒤틀 때에, 상처에 달라붙은 탈지면을 뜯어서 구덩이에 던집니다. 그리고 써레는 다시 일을 시작합니다. 써레는 열두 시간에 걸쳐서 점점 깊숙이 글자를 새깁니다. 처음 여섯 시간 동안은 죄수는 다른 때처럼 살아 있고 단지 고통을 당할 뿐이지요. 두 시간이 지나면 입을 틀어막은 펠트를 빼냅니다. 그쯤 되면 죄수가 소리칠 기운이 없기 때문입니다. 머리맡에 있는, 여기 전기로 데워지는 그릇에 쌀죽을 넣어주어 그가 마음이 내키면 혀로 핥아서 먹을 수도 있지요. 그 기회를 그냥 놓치는 사람은 아무도 없습니다. 저로서는 그런 사람은 한 번도 본 적이 없지요. 제 경험도 대단한데 말입니다. 여섯 시간쯤 되면 비로소 죄수가 먹는 재미를 잃게 됩니다. 그러면 난 보통 여기에 무릎을 꿇고는 이 광경을 관찰하지요. 죄수는 마지막 한입도 삼키는 법이 없지요. 그는 그것을 입속에서 돌리다가 구덩이에 토해버리지요. 그럴 때면 전 몸을 수그려야 합니다. 그렇지 않으면 제 얼굴에 튀니까요. 그러나 여섯 시간이 되면 죄수는 여간 조용해지는 것이 아닙니다. 아무리 어리석은 자라도 분별력이 생기지요. 그것은 눈에서 시작하여 온몸에 퍼집니다. 그걸 보면 써레 아래에 누워보고 싶은 충동을 느끼게 되지요. 이제 다른 일은 없고, 죄수는 글자를 해독하기 시작합니다. 그는 마치 무엇인가 엿들으려는 듯이 입을 뾰쪽하게 내밉니다. 당신도 보셨다시피 눈으로 해독하기가 쉽지 않아요. 그러나 죄수는 상처로 글자를 해독하게 됩니다. 그건 물론 대단한 일이지요. 그 일이 완수되는 데 여섯 시간이 필요하니까요. 그 다음에는 써레가 죄수의 몸을 쿡 찔러 올려 구덩이 속으로 내던집니다. 그래서 그는 구덩이의 핏물과 탈지면 위로 철썩 떨어집니다. 그걸로 재판은 끝납니다. 그러면 나와 사병은 그를 땅속에 묻습니다."

탐험가는 귀를 장교 쪽으로 기울이고 양손을 상의 호주머니에 넣은 채 기계가 돌아가는 것을 바라보고 있었다. 죄수 역시 기계의 작동을 바라보았지만 뭐가 뭔지 알지 못했다. 그는 몸을 약간 수그린 채 흔들거리고 있는 바늘을 쳐다보고 있었다. 그때 사병이 장교의 신호에 따라 뒤에서 칼로 죄수의 셔츠와 바지를 찢어서 옷이 땅에 흘러내리게 했다. 죄수는 자기의 벌거숭이 몸을 가리기 위해 떨어지는 옷을 잡으려고 했지만, 사병이 그를 똑바로 세워놓고 마지막 누더기 조각까지 벗겨 내렸다. 장교가 기계를 멈추었다. 이제 조용한 가운데 죄수가 써레 아래에 눕혀졌다. 쇠사슬이 풀리고 그 대신 끈이 조여졌다. 그렇게 된 것이 죄수에겐 한순간 홀가분해진 듯했다. 써레가 좀 더 아래로 내려왔다. 그는 마른 사람이었기 때문이다. 바늘 끝이 몸에 닿는 순간 죄수의 피부에서 경련이 일었다. 사병이 그의 오른손을 잡고 있는 동안 그는 왼손을 방향도 모르고 내밀었다. 장교는 계속 옆으로 탐험가를 쳐다보았는데, 그것은 자기가 피상적으로나마 설명을 한 처형 과정이 어떤 인상을 줄 것인가, 그것을 탐험가의 표정에서 알아보려는 것 같았다.

손목을 졸라매는 끈이 끊어졌다. 사병이 그것을 너무 세게 잡아당긴 모양이었다. 장교의 도움이 필요했기 때문에 사병은 장교에게 끊어진 끈을 보여주었다. 장교는 그에게로 가면서도 얼굴을 탐험가에게로 돌리고는 말했다. "기계가 복잡하게 조립되어 있습니다. 여기저기 끊어지거나 부러지지요. 그렇다고 전체적인 평가가 흔들려서는 안 되지요. 끈은 즉시 다른 걸로 갈아 낄 수 있습니다. 쇠사슬을 대신 사용합니다. 그렇게 하면 오른쪽 팔에서는 진동이 거칠어집니다." 그는 쇠사슬을 매면서 말했다. "기계를 보존하는 데 쓸 경비가 지금은 매우 한정되어 있습니다. 전임 사령관 시절엔 그런 목적으로 제 마음대로 쓸 수 있는 경비가 있었지요. 모든 가능한 부속품을 보관하는 창고가 여기에 있었습니다. 솔직히 말씀드리면 신임 사령관이 주장하는 바와 같이, 전 그걸 거의 낭비까지 했습니다. 지금이 아니라 전에 말입니다. 신임 사령관한테서는 모든 것이 낡은 시설을 없앤다는 구실 하에 사용됩니다. 이젠 기계 경비도 그의 관리 하에 있습니다. 새 끈을 가져오도록 제가 사람을 보내면 끊어진 끈을 증거품으로 요구한답니다. 새 끈은 열흘이 지나서야 받게 되는데 품질도 나빠서 오래 쓰지 못합니다. 끈도 없이 그동안 어떻게 기계를 돌려야 할지에 대해선 아무것도 신경 쓰지 않고 있습니다."

'타인의 문제에 크게 간섭한다는 것은 언제나 위험한 일이다.' 하고 탐험가는 생각했다. 그는 유형지의 주민도 아니고, 또 이 유형지가 소속돼 있는 국가의 국민도 아니었다. 만약 그가 이 처형을 비난한다든가, 아니면 제지시키려고 한다면 '당신은 외국인이니까 잠자코 있어요.'라는 말을 듣게 될 것 같았다. 그렇게 말하면 그로서는 아무런 대답을 할 수 없을 것이고, 외국 재판 제도를 변경시키기 위해서가 아니라 단지 구경하려는 의도에서 여행을 하는 것이기 때문에 그 자신이 이 사건에 개입하지 않는다는 말만을 덧붙일 수 있을 것이다. 그러나 여기에서 벌어지고 있는 일들이 무척 유혹적인 때가 있었다. 재판 방식이 부당하고 처형 방법이 비인간적이라는 것은 의심할 나위가 없었다. 이 사건에 탐험가의 개인적인 이해관계가 얽혀 있다고 보는 사람은 아무도 없었다. 탐험가로서는 죄수가 모르는 사람이고, 또 같은 나라 사람도 아니며, 그의 동정을 바라는 사람도 아닌 까닭이었다. 탐험가 자신은 고관들의 추천장을 가지고 있었으며, 이곳에서 정중한 영접을 받았다. 그가 이 처형 장소로 초청되었다는 사실은 당국이 이 재판에 대한 그의 의견을 요구하고 있는 것은 아닌가 하는 생각이 들게 하기도 했다. 이와 같은 추측은, 방금 장교에게서 명백하게 들은 바와 같이, 사령관이 이러한 처사를 지지하는 사람이 아니고 장교에 대해서도 거의 적대적인 태도를 취하고 있다는 사실을 미루어볼 때 더욱 진실성이 있는 것이다.

그때 탐험가는 장교의 성난 고함 소리를 들었다. 방금 장교가 입을 틀어막는 펠트를 간신히 죄수의 입안에 밀어 넣었는데, 죄수는 구토증을 견디다 못해 눈을 감고 토하고 말았다. 장교는 급히 그의 입에서 펠트를 빼내고 그의 머리를 구덩이 쪽으로 돌렸다. 그러나 너무 늦었다. 오물이 기계에 흘러내렸다. "모든 게 사령관의 잘못이지요!" 장교가 이렇게 외치고는 앞에 있는 놋쇠 막대기를 정신없이 흔들었다. "기계가 가축우리처럼 더러워지고 있어요." 부들부들 떨리는 손으로 그는 탐험가에게 방금 벌어진 일을 가리켰다. "처형 전날에는 절대로 음식을 주지 말아야 된다고 몇 시간 동안이나 사령관에게 말씀드렸는데도 이렇습니다. 온건한 새로운 방향은 저의 의견과는 딴판이거든요. 사령관의 여인네들은 죄수가 끌려가기 전에 목에 가득 차도록 단 과자류를 먹입니다. 죄수는 평생 동안 고약한 냄새가 나는 생선만을 먹었는데, 이제 와서 단 과자를 먹어야 한다는 거죠! 그렇지만 그건 그럴 수도 있다고 칩시다. 저도 굳이 반대할 것은 없다는 생각이 들기는 합니다. 그런데 제가 석 달 전부터 청구했던 새 펠트는 왜 주지 않는 건지 모르겠어요. 백 명도 넘는 죄수가 죽을 때 빨고 씹었던 이 펠트를 입에 넣고는 구역질을 안 할 사람이 어디 있겠습니까?"

죄수는 머리를 수그리고 평화로운 표정을 지었다. 사병은 죄수의 셔츠로 기계를 닦고 있었다. 장교는 탐험가 곁으로 갔는데, 탐험가는 이상한 생각이 들어서 한 발짝 뒷걸음질을 쳤다. 그러나 장교가 그의 손을 잡고 옆으로 끌어당겼다. "당신을 믿고서 몇 마디 이야기를 할까 합니다." 그가 말했다. "괜찮지요?" "그럼요." 하고 탐험가는 눈을 밑으로 깐 채 귀를 기울였다.

"이런 재판 방식과 처형 방법에 이제 당신이 탄복할지는 모르겠지만 현재 우리 유형지에서는 공공연한 지지자를 갖고 있지 못합니다. 제가 유일한 옹호자이고, 동시에 전임 사령관의 유산을 관리하는 유일한 대표자입니다. 저로서는 이런 방식을 장차 확장한다는 것은 생각할 엄두도 내지 못하고, 지금 있는 것을 유지하기 위해서 전력을 다하고 있을 뿐입니다. 전임 사령관이 살아 계실 때에 이 유형지는 그의 지지자로 가득 차 있었습니다. 전임 사령관이 가졌던 설득력을 저도 얼마 정도는 갖고 있지만 그의 권력 같은 것은 저에게는 전혀 없습니다. 그래서 그의 지지자들은 잠적해버린 것입니다. 아직도 지지자가 많지만, 아무도 그걸 밝히지 않습니다. 처형을 하는 오늘, 당신이 찻집으로 가서 사방에서 하는 얘기에 귀를 기울여보신다면 아마도 아리송한 말만을 듣게 될 겁니다. 그네들이 지지자들이긴 하지만 현재의 사령관 밑에서는, 그리고 그가 현재와 같은 견해를 갖고 있는 한에서는 저에게 전혀 쓸모가 없는 존재입니다. 이제 당신에게 묻겠습니다. 이런 사령관이나 그에게 영향을 끼치고 있는 여자들 때문에 이런 필생의 작품이," —그는 기계를 가리켰다— "폐품이 되어야 하다니? 그렇게 보고만 있어야 되겠습니까? 설사 외국인이라 할지라도 며칠 동안 이 섬에 머문 사람이라면, 잠시도 어물어물할 때가 아니라고 봅니다. 지금 사람들은 제 재판권을 저지시키려는 준비를 하고 있어요. 벌써 사령관 사무실에서 제가 참석하지 못하는 회의가 열리고 있습니다. 당신의 방문도 모든 상황과 관련이 있어 보입니다. 사람들은 비겁해서 외국인인 당신을 먼저 보냈습니다―이 사형 집행은 예전에는 얼마나 달랐는지 모릅니다. 처형 전날부터 이 골짜기에는 사람들로 가득 차 있었습니다. 모두가 벼르고 구경하러 오는 사람들이었지요. 이른 아침부터 사령관은 여자들을 데리고 나타났습니다. 나팔 소리가 야영지 전체를 깨웠습니다. 제가 준비 완료 보고를 합니다. 참관인들이―대부분 고관들은 한 사람도 빠지지 않고 참석했습니다―기계 주위로 모여들었습니다.

저 통나무로 된 의자 무더기들도 당시의 슬픈 유물들입니다. 기계도 잘 닦여져 번쩍거렸고, 처형 때마다 거의 매번 새 부속품을 받았습니다. 수백 명이 보는 앞에서―저기 언덕에 이르기까지 관중 모두가 발끝으로 서 있었습니다―죄수는 사령관에 의해 손수 써레 밑으로 눕혀졌습니다. 지금은 보잘것없는 일개 사병이 하는 일이지만, 당시만 해도 재판관인 저의 일이었지요. 또 그건 명예스럽게 생각되기도 했습니다. 그런 다음에 처형이 시작되었지요! 기계의 작업을 방해하는 잡음도 없었습니다. 어떤 사람은 쳐다보지 않고, 눈을 감은 채 모래 위에 누워 있었습니다. 이제 정의가 이루어진다는 것을 모두가 알고 있었던 것입니다. 고요한 가운데 죄수의 신음 소리만이 들릴 뿐이었는데, 그 소리는 입을 틀어막은 펠트 때문에 나직이 들려올 뿐이었습니다. 현재 이 기계로는 펠트로 막아도 죄수가 내는 신음 소리를 어쩔 도리가 없습니다만, 전에는 글자를 새기는 바늘에서 부식제가 뚝뚝 떨어졌습니다. 지금은 그런 부식제를 사용하는 것이 금지되어 있습니다. 그러다가 여섯 시간째가 되지요! 사람들이 가까이 다가와서 구경하려고 하지만 그들 모두의 소원을 다 들어줄 수는 없으므로, 사령관은 자신의 의사대로 우선 어린아이들부터 구경시키라고 지시합니다. 물론 저는 직책상 항상 거기 옆에 서 있어야만 했습니다. 이따금씩 저는 거기에 웅크리고 앉아 있었는데, 좌우 양팔엔 어린이를 하나씩 안고 있었습니다. 우리 모두가 양심의 가책을 받아 어찌할 바를 모르고 그 얼굴에서 신성한 변화의 표정이 나타나는 것을 보았을 때의 기분은 무어라고 말할 수 없었습니다! 여보시오, 그때가 얼마나 멋진 때였는지!" 분명히 장교는 자기 앞에 서 있는 사람이 누구인지를 잊고 있었다. 그는 탐험가를 껴안고 머리를 그의 어깨에 기댔다. 탐험가는 몹시 당황했고, 초조하게 장교의 어깨 너머를 바라다보았다. 사병은 청소 작업을 마치고, 작은 용기에다 통 안의 쌀죽을 막 퍼 담는 참이었다. 그 사이에 완전히 몸을 회복한 듯한 죄수가 그것을 보자 혓바닥으로 죽을 핥기 시작했다. 사병은 여러 차례 죄수를 떠밀었다. 나중에야 죽을 주게 돼 있었기 때문이었다. 그러나 사병이 그 작은 용기에다 더러운 손을 집어넣거나 게걸스러운 죄수 앞에서 죽을 먹는다는 것은 온당치 못한 짓이었다.

장교는 곧 제정신을 차렸다. "당신의 마음을 흔들어놓을 생각은 없었습니다." 그는 이렇게 말했다. "지금 그 당시를 이해시킨다는 것은 불가능한 일이라는 것을 저도 알고 있습니다. 아무튼 기계는 아직도 작동하며 제구실을 하고 있습니다. 그것이 비록 이 계곡에 혼자 덩그러니 남아 있다 할지라도 제구실을 하겠지요. 그리고 시체는, 당시처럼 파리 떼가 구덩이 주위에 모여들지 않아도, 언제나 그 구덩이 속으로 가볍게 떨어지게 마련이지요. 전에는 구덩이 주위에 튼튼한 난간을 세워놓았습니다. 그것을 떼어버린 지는 오래됩니다." 탐험가는 장교의 시선을 피하느라고 초점 없이 사방을 둘러보았다. 장교는 그가 계곡의 폐허를 바라보는 줄로 알았다. 그리하여 그는 탐험가의 양손을 잡더니 그의 시선을 붙잡으려는 듯이 돌아보며 이렇게 물었다. "저 치욕스러운 땅을 보고 계십니까?"

그러나 탐험가는 잠자코 있었다. 장교는 잠시 그를 떼어놓고, 양다리를 벌리고 양손을 허리에 댄 채 조용히 서서 땅을 내려다보았다. 그런 다음 그는 탐험가에게 힘을 북돋워주려는 듯이 빙긋이 웃으며 말을 했다. "어제 사령관이 당신을 초청할 때 저는 곁에 있었습니다. 저는 그의 초청 목적이 무엇인지 즉시 알아차렸습니다. 그는 저에 대해 어떤 반대 조처를 취할 만한 권력을 가지고 있지만, 아직까지 감히 그러지 못했습니다. 그렇지만 지금 그는 당신의 의견을, 한 외국 명사의 의견을 저에게 이용하려는 것입니다. 그의 계산은 치밀합니다. 당신은 이틀째 이 섬에 있는 거지요. 당신은 전임 사령관이 누구인지 모르고 그가 어떤 생각을 가졌는지 알 리도 없습니다. 당신은 유럽의 사고방식에 사로잡혀 있고, 아마도 이 세상에서 시행되고 있는 사형 제도에 대해서, 특히 저런 기계 장치로 사람을 죽이는 방법에 대해서는 반대하는 한 분일 테지요. 게다가 그와 같은 처형이 대중의 인정을 받지 못하고 낡아빠진 기계 위에서 집행된다는 사실도 지금 눈으로 보셨지만—이런 모든 것을 종합해보면, 사령관도 마찬가지이지만, 당신이 제 재판 절차를 온당치 못하다고 생각하는 것은 부당한 일이 아닐까요? 그리고 만약 당신이 그걸 실제로 옳지 않다고 생각한다면 (전 언제나 사령관의 관점에서 말씀드립니다) 잠자코 있지 않을 것입니다. 많은 시련을 겪어온 당신은, 당신의 신념에 대해서도 확신을 갖고 계실 테니까요. 물론 지금까지 여러 민족의 갖가지 특성들을 보아왔고, 또 그것을 존중하는 것도 배웠을 것입니다. 그래서 당신이 고국에서 하던 것과 같이 결사적으로 제 절차에 대해서 반대하지는 않을 것입니다. 그렇지만 사령관은 그런 태도를 원하는 것이 아닙니다. 언뜻 하는 말 한마디나 부주의하게 하는 말 한마디면 충분합니다. 그 말이 사령관의 소원과 어긋나는 일이라 한다면, 당신의 신념에도 부합되지 않을 테지요. 사령관은 갖은 꾀를 다 부려 당신에게 질문을 던질 것이 확실합니다. 그리고 그의 여인네들은 빙 둘러앉아서 귀를 바짝 기울일 것입니다. 거기서 당신은 아마 이렇게 말할 것입니다. '우리나라에선 재판 방식이 전혀 다릅니다.'라고. 혹은 '우리나라에선 중세기에만 고문이 있었습니다.'라고. 이런 말은 모두 옳은 말이기도 하고 또 당신에게는 자명한 것입니다. 제 재판 절차와는 아무런 상관도 없는 무례한 말들입니다. 그렇지만 사령관이 그 말을 어떻게 받아들일까요? 그 착한 사령관님이 즉시 의자를 밀어젖히고 발코니로 뛰어나가는 모습을 상상하게 됩니다. 그를 뒤쫓아 달려나갈 그의 여인네들의 모습도 상상하게 됩니다. 그의 음성도—그의 여인네들은 그의 음성을 천둥소리라고 일컫지요—짐작할 수 있습니다. 그는 이렇게 말할 겁니다. '세계 모든 나라의 재판 제도를 조사할 사명을 띤 서구의 위대한 연구가가 우리 전래의 재판 방식이 비인간적이라고 말씀하셨습니다. 그런 대가의 의견을 듣고 보니, 물론 나로서는 우리의 재판 절차를 더 이상 허용할 수가 없습니다. 그러니까 오늘 날짜로 나는 다음과 같이 명령하는 바입니다.'라고 말입니다. 당신은 그가 발표한 그런 것에 대해선 말을 한 적이 없노라고 항의하려 들 겁니다. 당신은 제 방식을 비인간적이라고 일컫지 않았습니다. 반대로 당신은 깊은 통찰에 입각하여 그것을 가장 인간적이며 인간의 품위를 가장 존중하는 것이라고 생각할 것입니다. 또 이 기계 장치에 대해서 탄복할 것입니다. 그러나 그때는 이미 너무 늦은 것입니다. 당신은 여인네들로 꽉 들어찬 발코니에는 나올 수도 없습니다. 당신은 사람들의 주목을 끌려고 할 것입니다. 고함을 치려고 할 것입니다. 그러나 한 여자의 손이 당신의 입을 막을 것입니다. 그렇게 되면 저와 전임 사령관이 애써 만든 이 기계 장치는 쓸모가 없게 되어버릴 것입니다."

탐험가는 빙그레 웃지 않을 수 없었다. 까다롭게 생각한 문제가 쉽사리 풀리게 된 것이다. 탐험가는 한 발짝 뒤로 물러서면서 말했다. "당신은 나의 영향력을 과대평가하시는군요. 사령관은 내 추천서를 읽었고, 내가 재판 제도에 대한 전문가가 아니라는 것을 알고 있습니다. 만약 어떤 의견을 진술하면 그것은 한 개인의 의견일 뿐, 다른 임의의 개인의 의견보다 더 중요할 수는 없을 것입니다. 어떻든 간에 그 의견은 사령관의 의견에 비한다면 아무것도 아닌 것입니다. 사령관은 내가 아는 바로는 이 유형지에서 막강한 권한을 갖고 있습니다. 이 재판 제도에 대한 그의 의견이 당신이 생각하고 있는 그런 것이라 한다면, 송구스러운 말씀입니다만, 이 재판 제도의 종말이 미약하나마 내 힘의 개입 없이도 이미 와 있는 것입니다."

장교가 무슨 말인지 알아들은 것일까? 아니다. 그는 알아듣지 못했다. 그는 심하게 머리를 흔들었고, 흘끗 죄수와 사병 쪽을 돌아보았다. 죄수와 사병은 깜짝 놀라서 먹고 있던 죽에서 입을 떼었다. 장교는 탐험가 곁으로 바짝 다가가서는 그의 얼굴을 보지 않고 상의의 어떤 부분을 보면서 아까보다 나직한 소리로 말했다. "당신은 사령관을 모르십니다. 당신은 사령관이나 저희들 모두에게—이런 표현을 쓰는 것을 용서하십시오—전혀 해롭지 않습니다. 정작 당신의 영향력은 아무리 높이 평가해도 결코 지나치다고 할 수 없습니다. 당신 혼자 처형 장소에 참석한다는 애기를 듣고는 전 무척 기뻤습니다. 사령관의 그런 지시는 저를 겨냥한 화살이지만, 그걸 저에게 유리하도록 역이용해야지요. 거짓 귀엣말이나 경멸의 시선 등에—많은 관중이 처형에 참석하고 있을 때면 이런 것은 피할 길이 없지요—현혹됨이 없이 당신은 제 설명을 들었고, 기계를 보았고, 이젠 처형 자체를 구경하려는 참입니다. 분명 당신의 의견은 이미 굳어 있습니다. 혹시 소소한 불확실한 점이 있다면 그런 것은 처형을 보면서 없어지게 될 것입니다. 이제 부탁을 드려야 하겠습니다. 사령관이 하려는 일을 저지하려는 저를 도와주십시오!"

탐험가는 장교의 말을 중단시켰다. "내가 그렇게 할 수야 있겠습니까?" 그가 외쳤다. "그건 도저히 안 될 일입니다. 난 당신을 도울 수도 없고 해칠 수도 없습니다."

"당신은 그렇게 할 수 있어요." 하고 장교가 말했다. 약간 겁을 내면서 탐험가는 장교가 불끈 주먹을 쥐는 것을 쳐다보았다. "당신은 그럴 수 있어요." 장교가 더욱 강력한 투로 말했다. "전 기필코 성공할 계획을 갖고 있습니다. 당신은 당신의 영향력이 충분하지 않다고 생각하십니다. 전 그것이 충분하다고 봅니다. 설사당신의 의견이 옳다고 하더라도 이 재판 제도를 유지하기 위해서는 온갖 것을, 불충분한 것까지도 시도해볼 필요가 있지 않습니까? 그러니 제 계획을 들어보십시오. 그 계획을 실현하기 위해 맨 먼저 필요한 일은 당신이 오늘 유형지에서 우리 재판 제도에 대한 의견을 가급적 삼가시는 것입니다. 사람들이 당신에게 직접 질문을 하지 않는 한, 절대로 아무 말도 하시지 말아야 합니다. 당신이 하는 말은 어디까지나 짧아야 하고 불확실해야 합니다. 그 문제에 대해 언급하기를 당신이 싫어한다는 것, 당신이 진절머리 내고 있다는 것, 당신이 터놓고 말할 경우엔 욕설을 퍼붓게 되리라는 것 등의 인상을 남에게 보여야 합니다. 전 당신에게 거짓말을 하라고 요구하지는 않습니다. 절대로 그렇지 않습니다. 다만 짧게 대답하시라는 겁니다. 예컨대 '예, 처형하는 걸 보았지요.' 혹은 '예, 설명을 다 들었지요.'라고 하시라는 것입니다. 그것뿐이고, 더 이상은 없습니다. 당신이 진절머리를 내고 있다는 인상을 주기엔 그것으로 충분합니다. 사령관에게는 그런 말이 다르게 작용하겠지만 말입니다. 물론 그는 그것을 잘못 알아듣고 자기 나름대로 풀이할 것입니다. 제 계획은 그 점에 바탕을 두고 있습니다. 내일 사령관실에서 사령관의 주재 하에 어떤 전시 효과를 내게 하는 대회의가 개최될 것입니다. 물론 사령관에겐 그런 회의가 전시 효과를 내게 하는 솜씨가 있습니다. 그는 관중석을 만들었습니다. 거기는 항상 관중들로 가득 차 있습니다. 저는 그런 회의엔 참석하지 않을 수 없는데, 거기선 언짢아 속이 뒤틀립니다. 그런데 무슨 일이 있더라도 당신은 회의에 꼭 초대될 것입니다. 만약 당신이 오늘 제 계획에 응하고 계시는 거라면 그 초대야말로 제가 간절히 바라고 싶은 것입니다. 혹시 어떤 불가해한 이유에서 당신이 초대되지 않는 경우엔 초대되도록 으레 요청을 하셔야 합니다. 그러시다면 초대받는 것은 의심할 나위가 없습니다. 그러니까 내일 당신은 사령관실의 특별석에 여인네들과 함께 앉게 될 것입니다. 사령관은 때때로 특별석을 올려다보면서 당신이 참석하고 있음을 확인할 것입니다. 단지 관중들을 위해서 거론되는 갖가지 대수롭지 않은 가소로운 문제들을—그것은 대개 항구의 건설 문제이지요. 한결같이 항구의 건설 문제이지요—다룬 뒤에, 그는 화제를 재판 제도로 바꿀 것입니다. 이 문제가 사령관 쪽에서 제기되지 않거나 혹은 속히 제기되지 않는다면 제가 그것이 속히 제기되도록 애쓰겠습니다. 제가 일어나서 오늘의 처형에 대해 보고를 하겠습니다. 아주 간략하게 처형 사실만을 알리겠습니다. 그렇게 보고하는 것은 상례가 아니지만, 전 그렇게 할 것입니다. '방금,' 그가 이런 식으로 또는 이와 비슷하게 말할 것입니다, '처형에 대한 보고가 있었습니다. 그 보고에 내가 첨가하고 싶은 말이 있습니다. 다 아시는 바와 같이 지금 고명하신 학자 한 분이 영광스럽게도 우리 유형지를 방문하고 계신데, 바로 그분이 처형 현장에 참석하셨습니다. 오늘의 이 회의도 그분의 참석으로 의의가 더욱 커졌습니다. 이제 그 고명하신 학자에게 그 재래식 처형 방법과 처형 이전에 있었던 재판 절차에 대해 어떤 의견을 갖고 계신지 물어보는 것이 어떻습니까?' 물론 사방에서 박수갈채가 터져나오고, 모두가 찬성을 하겠지요. 제가 제일 크게 박수갈채를 보낼 것입니다. 사령관이 당신 앞에서 절을 하면서 말합니다. '그러면 제가 여러분을 대신해서 질문을 하겠습니다.' 그런 다음엔 당신이 난간에 다가서지요. 거기서는 양손을 모두가 보도록 죽 내놓으세요. 그렇잖으면 여자들이 그 손을 잡고서 손가락 장난을 합니다. 마침내 당신의 말이 시작됩니다.

그때까지의 긴장을 제가 어떻게 견디어낼지 잘 모르겠습니다. 당신은 의견 진술을 할 때 아무 제한도 두지 말아야 하고, 진실을 크게 떠들어대세요. 난간 위로 허리를 굽히고 고래고래 소리를 지르세요. 사령관을 향해서 당신의 의견을, 당신의 확고부동한 의견을 큰 소리로 외치세요. 그렇지만 아마도 당신은 그렇게 하고 싶지는 않을 것입니다. 그것이 당신 성격에 맞지 않을 것이고, 당신 나라에서는 그런 경우엔 다르게 행동할 것입니다. 다르게 행동하는 것 역시 옳은 일이고, 또 일을 성사시키기에 충분합니다. 당신은 전혀 일어서지 말고 몇 마디 말만 하는 것입니다. 그리고 그 몇 마디 말을 당신 아래쪽에 있는 관리들이 간신히 들을 정도로 나직이 말하는 것입니다. 그것으로 충분합니다. 처형에 대해 관심이 없다든지, 삐걱거리는 톱니바퀴나 끈이 끊어진다든가, 입을 틀어막는 펠트가 악취를 낸다든지에 관해선 당신이 얘기할 필요가 없습니다. 그러지 마십시오. 그런 것은 모두 제가 떠맡겠습니다. 만약 제 발언이 사령관을 회의장으로부터 몰아내지 않는다면, 그가 무릎 꿇고 이렇게 고백하도록 만들 것입니다. '전임 사령관이시여, 저는 당신 앞에 머리를 숙입니다.'라고. 이상이 제 계획입니다. 그 실행을 위해 저를 도와주시렵니까? 물론 그러실 의향이 있으시겠지요. 아니, 꼭 그러셔야 합니다." 이제 장교는 탐험가의 양팔을 잡고 숨을 헐떡거리면서 그의 얼굴을 쳐다보았다. 마지막 말들을 그가 너무나 큰 소리로 했기 때문에, 사병과 죄수까지도 그곳으로 주의를 돌렸다. 그들은 아무 말도 알아듣지 못했지만, 죽을 먹는 것을 그만두고 다만 입속에 넣은 것만을 씹으면서 탐험가 쪽을 바라다보았다.

탐험가로서는 자기가 해야 할 대답이 처음부터 분명했다. 그는 자기 삶에서 너무나 많은 경험을 쌓았기 때문에 그런 대답에 있어 결코 동요하지 않았다. 그는 근본적으로 정직하고 두려움이 없는 사람이었다. 그런데도 그는 지금 사병과 죄수를 보고서는 순간적으로 머뭇거렸다. 그러나 마침내 그는 자기가 꼭 할 말을 하고 말았다. "아닙니다." 장교는 여러 번 눈을 끔뻑거렸지만, 그로부터 시선을 떼지는 않았다. "설명이 필요하십니까?" 탐험가가 말했다. "당신이 흉금을 털어놓기 전에 — 그렇게 신뢰해주신 것을 나는 절대로 악용하지 않겠어요 — 내가 이곳 재판 제도에 대해 간섭할 권리가 있는지, 그리고 내 간섭이 약간이라도 성공할 가망이 있는지 잘 생각해보았습니다. 그러기 위해서 내가 누구를 제일 먼저 만나야 하는지는 분명했습니다. 물론 그건 사령관이지요. 당신은 이를 한층 더 명백히 해주었지만, 내 결심을 견고하게 해준 것은 아닙니다. 당신의 정직한 신념은 나를 현혹하지는 못했지만, 감동시켰습니다."

장교는 잠자코 있더니 기계 쪽으로 돌아서서 놋쇠 막대기 하나를 잡고는 몸을 약간 뒤로 젖힌 채 제도기를 올려다보았는데, 그것은 마치 모든 게 이상이 없는지를 검토해보는 태도 같았다. 사병과 죄수는 그새 서로 친해진 듯 보였다. 죄수는 꽉 매여 있었기 때문에 사병에게 무슨 눈짓을 하기가 무척 힘들었는데도 그렇게 하고 있었다. 사병은 죄수에게로 몸을 굽혔다. 죄수는 사병에게 뭐라고 소곤거렸고, 사병은 고개를 끄덕거렸다.

탐험가가 장교를 뒤따라가서 말했다. "당신은 내가 무엇을 하는지 아직 모르고 있습니다. 난 재판 제도에 대한 의견을 사령관에게 말씀드리긴 해도 회의 석상에서가 아니라 단둘이 만난 자리에서 할 것입니다. 그리고 나는 나중에 있을 무슨 회의에 참석할 정도의 시간 여유는 없을 듯합니다. 내일 아침에 뭘 타고 떠나든 가 아니면 적어도 배에 올라탈 것입니다."

장교는 귀를 기울이지 않는 것처럼 보였다. "그러니까 우리의 재판 방식이 당신에겐 납득이 가지 않는군요." 그는 혼잣말을 하더니 빙긋이 웃었다. 그 미소는 노인이 어린아이의 미련한 짓을 보고 미소 지을 때, 그 미소 뒤에 자기 본래의 의도를 숨기고 있는 그런 미소 같았다.

"이제 때가 되었습니다." 그는 드디어 이렇게 말하고는 갑자기 무슨 요청을 하는 듯한, 무슨 협력을 호소하는 듯한 밝은 눈으로 탐험가를 바라보았다.

"무슨 때가 되었다는 겁니까?" 탐험가가 불안스러워하며 물었지만 아무 대답도 얻지 못했다.

"자네는 석방이네." 장교는 죄수에게 그가 알아듣는 말로 이렇게 말했다. 죄수는 처음엔 그걸 믿지 않았다. "그래, 석방이라니까." 장교가 말했다. 처음으로 죄수의 얼굴에 생기가 돌았다. 이게 사실일까? 이건 장교의 변덕일 뿐, 곧 사라지는 것이 아닐까? 저 외국 탐험가가 날 위해 사면을 구한 것일까? 이게 무슨 일이야? 그의 얼굴은 이렇게 묻고 있는 듯했다. 그러나 오래도록 그렇지는 않았다. 무슨 영문이든 간에 그로서는 될 수만 있다면 정말 석방되고 싶었으며, 그래서 써레가 허용하는 한도 내에서 몸을 흔들었다.

"끈을 끊으려고 하는군." 장교가 외쳤다. "가만있어! 곧 풀어줄 테니까." 그는 사병에게 눈짓을 하고는 그와 함께 끈을 푸는 일에 착수하였다. 죄수는 아무 말도 없이 혼자 나직이 웃으면서 왼쪽의 장교와 오른쪽의 사병에게 번갈아 얼굴을 돌렸고, 탐험가도 잊지 않고 있었다.

"끌어내." 장교가 사병에게 명령했다. 써레 때문에 끌어내는 일은 주의를 요했다. 죄수는 성급한 나머지 등에 약간의 찰과상을 입었다.

그때부터 장교는 죄수에 대해 거의 신경을 쓰지 않았다. 그는 탐험가에게로 가서 다시 작은 가죽 가방을 꺼내고는 그 속을 뒤적거리다가 드디어 찾고 있는 종이쪽지를 발견했다. 그는 그것을 탐험가에게 보이면서 말했다. "읽어보시오." "난 읽지 못해요." 하고 탐험가가 말했다. "아까도 말했지만, 난 그걸 읽지 못해요." "좀 자세히 보십시오." 하고 장교는 탐험가 곁으로 다가가서 함께 읽어보려고 했다. 그것마저 소용이 없게 되자 그는 탐험가에게 글자를 읽는 것을 용이하게 해주려고 새끼손가락으로 글자를 암시했는데, 그때 종이쪽지 자체는 절대로 만져서는 안 된다는 듯이 새끼손가락을 그 위로 높이 쳐들고 있었다. 탐험가는 적어도 그것에 대해 장교를 기쁘게 해주려고 애썼으나 허사였다. 그러자 장교는 적혀 있는 글자를 하나하나 부르기 시작했고, 나중에는 그것을 다시 연결지어 읽었다. "'정당하여라!'라고 적혀 있어요." 그가 말했다. "이젠 읽을 수 있을 겁니다." 장교는 탐험가가 몸을 너무나 깊숙이 종이쪽지 위에 굽혔기 때문에 닿지나 않을까 하고 겁이 나서 그것을 더 멀찍이 쳐들었다. 탐험가는 아무 말도 하지 않았지만, 여전히 읽지 못한 것이 분명했다. "'정당하여라!'라고 적혀 있어요." 장교가 다시 이렇게 말했다. "그럴지도 모르지요." 탐험가가 말했다. "그렇게 씌어 있다고 믿겠습니다." "그럼, 좋습니다." 장교는 얼마쯤 만족해서 이렇게 말하고는 종이쪽지를 들고 사다리를 올라갔다. 그는 종이쪽지를 조심조심 제도기 안에다 깔고 톱니바퀴의 배열을 일체 변경하는 듯했다. 그것은 무척 힘든 일이었다. 아주 작은 톱니바퀴까지 건드려야 했고, 때로는 장교의 머리가 완전히 제도기 안으로 들어가기도 했다. 그토록 세밀하게 기계를 검사하지 않으면 안 되었다.

탐험가는 아래에서 그 작업을 계속 쳐다보았다. 목이 뻣뻣해지고, 햇빛 때문에 눈이 아팠다. 사병과 죄수는 그들 두 사람끼리 바빴다. 이미 구덩이 안에 있었던 죄수의 셔츠와 바지는 사병이 총검 끝으로 건져냈다. 셔츠는 지독히 더러워서 죄수가 그것을 물통에 넣고 빨았다. 그런 다음에 그가 셔츠와 바지를 입자 사병과 그는 크게 웃지 않을 수 없었다. 기껏 입은 옷이 뒤쪽에서 두 갈래로 찢어져 있었기 때문이다. 아마도 죄수는 사병을 즐겁게 해줄 의무가 있다고 생각한 듯했다. 갈라진 옷을 입은 채 그는 사병 앞에서 빙빙 돌았고, 사병은 땅 위에 쪼그리고 앉아 웃으면서 무릎을 쳤다. 그러나 그들은 다른 두 높은 분들을 생각해서 행동을 자제했다.

장교가 위에서 드디어 작업을 끝마친 모양이었고, 빙그레 웃으면서 각 부분을 또 한 번 바라다보고는 지금까지 열려 있던 제도기의 뚜껑도 닫았다. 그리고 아래로 내려와 구덩이를 들여다본 다음 죄수를 쳐다보았다. 죄수가 자기 옷을 건져낸 것을 알고서 그는 안심했다. 그런 다음 손을 씻으려고 물통이 있는 곳으로 갔던 그는 뒤늦게야 그 물이 지독히 더러워졌다는 것을 알았다. 그는 손을 씻을 수 없는 것이 괴로웠다. 끝내는 손을 모래 속에다— 이 대용품은 마땅치가 않았지만 참을 수밖에 없었다— 문질렀다. 그는 일어나더니 군복 상의 단추를 풀기 시작했다. 그때 칼라 속에 집어넣었던 두 개의 여성용 손수건이 그의 손에 떨어졌다. "여기 자네 손수건이 있네." 하고 그는 그것을 죄수에게 던졌다.

그리고 탐험가에게 설명이라도 하는 듯이 그가 말했다. "여인네들의 선물이지요."

그는 상의를 벗고 그 밖의 옷을 다 벗기까지 분명 서두르고 있었지만 옷 하나하나를 무척 소중하게 다뤘다. 상의에 달려 있는 은색 줄을 손가락으로 쓰다듬는가 하면 술 하나는 흔들면서 바로잡아 놓았다. 그러나 이런 태도에 어울리지 않게 그는 한 가지 일에 손질이 끝나면 곧바로 그것을 썩 내키지 않는 동작으로 구덩이에 던져버렸다. 마지막으로 남아 있는 것은 혁대가 달린 단검이었다. 그는 칼집에서 칼을 뽑아 그것을 부러뜨리고는 부러진 칼과 칼집과 혁대를 함께 힘껏 내던졌다. 때문에 구덩이 속에서 그것들이 서로 부딪치는 소리가 났다.

이제 그는 발가숭이로 서 있었다. 탐험가는 입술을 깨물며 아무 말도 하지 않았다. 무슨 일이 일어날지 알고는 있었지만 그로서는 장교의 행동을 제지할 권리가 없었다. 장교가 전심하고 있는 재판 제도가 정작 폐지될 직전에 처해 있다면—탐험가는 자기 의무라고 생각해 여기에 개입했는데, 그의 개입 때문에 그렇게 되는지도 모른다—지금 장교의 행동은 완전히 옳은 것이다. 탐험가도 그의 입장에 있다면 다르게는 행동하지 않을 것이다.

사병과 죄수는 처음에 뭐가 뭔지 알지 못했고 쳐다보지조차 않았다. 죄수는 손수건을 돌려받고는 무척 기뻐했지만, 그 기쁨은 오래가지 못했다. 미리 눈치챌 여유도 없이 순식간에 사병이 손수건을 잡아챘다. 다시 죄수가 사병의 혁대에 꽂혀 있는 그 손수건을 빼내려고 했으나 사병이 그럴 틈을 주지 않았다. 그래서 두 사람은 반장난을 치며 싸우기도 했다. 장교가 완전히 발가숭이가 됐을 때야 그들은 주목했다. 특히 죄수는 무슨 변화가 일어나리라는 예감 때문에 몹시 긴장한 모습이었다. 나에게 있었던 일이 이제 그에게 있게 되는 것이다. 아마 이번엔 일이 끝까지 진행될 성싶다. 저 외국 탐험가가 그것을 명령했을 것이다. 이건 그러니까 복수다. 내 자신은 끝까지 고통을 당하지 않았는데도 그는 나를 위해 끝까지 복수하지 않는가. 그의 얼굴엔 소리 없는 웃음이 가득 떠오른 채 사라지지 않았다.

장교는 기계가 있는 쪽으로 돌아섰다. 그가 기계를 잘 알고 있다는 사실은 전에도 의심할 여지가 없었다. 그러나 지금 그가 기계를 조작하는 솜씨와 기계가 그것에 따라 움직이는 것을 보는 사람은 거의 황홀해할 정도였다. 그가 손을 써레에 대기만 했는데도 써레가 몇 번 오르내리더니 그를 받아들이기에 적합한 위치에 이르렀다. 그가 침대 언저리에 손을 대자마자 벌써 침대가 진동하기 시작했다. 입을 틀어막은 펠트가 그의 입에 닿았다. 그는 그것을 순순히 받으려고 하지 않았지만 그렇게 주저하는 것도 잠시였을 뿐, 곧 순응하고 그것을 받아 물었다. 모든 것이 준비되었고, 다만 몸을 동여매는 끈만이 양옆으로 드리워 있었다. 그러나 그 끈은 분명 불필요한 것이었다. 장교는 동여맬 필요가 없지 않은가. 그때 죄수가 드리워져 있는 끈을 보았는데, 그의 생각으로는 끈으로 동여매지 않으면 처형이 제대로 되지 않을 것만 같았다. 그는 사병에게 열심히 눈짓을 했다. 두 사람은 장교를 동여매려고 뛰어갔다. 장교는 제도기를 작동시킬 핸들을 차려고 벌써 한쪽 발을 뻗치고 있었다. 그러나 그는 두 사람이 온 것을 보고는 그 발을 도로 당기고 자기를 동여매게 했다. 그래서 그는 물론 핸들을 건드릴 수 없게 되었다. 사병이나 죄수가 그 핸들을 찾아낼 수는 없는 일이었다. 그리고 탐험가는 잠자코 있기로 결심했다. 그러나 아무도 필요하지 않았다. 끈을 매는 일이 끝나자마자 기계가 작동하기 시작했다. 침대가 진동하고 바늘이 피부 위에서 춤추고 써레가 오르내렸다. 탐험가는 잠시 물끄러미 바라보다가 제도기에서 한 톱니바퀴가 삐걱거리는 소리를 내리라는 생각이 들었다. 그러나 어디에도 잡음은 없었다. 작게 윙윙대는 소리조차도 없었다.

기계가 그렇게 조용하게 작업했기 때문에 보는 사람의 주의를 약화시켰다. 탐험가는 사병과 죄수 쪽으로 시선을 돌렸다. 죄수가 더 열심히 보고 있었다. 기계가 하고 있는 모든 것이 그의 관심을 끌었다. 그는 몸을 굽혔다 폈다 하면서 줄곧 집게손가락을 내밀고 사병에게 무엇인가를 가리켰다. 그것이 탐험가에게는 괴로웠다. 그는 끝까지 여기에 있기로 결심했지만 그 두 사람은 도저히 더 이상 볼 수 없을 것 같았다. "집으로 가게나." 라고 그가 말했다. 사병은 그럴 용의가 있어 보였지만 죄수는 그 명령을 처벌로 여겼다. 죄수는 합장하면서 거기에 있게 해달라고 애걸했다. 탐험가가 고개를 저으면서 양보하려 하지 않자 죄수는 무릎까지 꿇었다. 탐험가는, 명령을 들어먹지 않는다는 것을 알고 두 사람에게로 가서 그들을 쫓아버리려고 작정했다. 바로 그때 그는 제도기에서 나는 무슨 소음을 듣고 올려다보았다. 역시 톱니바퀴의 고장일까? 그러나 다른 일이었다. 서서히 제도기의 뚜껑이 올라가더니 활짝 열렸다. 한 톱니바퀴의 이들이 돋아나면서 위로 올라갔고, 곧 톱니바퀴 전체가 드러났다. 마치 어떤 거센 힘이 제도기를 압축해서 톱니바퀴가 더 이상 있을 자리가 없기 때문에 그랬던 것 같았다. 톱니바퀴는 제도기의 언저리까지 빙빙 돌다가 아래로 떨어져 모래 위에서 약간 굴러가다가 스러졌다. 그러나 다른 톱니바퀴가 또 튀어나왔고, 그 뒤로 크고 작은 것과 그리 구별할 수 없을 만큼 큰 것이 수없이 튀어나와 모두 다 첫 번 것과 똑같이 되었다. 제도기가 이제 텅 비어 있겠다고 생각하자 다시 수많은 톱니바퀴 뭉치가 튀어나와 위로 올라가더니 아래로 떨어져 모래 위를 굴러가다가 스러졌다. 이런 광경을 보느라고 죄수는 탐험가의 명령을 아주 잊어버렸다. 그는 톱니바퀴들에 온통 정신이 팔려 있었다. 톱니바퀴 한 개라도 붙잡으려고 그는 사병에게까지 도움을 청하기도 하다가 놀라며 손을 뒤로 젖혔다. 다른 톱니바퀴가 곧바로 뒤따라 굴러왔는데, 그것이 구르기 시작할 때 그를 놀라게 한 것이었다.

한편 탐험가는 무척 불안했다. 기계가 부서지고 있는 게 분명했다. 그것이 소리 없이 돌았던 것은 속임수였다. 탐험가는 장교가 이젠 더 이상 자신에 대해 스스로가 손을 쓸 수 없기 때문에 그를 보살펴주어야 한다는 느낌이 들었다. 그러나 그는 톱니바퀴가 떨어지는 것에 정신을 빼앗긴 동안에는 기계의 다른 부분에 조금도 눈을 돌릴 수가 없었다. 그런데 마지막 톱니바퀴가 제도기에서 떨어져나간 지금, 그가 써레 위로 몸을 굽혀 살펴보자 새롭고도 더욱 기막힌 사실이 그를 놀라게 했다. 써레가 글자를 쓴 게 아니라 찌르기만 하는 것이었다. 침대도 장교의 몸을 돌려놓는 게 아니라 단지 진동하면서 그 몸을 바늘들을 향해 올리고 있는 것이었다. 탐험가는 무슨 조치를 취하고 싶었다. 가능하다면 기계 전체를 세우고 싶었다. 그건 장교가 원했던 고문이 아니었다. 그것은 막 바로 죽이는 것이었다. 그가 양손을 쑥 내밀었다. 그러나 그때 이미 써레가 푹 찔러 올린 몸뚱이를 옆으로 옮기고 있었다. 그 작업은 여느 때엔 열두 시간째가 돼서야 하는 것이었다. 피는 물도 섞이지 않았는데도 수많은 줄기를 이루며 흘러내렸다. 이번엔 배수관도 말을 듣지 않았다. 그리고 마지막 작업도 이행되지 않았다. 몸뚱이가 바늘에서 빠져나오지 않고 피만 흘리면서 구덩이 위에 뜬 채 아래로 떨어지지 않았다. 써레는 벌써 처음 자리로 돌아가려고 했으나 자기 짐에서 벗어나지 못했다는 것을 알아차린 듯 계속 구덩이 위에 있었다. "어서 도와주게나!" 탐험가는 사병과 죄수를 향해 이렇게 외치고는 손수 장교의 양발을 잡았다. 그는 자기 몸으로 그 발을 짓누르려고 했으며, 다른 두 사람으로 하여금 맞은편에서 장교의 머리를 붙잡게 하려는 것이었다. 그렇게 해서 장교를 서서히 바늘에서 빼내려는 것이었다. 그러나 두 사람은 거기에 올 결심을 할 수 없었다. 그때 죄수가 몸을 돌렸다. 탐험가는 그들에게 가서 강제로 그들이 장교의 머리를 잡도록 했다. 그러는 통에 탐험가는 거의 본의 아니게 시체의 얼굴을 보았다. 그 얼굴은 살아 있을 때와 마찬가지였다. 그가 다짐했던 구원의 흔적은 엿볼 수 없었다. 전에 다른 모든 사람들이 그 기계에서 발견했던 것을 장교는 발견하지 못했다. 그의 입술은 꽉 다물어져 있었고 눈은 뜨고 있었으며 살아 있는 기색이었다. 그 시선은 조용하고 확신에 차 있었다. 큰 쇠 바늘의 끝이 이마를 뚫고 지나갔다.

* * *

탐험가가 사병과 죄수를 데리고 유형지의 첫 번째 집들이 있는 곳으로 왔을 때 사병이 집 한 채를 가리키면서 말했다. "여기가 찻집입니다."

그 집 아래층에 깊숙하고 낮은, 벽과 천장이 그을린 동굴과도 같은 장소가 있었다. 그것은 길가 쪽이 전부 트여 있었다. 찻집이라곤 하지만, 이 집도 웅장한 사령부의 건물을 제외하고는 이곳의 다른 낡아빠진 집들과 별로 다른 것이 없었다. 그래도 그것은 탐험가에게 역사적 유물과도 같은 인상을 주었다. 그는 거기서 지나간 시대의 권세를 느꼈다. 그는 거기로 다가가서 두 동행자와 함께 찻집 앞에 세워져 있는 빈 탁자 사이를 지나가면서 안쪽에서 나오는 서늘하고 눅눅한 공기를 들이켰다. "전임 사령관은 여기에 묻혔습니다." 사병이 말했다. "그를 공동묘지에 묻는 것을 신부가 거절했습니다. 그를 어디다 묻어야 할지 한동안 망설였습니다. 그러다가 여기에 묻은 것입니다. 이런 이야기는 장교가 당신에게 한마디도 하지 않았을 것입니다. 그 일에 대해 그가 가장 수치스러워했기 때문입니다. 그는 몇 번씩이나 전임 사령관을 한밤중에 파 가려고 했지만 번번이 쫓겨나고 말았습니다." "무덤은 어디에 있습니까?" 사병의 말을 믿을 수 없었던 탐험가가 이렇게 물었다. 이내 사병과 죄수는 그의 앞으로 달려와서 손을 뻗쳐 무덤이 있는 곳을 가리켰다. 두 사람은 탐험가를 뒷벽이 있는 데까지 데려갔는데, 거기에 있는 몇몇 탁자엔 손님들이 앉아 있었다. 그들은 부두 노동자인 듯했다. 짧고 반짝거리는 검은 수염이 텁수룩하게 나 있는 건장한 사람들이었다. 탐험가가 다가가자 몇 사람은 일어나서 벽에 몸을 붙이고 그를 마주보았다. "외국 사람이구먼." 하고 탐험가 주위에서 수군거리는 소리가 들렸다. "무덤을 보려는 거야." 그들이 탁자 하나를 옆으로 밀었는데, 거기엔 실제로 묘비가 있었다. 그건 단순한 돌이었는데 탁자 밑에 숨겨질 정도로 낮았다. 거기엔 작은 글자가 새겨진 비문이 있었다. 탐험가는 그것을 읽기 위하여 무릎을 꿇어야만 했다. 비문은 다음 처럼 씌어져 있었다. '여기에 전임 사령관이 잠들다. 지금은 이름을 밝힐 수 없는 그의 지지자들이 이 무덤을 파고 비석을 세운다. 이 사령관이 일정 햇수의 기간이 경과한 후에는 부활하여 이 집에서 자신의 지지자들을 지휘하여 유형지를 재정복하리라는 예언이 있도다. 믿고 기다릴지어다!' 탐험가가 그것을 모두 읽고 난후 일어섰을 때 자기 주변에 사람들이 빙 둘러서서 빙글빙글 웃고 있는 것을 보았다. 그들은 마치 그와 더불어 비문을 읽고서, 비문을 가소롭게 여기고 있고, 그도 역시 자기네들 생각에 동참이라도 하라는 듯 보였다. 탐험가는 그것을 눈치채지 못한 척하면서 동전 몇 개를 그들에게 나누어주고 탁자를 다시 무덤 위로 옮겨놓는 것을 기다렸다가 찻집을 나와 항구로 발을 옮겼다.

사병과 죄수는 찻집에서 아는 사람을 만나 그들에게 잡혀 있었다. 그러나 두 사람은 곧 그들과 헤어졌다. 그들이 탐험가를 뒤쫓아가기 시작했을 무렵 탐험가는 보트가 있는 데로 내려가는 긴 층계의 한가운데에 서 있었다. 그들은 마지막 순간에 탐험가에게 자기들을 데려가 달라고 억지를 부릴 작정이었다. 탐험가가 뱃사공에게 기선이 있는 곳까지 실어다 달라고 부탁하는 동안 두 사람은 감히 고함도 치지 못한 채 묵묵히 층계를 뛰어 내려갔다. 그러나 그들이 밑에 닿았을 때 탐험가는 이미 보트에 타고 있었고, 사공은 방금 선창에서 보트를 풀고 난 뒤였다. 그들은 보트로 뛰어오를 수도 있었으나, 탐험가가 매듭진 굵은 밧줄을 들고 위협하면서 뛰어오르려는 그들을 가로막았다.

신임 변호사
Der neue Advokat

우리에게는 새로운 변호사가 있는데, 부체팔루스 박사다. 그의 외모는 그가 아직 마케도니아 알렉산더 대왕의 군마였던 그 시대를 이제 거의 연상시키지 않는다. 누군가 상세한 내용을 잘 알고 있는 사람이라면 몇 가지 일을 깨닫게 된다. 가장 최근에 그가 허벅다리를 높이 쳐들고 대리석을 울리면서 한 계단 한 계단 오르고 있었을 때, 나는 옥외 계단에서 경마의 작은 단골손님과 같은 안목을 지닌 매우 우직한 법원 직원까지도 그 변호사에 대해 경탄하는 것을 보았다.

사무실에서는 이 부체팔루스를 받아들이는 데 대체로 동의하고 있다. 사람들은 놀라운 통찰력을 가지고 이야기하고 있다. 말하자면 부체팔루스는 오늘날의 사회질서 속에서는 어려운 상황에 처해 있고, 바로 그런 이유로 그리고 그의 세계사적인 가치 때문에 어찌됐건 그들의 동의를 얻게 되었다는 것이다. 오늘날에는—아무도 이것을 부인하지는 못한다—위대한 알렉산더란 없다. 물론 많은 사람들이 살인할 줄을 안다. 연회 식탁 위로 창을 날려 친구를 맞추는 역사적인 일도 없지는 않다. 많은 이들에게는 마케도니아가 너무 좁아서, 그들은 아버지인 필립을 저주하고 있다. 그러나 어느 누구도, 정작 어느 누구도 인도로 이끌지는 못한다. 이미 당시에도 인도의 성문들은 도달하기 어려웠다. 하지만 그들이 향할 방향은 왕의 칼이 가리키고 있었다. 오늘날 성문들은 전혀 다른 쪽을 향하고 있고, 더 멀리 더 높이 건재하고 있다. 그러나 아무도 그 방향을 가리켜주지 않는다. 많은 이들이 칼을 들고 있으나, 그것은 다만 휘두르기 위해서일 뿐이다. 그리고 그 칼들을 뒤쫓고자 하는 사람들의 시선은 혼란스럽기만 하다.

아마 그렇기 때문에, 부체팔루스가 그랬듯이 법전에만 몰두하는 것이 사실 최선책일지도 모른다. 그는 기병의 엉덩이에 옆구리를 눌리지 않은 채 알렉산더의 전투에서 끊임없이 울려오는 굉음으로부터 멀리 떨어져, 조용한 등불 밑에서 자유롭게 우리의 고서를 읽으며 책장을 넘기고 있다.

시골 의사

Ein Landarzt

나는 크게 당황하고 있었다. 급한 여행을 바로 눈앞에 두고 있었기 때문이었다. 위독한 환자가 십 마일쯤 떨어진 마을에서 나를 기다리고 있었다. 강한 눈보라가 그와 나 사이의 먼 공간을 메우고 있었다. 나는 마차를 한 대 가지고 있었는데, 큰 바퀴가 달린 가벼운 것으로 우리의 시골길에 매우 유용한 것이었다. 나는 모피 옷으로 몸을 감싸고, 진료 가방을 손에 든 채, 여행 준비를 마치고 이미 마당에 서 있었다. 그러나 말이 없었다. 말이. 내 말은 이 얼음장같이 차가운 겨울에 너무 무리한 나머지 간밤에 죽은 것이다. 나의 하녀는 말 한 필을 빌려볼까 해서 지금 온 마을을 헤매고 있다. 그러나 그것이 가망 없는 일이라는 것을 나는 알고 있다. 나는 점점 눈으로 뒤덮여, 차츰 움직일 수 없게 된 채 거기 하염없이 서 있었다. 문에 하녀가 나타났다. 혼자서. 등불이 흔들렸다. 당연한 일이다. 누가 지금 이런 여행에 자기 말을 빌려주겠는가? 나는 다시 한 번 마당을 돌아다녔다. 나는 아무런 방책이 없었다. 고통스럽고 산만해진 마음으로 나는 수년 동안 쓰지 않은 돼지우리의 부서지기 쉬운 문짝을 발로 찼다. 문이 열리면서 돌쩌귀가 접혔다 펴졌다 했다. 마치 말한테서 나는 듯한 온기와 냄새가 흘러나왔다. 안에는 희미한 등불이 줄에 매달려 흔들리고 있었다. 낮은 칸막이 안에서 쭈그리고 앉아 있던 한 남자가 파란 눈의 맨 얼굴을 내보였다. "마차에 맬까요?" 그가 네 발로 기어 나오면서 물었다. 나는 뭐라고 말해야 할지 모른 채 우리 안에 무엇이 더 있는지 보기 위해 그저 몸을 구부렸다. 하녀가 내 옆에 서 있었다. "자기 집에 무엇을 두고 있는지도 몰랐군요."라고 하녀가 말했고, 우리 둘은 웃었다.

"이려, 형제여, 이려, 자매여!" 하고 마부가 소리치자, 두 필의 말이, 기운차고 옆구리가 튼튼한 동물들이 다리를 몸에 바싹 붙이고, 잘생긴 머리를 낙타처럼 숙이면서, 몸을 놀리는 힘으로 몸이 꽉 차는 문구멍에서 연이어 나왔다. 그러더니 다리를 쭉 펴고 김이 무럭무럭 나는 몸을 곧추세웠다. "저 사람을 도와드려라." 하고 내가 말하자, 순한 하녀는 서둘러 마부에게 마구를 가져다주었다. 그녀가 그의 곁으로 가자마자 마부가 그녀를 껴안고 자신의 얼굴을 그녀의 얼굴에 눌러댔다. 그녀는 비명을 지르며 나에게로 도망쳐왔다. 하녀의 뺨에는 두 줄의 이빨 자국이 빨갛게 나 있었다. "짐승 같은 놈." 나는 화가 나서 소리쳤다. "채찍 맛 좀 봐야겠어?" 그러나 나는 곧 그가 낯선 사람이며, 그가 어디에서 왔는지 모른다는 것, 남들이 전부 거절하는데도 그는 자진해서 나를 도와주고 있다는 사실을 생각했다. 그는 마치 나의 생각을 알고 있다는 듯이 나의 위협을 나쁘게 받아들이지 않고, 단지 나를 향해 돌아보았을 뿐 계속해서 말을 매고 있었다. 그러고 나서 그는 "타시오."라고 말했고, 정말 모든 것이 준비되어 있었다. 그렇게 멋진 한 쌍의 말이 ― 나는 그것을 알아볼 수 있다 ― 끄는 마차를 나는 아직 한 번도 타본 적이 없었다. 나는 신이 나서 올라탄다. "하지만 말은 내가 몰겠네. 자네는 길을 모르니까."라고 나는 말한다. "물론입지요. 저는 함께 가지도 않습니다. 저는 로자 곁에 남아 있겠습니다."라고 그가 말했다. "싫어요." 하고 소리치면서

로자는 자기 운명의 불가항력을 예감하며 집 안으로 뛰어 들어 간다. 나는 그녀가 문고리를 걸어 잠그는 소리를 듣는다. 나는 자 물통이 찰칵 채워지는 소리를 듣는다. 나는 그녀가 그 이외에도 자신을 찾아내지 못하도록 복도에서 그리고 계속해서 방마다 뛰 어다니며 모든 불을 꺼버리는 것을 본다. "자네도 같이 가세." 하 고 나는 마부에게 말했다. "그렇지 않으면 내가 떠나는 것을 그만 두겠네. 떠나는 일도 매우 급하긴 하지만, 나는 마차를 타는 대가 로 하녀를 내줄 생각은 없으니까." "이랴!" 하고 마부는 손뼉까지 친다. 마차는 마치 강물 위의 나무토막처럼 잽싸게 떠나갔다. 그 순간 나는 마부가 돌진해 나의 집 대문을 부수고 산산조각 내는 소리를 들었다. 그러고는 나의 눈과 귀는 모든 감각기관으로 똑 같이 밀려드는 마차의 질주하는 소리로 가득했다. 그러나 그것도 한순간뿐이었다. 왜냐하면 마치 환자의 집 마당이 바로 내 대문 앞에 열려져 있는 것처럼 나는 그곳에 와 있었기 때문이다. 말들 은 조용히 서 있었다. 눈보라는 멈추었고, 달빛이 주위를 비추고 있었다. 환자의 부모가 서둘러 집에서 나왔고, 그의 누이가 그 뒤 를 따랐다. 사람들은 나를 마차에서 거의 들다시피 내려놓았다. 그들의 소란스러운 이야기에서 나는 아무것도 알아들을 수 없었 다. 방 안 공기는 거의 숨을 쉴 수 없을 지경이다. 내버려 둔 부뚜 막에서는 연기가 솟아올랐다. 나는 창문을 열어젖힐 것이다. 그 러나 우선 나는 환자를 본다. 마르고, 열은 없다. 몸은 차지도, 뜨 겁지도 않다. 초점 없는 공허한 눈, 윗저고리도 입지 않은 채 그 소년은 새털 이불 밑에서 몸을 일으키더니, 나의 목에 매달려 내 귀에 속삭인다. "의사 선생님, 저를 죽게 내버려 두세요." 나는 주 위를 둘러본다. 아무도 그 말을 듣지 못했다. 부모는 몸을 숙인 채 말없이 서서 나의 판단을 기다린다. 누이는 나의 손가방을 두려고 의자를 가져왔다. 나는 가방을 열고 의료기들을 뒤진다. 그 소년은 침대에서 손을 뻗쳐 계속 나를 더듬으며, 나에게 자신의 부탁을 상기시키려고 한다. 나는 핀셋 하나를 집어서, 그것을 촛불 밑에 검사해보고 다시 놓아둔다.

'그래.' 나는 욕을 하면서 생각한다. '이런 경우라면 신들이 돕고 있는 거야. 없는 말을 보내주고, 더구나 급한 까닭에 한 마리를 더 추가해서 말이야. 또 마부까지 보태준 것은 지나칠 정도지.' 이제서야 비로소 로자 생각이 떠오른다. 내가 무엇을 해야 하나. 어떻게 그녀를 구할 것인가. 어떻게 그 마부로부터 그녀를 끌어낼 것인가. 그녀로부터 십 마일이나 멀리 떨어져서 그리고 나의 마차 앞에는 내 힘으로는 제어할 수 없는 말들이 있는데 말이야? 어떻게 된 건지 이 말들은 끈이 느슨하게 풀려 있었고, 어찌 된 셈인지 모르겠지만 창문은 바깥쪽에서 활짝 열려 있었다. 창문 하나에 한 마리씩 머리를 들이대고 가족의 아우성에도 당황하지 않고 환자를 살펴보고 있었다. 마치 말들이 나에게 떠날 것을 요구하고 있기라도 하는 듯이 나는 '곧 돌아가야겠군.' 하고 생각한다. 그러나 그 누이는 내가 더워서 정신이 없는 거라고 믿고 나의 모피 옷을 벗겼으며, 나는 그것을 허용한다. 럼주 한 잔이 나를 위해 놓여지고, 늙은 아버지가 나의 어깨를 두드린다. 그는 자기 자식을 내맡겼으니 이런 허물없는 태도를 취할 수 있는 것이다. 나는 고개를 흔든다. 그 노인의 소견이 좁은 것이 나에게는 불쾌하게 느껴진다. 단지 이런 이유 때문에 나는 그것을 마시기를 거절한다. 그 어머니는 침대가에 서서 나를 그리로 이끈다. 나는 말 한 마리가 천장을 향해서 요란하게 힝힝거리는 동안에 어머니의 뜻에 따라 소년의 가슴에 머리를 대어본다. 소년은 나의 젖은 수염 밑에서 몸을 떨기 시작한다. 그것이 내가 알고 있는 사실을 확인해준다. 소년은 건강하다. 혈색이 나쁘고, 걱정해주는 어머니에 의해서 커피로 몸이 찌들었을 뿐, 건강한 편이며 단번에 침대에서 몰아내버리는 것이 상책일 것이다. 나는 세계를 개선하는 사람이 아닌 바에야 그를 그대로 누워 있도록 내버려 둔다. 나는 이 구역에 고용된 의사이고 변두리 지역까지 내 임무를 수행하는데, 그곳까지는 너무 힘에 부친다. 급여는 형편없으나, 나는 가난한 사람들을 관대하고 자비로운 마음으로 대하고 있다. 나는 아직 로자를 돌보아야 하고, 그 다음에야 소년이 권리가 있을 터이며 나 역시 죽고 싶다. 이 끝없는 겨울에 내가 여기서 무엇을 할 수 있겠는가! 내 말은 죽었고, 나에게 자기 말을 빌려줄 사람은 마을에 없다. 나는 돼지우리에서 마차를 끌 말을 끌어내야만 한다. 만약 우연하게도 그것이 말이 아니었더라면, 나는 암퇘지들이라도 타고 가야 할 판이었을 것이다. 이런 형편이다. 나는 가족들에게 고개를 끄덕인다. 그들은 그 사정을 모른다. 그리고 설령 그들이 안다 하더라도, 그것을 믿으려 하지 않을 것이다. 처방전을 쓰는 일은 간단하다. 그러나 그 이외에 사람들을 이해시키기란 어려운 일이다. 이제 내 왕진은 끝난 것 같다. 사람들이 또 쓸데없이 나를 수고하게 했다. 난 거기에 만성이 되어 있다. 이 구역 전체가 나의 야종夜鐘을 이용해서 나를 괴롭히고 있다. 그러나 이번엔 로자까지 내어주어야 한다는 것, 수년간 내 집에서 살면서 별 대우를 받지 못했던 그 어여쁜 처녀 —이 희생은 너무나 크다. 이 가족에게로 떠나오지 않기 위해서는, 나는 자구책으로라도 이 생각을 어떻게 해서든지 내 머리 속에 붙잡아두었어야만 했다. 이들이 아무리 선의를 가지고 있다 해도 나에게 로자를 돌려줄 수는 없다. 그러나 내가 왕진 가방을 닫고, 나의 모피 외투를 달라고 눈짓을 하자 가족들이 모여 섰다. 아버지는 손에 든 럼주 잔에 코를 벌름 거렸고, 어머니는 나한테 정말 실망했는지 — 아니, 도대체 사람 들은 나에게 무엇을 기대하는 걸까? — 눈물을 줄줄 흘리며 입술 을 깨물고 있었고, 누이는 피가 많이 묻은 손수건을 흔들고 있었 다. 그러는 동안에 나는 어찌 됐든 사정에 따라서는 그 소년이 정 작 아마 아플 것이라고 시인할 용의가 되어 있었다. 내가 소년에 게로 가자, 마치 그의 몸에 가장 이로운 수프라도 갖다 주는 양 그 는 내게 미소를 보낸다 — 아아, 이제 말들이 힝힝거리며 우는구 나. 그 소리는 높은 곳에서 나는 것이니 나의 진찰을 한결 손쉽게 해줄 모양이다. 이제 나는 소년이 아프다고 진단을 내린다. 소년 의 오른쪽 옆구리, 엉덩이 부분에 손바닥만 한 크기의 상처가 열 려 있었다. 상처의 붉은빛은 여러 가지 명암을 띠고 있는데, 그 깊 은 곳은 어둡고 가장자리로 갈수록 점점 옅어진다. 연한 오돌토 돌한 모양으로 마치 노천 광산처럼 열려 각 부위마다 피가 고르 지 않게 맺혀 있다. 상처는 좀 멀리서 보면 그렇지만 가까이 가 보 면 더욱 심해 보인다. 어느 누가 낮은 신음 소리를 내지 않고 그것 을 볼 수 있겠는가? 굵기와 길이가 내 작은 손가락만 한 벌레들 이 자기 몸에서 피를 뿌릴 뿐만 아니라 외부에서도 피가 뿌려져 서 붉은빛을 띠고, 상처의 안쪽에 달라붙어서 작고 하얀 머리와 수많은 다리들로 꿈틀거리는 것이 드러나 있다. 가여운 소년, 너 를 도울 길이 없겠구나. 나는 너의 큰 상처를 찾아냈다. 그러나 너 는 네 옆구리의 상처의 꽃으로 죽을 것이다. 가족들은 즐거워한 다. 그들은 내가 진찰하고 애쓰는 것을 보는 것이다. 누이는 그것을 어머니에게 말하고, 어머니는 아버지에게, 아버지는 몇몇 손님들에게 이야기한다. 손님들은 발끝으로 서서 손을 뻗쳐 몸의 균형을 잡으면서 달빛을 받으며 열린 문으로 들어오고 있다. "저를 구해주시겠지요?" 하고 소년은 자기 상처의 강렬한 통증으로 완전히 몽롱해져 흐느끼면서 속삭인다. 내 구역 사람들은 이렇다니까. 언제나 불가능한 것을 의사에게 요구한다. 그들은 오랜 신앙을 잃어버렸다. 신부는 집에 앉아서 미사복을 하나씩 쥐어뜯고 있다. 그러나 의사는 연약한 외과의 손으로 모든 것을 해나가야 한다. 자, 언제나 그렇듯이, 내가 자청하지 않은 바에야, 너희들이 날 성스러운 목적에 쓴다면, 나 또한 내가 그렇게 되는 것을 막지 않겠다. 늙은 시골 의사인 내가 더 나은 무엇을 바라겠는가. 나의 하녀도 빼앗겼는데! 그리고 가족과 마을의 연장자들이 와서 나의 옷을 벗긴다. 교사를 선두로 한 학교 합창단이 집 앞에 서서 아주 단조로운 멜로디로 이런 가사를 노래한다.

　　그의 옷을 벗기면, 그는 치료하리라.
　　그러고도 그가 치료하지 않으면, 그를 죽여버려라!
　　그건 그냥 의사일 뿐, 그건 그냥 의사일 뿐!

그래서 나는 옷이 벗겨졌고, 손가락을 수염에 대고 고개를 갸우뚱하고 서서 사람들을 조용히 바라본다. 나는 어디까지나 침착하며 모든 사람들보다 우월하고 앞으로도 그럴 것이다. 그러함에도 불구하고 그러한 사실이 아무런 도움이 되지 않을 것이다. 이제 그들이 내 머리와 두 다리를 잡아 나를 침대로 데려다 놓았으니 말이다. 상처가 있는 옆구리의 벽 쪽으로 날 눕힌다. 그러고 나서 모두 방 밖으로 나가고, 문이 닫힌다. 노랫소리도 잠잠해진다. 구름이 달을 가린다. 침구는 따뜻하게 나를 감싸고 있고, 창구멍 안에는 말 대가리들이 그림자처럼 흔들리고 있다. "아세요, 저는 선생님을 별로 믿지 않아요. 선생님 역시 그냥 어디엔가 떨구어졌을 뿐이지 선생님 발로 오신 게 아니잖아요? 도와주시기는 커녕 죽어가는 제 잠자리만 좁히시는군요. 선생님 눈이나 할퀴어 내었으면 좋겠어요." 내 귀에다 대고 하는 말이 들린다. "맞는 말이야." 하고 내가 말한다. "이건 치욕이야. 그렇지만 나는 의사야. 내가 무얼 하겠어? 이것은 나에게도 쉬운 일이 아니라는 것을 믿어주게나." "저더러 그 따위 변명으로 만족하라고요? 아아, 그래야 하겠지요. 나는 아름다운 상처를 가지고 이 세상에 태어났지요. 그것이 내 밑천 전부지요." "젊은 친구" 하고 내가 말한다. "자네 잘못은 멀리 바라볼 줄 아는 통찰력이 없다는 거야. 이미 온갖 병실을 두루 다녀본 사람으로서 내가 너에게 말해주겠는데, 너의 상처는 그리 심하지 않아. 쇠스랑을 두 번 곧추 쳐서 생긴 거지. 많은 사람들이 옆구리를 드러내놓고도, 숲에서 나는 쇠스랑 소리도 거의 듣질 못하지. 하물며 그 쇠스랑이 자신들에게 가까이 오는 것을 어찌 듣겠나." "정말 그런가요, 아니면 당신은 열병에 걸린 나를 속이고 있나요?" "정말 그렇단다. 공의公醫의 명예를 걸고 하는 말이니 들어주게." 그는 그 말을 받아들여 잠잠해졌다. 그러나 이제는 내 자신의 구원을 생각해야 할 때였다. 말들은 아직도 자기 자리에 충실하게 서 있었다. 옷가지와 모피 옷과 가방을 급히 꾸렸다. 나는 옷을 입느라고 지체하고 싶지 않았던 것이다. 말들이 이곳으로 달려올 때처럼 서두른다면, 나는 분명 이 침대에서 내 침대로 뛰어들다시피 할 것이다. 말 한 마리가 순순히 창문에서 물러섰다. 나는 짐을 마차 안으로 집어 던졌다. 털외투가 너무 멀리 날아가서 소매 하나만 갈고리에 걸렸다. 그만하면 됐다. 나는 말에 뛰어올랐다. 끈이 느슨하게 풀리고, 말 두 필을 제대로 서로 잡아매지 못한 채, 마차는 엉망으로 그 뒤를 따르고, 맨끝에는 털외투가 눈 속에 끌려왔다. "이랴!" 하고 내가 말했지만 시원스레 달리지는 못했다. 우리는 마치 늙은이들처럼 천천히 눈 덮인 황량한 벌판을 갔다. 우리 뒤에서는 어린아이들의 새로운 노래, 그러나 틀린 노래가 오랫동안 울려왔다.

기뻐하라, 그대 환자들이여, 의사는 그대들 침대 위에 눕혀 있나니!

나는 이런 모양으로 집에 돌아가지는 못할 것이다. 번창하던 내 일자리는 없어졌다. 어느 후임자가 나에게서 빼앗아 갔지만 소용없는 일. 그가 날 대신할 수는 없기 때문이다. 나의 집에서는 그 구역질나는 마부가 날뛰고 있고, 로자는 그의 제물이다. 난 그걸 곰곰이 생각하고 싶지 않다. 발가숭이로 이 불행한 시대의 혹한에 몸을 내맡긴 채 현세의 마차와 비현세의 말을 타고 이 늙은 나는 이리저리 떠돌고 있을 뿐이다. 나의 털외투는 마차 뒤에 매달려 있지만 그것을 잡을 길이 없고, 그리고 환자들 중 움직일 수 있는 놈들조차도 그 어느 누구 하나 손가락 하나 까딱 않는구나. 속았구나! 속았어! 잘못 울린 밤의 종소리를 따르다 보니 ─정말 돌이킬 수 없게 되었구나.

싸구려 관람석에서

Auf der Galerie

만약 서커스 곡마장에서 어떤 폐결핵에 걸린 쇠약한 여자 곡마사가 채찍을 휘두르는 무자비한 단장으로부터 지칠 줄 모르는 관중들 앞에서 몇 달이고 끊임없이 원을 그리며 빙빙 돌도록 강요당한다면, 휙휙 말을 타고 지나며 키스를 던지고 가는 허리로 몸을 가누고 있다면, 그리고 만일 잠시도 그치지 않는 악대와 환등기의 소음 속에서 이 유희가, 잦아들다가 새롭게 솟구치곤 하는, 사실 피스톤 같은 손들의 갈채에 이끌려, 점점 더 크게 열리는 잿빛 미래 속으로 이어진다면, 맨 위층의 싸구려 관람석의 한 젊은 손님이 모든 등급이 주어진 관람석의 층계를 뛰어 내려와 공연장 안으로 달려 들어가서는 '멈춰라!' 하고 외칠 것이다. 늘 분위기에 구색을 맞추려는 악단의 팡파르를 꿰뚫고서.

그러나 사실은 그렇지가 않다. 제복을 입고 뽐내는 사람들이 커튼을 젖히면, 그 사이로 아름다운 한 여인이 희고 붉은 모습으로 날아들어 온다. 단장은 헌신적으로 그녀의 눈길을 잡으려 애쓰면서 동물과 같은 자세로 그녀를 향하여 헐떡거린다. 그녀가 마치 위험한 여행을 떠나는, 그가 누구보다도 사랑하는 그의 손녀라도 되는 듯이, 그녀를 회색 얼룩말 위에 아주 조심스럽게 올려준다. 그리고 채찍 신호를 보내야 할지 어쩔지를 결정하지 못한다. 결국 자신을 억제하면서 채찍 소리를 내어 신호를 보낸다. 그리고 그 말 옆에서 입을 벌린 채 함께 따라 뛴다. 예리한 눈길로 그 여자

곡마사가 뛰어오르는 모습을 뒤쫓는다. 그녀의 교묘한 기술은 결코 파악할 수가 없다. 조심하라고 영어로 경고하려 애를 쓴다. 굴렁쇠를 잡고 있는 마부들에게 세심하게 주의하도록 사납게 경고한다. 위험한 공중회전에 앞서서는 손을 높이 쳐들어 악대에게 간절히 바란다. 침묵을 지키도록. 드디어 떨고 있는 말에서 그 작은 여인을 부축해 내려서, 양쪽 볼에 입을 맞추며, 관중의 그 어떤 찬사도 충분하지 않다고 생각한다. 그녀 자신은 그의 부축을 받으며 발끝으로 높이 서서, 먼지에 둘러싸인 채로, 두 팔을 벌리고 머리는 뒤로 젖히고, 그녀의 행복을 곡마단 전체와 함께 나누고 싶어 한다―사실이 이러하므로, 맨 위층의 싸구려 관람석에 앉아 있던 사람은 난간에 얼굴을 대고, 괴로운 꿈에 빠져들듯이 마지막 행진 속으로 빠져들면서, 자신도 모르게 울고 있다.

낡은 쪽지
Ein altes Blatt

우리는 조국을 지키는 데에 너무 소홀했던 것 같다. 우리는 지금까지 그 일에는 마음을 쓰지 않고, 우리의 일에만 몰두해왔다. 그러나 최근의 사건들은 우리를 근심스럽게 만들고 있다.

나는 황제의 궁궐 앞 광장에 구두 수선소를 가지고 있다. 새벽에 내가 가게 문을 열자마자, 나는 이곳으로 통하는 모든 골목 입구가 무장한 사람들에 의해 점령되어 있는 것을 보게 된다. 그러나 그들은 우리의 군사가 아니라 북방의 유목민들이다. 그들이 국경으로부터 아주 멀리 떨어져 있는 이 수도까지 어떻게 쳐들어왔는지 나로서는 이해가 가지 않는다. 여하튼 그들은 여기에 있고, 아침마다 그 숫자가 불어나는 것 같다.

그들은 자신들의 천성에 맞게 노천에서 야영을 하는데, 왜냐하면 주택을 싫어하기 때문이다. 그들은 칼을 갈거나 화살을 뾰족하게 만들거나 말을 훈련시키는 일에 전념하고 있다. 항상 지나칠 정도로 청결하게 유지되는 이 조용한 광장을 그들은 하나의 진짜 마구간으로 만들었다. 우리는 이따금씩 우리의 상점에서 뛰어나와 적어도 그 지독한 쓰레기들을 치우려고 노력하지만, 그것도 점차 뜸해져 가고 있다. 왜냐하면 그런 힘든 노력은 아무 소용이 없었고, 그보다도 사나운 말 밑에 깔리거나 채찍에 맞아 부상당할 위험이 있기 때문이다.

유목민들과는 이야기를 할 수 없다. 그들은 우리의 언어를 알지 못하며, 더욱이 그들은 그들 고유의 언어도 가지고 있지 않다. 그들이 서로 의사소통을 하는 모습은 마치 까마귀들과 흡사하다. 언제나 이런 까마귀들의 외침 소리가 들려온다. 우리들의 생활 방식, 우리들의 시설물들은 그들에게는 중요하지 않을 뿐더러 이해되지도 않는다. 그렇기 때문에 그들은 모든 기호 언어에 대해서도 거부감을 느낀다. 너의 턱이 탈구가 되거나 손목이 뒤틀릴 수도 있다. 그러나 그들은 물론 너를 이해하지 못한 것이며, 결코 이해하지 못할 것이다. 종종 그들은 얼굴을 찌푸린다. 그럴 때면 그들 눈의 흰자위가 돌고, 그들의 입에서는 거품이 인다. 그렇지만 그들은 그것으로 무엇을 말하고자 하거나 놀라게 하려는 것은 아니다. 그들은 그렇게 생긴 사람들이기 때문에 그렇게 할 뿐이다. 그들은 자신들이 필요로 하는 것을 갖는다. 그들이 무력을 사용한다고 말할 수는 없다. 그들이 손을 뻗치면, 사람들은 옆으로 물러서서 모든 것을 그들에게 맡긴다.

그들은 나의 저장물 중에서도 좋은 것을 많이 가져갔다. 그러나 예를 들어서 푸줏간 주인에게 생긴 일을 생각해보면, 나는 불평할 수가 없다. 그가 물건을 들여가기가 무섭게 유목민들은 그에게서 전부를 빼앗아 삼켜버린다. 유목민의 말들도 역시 고기를 먹는다. 가끔 한 기수가 자신의 말 곁에 누워 있고, 그들은 고기 조각의 양끝에 각각 매달려 먹어들어 가므로 그 사이가 점점 가까워진다. 푸줏간 주인은 겁에 질려 고기 공급을 감히 중단하지도 못한다. 그러나 우리는 그것을 이해하고 있으며, 함께 돈을 내서 그를 보조하고 있다. 만약 유목민들이 고기를 얻지 못하면, 그들이 무슨 생각을 할지 누가 알겠는가. 그들이 매일 고기를 얻는다고 해도, 그들에게 어떤 생각이 떠오를지 아무도 모르는데 말이다.

최근 푸줏간 주인은 적어도 도살하는 수고만은 덜 수 있을지 모른다고 생각했다. 그래서 그는 아침에 살아 있는 황소를 한 마리 가져왔다. 그는 그짓을 두 번 다시 해서는 안 된다. 나는 한 시간 가량 내 작업장 맨 뒤쪽 바닥에 납작 엎드려서 모든 옷가지며 이불, 방석들을 내 위에 쌓아 올렸다. 그것은 황소의 울부짖는 소리를 듣지 않기 위해서였는데, 유목민들이 사방으로부터 그 황소에게 달려들어 이빨로 황소의 따뜻한 살점들을 뜯어냈기 때문이다. 조용해지고 나서도 한참이 지나서야 비로소 나는 바깥으로 나갈 엄두가 났다. 포도주 통 주위의 술꾼들처럼 그들은 피곤해진 몸으로 황소의 잔해 주위에 누워 있었다.

바로 그때 나는 황제도 몸소 궁궐의 창문 안에서 바라보고 있으리라고 믿었다. 그는 전에는 한 번도 이 바깥 거처에 나온 적이 없으며, 언제나 가장 깊은 궁궐 안뜰에서만 살고 있다. 그러나 적어도 내가 보기엔 이번에는 정말 그가 창가에 서서, 머리를 떨군 채 자신의 궁궐 앞에서 벌어지는 일들을 바라보고 있는 것처럼 보였다.

"어떻게 되려나?" 하고 우리 모두가 자문해본다. "우리가 얼마 동안이나 이 짐과 고통을 참아내야 될까?" 황제의 궁궐은 유목민들을 유혹했지만, 그들을 다시 몰아내는 방법은 알지 못한다. 궁궐 성문은 닫혀 있다. 예전에는 언제나 장중하게 안팎으로 행진하던 보초병도 감옥에 가 있다. 우리 수공업자들과 상인들에게 조국의 구원이 맡겨져 있다. 그러나 우리는 그러한 과제를 감당해낼 수가 없다. 물론 그럴 만한 능력이 있다고 자랑해본 적도 없다. 그것은 하나의 오해이며, 우리는 그것으로 인해서 몰락해가고 있다.

법 앞에서
Vor dem Gesetz

　법 앞에 한 문지기가 서 있다. 이 문지기에게 한 시골 사람이 와서 법으로 들어가게 해달라고 청한다. 그러나 문지기는 지금은 그에게 입장을 허락할 수 없노라고 말한다. 그 시골 사람은 곰곰이 생각한 후, 그렇다면 나중에는 들어갈 수 있겠느냐고 묻는다. "가능한 일이지." 하고 문지기가 말한다. "그러나 지금은 안 돼." 법으로 들어가는 문은 언제나처럼 열려 있고 문지기가 옆으로 비켜났기 때문에, 그 시골 사람은 몸을 굽혀 문을 통해 그 안을 들여다보려 한다. 문지기가 그것을 알자 큰 소리로 웃으며 이렇게 말한다. "그것이 그렇게도 끌린다면 내 금지를 어겨서라도 들어가보게나. 그러나 알아두게. 나는 힘이 장사지. 그래도 나는 단지 최하위의 문지기에 불과하다네. 그러나 홀을 하나씩 지날 때마다 문지기가 하나씩 서 있는데, 갈수록 더 힘이 센 문지기가 서 있다네. 세 번째 문지기의 모습만 봐도 벌써 나조차도 견딜 수가 없다네." 시골 사람은 그러한 어려움을 예기치 못했다. 법이란 정말로 누구에게나 그리고 언제나 들어갈 수 있어야 한다고 그는 생각한다. 그러나 지금 모피 외투를 입은 그 문지기의 모습, 그의 큰 매부리코와 검은색의 길고 가는 타타르족 콧수염을 뜯어보고는 차라리 입장을 허락받을 때까지 기다리는 편이 훨씬 낫겠다고 결심한다. 문지기가 그에게 걸상을 주며 그를 문 옆쪽으로 앉게 한다. 그곳에서 그는 여러 날 여러 해를 앉아 있다. 들어가는 허락을 받으려고 그는 여러 가지 시도를 해보고 자주 부탁을 하여 문지기를 지치게 한다. 문지기는 가끔 그에게 간단한 심문을 한다. 그의 고향에 대해서 자세히 묻기도 하고, 여러 가지 다른 것에 대해서 묻기도 한다. 그러나 그것은 지체 높은 양반들이 건네는 질문처럼 별 관심 없는 질문들이고, 마지막엔 언제나 그에게 아직 들여보내 줄 수 없노라고 문지기는 말한다. 그 시골 사람은 여행을 위해 많은 것을 장만해왔는데, 문지기를 매수할 수 있을 만큼 가치가 있는 것이라면 무엇이든 이용한다. 문지기는 주는 대로 받기는 하면서도 "나는 당신이 무엇인가 소홀히 했었다는 생각이 들지 않도록 하기 위해서 받을 뿐이라네." 하고 말한다. 수년간 그 사람은 문지기를 거의 하염없이 지켜보고 있다. 그는 다른 문지기들은 잊어버리고, 이 첫 문지기만이 법으로 들어가는 데에 유일한 방해꾼인 것처럼 생각한다. 그는 처음 몇 년 동안은 이 불행한 우연에 대해서 무작정 큰 소리로 저주하다가 후에 늙자, 그저 혼잣말로 투덜거린다. 그는 어린애처럼 유치해진다. 그는 문지기에 대한 수년간의 연구로 모피 깃에 붙어 있는 벼룩까지 알아보았으므로, 그 벼룩에게까지 자기를 도와 문지기가 마음을 돌리도록 해달라고 부탁한다. 마침내 그의 시력은 약해진다. 그는 자기의 주변이 정말 점점 어두워지는 것인지, 아니면 그의 눈이 착각하게 할 뿐인지 알 길이 없다. 그러나 이제 그 어둠 속에서 그는 법의 문으로부터 꺼질 줄 모르는 광채가 흘러나오고 있다는 것을 알게 된다. 이제 그는 더 이상 오래 살지 못할 것이다. 그가 죽기 전에, 그의 머릿속에는 그 시간 전체에 대한 모든 경험들이 그가 여태까지 문지기에게 물어보지 않았던 하나의 물음으로 집약된다. 그는 문지기에게 눈짓을 한다. 왜냐하면 그는 이제 굳어

저가는 몸을 더 이상 똑바로 일으킬 수 없기 때문이다. 문지기는 그에게로 몸을 깊숙이 숙일 수밖에 없다. 왜냐하면 키 차이가 그 시골 남자에겐 매우 불리하게 벌어졌기 때문이다. "너는 이제 더이상 무엇을 알고 싶은가?"라고 문지기가 묻는다. "네 욕망은 채워질 줄 모르는구나." "하지만 모든 사람들은 법을 절실히 바랍니다." 하고 그 남자는 말한다. "지난 수년 동안 나 이외에는 아무도 입장을 허락해줄 것을 요구하지 않았는데, 어째서 그런가요?" 문지기는 그 시골 사람이 이미 임종에 다가와 있다는 것을 알고, 희미해져 가는 그의 청각에 들리도록 하기 위해서 소리친다. "이곳에서는 너 이외에는 아무도 입장을 허락받을 수 없어. 왜냐하면 이 입구는 단지 너만을 위해서 정해진 곳이기 때문이야. 나는 이제 가서 그 문을 닫아야겠네."

재칼과 아랍인

Schakale und Araber

    우리는 오아시스에 짐을 풀었다. 동행인들은 자고 있었다. 키가 크고 피부가 흰 아랍인 한 사람이 내 곁을 지나갔다. 그는 낙타를 돌보고 나서 잠자리로 갔다.

    나는 풀밭에 뒤로 벌렁 누웠다. 나는 자려고 했다. 나는 그럴 수가 없었다. 먼 곳에서 들려오는 재칼의 울부짖는 소리. 나는 다시 일어나 앉는다. 그러자 그렇게 멀리 느껴졌던 것이 가까워졌다. 한 떼의 재칼이 내 주위로 몰려들었다. 탁한 금빛으로 빛나다가 꺼져가는 눈들. 마치 채찍을 맞고 있는 듯이 규칙적이고도 재빠르게 움직이는 가는 몸체들.

    한 마리가 뒤쪽에서 오더니, 내 팔 밑으로 파고들어서 마치 나의 체온이 필요한 듯 나에게 밀착해왔다. 그러더니 내 앞으로 나서서, 나와 거의 눈과 눈을 마주 대다시피 하고 이야기했다.

    "나는 이 세상에서 가장 나이가 많은 재칼이오. 내가 아직 이곳에서 당신에게 인사를 할 수 있다니 행복합니다. 나는 이미 희망을 거의 버렸었는데, 왜냐하면 우리는 당신을 무한히 오랫동안 기다리고 있었으니까요. 나의 어머니도 기다렸고, 그녀의 어머니도, 또 그녀의 모든 어머니들로부터 모든 재칼의 어머니에 이르기까지 말입니다. 그것을 믿어주시오!"

    "그건 놀라운 일이군요." 하고 나는 말했고, 연기로 재칼의 접근을 막기 위해서 이미 준비되어 있던 장작더미에 불을 붙이는 것도 잊고 있었다. "그런 말을 듣다니 매우 놀랍군요. 나는 아주 우연히 북쪽의 고지대로부터 왔고 짧은 여행 중에 있습니다. 재 칼들이여, 도대체 당신들은 나에게 무엇을 원합니까?"

아마도 너무 친절했을 이런 응답에 용기를 얻은 듯, 그들은 내 주위를 둘러싸고 있던 원을 점점 좁혀왔다. 그들은 모두 씩씩거 리며 짧게 숨을 쉬고 있었다.

"우리는 알고 있소." 하고 가장 연장자인 재칼이 말을 꺼냈다. "당신이 북쪽에서 왔다는 사실을 말입니다. 그리고 바로 거기에 우리는 희망을 걸고 있습니다. 그곳에서는 이곳 아랍인들 사이에 서는 찾아볼 수 없는 오성이 있지요. 이 차가운 자만감으로부터 는 한 치의 오성도 일으킬 수 없습니다. 그들은 동물을 잡아먹기 위해서 죽입니다. 그러면서도 동물의 썩은 시체는 경멸하지요."

"그렇게 크게 말하지 말아요." 하고 내가 말했다. "가까이에 아랍 인들이 자고 있어요."

"당신은 정말 이방인이군요." 하고 그 재칼은 말했다. "그렇지 않다면 세계사에서 재칼이 아랍인을 두려워했던 적은 단 한 번 도 없었다는 것을 당신이 알 텐데요. 우리가 그들을 두려워해야 한단 말인가요? 우리가 그런 종족 밑에서 배척당한 것으로 불행 은 충분하지 않은가요?"

"그렇겠지요, 그렇겠지요." 하고 내가 말했다. "나는 나와 거리 가 먼 일에는 어떤 판단도 하지 않소. 이것은 매우 오래된 싸움 같 군요. 그러니까 아마 핏줄로 물려받은 것이겠지요. 그러니 아마 피로써 끝나겠군요."

"당신은 매우 영리하군요." 하고 그 늙은 재칼이 말했다. 그러 자 모두 한층 더 빨리 숨을 몰아쉬었다. 조용히 서 있는데도 마구 헐떡이는 폐로, 때때로 이빨을 꽉 다물고 있어야만 견딜 수 있는, 쓰디쓴 냄새가 그들의 열린 주둥이로부터 흘러나왔다. "당신은 매우 영리합니다. 당신이 한 말은 우리들의 옛 가르침과 일치합니다. 우리가 그들의 피를 취하면, 싸움은 끝이 납니다."

"오!" 하고 나는 내가 하려 했던 것보다 더욱 과격하게 말했다. "그들은 저항할 거요. 그들은 화승총으로 당신들을 무더기로 쏴 죽일 것이오."

"당신은 우리를 잘못 이해하고 있소." 하고 그가 말했다. "그러니까 북쪽의 고지대에서도 사라지지 않고 있는 인간의 성질 때문이지요. 우리는 물론 그들을 죽이지는 않소. 나일강에는 우리 몸을 깨끗이 씻을 수 있을 만큼 그렇게 많은 물이 있지는 않아요. 우리들은 그들의 살아 있는 육체만 보아도 도망치지요. 보다 순수한 공기 속으로, 사막으로, 사막은 그렇기 때문에 우리들의 고향이지요."

그러는 사이에 한층 더 많은 재칼들이 먼 곳으로부터 모여들었고, 그 모든 재칼들은 앞다리 사이로 머리를 수그리고 앞발로 머리를 닦았다. 그것은 마치 어떤 반감을 숨기려는 것 같았고, 그 반감은 너무도 두려운 것이어서, 나는 단번에 높이 뛰어올라 그들의 원으로부터 도망치고 싶은 심정으로 가득했다.

"그래서 어떻게 할 작정인가요?" 하고 물으면서 나는 일어서려고 했다. 그러나 나는 그럴 수가 없었다. 두 마리의 젊은 동물이 내 뒤에서 윗저고리와 속내의를 꽉 물고 있었기 때문이었다. 나는 계속해서 앉아 있어야만 했다. "그들은 당신의 옷자락을 잡고 있어요. 일종의 존경심의 표현이지요." 하고 늙은 재칼이 설명하듯이 진지하게 말했다. 나는 "나를 놓아주시오!" 하고 소리치면서, 늙은 재칼과 젊은 재칼들을 번갈아 보았다. "물론 그들은 그렇게 할 거요. 왜냐하면 그들은 관습에 따라 깊이 물고 있기 때문에, 우선 물고 있는 이빨들이 서로 천천히 벌어져야 하니까요. 그동안 우리의 요청을 들어보시오." "당신들의 태도는 나로 하여금 그것을 쉽사리 받아들이지 못하도록 하고 있어요."라고 내가 말했다. "우리의 미숙함을 용서하시오."라고 그는 말했고, 이제야 처음으로 원래 호소하던 목소리를 사용해서 말했다. "우리는 불쌍한 동물들입니다. 우리는 단지 이빨만을 가지고 있을 뿐이지요. 우리가 하고자 하는 것, 그것이 선이든 악이든 간에, 그 모든 것을 위해서 우리에게는 유일하게 이빨만이 있을 뿐입니다." "그래서 당신은 무엇을 바랍니까?" 하고 나는 약간 누그러져서 말했다.

"주인님." 하고 그가 소리쳤고, 모든 재칼들이 울부짖었다. 그것은 아주 먼 곳에서 들려오는 어떤 멜로디처럼 느껴졌다. "주인님, 당신은 이 세계를 이간하고 있는 이 싸움을 종식시켜야 합니다. 우리의 조상들은 그 일을 하게 될 사람이 바로 당신과 같은 사람이라고 써놓았습니다. 우리는 아랍인들로부터 평화를 찾아야 합니다. 숨을 쉴 수 있는 공기, 그들로부터 풀려나 순결해진 수평선 주위의 전경. 아랍인이 찔러 죽이는 숫양의 비애에 찬 울부짖음은 없어져야 할 것입니다. 모든 짐승들은 조용히 죽을 수 있어야 합니다. 그것들은 방해받지 않고 우리들에 의해 완전히 비워져야 하고, 뼛속까지 깨끗이 순화되어져야 합니다. 순수함, 우리들은 순수함 이외에는 아무것도 원치 않습니다." —그러자 모두가 울고 흐느낀다—"어떻게 당신만이 이 세상에서 그것을 견디어 나갈 수 있겠습니까, 그대 숭고한 마음과 즐거운 내면의 소유자여? 그들의 흰색은 불결합니다. 그들의 검은색 또한 불결합니다. 그들의 수염은 공포입니다. 그들의 눈초리만 보아도 침을 뱉어야 합니다. 그리고 그들이 팔을 올리면, 겨드랑이에는 지옥이 열립니다. 그러니까, 오 주인님, 그러니까, 오 고귀한 분이시여, 모든 것을 가능케 하는 당신 손의 도움으로, 이 가위를 가지고 그들의 목을 자르시오!" 그가 목을 한 번 움찔 움직이자 한 재칼이 오래되어 녹이 슨 작은 가위 하나를 송곳니에 물고 왔다.

  "자, 마침내 가위구나. 그리고 그것으로 끝장이겠지!" 하고 우리의 지휘자인 아랍인이 소리쳤다. 그는 바람에 대항하면서 우리들 쪽으로 미끄러져 와서는 거대한 채찍을 휘둘렀다. 모두가 재빨리 흩어졌다. 그러나 그들은 약간 떨어진 곳에 멈추어 있었다. 서로 몸을 꼭 붙이고 한 덩어리가 되어서. 많은 짐승들이 그렇게 밀착되어 굳어져 있는 모습은 마치 날아다니는 도깨비불로 둘러쳐진 좁은 울타리처럼 보였다.

  "그러니까 선생, 당신 역시 이 연극을 보았고 들었지요." 하고 그 아랍인은 말하면서, 그의 종족의 내성적인 성격이 허락할 수 있는 만큼 유쾌하게 웃어댔다. "당신은 저 짐승들이 무엇을 원하는지 알고 있군요?" 하고 나는 물었다. "물론이오, 선생." 하고 그가 말했다. "그것은 물론 유명한 이야기지요. 아랍인이 존재하는 한, 이 가위는 사막을 돌아다닐 것이고 세상이 끝나는 날까지 우리와 함께 돌아다니게 될 것이오. 모든 유럽인들에게 위대한 과업을 행하도록 이 가위가 제공되고 있소. 모든 유럽인들이 그들에게는 사면을 받고 온 사람처럼 생각됩니다. 이 짐승들은 어리석은 희망을 가지고 있지요. 바보들, 그들은 정말 바보들이오. 우리들은 그렇기 때문에 그들을 사랑합니다. 이것들은 우리들의 개지요. 당신들의 개보다 더 아름답소. 보시오, 낙타 한 마리가 밤에 죽었소. 내가 그것을 이리로 실어 오도록 시켰소."

네 명의 짐꾼이 와서 그 무거운 시체를 우리들 앞에 내던졌다. 그 시체가 놓이자마자, 재칼들은 목소리를 높였다. 재칼들은 하나하나가 마치 밧줄에 묶여 어쩔 수 없이 잡아당겨지듯이, 몸을 뒤로 빼면서, 배를 땅바닥에 질질 끌면서 다가왔다. 그것들은 아랍인들을 잊어버렸다. 증오심도 잊어버렸다. 김이 무럭무럭 올라오고 있는 시체의 현존이 모든 것을 녹여버렸고, 그것들을 매료시켰다. 벌써 한 마리가 목에 달라붙었고 단번에 동맥을 찾아냈다. 가망은 없어도 거대한 불을 어떻게 해서든지 끄려고 미친 듯이 뿜어대는 작은 펌프처럼, 그것의 몸의 모든 근육은 제자리에서 늘어나기도 하고 경련을 일으키기도 했다. 그러자 이미 모두가 같은 일을 하면서 그것들은 시체 위에 산을 이루고 있었다.

그때 아랍인 지휘자는 그것들 위로 가로세로로 날카로운 채찍을 세차게 휘둘렀다. 그것들은 머리를 쳐들었다. 그것들은 거의 도취와 기절 상태에 빠진 채, 자기들 앞에 아랍인들이 서 있는 것을 보았다. 이제 주둥이에 채찍을 느끼자, 펄쩍 뛰어서 뒤로 물러나며 어느 만큼 도망쳤다. 그러나 낙타의 피는 이미 거기에 웅덩이를 이루며, 김을 피워 올리고 있었고, 몸뚱이는 여러 군데가 크게 찢겨 있었다. 그것들은 거부할 수가 없었다. 그것들은 다시 왔고, 지휘자는 다시 채찍을 쳐들었다. 나는 그의 팔을 붙잡았다.

"당신이 옳아요, 선생." 하고 그는 말했다. "우리는 그것들이 자신의 천직을 행할 때는 그대로 놓아둡시다. 또한 떠날 시간이기도 합니다. 당신은 그것들을 보았지요. 놀라운 동물들이오, 그렇지 않소? 게다가 우리를 증오하는 모습이란!"

광산의 방문객

Ein Besuch im Bergwerk

오늘은 최고위 기술자들이 이 아래의 우리들에게 왔다. 새로운 갱도를 설치하라는 관리국의 지시가 있었고, 그래서 기술자들은 제일 차 측량을 실시하기 위해서 온 것이다. 그 사람들은 얼마나 젊고, 게다가 또 얼마나 다른 유의 사람들이던지! 그들은 모두 아무런 구속을 받지 않고 성장했으며, 젊은 나이에도 이미 그들의 명확하게 정해진 특성이 거리낌 없이 나타나고 있었다.

한 사람은 검은 머리에 활기가 넘치고, 사방으로 눈길을 돌린다.

두 번째 사람은 메모지를 가지고 걸어가면서 스케치를 하고, 주위를 살펴보고, 비교하고, 메모를 한다.

세 번째 사람은 윗저고리 주머니에 손을 넣고 있어서 전체 모습이 평평해 보이는데, 똑바로 걸으면서 위엄을 부린다. 단지 계속해서 입술을 깨무는 모습에서 참을성이 없고, 자제할 줄 모르는 젊은이임이 드러난다.

네 번째 사람은 세 번째 사람에게 그가 요구하지 않는데도 설명을 한다. 세 번째 사람보다 작고 마치 유혹자처럼 그의 곁을 따라다니면서 집게손가락을 언제나 공중으로 향하고 있는 이 사람은 이곳에서 보이는 모든 사소한 것들에 관해서 그에게 보고하고 있는 듯이 보인다.

다섯 번째 사람은 제일 높은 직위에 있는 듯한데, 동행을 참지 못하고 앞서거니 뒤서거니 한다. 그 단체는 그를 따라 걸음을 옮기고 있다. 그는 창백하고 허약하다. 그의 눈은 책임감으로 움푹 파여 있다. 가끔 생각에 잠기며 손으로 이마를 누른다.

여섯 번째와 일곱 번째 사람은 등을 약간 굽힌 채, 서로 머리를 가까이 대고, 손을 잡고, 친숙한 대화를 나누며 걷고 있다. 이곳이 우리의 탄광이 아니고, 깊은 갱도 안에 있는 우리의 일터가 아니라면, 뼈가 들어가고, 수염이 없고, 주먹코인 이 두 신사는 젊은 성직자들로 생각될 것이다. 그 중 한 사람은 웃을 때 대부분 고양이 같은 가르랑 소리를 내며 삼키듯 웃는다. 다른 사람도 미소 지으며 말을 하면서 빈손으로 어떤 박자를 맞추고 있다. 이 두 신사는 자신의 직위에 대해서 확신을 가지고 있는 것이 틀림없다. 그들이 그 젊은 나이에도 불구하고 우리 광산에 어떤 기여를 했길래, 이곳에서 윗사람이 보는 가운데 그렇게 중요한 일을 행하고 있으면서도 단지 개인적인 일이나 혹은 적어도 현재의 과제와는 아무런 관계가 없는 일들에 그렇게 단호하게 몰두하고 있는 것인지, 아니면 그들은 그런 모든 웃음과 산만함에도 불구하고 필요한 것을 정말 깨달을 수 있을까? 그러한 신사들에 관해서 감히 어떠한 판단도 내리지 못하겠다.

그러나 다른 한편으로는, 예를 들어 여덟 번째 사람이 이들보다, 아니 모든 사람들보다 비교할 수 없을 만큼 한층 더 임무에 집중하고 있다는 것은 물론 재차 의심할 여지가 없다. 그는 모든 것을 만져보아야 하고, 그가 계속해서 주머니에서 꺼냈다가 또다시 그곳에 보관하는 작은 망치 하나로 모든 것을 두드려보아야만 한다. 가끔 그는 자신의 우아한 복장에도 개의치 않고 무릎을 꿇고 앉아서 땅바닥을 두드린다. 그리고 나서 다시금 걸어갈 때는 벽이나 머리 위의 천장을 두드리는 것이다. 한번은 그가 오랫동안 몸을 거기에 눕히고 가만히 있었다. 우리는 이미 어떤 불행한 일이 생긴 거라고 생각했다. 그러나 그는 곧 날씬한 몸을 약간 움츠리면서 뛰어 일어났다. 그러니까 그는 다만 또다시 조사를 했을 뿐이었다. 우리는 우리의 광산과 그것의 돌들을 안다고 믿고 있지만, 이 기술자가 계속해서 이러한 방법으로 조사하고 있는 것이 무엇인지 이해가 가지 않는다.

아홉 번째 사람은 일종의 유모차를 밀고 가는데, 그 안에는 측량 도구가 놓여 있다. 매우 값비싼 도구들로, 아주 부드러운 솜 안에 깊숙이 놓여 있다. 이 차는 물론 원래는 하인이 밀고 가야 하지만, 그는 하인을 믿을 수가 없다. 한 기술자가 다가와서 그 일을 기꺼이 한다. 사람들은 그의 모습에서 그것을 알 수 있다. 아마도 그가 가장 나이가 어린 사람일 것이고, 그 모든 기구들을 아직 전혀 알지도 못할 것이다. 가끔 그는 차를 벽에 부딪침으로써 위험에 처한다.

그러나 그 차를 따라가면서 그 옆에서 그것을 막아주는 또 다른 한 명의 기술자가 있다. 이 사람은 틀림없이 그 기구들을 근본적으로 잘 알고 있으며, 그것의 원래 보관자인 듯이 보인다. 때때로 그는 차를 세우지 않고 그 기구들의 일부를 꺼내어 세심하게 살펴보고 나사못을 열거나 조이고, 흔들어보고, 귀에 대고 소리를 들어보기도 한다. 그리고 차를 밀고 있는 사람이 대부분 멈추어 서 있는 동안, 그는 멀리서는 전혀 보이지 않는 그 작은 물건을 아주 세심하게 조심하며 마침내는 다시 차 안에 넣어놓는다. 이 기술자는 약간 지배욕이 강하다. 그러나 단지 기구라는 명목에서만 그러하다. 차로부터 열 발자국 앞에서 벌써 우리는, 아무 말없이 손가락이 가리키는 대로 옆으로 비켜서야 한다. 비켜날 자리가 없는 곳에서조차도.

이 두 명의 신사 뒤에는 아무 할 일이 없는 하인이 가고 있다. 그 신사들과 같은 그러한 위대한 지식을 가졌을 때는 당연히 그러하듯이, 그들은 이미 오래전에 모든 자만심을 떨쳐버렸다. 그와 반대로 그 하인은 내면에 자만심을 쌓고 있는 듯이 보인다. 한 손은 등허리에 대고 다른 한 손으로는 하인 제복의 금빛 단추나 섬세한 옷감을 쓰다듬으면서, 그는 자주 오른쪽, 왼쪽을 향해서 고개를 끄덕인다. 마치 우리가 인사를 했고, 그가 거기에 응답이라도 하는 듯이, 또는 우리가 인사를 했으리라고 믿는 듯이, 그러나 그의 높은 위치로서는 그것을 확인할 수 없다는 듯이. 물론 우리는 그에게 인사하지 않는다. 그러나 그를 쳐다보면 그가 광산 관리국의 어떤 두려운 존재, 관청 사환이라도 되는 듯이 생각하게 될 정도이다. 그의 뒤에서 우리는 물론 웃는다. 그러나 그가 천둥소리에도 뒤돌아보지 않는 것은 아니어서, 그는 우리의 생각 속에서는 여전히 어떤 이해하기 힘든 존재로 남아 있다.

오늘은 충분한 작업을 하지 못할 것이다. 작업의 중단이 너무 많았기 때문이다. 그러한 방문은 일에 대한 생각을 모두 빼앗아 가 버린다. 시험 갱도의 어둠 속으로 신사들의 뒷모습을 바라보는 일은 너무도 황홀하다. 그들은 모두 그 안으로 사라져버렸다. 머지않아 우리들의 막장도 없어지게 될 것이다. 우리들은 그 신사들이 들어가는 모습을 더 이상 함께 보지 못할 것이다.

이웃 마을
Das nächste Dorf

나의 할아버지께서는 늘 이렇게 말씀하셨다. "인생이란 놀랍게도 짧구나. 지금 돌이켜 생각해보니 이렇게 한마디로 말할 수 있겠는걸. 예를 들어 어떤 젊은이가—우연히 만난 불행한 사고는 제쳐놓는다 하더라도—행복하게 흘러가는 일상적인 삶의 시간조차 말을 타고 가는 그런 여행에는 턱없이 모자란다는 것을 두려워하지 않고서 어떻게 이웃 마을로 말을 타고 나설 결심을 할 수 있는지, 나로서는 거의 납득하기 힘들구나."라고.

황제의 칙명

Eine kaiserliche Botschaft

황제가 ─ 그런 이야기가 있다 ─ 한낱 개인에 불과한 '그대'에게, 그것도 황제의 태양 앞에서는 아주 먼 곳으로 피신한 왜소하고 초라한 신하, 바로 그러한 '당신'에게 임종의 침상에서 칙명을 보냈다. 그 칙사를 황제는 침대 옆에 꿇어앉히고 그의 귀에 그 칙명을 속삭이듯 말했다. 그 칙명이 황제에게는 매우 중요했으므로, 그는 칙사에게 그 말을 자신의 귀에 되풀이하도록 시켰다. 그는 머리를 끄덕여 그 말이 맞다는 것을 시인했다. 그러고는 그의 임종을 지켜보는 모든 사람들 앞에서 ─ 장애가 되는 벽들은 모두 허물어지고, 멀리까지 높이 뻗어 있는 옥외 계단 위에는 제국의 위인들이 빙 둘러서 있다 ─ 이러한 모든 사람들 앞에서 그는 칙사를 떠나보냈다. 칙사는 곧 길을 떠났다. 그는 지칠 줄 모르는 강인한 남자였다. 그는 양팔을 앞으로 번갈아 내뻗으며 군중 사이를 뚫고 지나갔다. 제지를 받으면 태양 표지가 있는 가슴을 내보인다. 그는 역시 다른 누구보다도 수월하게 앞으로 나아간다. 그러나 사람들의 무리는 너무나 방대했고, 그들의 거주지는 끝이 없었다. 거칠 것 없는 들판이 열린다면 그는 날듯이 달려갈 것이고 그리고 머지않아 '당신'은 그의 주먹이 당신의 문을 두드리는 굉장한 소리를 들었을 것이다. 그러나 그렇게 하는 대신 그는 속절없이 애만 쓰고 있으니, 그는 여전히 심심 궁궐의 방들을 헤쳐 나가고 있다. 그러나 결코 그 방들을 벗어나지 못할 것이고, 그가 설령 궁궐을 벗어나는 데 성공한다 하더라도 아무런 득도 없을 것이다. 계단을 내려가기 위해서 그는 스스로와 싸워야 할 것이고, 설령 그것이 성공한다 하더라도 아무런 득이 없을 것이다. 궁궐의 정원은 통과할 수 있을지 모른다. 그러나 그 정원을 지나면 두 번째로 에워싸는 궁궐, 또다시 계단과 정원, 또 다시 궁궐, 그렇게 수천 날이 계속될 것이다. 그래서 마침내 그가 가장 외곽의 문에서 밀치듯 뛰어나오게 되면—그러나 그런 일은 결코, 결코 일어나지는 않을 것이다—비로소 세계의 중심, 침전물들로 높이 쌓인 왕도王都가 그의 눈앞에 펼쳐질 것이다. 어느 누구도 이곳을 뚫고 나가지는 못한다. 비록 죽은 자의 칙명을 지닌 자라 할지라도—그러나 밤이 오면, '당신'은 창가에 앉아 그 칙명이 오기를 꿈꾸고 있다.

가장의 근심

Die Sorge des Hausvaters

어떤 이들은 오드라데크Odradek라는 말이 슬라브어에서 나왔다고 말한다. 그들은 그것을 근거로 이 말의 형성을 증명해 보이려 한다. 또 다른 이들은 이 말이 독일어에서 나온 것이고, 다만 슬라브어의 영향을 받은 것뿐이라고 말한다. 그러나 두 가지 해석의 불확실성으로 미루어 보아 그 어느 것도 정확하지 못할 뿐더러, 게다가 이들 해석으로는 그 말의 의미를 발견할 수 없다는 결론을 내리게 될 것이다.

만약 오드라데크라 불리는 존재가 실제로 없다면, 그 누구도 그런 연구에 몰두하지는 않았을 것이다. 그것은 우선 납작한 별 모양의 실타래처럼 보인다. 그리고 그것은 실제로 실이 감겨 있는 것처럼 보이기도 한다. 물론 그것은 다만 끊겨진 채 서로 엉키고 매듭지어진, 여러 모양과 색깔의 낡은 실타래 조각일 수 있다. 그러나 그것은 그저 하나의 실패만이 아니라 별의 중간에는 횡으로 작은 막대가 돌출해 있고, 이 막대기와 맞닿아 오른쪽 모서리에 또 하나의 막대기가 있다. 이쪽 면에서 보면 이 두 번째 막대기의 도움으로, 다른 쪽 면에서 보면 별이 발하는 빛으로 인해, 이 전체 모양은 마치 두 개의 다리로 서듯 곧추설 수 있다.

사람들은 이러한 형상의 물체가 예전에는 어떤 목적에 알맞은 모양을 가지고 있었으나, 지금은 그저 부서졌을 뿐이라고 믿고 싶은 심정일 것이다. 그러나 이것은 그런 경우는 아닌 듯하다.

적어도 그런 표시가 보이지 않는다. 어느 곳에서도 그런 어떤 것을 가르쳐주는 성향이나 깨진 부분을 발견할 수 없다. 그 전체가 의미 없어 보이지만, 그 나름대로는 완성된 것으로 보인다. 그 밖에 이것에 관한 더욱 상세한 것은 말할 수 없다. 왜냐하면 오드라데크는 유난히 움직임이 많아서 붙잡을 수 없기 때문이다. 그는 번갈아가며 다락방에 있다가, 계단에 있기도 하고, 복도에 있는가 하면, 현관에 있기도 한다. 가끔 그는 몇 달 동안 보이지 않을 때도 있다. 그때는 아마 그가 다른 집으로 옮겨갔을 것이다. 그러나 그는 어김없이 또다시 집으로 되돌아온다. 가끔 우리가 문밖으로 나올 때, 그가 저 아래 난간에 기대어 있으면, 우리는 그에게 말을 걸고 싶어진다. 물론 그에게 어려운 질문을 하지 않을 테고, 그를 마치 어린아이처럼 ─ 아주 작은 그의 모양이 그렇게 하도록 만든다 ─ 대할 것이다. "넌 이름이 뭐니?"라고 그에게 물을 것이다. "오드라데크." 하고 그가 말한다. "넌 어디서 살지?" "정해지지 않은 집." 하고 말하면서 그는 웃을 것이다. 그러나 그 웃음은 폐를 가지고는 만들어낼 수 없는 그런 웃음이다. 그것은 마치 낙엽의 바스락거리는 소리처럼 들린다. 대화는 대개 이것으로 끝이 난다. 덧붙여 말하면, 이 대답조차 언제나 듣게 되는 것은 아니다. 그는 흔히 오랫동안 말이 없다. 마치 나무토막처럼. 그는 나무토막인 것 같기도 하다.

나는 그가 어떻게 될까 하고 헛되이 자문해본다. 그가 도대체 죽을 수도 있을까? 사멸하는 모든 것은 그전에 일종의 목표를, 일종의 행위를 가지며, 그로 인해 그 자신은 으스러지는 법이다. 그러나 이 말은 오드라데크에게는 적용되지 않는다. 그렇다면 그가 언젠가는 내 아이들과 손자들의 발 앞에서까지도 실타래를 질질 끌면서 계단 아래로 굴러 내려갈 것이란 말인가? 그가 아무에게도 해를 끼치지 않는다는 것은 분명하다. 그러나 내가 죽고 난 후에도 그가 살아 있으리라는 생각이 나에게는 몹시 고통스럽다.

열한 명의 아들

Elf Söhne

나에게는 열한 명의 아들이 있다.

첫째는 외모는 매우 볼품이 없으나 진지하고 영리하다. 그렇긴 해도 나는 그를 그리 높이 평가하지는 않는다. 내가 그를 자식으로서는 다른 모든 아이들과 마찬가지로 사랑하기는 하지만 말이다. 내가 보기에 그의 사고는 너무나 단순한 듯하다. 그는 오른쪽도 왼쪽도 보지 못하며, 멀리도 바라보지 못한다. 그는 자신의 좁은 사고의 범위 안에서 계속해서 사방팔방으로 뛰어다니고 있거나 아니면 방향만을 바꾸고 있다.

둘째는 잘생겼고, 늘씬하며, 훌륭한 체격을 가지고 있다. 펜싱하는 그의 모습을 바라보면 넋을 잃게 된다. 그 역시 영리하고 게다가 세상 경험도 풍부하다. 그는 많은 것을 보았고, 그 때문에 토박이 사람들조차도 고향에 남아 있는 이들보다는 그와 더욱 친근하게 이야기하는 것처럼 보인다. 물론 이러한 장점이 본질적으로 단지 꼭 여행 덕분이라고만은 할 수 없다. 그것은 오히려 아무도 흉내 낼 수 없는 이 아이의 독특함의 일부인 것이다. 예를 들어, 여러 번 공중회전을 하다가 대담하게 곧장 몸의 평형을 바로잡고 물속으로 뛰어드는 그의 다이빙 솜씨를 흉내 내고 싶은 사람은 누구라도 그를 인정하게 된다. 그 흉내 내는 사람의 용기와 마음은 다이빙대 끝까지는 미치지만, 거기서 뛰어내리는 대신 그는 갑자기 주저앉게 되고, 사과를 하면서 팔을 쳐들고 만다―그러나 이런 모든 것에도 불구하고 (사실 나는 이런 자식을 갖게 된 것을 기뻐해야 한다) 그 아이와 나의 관계는 원만하다고는 할 수 없다. 그의 왼쪽 눈은 오른쪽 눈보다 약간 작고, 자주 깜박거린다. 그것은 그의 얼굴을 원래보다 훨씬 뻔뻔스럽게 보이도록 만들기는 하지만, 다만 작은 결함일 뿐, 그의 존재가 갖는, 거의 접근할 수 없는 완벽성에 비교하면 그 깜박이는 작은 눈을 탓할 사람은 아무도 없을 것이다. 아버지인 나는 그렇다. 물론 내 마음을 아프게 하는 것은 이러한 육체적인 결함이 아니라, 어쩐지 그 결함과 일치하는 듯한, 그의 정신의 자그마한 불규칙성, 그의 핏속을 방황하는 어떤 독소, 나에게만 보이는, 그의 생의 터전을 완성시킬 수 없는 어떤 무능력인 것이다. 그러나 바로 이러한 점이 다른 한 편으로는 그를 진정한 내 아들이 되게 한다. 왜냐하면 그의 이러한 결함은 동시에 우리 전 가족의 결함이기도 하며, 다만 이 아들에게만 명확하게 드러날 뿐이기 때문이다.

셋째 아들도 둘째와 마찬가지로 미남이다. 그러나 그것은 내 마음에 드는 아름다움이 아니다. 그것은 가수가 가지는 아름다움이다. 뒤흔들리는 입, 꿈꾸는 눈, 돋보이게 하기 위해서 뒤에 주름 장식을 필요로 하는 머리, 지나치게 튀어나온 가슴, 쉽게 올라가고 너무도 쉽게 떨어지는 그의 손, 오래 지탱할 수 없으므로 고상한 체하는 그의 다리. 그 밖에도 그의 목소리의 음색은 풍요롭지 못하고, 한순간을 속일 뿐이며, 전문가로 하여금 귀를 기울이게 하나, 곧이어 헐떡거리고 만다—일반적으로 모든 것이 이 아들을 자랑스럽게 내보이도록 유혹하지만, 나는 그를 제일 숨겨두고 싶다. 그 스스로도 억지로 나서지 않는데, 그것은 그가 자신의 결함을 알기 때문이 아니라 그의 순진함 때문이다. 또한 그는 우리 시대를 낯설게 느끼고 있다. 그는 우리 가족에게 속해 있지만, 그 이외에도 그에게서 사라져버린 어떤 다른 가족에게도 영원히 속해 있는 것처럼, 자주 불쾌해하고, 어떠한 것도 그의 기분을 밝게 해주지 못한다.

나의 넷째 아들은 아마 형제들 중에서 가장 사교적인 아이일 것이다. 그는 진정한 그 시대의 아들이므로, 누구와도 이야기가 통한다. 그는 모든 공동의 지반 위에 서 있으므로, 누구나 그의 말에 고개를 끄덕이려 애쓴다. 아마 이러한 일반적인 인정을 통해서 그의 존재는 어떤 경쾌함을, 그의 행동은 어떤 자유로움을, 그의 판단은 어떤 냉담함을 얻게 되었는지 모른다. 사람들은 자주 그의 발언 중 많은 것을 반복시키고 싶어 한다. 물론 전체가 아니라 그중 많은 부분만을 그렇게 하려는 것인데, 왜냐하면 전체적으로 볼 때, 그는 지나친 경솔로 인해 늘 고민에 빠지기 때문이다. 그는 마치 제비처럼 공중을 가르며 놀랄 만큼 훌륭하게 뛰어내리지만, 곧 황량한 먼지 속에서 절망적으로 끝나고 마는 사람, 즉 하나의 헛된 존재와도 같다. 그러한 생각들 때문에 나는 이 아이를 볼 때면 씁쓸해진다.

다섯 번째 아들은 사랑스럽고 착하며, 약속한 것보다 훨씬 많은 것을 지킬 줄 안다. 그는 있는 듯 없는 듯해서, 사람들은 그가 있는 곳에서도 겉으로는 혼자 있는 것처럼 느낀다. 그런데도 그 점이 그에게 어느 정도의 명성을 얻게 하였다. 어떻게 해서 그렇게 되었느냐고 사람들이 나에게 묻는다면, 나는 거의 대답할 수가 없다. 순진무구함만이 아직도 이 세상의 풍파를 헤쳐나갈 수 있을 것이고, 그는 순진무구하다. 어쩌면 지나치게 순진무구할지도 모른다. 그는 모든 이들에게 친절하다. 어쩌면 지나치게 친절한지도 모른다. 고백하건대 사람들이 내 앞에서 그를 칭찬한다면, 나는 마음이 언짢아질 것이다. 사람들이 내 아들처럼 공공연하게 칭찬받을 만한 누군가를 칭찬한다면, 그것은 그 칭찬이 너무 가벼워진다는 것을 의미한다.

나의 여섯 번째 아들은, 적어도 처음 보았을 때는, 모든 아들 중에서 가장 사려 깊은 아이라고 생각된다. 침울한 아이지만 수다쟁이이기도 하다. 그래서 사람들은 그에게 쉽게 접근하지 못한다. 그는 패하면, 이겨내기 힘든 슬픔 속에 빠지고 만다. 그가 우세해지면, 그는 말을 많이 함으로써 그것을 지키려 한다. 나는 물론 그가 가지고 있는 어떤 사욕 없는 열정을 부인하지는 않겠다. 밝은 대낮에도 그는 꿈속에서처럼 자신의 생각과 씨름을 한다. 몸이 아프지도 않으면서—그는 아마 매우 좋은 건강 상태를 가지고 있을 것이다—가끔 어지러워 비틀거린다. 특히 해질 무렵이면. 그러나 그는 아무런 도움을 필요로 하지 않으며, 쓰러지지도 않는다. 어쩌면 이러한 현상은 그의 발육 상태에 원인이 있는지도 모른다. 그는 자기 나이에 비해서 지나치게 크기 때문이다. 그것은 그의 전체적인 모습을 흉하게 만든다. 부분적인 것들, 예를 들면 손이나 발은 매우 아름다운데도 말이다. 그리고 그의 이마 또한 보기 좋지는 않다. 그는 피부나 골격 형성에서도 어딘지 쭈그러져 있다.

일곱 번째 아들은 다른 모든 아이들보다 한층 더 내 아들인 것 같다. 세상은 그의 가치를 인정해줄 줄 모른다. 그의 독특한 형태의 위트를 세상은 이해하지 못한다. 나는 그를 과대평가하지는 않는다. 나는 그가 변변치 않다는 것을 알고 있다. 세상이 그의 가치를 인정해줄 줄 모른다는 것 이외에 다른 결함을 가지고 있지 않다면, 세상은 아직 흠잡을 데가 없을 텐데. 그러나 나는 가족들 사이에서 이 아들이 없이 지내고 싶지는 않다. 그는 불안감을 가져올 뿐만 아니라, 관습에 대한 경외심도 가져온다. 그러나 적어도 내 느낌으로는 그는 이 두 가지를 논란의 여지가 없는 하나의 전체 안에 첨가시키고 있다. 물론 그는 이 전체로써 적어도 무엇인가를 시작할 줄 안다. 그렇다 해도 그는 미래의 수레바퀴를 움직이지는 못할 것이다. 그러나 이러한 그의 기질은 고무적이고 희망에 차 있다. 나는 그가 자식들을 갖고, 그 자식들이 또다시 자식들을 갖게 되기를 바란다. 불행히도 이 바람은 이루어지지 못할 듯하다. 나에게 이해가 되기는 하지만 바람직하지는 않은 어떤 자기만족, 물론 주위 사람들의 판단과는 완전히 반대되는 그러한 자기만족 속에서 그는 홀로 떠돌아다닌다. 그는 처녀들에게 신경을 쓰지 않는데, 그래도 그는 결코 좋은 기분을 잃는 법은 없을 것이다.

나의 여덟 번째 아들은 나를 늘 염려케 하는 아이이다. 그러나 나는 도대체 그 이유를 모른다. 그는 나를 낯설게 바라본다. 나는 물론 아버지로서 그와 밀착되어 있음을 느낀다. 시간이 많은 것을 회복시켜주었다. 그러나 예전에는 그를 생각하기만 해도 가끔 전율이 나를 엄습했다. 그는 자기 자신의 길을 갔고, 나와의 모든 관계를 끊었다. 그러고는 고집스런 머리와 작고 다부진 몸으로—소년이었을 때 다리가 아주 약했지만, 그것은 그동안 이미 교정되었을 것이다—자기 마음에 드는 곳이면 어디에서나 그럭저럭 잘 꾸려나가고 있을 것이다. 자주 나는 그를 불러서 그에게 묻고 싶어진다. 대체 그의 형편이 어떠한지, 무엇 때문에 그토록 아버지로부터 자신을 폐쇄시키는지, 그리고 근본적으로 그의 의도가 무엇인지를. 그러나 이제 그는 그렇게도 멀리 가 있고, 이미 아주 많은 시간이 흘렀다. 이제는 이 상태 그대로 남게 될 것이다. 나는 그가 내 아들 중 유일하게 턱과 뺨에 온통 수염을 기르고 있다는 소식을 들었다. 물론 그렇게 작은 남자에게 그런 수염은 어울리지 않는다.

나의 아홉 번째 아들은 매우 우아하고 여자들에게나 어울리는 사랑스러운 눈길을 가지고 있다. 어떤 때는 나조차도 매료당할 만큼 그렇게 사랑스럽다. 이 초지상적인 광채를 닦아내기 위해서는 분명히 젖은 스펀지 하나로 충분하다는 것을 내 자신이 알고 있으면서도 말이다. 그러나 이 청년에게서 특별한 점은 그가 절대로 유혹을 겨냥하지 않는다는 것이다. 그에게는 평생 동안 긴 안락의자에 누워서, 그의 시선을 천장에나 소비하거나 혹은 차라리 눈꺼풀 안에 그 시선을 쉬게 하는 것으로 충분할 것이다. 그는 자신이 좋아하는 이러한 상태에 있게 되면, 기꺼이 그리고 곧잘 이야기를 한다. 간결하고 명료하게. 그러나 물론 좁은 범위 안에서일 뿐이다. 그런 협소한 범위는 어쩔 수 없이 넘어서게 마련인데, 그가 그것을 넘어서게 되면, 그의 말소리는 아주 공허해진다. 졸음이 그득한 그의 시선이 이 사실을 눈치챌 수 있기를 바랐더라면, 그에게 거절의 눈짓을 보냈을 것이다.

나의 열 번째 아들은 불성실한 성격의 소유자로 통한다. 나는 이 결점을 완전히 부정하고 싶지도, 완전히 시인하고 싶지도 않다. 분명한 것은, 누군가 제 나이보다 훨씬 노숙한 모습으로 다가오는 그의 모습을 본다면, 언제나 꼭 채워진 정장을 하고, 낡기는 했어도 세심하게 손질된 검정 모자를 쓰고, 움직임 없는 얼굴, 약간 튀어나온 턱, 눈 위에 무겁게 곡선을 그리고 있는 눈썹, 가끔 입가로 가져가는 두 손가락—이런 그의 모습을 본 사람은 생각할 것이다, 이 사람은 터무니없는 위선자로군, 하고. 그러나 그가 하는 이야기를 들어보라! 그는 현명하고, 사려 깊고, 무뚝뚝하다. 심술궂은 생동감으로 질문들을 막아버리고, 우주와 놀랍고도 즐겁고 자명한 일치감 속에 있으니, 이 일치감은 어떻게 해서든지 목을 세게 잡아당겨, 머리를 쳐들게 한다. 그는 말로써 많은 사람들의 마음을 강하게 끌었는데, 그들은 자기 자신을 매우 영리하다고 생각하고 있으며 그 때문에 그의 외모를 불쾌하게 느끼게 되는 사람들이었다. 그러나 또한 그의 외모에 대해서 무관심한 사람들도 있는데, 그들에게는 그의 말이 위선적으로 생각되는 것이다. 아버지인 나는 여기서 최종적인 판단을 내리지는 않겠다. 그러나 후자의 판단이 어쨌든 전자의 것보다 주목할 만한 가치가 있다고 고백하지 않을 수 없다.

나의 열한 번째 아들은 연약하다. 아마 나의 아들 중에서 가장 약한 아이일 것이다. 물론 그는 가끔 기운차고 단호할 때도 있다. 그러나 그런 때에도 그 연약함은 어떻든 그의 내부에 깔려 있다. 그러나 그것은 결코 부끄러운 허약함이 아니라, 다만 우리 지구상에서만 허약함으로 생각되는 그런 어떤 것이다. 예를 들면, 비상할 준비가 되어 있다는 것 역시 허약함이 아닐까? 왜냐하면 그것 또한 흔들림과 불규칙적인 날갯짓과 불확실함을 의미하니까 말이다. 나의 아들은 그런 종류의 어떤 것을 보여준다. 물론 그런 성격들은 아버지를 기쁘게 할 수 없다. 그것들은 사실 가족의 파괴를 가져올 것이 분명하다. 가끔 그는 나를 바라보는데, 마치 나에게 "아버지, 제가 모시고 갈게요."라고 말하고 싶은 듯이 보인다. 그러면 나는 '너는 내가 믿는 마지막 아이다.'라고 생각한다.

그러면 그의 눈길은 다시금 이렇게 말하는 듯하다. '그러니까 제가 적어도 마지막 아이는 되겠군요.'

이들이 바로 열한 명의 아들이다.

형제 살해

Ein Brudermord

살인이 다음과 같은 방법으로 진행되었다는 것이 증명되었다.

살인자 슈마르는 달 밝은 밤, 저녁 아홉 시쯤에 그 길모퉁이에 서 있었다. 그곳은 희생자인 베제가 그의 사무실이 있는 골목에서 그가 살고 있는 골목으로 꺾어지는 모퉁이였다.

누구나 오싹하게 만드는 차가운 밤공기. 그러나 슈마르는 얇은 청색 양복을 입고 있을 뿐이다. 게다가 자그마한 윗저고리는 단추가 채워져 있지 않았다. 그는 추위를 느끼지 않았다. 계속해서 움직이고 있기는 했지만. 총검 같기도 하고, 부엌칼 같기도 한 그의 살인 무기를 그는 완전히 노출시킨 채 계속해서 손에 꽉 쥐고 있었다. 그 칼을 달빛에 비추어 살펴보았다. 칼날이 번쩍였다. 슈마르에게는 그것만으로 충분하지가 않았다. 그는 칼날에서 불꽃이 튈 정도로 보도의 벽돌에 갈았다. 그것을 후회했는지도 모른다. 그래서 그는 상한 칼날을 다시 제대로 만들기 위해서 그것을 자신의 장화 굽에 대고 바이올린의 활처럼 문질렀다. 그러면서 그는 한쪽 다리로 서서 몸을 앞으로 숙인 채, 한쪽으로는 자신의 장화에서 나는 칼 가는 소리를, 다른 한쪽으로는 운명으로 치닫고 있는 옆 골목 안을 엿듣고 있었다.

민간인인 팔라스는 그 근처의 이 층 창문에서 모든 것을 주시하고 있었으면서도 왜 이 모든 것을 그대로 방치하고 있었을까? 인간의 본성을 탐구해볼 일이다! 그는 그 넓은 몸집에 띠로 잠옷을 두르고, 깃을 높이 세우고 머리를 흔들면서 내려다보고 있었다.

그와는 비스듬하게 반대편으로 다섯 집 떨어진 곳에서는 베제 부인이 잠옷 위로 여우털 코트를 두르고, 오늘따라 유난히 오랫동안 지체하고 있는 그녀의 남편이 오는지 살펴보고 있었다.

드디어 베제의 사무실 문 앞의 종이 울린다. 문에 매단 종치고는 너무 요란하게, 온 도시 위로 하늘까지 높이. 그리고 부지런한 야간 근무자인 베제가 건물로부터 그곳으로, 그 골목으로 걸어 나오고 있다. 아직은 모습을 보이지 않고 다만 종소리로 자신이 오고 있음을 알리면서. 곧 보도 위에서 그의 조용한 발걸음 소리가 들려올 것이다.

팔라스는 몸을 깊숙이 숙인다. 그는 아무것도 놓쳐서는 안 되니까. 베제 부인은 종소리에 마음을 놓고 삐걱 소리를 내면서 그녀의 창문을 닫는다. 그러나 슈마르는 무릎을 꿇는다. 그는 그 순간 다른 것은 아무것도 노출되어 있지 않으므로, 다만 얼굴과 두 손만을 돌에 대고 누르고 있을 뿐이다. 모든 것이 얼어붙는 곳에서 슈마르는 뜨거워지고 있다.

두 골목이 갈라지는 바로 그 경계선에 베제는 서 있다. 단지 지팡이에 몸을 의지한 채 그는 저쪽 골목을 향해 서 있다. 어떤 분위기. 밤하늘은 검푸른색과 황금빛으로 그를 유혹하고 있었다. 아무것도 모르는 채 그는 하늘을 바라본다. 아무것도 모르는 채 그는 위로 쳐들린 모자 밑으로 머리를 쓰다듬는다. 그 위에서는 아무것도 다가오지 않는다. 가장 가까운 미래를 그에게 알려주기 위한 어떠한 것도. 모든 것이 무의미하고 헤아리기 어려운 자기 자리를 지키고 있다. 베제가 계속해서 간다는 사실 자체는 매우 합리적인 일이다. 그러나 그는 슈마르의 칼을 향해 걸어 들어가고 있는 것이다.

"베제!" 하고 슈마르는 외친다. 발끝으로 서서, 팔을 위로 뻗치고, 칼을 날카롭게 수직으로 잡은 채. "베제! 율리아의 기다림은 헛된 것이 될걸!" 그러고는 오른쪽 목과 왼쪽 목에, 세 번째는 배속 깊숙이 찌른다. 칼에 찢겨지는 물쥐는 베제와 비슷한 소리를 내지를 것이다. "해치웠어." 하고 슈마르는 말하며, 칼을, 불필요해진 피범벅의 찌꺼기를 옆집 현관을 향해 던졌다. "살인의 축복! 흐르는 낯선 피를 통한 해소, 날아갈 듯한 기분! 베제, 밤의 유령 같은 늙은이, 친구, 술집 동아리, 너의 피는 어두운 길바닥에서 새어 나가고 있다. 너는 어째서 피로 가득 채워진 간단한 주머니가 못 되는지, 내가 네 위에 올라앉으면 완전히 사라져버릴 수 있는 그런 주머니 말이다. 모든 것이 이루어지는 것은 아니다. 모든 피의 꿈들이 실현될 만큼 성숙한 것은 아니었다. 너의 무거운 찌꺼기가 여기에 놓여 있다. 이미 단 한 걸음도 걸어갈 수 없는 상태로. 네가 너의 찌꺼기를 통해 묻고 싶은 무언의 질문은 무엇인가?"

팔라스는 혼비백산이 되어 모든 분노를 제 몸뚱이 안으로 쑤셔 넣으면서, 두 개의 문짝이 갑작스레 열리고 있는 그의 집 대문 안에 서 있다. "슈마르! 슈마르! 모든 걸 다 알고 있어. 하나도 빠짐없이 다 보았어." 팔라스와 슈마르는 서로를 확인한다. 팔라스는 슈마르가 살아 있다는 것에 만족한다.

베제 부인이 놀라움 때문에 아주 늙어 보이는 얼굴로 양쪽에 많은 사람들을 거느리고 서둘러 온다. 모피 코트는 열려 있다. 그녀는 베제 위에 쓰러진다. 잠옷을 입고 있는 그녀의 몸은 그의 일부를 이루고 있고, 마치 무덤 위의 잔디처럼 그 부부 위를 덮고 있는 모피 코트는 군중에 속해 있다.

슈마르는 이를 악물고 마지막 구토감을 억지로 참으면서, 보안 경찰관의 어깨 위에 입을 눌러대고 있다. 경찰관은 민첩하게 그를 그곳으로부터 끌고 간다.

어떤 꿈
Ein Traum

　요제프 K는 꿈을 꾸었다.

　어느 날씨 좋은 날이었다. K는 산책을 나가고 싶었다. 그가 두 걸음을 내딛기도 전에, 그는 벌써 묘지에 와 있었다. 그곳에는 매우 교묘하고 불편하게 꼬부라진 길들이 있었다. 그러나 그는 그런 길 위를 마치 급류 위에서 흔들리지 않고 떠가는 자세로 미끄러져 갔다. 벌써 멀리서 그는 새로 쌓아 올린 무덤을 보았고, 그는 거기서 멈추려고 했다. 그 무덤이 그에게는 몹시 유혹적이었고, 그곳으로 가기 위해서는 아무리 서둘러도 충분치 않다고 그는 생각했다. 그러나 가끔은 그 무덤이 전혀 보이지 않았는데, 그것은 깃발들이 그의 앞을 가렸기 때문이었다. 깃발의 천들은 휘감겨지며 굉장한 힘으로 서로 부딪치고 있었다. 기수들은 보이지 않았지만, 그곳은 마치 큰 환호성이 휩쓸고 있는 듯했다.

　그의 시선이 여전히 먼 곳을 향해 있는 동안, 갑자기 자기 옆, 아니 거의 자기 뒤편 길가에서 바로 그 무덤을 보았다. 그는 급히 풀밭으로 뛰어내렸다. 뛰어내리고 있는 발 밑에서 길은 계속 미친 듯이 나아갔기 때문에 그는 기우뚱거리다가 바로 그 무덤 앞에 무릎을 꿇으면서 넘어졌다. 두 남자가 무덤 뒤에 서서, 비석을 양쪽에서 맞들고 있었다. K가 나타나자마자 그들은 그 돌을 땅속으로 내리꽂았고, 그러자 K는 돌벽처럼 굳어진 채 서 있었다. 곧장 덤불 속에서 제삼의 사나이가 나왔고, K는 그가 예술가임을 알아차렸다. 그는 다만 바지와 제대로 채워지지 않은 셔츠만을 걸치고 있을 뿐이었다. 머리에는 우단으로 된 두건을 쓰고 있었다. 손에는 평범한 연필 한 자루를 들고 있었는데, 그는 가까이 다가오면서 이미 그것으로 공중에다 여러 형상을 그려보고 있었다.

이 연필을 가지고 그는 이제 비석의 윗부분을 장식했다. 비석은 매우 높았다. 그는 전혀 구부릴 필요가 없었다. 그렇지만 그는 몸을 숙였던 것 같다. 왜냐하면 무덤이 그와 비석을 갈라놓고 있었고, 그는 무덤을 밟고 싶지 않았기 때문이다. 그러니까 그는 발끝으로 서서, 왼쪽 손으로 비석의 평면을 짚고 있었다. 특별히 숙련된 솜씨 덕택에 그는 그 평범한 연필로 금빛 글자를 만들어내는 데 성공했다. 그는 썼다. "여기에 ― 잠들다." 각각의 글자가 깨끗하고 아름다웠으며, 완벽한 금빛으로 깊이 새겨졌다. 세 글자를 썼을 때, 그는 K를 향해서 뒤돌아보았다. 비문의 진전에 대해 호기심을 가지고 있던 K는 그 남자에게는 전혀 개의치 않고, 다만 비석 위쪽만 쳐다보고 있었다. 정말 그 남자는 계속 쓰기 위해서 다시 시도를 했지만, 그럴 수가 없었다. 무언지 어떤 방해물이 있었다. 그는 연필을 내리고 다시 K를 향해서 몸을 돌렸다. 마침내 K 역시 그 예술가를 바라보았고, 이 사람이 이유를 말할 수는 없지만 매우 당황하고 있다는 것을 알았다. 그가 가지고 있었던 생동감은 모두 사라져버렸다. 그로 인해 K 역시 당혹감에 빠졌다. 그들은 서로 어찌할 바를 모르는 시선을 나누었다. 누구도 해결할 수 없는 어떤 불쾌한 오해가 놓여 있었다. 때에 맞지 않게 묘지의 예배당에서는 이제 막 작은 종이 울리기 시작했다. 그러나 그 예술가가 손을 높이 흔들자, 그것은 멈추었다. 잠시 후에 그것은 다시 시작되었다. 이번에는 아주 조용히, 별다른 요청 없이,

자꾸 중단되면서. 그것은 다만 소리를 시험해보려는 듯했다. K는 그 예술가의 처지를 슬퍼했다. K는 울기 시작했고, 입에 손을 대고 오랫동안 흐느꼈다. 예술가는 K가 진정될 때까지 기다렸다. 그러고 나서 다른 해결 방법을 찾을 수 없으므로, 그는 계속해서 써나가기로 결심했다. 그가 쓰는 첫 번째 획은 K에게는 구원이었다. 그러나 예술가가 그것을 마지못해서 쓰고 있다는 것이 분명했다. 글씨 또한 이제는 그렇게 아름답지 않았으며, 무엇보다도 금빛이 모자라는 것 같았고, 획은 색이 바래고 불분명하게 그어졌으며, 다만 글자 자체가 매우 커졌다. 그것은 'J'였는데, 거의 끝나고 있었다. 그때 예술가가 격분해서 무덤을 발로 찼기 때문에, 흙이 주위로 높이 튀었다. K는 드디어 그 글자를 알아보았다. 그러나 그것을 막아달라고 간청하기에는 더 이상 시간이 없었다. 열 손가락으로 그는 땅을 팠다. 외견상으로는 얇은 지각층이 한 층 만들어졌을 뿐이었다. 바로 그 뒤에는 급경사진 벽들로 된 커다란 구멍이 하나 열렸다. K는 어떤 부드러운 기류에 떠밀려 등을 뒤로한 채 그 안으로 가라앉았다. 그러나 그가 그 밑에서 여전히 목덜미를 들어 머리를 곧추세운 채, 예측을 불허하는 심연으로 끌려들어가는 동안에, 위에서는 그의 이름이 굉장한 장식과 더불어 비석 위를 질주하고 있었다.

이 광경에 매료된 채 그는 잠에서 깨어났다.

학술원에 드리는 보고

Ein Bericht für eine Akademie

고매하신 학술원 회원 여러분!

여러분들은 원숭이로 살아왔던 저의 전력에 대한 보고서를 학술원에 제출하도록 요구하심으로써 저에게 영광을 베풀어주셨습니다.

유감스러운 일이지만 이런 뜻으로는 그 같은 요구에 응할 수 없습니다. 거의 오 년 가까이 저는 원숭이 세계와 떨어져 살고 있습니다. 그것은 달력으로 재면 짧을 수도 있는 세월입니다만, 제가 그래왔듯이 달음질쳐 지나가기에는 무한히 긴 세월이었습니다. 구간에 따라서는 저는 유능한 인사들의 안내를 받았고, 충고, 박수갈채, 그리고 오케스트라의 성원도 받았지만, 근본적으로는 혼자서 달린 셈입니다. 왜냐하면 저를 동반했던 모든 것들은—비유적으로 말씀드리지만—장애물 앞 멀리 떨어져 있었기 때문입니다. 제가 만약 저의 출신이나 어린 시절의 추억에 고집스레 집착하려 했다면, 이러한 성과는 불가능했을 것입니다. 바로 모든 고집을 포기하는 일이 제가 제 자신에게 부과했던 최고의 계명이었습니다. 자유로운 원숭이였던 저는 이 멍에에 순응했습니다. 그러나 그로 인해 추억이 점점 저에게 문을 닫아버렸습니다. 인간들이 원했을 경우에, 내가 나의 과거로 되돌아가는 문은 처음엔 하늘이 지상 위에 세운 문 전체였는데, 그 문은 앞으로 앞으로 채찍질로 이루어진 저의 발전과 더불어 점점 낮아지고 옹색해졌습니다. 저는 인간 세상에서 한결 편안하고 동화된 느낌을 가졌습니다. 제 과거로부터 저를 뒤쫓아 불어오던 폭풍우는 가라앉았습니다. 오늘날 저의 발꿈치를 서늘하게 하는 것은 다만 한 점 바람일 뿐입니다. 그리고 그 바람이 불어오고 있고 옛날에 제가 지나왔던 저 먼 곳의 구멍은 너무나 작아져버려서, 그곳까지 되돌아가기 위한 힘과 의지가 아무리 충분하다 하더라도 그 구멍을 통과하기 위해서는 내 몸에서 털가죽을 벗겨내어야 할 것입니다. 솔직히 말씀드리자면, 저는 이러한 것들에 대해서도 역시 비유법을 즐겨 택하고 있습니다만, 솔직히 말씀드린다면, 여러분의 원숭이 성질 말입니다, 신사 여러분, 여러분이 그러한 어떤 본능을 지니고 있는 한, 저의 원숭이 성질이 저에게보다 여러분들에게 더 먼 것이라고는 할 수 없습니다. 그러나 그것은 여기 땅 위를 딛고 다니는 모두의 발뒤꿈치를 간질이고 있습니다. 그것이 작은 침팬지든 위대한 아킬레스든 간에 말입니다.

그러나 저는 여러분들의 질문에 대하여 극히 제한된 의미에서는 물론 답변할 수 있을 것이며, 더구나 매우 기쁜 마음으로 그렇게 할 것입니다. 제가 가장 먼저 배웠던 것은 악수하는 일이었습니다. 악수란 마음을 터놓는 것을 의미합니다. 제가 제 생애의 절정에 서 있는 오늘날에야 비로소 저 첫 번째 악수에 대해 솔직한 말을 덧붙일 수 있을지 모르겠습니다. 그것이 학술원에 무언가 본질적으로 새로운 것을 제시해주는 것도 아니며, 저에게 요구한다든가 또 제가 최선을 다해도 말할 수 없는 그런 것에서부터 훨씬 뒤져 있는 것이 될 것입니다. 어쨌든 그것은 예전의 원숭이가 인간 세계에 들어와 어떻게 정착하게 되었는지 그 기본 노선을 보여주게 될 것입니다. 물론 만약에 제가 제 자신에 대해 확신이 서지 않고 문명 세계의 커다란 버라이어티쇼 무대에서의 저의 위치가 요지부동한 것으로 확립되지 않았더라면, 저는 분명히 다음과 같은 사소한 이야기조차 말씀드릴 수 없었을 것입니다.

저는 황금 해안 출신입니다. 제가 어떻게 잡혔는지에 대해서는 타인의 보고서를 따라야 하겠습니다. 제가 저녁 무렵 무리 한가운데에 섞여 물을 마시러 갔을 때, 하겐벡 회사의 사냥 원정대가―그 지휘자와 함께 저는 그 이후 좋은 붉은 포도주를 여러 병 비웠습니다―해안 숲속에 매복하고 있었습니다. 사람들은 총을 쐈는데, 제가 총에 맞은 유일한 놈이었습니다. 저는 두 방을 맞았습니다.

한 방은 뺨에 맞았는데, 그것은 가벼운 것이었습니다. 그러나 털이 싹 밀어진 크고 붉은 흉터가 남게 되었습니다. 그것은 저에게 불쾌하고도 전혀 어울리지 않는, 틀림없이 어떤 원숭이가 생각해냈을 빨간 페터라는 이름을 붙여주었습니다. 마치 제가 얼마 전에 죽은, 널리 알려진, 길들여진 원숭이 페터와 단지 뺨 위에 난 붉은 점으로만 구별된다는 듯이 말입니다. 이것은 그저 가외로 말씀드렸을 뿐입니다.

두 번째 총알은 엉덩이 아래에 맞았습니다. 그것은 심해서, 제가 오늘날 아직도 약간 절룩거리는 것도 그 때문입니다. 최근에 저는 저에 대한 의견을 신문에 내고 있는 수만의 경솔한 사람들 중 어떤 한 사람의 글을 읽었습니다. 제 원숭이 본성은 아직 완전히 억제되지 않았으며, 방문객이 오면 총알이 관통한 그 자리를 보여주기 위해 제가 바지 벗기를 아주 좋아하는 것이 그 증거라는 것입니다. 그런 녀석의 글 쓰는 손가락은 모두 하나씩 분질러 놓아야 마땅합니다. 저는 말입니다, 제 마음에 드는 사람 앞에서는 바지를 벗어도 되는 것입니다. 왜냐하면 거기에는 잘 손질된 털과 흉터—여기서 하나의 특정한 목적을 위해 하나의 특정한 단어를 선택하기로 합시다. 그러나 그것은 오해되어서는 안 될 것입니다—포악한 사격에 의한 흉터 외에는 아무것도 보이지 않기 때문입니다. 모든 것이 환하게 드러나 있습니다. 숨길 것은 아무것도 없습니다. 진실이 문제가 된다면, 너그러운 사람들은 누구나 극히 세련된 매너 따위는 내팽개쳐버립니다. 그러나 방문객이 찾아올 때 저 필자들이 바지를 벗는다면 이것은 물론 달리 보아질 것입니다. 그러니 저는 이것을 그가 그런 짓을 하지 않는다는 이성의 표시로 간주하고 싶습니다. 그러나 그렇다면 그는 자신의 섬세한 감각으로 저 역시 괴롭히지 말고 내버려 두시기를 바랍니다!

그 사격 이후 저는 깨어났는데—여기서 제 자신의 기억이 차츰 살아납니다—하겐벡 증기선의 중간 갑판에 있는 우리 안이었습니다. 그것은 사면이 쇠창살로 된 우리가 아니라, 오히려 삼면이 하나의 궤짝에 고정되어 있었습니다. 그러므로 그 궤짝이 네 번째 벽이 되는 셈이었습니다. 그 전체는 똑바로 일어서기에는 너무나 낮고, 주저앉기에는 너무 협소했습니다. 그래서 저는 무릎을 굽히고 한없이 떨면서 쪼그리고 앉아 있었습니다. 그것도 처음에는 아마 아무도 보고 싶지 않고 그저 어둠 속에만 있고 싶었기 때문에, 궤짝 쪽을 향해 돌아앉아 있었는데, 그러고 있는 동안 뒤에서 쇠창살이 살 속으로 파고들어 왔습니다. 사람들은 우선 야생동물들을 그런 식으로 보관하는 것이 유익하다고 생각하는데, 오늘날 저의 경험에 비추어보면, 인간적인 의미에서는 실제로 그렇다는 것을 부인할 수 없습니다.

256

그러나 그 당시에는 그렇게 생각하지 않았습니다. 저는 난생 처음으로 출구가 없는 상황에 처했습니다. 최소한 정면으로 나아가지 못했습니다. 왜냐하면 제 앞에는 궤짝이 있었고, 그것은 판자를 서로 단단하게 붙여 만든 것이었기 때문입니다. 판자들 사이에는 길게 틈이 하나 나 있었는데, 제가 그것을 처음 발견했을 때는 아무것도 모르고 기쁨에 차서 소리치며 환영했지만, 이 틈새는 꼬리를 들이밀기에도 전혀 충분치 않았고, 원숭이의 온 힘을 다해도 넓혀질 수가 없었습니다.

사람들이 훗날 저에게 말한 바에 의하면, 저는 이상할 정도로 거의 소리를 내지 않아서, 사람들은 제가 머지않아 죽게 되거나 아니면 제가 최초의 고비를 넘기고 살아남게 될 경우 아주 잘 길들여질 수 있을 거라는 결론을 내렸다고 합니다. 저는 이 시기를 넘기고 살아남았습니다. 소리 죽인 흐느낌, 고통스러운 벼룩 잡기, 피로하게 야자를 핥는 일, 머리로 궤짝 벽을 두드리는 일, 누군가 가까이 다가오면 혀를 내보이는 일 — 그것이 새로운 생활에서 처음 했던 일이었습니다. 그렇지만 이런 가운데서도 단지 한 가지의 느낌, 즉 출구가 없다는 느낌뿐이었습니다. 물론 저는 그 당시 원숭이로서 느꼈던 것을 오늘날에는 인간의 언어로 그릴 수 있을 뿐이며, 그에 따라 기록하고 있습니다. 그러나 제가 옛 원숭이의 진실에 더 이상 이를 수 없다 하더라도, 적어도 저의 진술 방향에는 그 진실이 들어 있습니다. 그 점에는 의심할 여지가 없습니다.

저는 이전까지는 그렇게도 많은 출구를 가지고 있었는데, 이제는 하나도 없었습니다. 저는 옴짝달싹도 못하게 되었습니다. 사람들이 저를 못 박아놓았다 하더라도, 그 때문에 제가 움직일 수 있는 자유가 더 줄어들지는 않았을 것입니다. 왜 그렇겠습니까?

너의 발가락 사이의 살을 할퀴어보아라. 그래도 너는 그 이유를 알 수는 없을 거다. 쇠창살이 너를 거의 두 동강 낼 때까지, 네 등을 거기 대고 눌러라. 그래도 너는 그 이유를 알 수는 없을 거다. 저에게는 출구가 없었습니다. 그렇지만 저는 그것을 마련해야만 했습니다. 왜냐하면 그것 없이는 살 수가 없었기 때문입니다. 언제까지나 이런 궤짝 벽에 갇혀 있다면—저는 죽음을 피할 수 없을 것입니다. 그러나 하겐벡 회사에서는 원숭이들이 궤짝 벽에 갇혀 있어야만 합니다—그러니 이제 저는 원숭이이기를 그만두었습니다. 그것은 제가 어떻게 해서든지 틀림없이 배[腹]로 짜내었을 명석하고 멋진 사고의 과정이었습니다. 왜냐하면 원숭이는 배로 생각하기 때문입니다.

저는 제가 출구라는 말로 뜻하는 바가 제대로 이해되지 못할까 봐 걱정이 됩니다. 저는 이 단어를 그것의 가장 일상적이고 가장 완전한 의미로 사용하고 있습니다. 저는 의도적으로 자유라고 말하지 않습니다. 저는 사방으로 열린 자유의 저 위대한 감정을 의미하는 것이 아닙니다. 원숭이였을 때 아마도 저는 그것을 알았을 것입니다. 그리고 저는 그러한 자유를 동경하는 인간을 알게 되었습니다. 그러나 저로서는 그 당시에도 오늘날에도 자유를 요구하지 않았습니다. 가외로 말씀드린다면, 인간들 사이에서는 너무도 자주 자유라는 말로써 기만당하고 있습니다. 그리고 자유가 가장 숭고한 감정에 속하는 것처럼, 그에 상응하는 기만 역시 가장 숭고한 감정에 속합니다. 자주 저는 버라이어티쇼에서 저의 등장에 앞서 어떤 곡예사 한 쌍이 저 위 천장에서 공중그네를 타는 것을 보았습니다. 그들은 훌쩍 그네에 뛰어올라, 그네를 구르고, 도약하고, 서로 상대방의 품 안으로 날아들고, 한 사람이 입으로 다른 사람의 머리카락을 물어서 그를 지탱하고 있었습니다. '그것 역시 인간의 자유로구나.' 하고 저는 생각했습니다. '안하무인격인 동작이다.'라고요. 성스러운 자연을 우롱하는 자여! 이 광경을 보는 원숭이의 너털웃음 소리에는 어떤 건물도 지탱하기 힘들 것입니다.

그렇습니다. 저는 자유를 원치 않았습니다. 단지 하나의 출구만을 원했습니다. 왼쪽이든 오른쪽이든 어디든 관계없이. 저는 그 밖의 다른 요구는 하지 않았습니다. 그 출구가 하나의 착각일지라도 말입니다. 요구하는 것이 작으니 착각 역시 그보다 더 클 수는 없을 것입니다. 전진, 전진! 궤짝 벽에 몸을 밀착시킨 채 팔을 쳐들고 가만히 서 있지만은 말아야 합니다.

오늘날 저는 분명히 알고 있습니다. 지극히 큰 내적 안정이 없었더라면 저는 결코 벗어날 수 없었을 것입니다. 그리고 아마도 오늘날 제가 이렇게 된 것은, 모두가 그곳 배 안에서 지낸 처음 며칠 후부터 나에게 엄습한 안정감 덕분일 것입니다. 그러나 그런 안정감은 다시금 그 배에 타고 있던 사람들 덕분이었을 것입니다.

어찌 됐건 그들은 좋은 사람들입니다. 오늘날도 저는 제가 반쯤 잠들었을 때 울려오던 그들의 무거운 발걸음 소리를 즐겨 회상해봅니다. 그들은 모든 것을 아주 천천히 시작하는 습성을 가지고 있었습니다. 어떤 이가 눈을 비비려고 한다면, 그는 늘어진 추를 들어 올리듯 손을 올렸습니다. 그들의 농담은 거칠었지만, 정다웠습니다. 그들의 웃음소리에는 언제나 위태롭게 들리기는 해도 별거 아닌 기침이 섞여 있었습니다. 항상 그들은 입안에 뱉어낼 것을 가지고 있었고, 그들이 그것을 어디로 내뱉는가 하는 것은 그들에게는 아무런 상관이 없었습니다. 항상 그들은 내 벼룩이 자기들에게 튀어 오른다고 불평했지만, 그 때문에 나에게 진정으로 화를 낸 적은 한 번도 없었습니다. 그들은 물론 내 털 속에 벼룩이 자라고 있고, 또 벼룩이 튀어 오른다는 것을 알고 있었고, 또 그것을 감수하고 있었습니다. 그들이 비번일 때면, 몇몇 사람들은 가끔 내 주위에 반원으로 둘러앉아서, 말은 거의 하지 않고 다만 서로 구시렁거리기만 했습니다. 궤짝 위에 앉아서 다리를 쭉 편 채 파이프 담배를 피웠고, 제가 조금만 움직여도 곧바로 자신의 무릎을 쳤습니다. 그리고 가끔은 어떤 이가 나뭇가지를 들고 와서 제가 기분 좋아하는 곳을 긁어주었습니다. 오늘날 제가 이 배를 타고 함께 항해하자는 초대를 받는다면, 저는 분명히 거절할 것입니다. 그러나 제가 거기 중갑판에서 되살리게 될 추억은 다만 불쾌한 것만이 아니라는 것 또한 분명합니다.

제가 이 사람들에게서 얻었던 안정감은 무엇보다도 모든 도주의 시도로부터 저를 막아주었습니다. 오늘날 생각해보아도, 제가 살기를 원한다면 어떤 탈출구를 찾아내야만 한다는 것, 하지만 이 탈출구는 도주를 통해서 얻을 수 있는 것은 아니라는 것을 적어도 느끼고는 있었던 것 같습니다. 도주가 가능했었는지 이제는 잘 모르겠습니다만, 저는 그랬을 거라고 생각합니다. 왜냐하면 원숭이에게는 언제나 도주가 가능하기 때문입니다. 지금의 제 이빨로는 이미 일상적인 호두 까기에도 조심해야만 합니다만, 그 당시에는 틀림없이 시간이 지날수록 문의 자물쇠를 물어뜯는 데 성공할 수 있었을 것입니다. 저는 그러지 않았습니다. 그렇게 한들 무엇이 얻어졌겠습니까? 제가 머리를 내밀자마자, 사람들은 저를 다시 잡아서 더 고약한 우리 안에 가두었겠지요. 아니면 저는 눈에 띄지 않게 다른 동물들, 예컨대 제 맞은편에 있었던 구렁

이들에게로 도망칠 수 있었을 것이고, 그것들에게 칭칭 감겨 숨을 거두었을 것입니다. 그도 아니면 갑판 위에까지 몰래 기어 올라가 뱃전에서 뛰어내리는 데 성공할 수도 있었을 것입니다. 그렇게 되면 저는 얼마 동안 대양에서 흔들리다가 익사하고 말았을 것입니다. 절망의 행위들입니다. 저는 인간들처럼 그렇게 계산하지는 않았습니다만, 제 환경의 영향에 따라 마치 제가 계산이라도 했던 것처럼 처신했습니다.

저는 계산을 하지는 않았지만, 아주 침착하게 관찰을 했습니다. 저는 이 사람들이 언제나 같은 얼굴, 같은 동작으로 이리저리 걸어 다니는 것을 보았습니다. 저에게는 자주 그들이 단지 한 사람뿐인 것 같다는 생각이 들었습니다. 이 사람, 아니면 이 사람들은 아무런 방해를 받지 않고 걸어 다녔습니다. 하나의 높은 목표가 저에게 어렴풋이 떠올랐습니다. 제가 그들처럼 된다 하더라도 아무도 저에게 쇠창살이 올려질 거라고 약속하지는 않았습니다. 이행 불가능해 보이는 그러한 약속들은 하지 않습니다. 그러나 그러한 약속들이 이행된다면, 그 약속들은 예전에 헛되이 추구되었던 바로 그곳에 나타나게 됩니다. 그런데 이 사람들 자체에는 제 마음을 특히 사로잡는 것이라고는 아무것도 없었습니다. 제가 위에서 언급했던 저 자유의 신봉자라면, 저는 분명히 이 사람들의 흐릿한 눈길 속에서 저에게 보여진 탈출구보다는 대양 쪽을 택했을 것입니다. 그러나 어쨌거나 저는 그런 것들을 생각하기 오래전부터 이미 그들을 관찰하고 있었습니다. 그렇습니다. 그렇게 쌓인 관찰들이 저를 비로소 특정한 방향으로 밀어 넣었던 것입니다.

사람들을 흉내 내는 일은 아주 쉬웠습니다. 침 뱉는 것은 처음 며칠 동안에 벌써 할 수 있었습니다. 그래서 우리는 서로 상대방의 얼굴에 침을 뱉었습니다. 차이점이라면 그 후에 저는 저의 얼굴을 깨끗하게 핥았지만, 그들은 그러지 않았다는 것뿐이었습니다. 머지않아 저는 영감처럼 파이프 담배를 피웠습니다. 그런 다음 엄지손가락을 파이프 구멍에 넣고 눌러대면, 중갑판 전체가 환성을 올렸습니다. 다만 담배가 채워진 파이프와 빈 파이프의 차이만은 오랫동안 구별하지 못했습니다.

독주병이 저를 가장 힘들게 했습니다. 그 냄새가 저를 고통스럽게 했습니다. 저는 그것을 참기 위해 안간힘을 썼습니다. 그러나 그것을 이겨내기까지는 여러 주일이 걸렸습니다. 이상하게도 사람들은 이 내적인 투쟁을 저의 그 어떤 다른 면보다 진지하게 받아들였습니다. 기억 속에서도 저는 그 사람들을 구별하지 못합니다. 그러나 어떤 한 사람이 있었습니다. 그는 혼자서나 동료들과 함께, 낮이나 밤이나 일정치 않은 시간에 자꾸만 찾아와서, 술병을 들고 제 앞에 서서는 저를 가르쳤습니다. 그는 저를 이해하지는 못했으나, 제 존재의 수수께끼를 풀고 싶어 했습니다. 그는 천천히 술병의 코르크를 빼내고 나서, 제가 알아들었는지 시험하기 위해서 저를 쳐다보았습니다. 고백하건대, 저는 항상 그를 거칠고 성급한 주의력으로 주목했습니다. 이 세상에서 어떤 인간 교사도 그러한 인간 학생을 찾지는 못할 것입니다. 병에서 코르크를 빼내고 나면, 그는 그것을 입가로 들어 올렸습니다. 저는 시선으로 목구멍까지 그를 좇았습니다. 저에 대해 만족스러워하며, 그는 고개를 끄덕거리고 병을 입술에 댑니다. 저는 점차 알아가는 데 매료되어 낑낑거리며 제 몸을 이리저리 닿는 대로 마구 긁어댑니다. 그는 기뻐하면서 술병을 가져다 대고 한 모금 들이켭니다. 그러면 저는 초조해하며 필사적으로 그를 따라 하려다가 제 우리 안을 더럽혔습니다. 그것은 다시 그에게 커다란 만족감을 주었습니다. 이제 그는 술병을 앞으로 쭉 내밀다가 단숨에 다시 쳐들면서, 시범을 보이느라 과장되게 몸을 뒤로 젖히면서 단숨에 그것을 비워버립니다. 저는 너무나 과도한 요구에 지쳐 더 이상 따라하지 못하고 쇠창살에 힘없이 매달립니다. 그러는 동안 그는 자기 배를 쓰다듬으며 히죽히죽 웃는 것으로 이론적인 수업을 마칩니다.

이제 비로소 실습이 시작되었습니다. 저는 이미 이론적인 연습으로 너무 지쳐 있었던 것은 아니었을까요? 아마도, 너무 지쳐 있었던 것 같습니다. 그것은 제 운명에 속하는 일입니다. 그래도 저는 건네준 그 술병을 제가 할 수 있는 한 잘 잡아서, 떨면서 코르크를 빼냈습니다. 그 일이 잘되자 차츰 새로운 기운이 생겼습니다. 저는 벌써 원래 모습과 거의 다름없이 술병을 들어 올리고, 그것을 입에 가져다 대고는—그러고는 역겨워서, 역겨워서 던져버렸습니다. 그것은 비어 있고 아직 냄새만 가득 차 있었는데도, 저는 그것을 역겨워하며 바닥에 내던졌습니다. 저의 선생님으로서도 애석하게, 제 자신으로서는 더욱 애석하게도 말입니다. 술병을 던져버린 뒤에는 훌륭하게 배를 쓰다듬고는 해죽이 웃는 일을 잊지 않았는데, 그것으로는 그도 저 자신도 달랠 수 없었습니다.

너무도 자주 수업은 그런 식으로 진행되었습니다. 존경스럽게도 제 선생님은 저에게 화를 내지 않았습니다. 이따금 불이 붙어 있는 파이프를 제 털에 갖다 대었는데, 제 손이 잘 닿지 않는 곳이 타들어가기 시작하면, 그는 몸소 자신의 크고 훌륭한 손으로 그것을 다시 꺼주었습니다. 그는 내게 화를 내지 않았습니다. 그는 우리가 같은 편이 되어 원숭이의 본성과 투쟁하고 있다는 것, 그리고 보다 힘든 몫을 제가 맡고 있다는 사실을 이해하고 있었습니다.

어느 날 저녁 제가 많은 구경꾼들 앞에서 한 일은, 저에게나 스승에게나 정말 얼마나 멋진 승리였던지요. 아마 무슨 축제였는지, 축음기 소리가 나고, 장교 한 사람이 사람들 사이를 돌아다니고 있었습니다―저는 이날 저녁, 아무도 관심을 두지 않는 가운데, 제 우리 앞에 세워진 채 실수로 방치되어 있던 독주병 하나를 손에 들었습니다. 사람들이 점차 주목하는 가운데, 배운 대로 그것의 코르크를 뽑아 입에다 대고는 서슴없이, 입도 찡그리지 않고, 눈을 데굴데굴 굴리고 꿀꺽꿀꺽 소리를 내면서, 전문적인 술꾼처럼, 정말이지 맹세코 남김없이 마셔버렸고, 더 이상 절망하는 자가 아니라 예술가처럼 술병을 내던졌습니다. 비록 배를 쓰다듬는 일은 잊어버렸으나, 그 대신 저는 다른 것은 할 줄 몰랐기 때문에, 충동에 사로잡혔기 때문에, 정신이 몽롱해졌기 때문에, 각설하고 "헬로우!" 하고 소리쳤습니다. 인간의 소리를 터트린 것입니다. 이 소리로 인간 공동체 속으로 뛰어들게 된 셈이지요. 그러자 "들어들 봐, 저게 말을 해!"라는 그들의 메아리가 땀방울이 뚝뚝 떨어지는 제 온몸 위에 입맞춤처럼 느껴졌습니다.

되풀이하겠습니다만, 인간들을 모방하고 싶다는 유혹은 없었습니다. 저는 출구를 찾으려고 했기 때문에 모방했을 뿐입니다. 어떤 다른 이유에서가 아니었습니다. 앞서 말씀드린 저 승리도 별로 소용이 없었습니다. 소리는 금방 다시 나오지 않았으니까요. 몇 달이 지나서야 비로소 다시 나왔습니다. 독주병에 대한 거부감은 오히려 더욱 강해지기까지 했습니다. 그러나 어쨌든 일단 저에게 방향은 주어졌던 것입니다.

제가 함부르크에서 첫 번째 조련사에게 넘겨졌을 때, 저는 곧 제게 열려 있는 두 가지 가능성을 알아차렸습니다. 동물원 아니면 버라이어티쇼 극장이었습니다. 저는 주저하지 않았습니다. 스스로에게 이렇게 말했습니다. '버라이어티쇼 극장에 가도록 있는 힘을 다하자. 그것이 출구다. 동물원은 새로운 우리일 뿐, 그 안에 들어가게 되면, 너는 끝장이다.'라고 말입니다.

그리고 저는 배웠습니다. 여러분, 반드시 배워야 한다면, 배우게 됩니다. 출구를 원한다면, 배우는 법입니다. 앞뒤 가리지 않고 배우게 됩니다. 회초리로 스스로를 감시하고, 아주 사소한 반감에도 살을 짓찧게 됩니다. 원숭이의 본성은 저로부터 미친 듯이, 전도되면서 빠져나와 사라져버렸습니다, 그로 인해 제 첫 번째 선생 자신이 거의 원숭이처럼 되었고, 곧 수업을 포기하고 요양소에 보내져야만 했습니다. 다행히도 그는 곧 거기서 나왔습니다.

그러나 저는 많은 선생들을 힘 빠지게 했습니다. 네, 심지어는 한꺼번에 몇몇 선생들을 말입니다. 제가 제 능력에 자신을 갖게 되고, 세상이 제 진보를 주시하고, 제 미래가 빛나기 시작했을 때, 저는 제 자신이 선생들을 초청해서, 그들을 나란히 붙어 있는 다섯 개의 방에 눌러앉게 하고, 이 방에서 저 방으로 계속 뛰어다니면서 그들 모두로부터 동시에 배웠습니다.

이 진보! 깨어가는 두뇌 속으로 사방에서 밀려드는 이 지식의 빛들! 그것이 저를 행복하게 했다는 사실을 부인하지는 않습니다. 그러나 또한 한 가지 고백하자면, 저는 그것을 과대평가하지는 않았습니다. 그 당시에도 이미 그랬고, 오늘날은 더욱더 그렇습니다. 지금까지 이 지상에서 되풀이된 적이 없는 그런 노력으로 저는 유럽인의 평균 교양에 도달한 것입니다. 그것은 그 자체로는 아무것도 아닐지 모릅니다. 그러나 그것은 저를 우리에서 벗어나도록 도와주었고, 이 특별한 탈출구를, 인간 탈출구를 제게 마련해주었다는 점에서는 물론 상당한 의미가 있습니다. '슬그머니 달아나라.'라는 멋진 독일어 표현이 있습니다. 저는 그렇게 했습니다. 저는 슬그머니 달아났습니다. 자유란 선택될 수 없다는 것을 언제나 전제로 한다면, 저에게 다른 길은 없었습니다.

저의 발전이나 지금까지의 목표를 개관해볼 때, 저는 불평도 만족도 하지 않습니다. 양손을 바지 주머니에 찌르고, 탁자 위에 포도주병을 놓고, 저는 제 흔들의자에 반쯤은 눕고 반쯤은 앉아서 창밖을 내다봅니다. 손님이 오면 저는 그에 합당하게 환대합니다. 제 매니저는 문간에 앉아 있습니다. 초인종을 누르면 그가 와서 제가 명하는 바를 듣습니다. 저녁에는 거의 언제나 공연이 있는데, 저는 분명히 더 이상 높아지지는 않을 성공을 거두고 있습니다. 제가 밤늦게 연회에서, 학술 모임에서, 유쾌한 회합에서 집으로 돌아오면 반쯤 조련된 작은 암컷 침팬지가 저를 기다리고 있어, 저는 원숭이 식으로 그녀 곁에서 편안함을 취합니다. 낮에는 그녀를 보기를 원치 않습니다. 그녀의 눈길에는 어찌할 바 몰라 하는 조련된 동물의 착란 증세가 담겨 있기 때문입니다. 그점을 오직 저만이 알아보는데, 저는 그것을 견딜 수가 없습니다.

전체적으로 저는 도달하려고 했던 것에 도달한 셈입니다. 그것이 애쓸 만한 가치가 없었다고는 말하지 마시기 바랍니다. 덧붙인다면, 저는 인간의 판단은 원치 않습니다. 저는 단지 견문을 넓히고자 할 뿐입니다. 저는 다만 보고할 따름입니다. 고매하신 학술원 회원 여러분들께도 저는 다만 보고를 드렸을 뿐입니다.

첫 번째 시련

Erstes Leid

한 곡예사가—거대한 버라이어티쇼 무대의 둥근 천장 높은 곳에서 행해지는 이 곡예가 인간이 도달할 수 있는 모든 것 중에서 가장 힘든 일 가운데 하나라는 사실은 이미 알고 있는 대로다—처음에는 그저 완벽을 꾀하려는 노력 때문에, 나중에는 독선적으로 되어버린 습관 때문에 그의 생활을 이렇게 해나가게 되었다. 즉, 그와 같은 일을 하고 있는 한, 그는 낮이나 밤이나 곡예용 그네 위에 머물러 있었던 것이다. 그의 모든 욕구에 대해서는, 그것도 매우 사소한 것이었는데, 서로 교체되는 하인들이 응해주었다. 그들은 아래서 지키면서 위에 필요한 모든 것을 특별히 제작된 그릇에 넣어 위로 올리고 밑으로 잡아당겼다. 이러한 생활 방식이 주변 세계에 특별한 어려움을 만들지는 않았다. 단지 다른 프로그램이 진행되는 동안에 약간 방해가 될 뿐인데, 그것은 그가 몸을 숨기지 않은 채 위에 머물러 있어서, 그가 그런 시간에는 대부분 조용한 태도를 보일지라도 여기저기서 관중의 시선이 그에게로 이탈되기 때문이었다. 그러나 감독관들은 이 일에 대해서 그를 용서하고 있었는데, 왜냐하면 그가 다른 사람으로는 보충될 수 없는 매우 특별한 곡예사였기 때문이다. 물론 사람들은 그가 방종하기 때문에 그렇게 살고 있는 것이 아니라는 것을 알고 있었다. 그리고 사실 그렇게 해야만 계속적으로 연습에 임할 수 있으며, 그렇게 해야만 그의 기술을 완벽한 상태로 보유할 수 있다는 것을 이해했다.

물론 그 위도 다른 곳과 마찬가지로 건강에 좋은 곳이었다. 더구나 더운 계절에는 둥근 천장을 빙 둘러서 측면 창문을 접어 올려서, 맑은 공기와 함께 강렬한 태양이 어스름한 공간으로 밀려들 때, 그곳은 아름답기조차 했다. 그의 인간관계가 제한되는 것은 당연했다. 가끔 함께 체조를 하는 동료가 줄사다리를 타고 그에게로 기어 올라왔고, 그러면 그들은 둘이서 곡예용 그네에 앉아서 그넷줄의 오른쪽과 왼쪽에 기대어 이런저런 이야기를 했다. 또는 미장이들이 지붕을 고치면서 열린 창문을 통해서 그와 몇 마디 말을 주고받았다. 또는 소방관이 맨 위쪽의 관람석에서 비상등을 조사하면서, 그를 향해 거의 알아들을 수는 없으나 예의 바른 어떤 말을 큰 소리로 외쳐댔다. 그 이외에 그의 주변은 조용했다. 다만 어떤 직원이 대개 오후쯤에 비어 있는 극장 안을 배회하다가, 가끔 생각에 잠겨 시야에서 거의 벗어나 있는 그 높은 곳을 올려다볼 뿐이었다. 그곳에는 곡예사가, 누군가가 자기를 보고 있다는 것도 모르는 채, 곡예를 하고 있거나 쉬고 있었다.

그 곡예사는 아무런 방해도 받지 않고 그렇게 살 수 있었을지도 모른다. 만약 이곳저곳으로 옮겨 다니는, 피할 수 없는 여행만 없었다면 말이다. 그런 여행은 그에게 특히 부담스러운 것이었다. 물론 흥행주는 곡예사가 그의 고통을 불필요하게 연장시키는 모든 것으로 인해 해를 입지 않도록 배려해주었다. 시내로 들어가는 차편도 가능하면 밤이나 아주 이른 시간에 사람이 없는 텅 빈 거리를 최대 속력을 다해서 질주할 수 있는 경주용 자동차를 사용했다. 그러나 그러한 속도도 곡예사의 향수를 생각해볼 때는 물론 너무 느린 것이었다. 기차 여행에서는 객차 한 칸 전체를 주문했고, 그곳에서 곡예사는 형편없기는 하나 어쨌든 그의 보통 때 생활 방식의 한 가지 대용품으로 위에 달려 있는 그물로 된 선반에서 여행을 했다. 다음 공연 장소는 극장에서였는데, 곡예사가 도착하기 전부터 곡예용 그네는 제자리에 매어 있었고, 극장 안으로 들어가는 모든 문들은 활짝 열려 있었으며, 모든 통로들은 비어 있었다―그러나 흥행주의 일생에서 가장 멋진 순간은 언제나 곡예사가 비로소 줄사다리 위에 발을 올려놓고 순식간에 위쪽 그의 곡예용 그네에 매달릴 때였다.

그렇게 많은 여행이 흥행주에게는 이미 성공을 가져왔어도, 매번의 새로운 여행은 그에게는 또다시 고통스러운 것이었다. 왜냐하면 여행은, 모든 다른 것은 차치하고라도, 어떠한 경우라도 곡예사의 신경을 파괴시켰기 때문이다.

그렇게 그들은 다시 한 번 함께 여행을 떠났다. 곡예사는 그물로 된 선반에 누워 꿈을 꾸고 있었고, 흥행주는 건너편 창문 모서리에 기대어 책을 읽고 있었다. 그때 곡예사가 그에게 조용히 말을 걸어왔다. 흥행주는 즉시 그의 상대가 되어주었다. 곡예사는 입술을 깨물면서 말했다. 자신은 이제 자신의 곡예를 위해서, 종전의 한 개의 그네 대신, 언제나 두 개의 그네, 서로 마주 보고 있는 두 개의 그네를 가져야겠노라고. 흥행주는 그 말에 즉시 동의했다. 그러나 곡예사는, 마치 여기에서는 흥행주의 동의가 그의 항의와 마찬가지로 아무런 의미가 없다는 것을 보여주려는 듯이 이렇게 말했다. 자신은 이제부터 단 한 개의 그네 위에서는 결코 다시는 그리고 어떠한 경우에라도 곡예를 하지 않겠노라고. 그런 일이 한 번쯤 일어날 수 있을지도 모른다는 생각으로 그는 몸서리치는 듯했다. 흥행주는 망설이듯 그를 응시하면서 다시 한 번 그의 완벽한 동의를 설명했다. 두 개의 그네가 한 개보다 더 낫고, 또한 그 이외에도 이러한 새로운 설치가 유리하며, 그것은 공연을 더욱 변화 있게 해줄 것이라고. 그러자 곡예사는 갑자기 울기 시작했다. 깜짝 놀란 흥행주는 펄쩍 뛰어 일어나서 도대체 무슨 일이 생겼냐고 물었다. 그러나 그가 대답하지 않았으므로, 그는 의자 위에 올라서서 그를 쓰다듬으며 그의 얼굴을 자기의 얼굴에 꼭 눌러댔다. 그래서 그도 역시 곡예사의 눈물로 뒤범벅이 되었다. 여러 번의 질문과 달래는 말이 있은 후에야 비로소 곡예사는 흐느끼면서 말했다. "손에 단 한 개의 막대기만을 가지고—나는 도대체 어떻게 살란 말인가요!" 그런 것이라면 흥행주에게는 곡예사를 위로하는 일이 한결 수월했다. 그는 곧 다음 정거장에서 그 두 번째 그네를 위해 다음 공연 장소로 전보를 치겠노라고 약속했다. 그는 자신이 곡예사를 그렇게 오랫동안 단 한 개의 그네 위에서만 일하도록 내버려 둔 것을 자책했고, 곡예사가 마침내 그 잘못을 일깨워준 데 대해서 그를 매우 칭찬했다. 그렇게 해서 흥행주는 곡예사의 마음을 차츰 진정시키는 데 성공했으며, 그는 다시 자신의 모서리로 돌아갈 수 있었다. 그러나 그 자신의 마음은 진정되지 않았다. 그는 매우 걱정스러워하며 몰래 책 너머로 곡예사를 살펴보았다. 그런 생각이 그를 한번 괴롭히기 시작했다면, 언젠가 완전히 멈추어질 수는 있는 것일까? 그런 생각이 계속해서 더해지지는 않을까? 그것이 존재를 위협하지는 않을까? 그리고 이제 울음을 멈추고 겉으로는 편안한 잠 속에 빠진 곡예사의 매끄럽고 어린아이 같은 이마 위에 첫 주름살이 잡히기 시작한 것을 흥행주는 정말 보았다고 생각했다.

작은 여인
Eine Kleine Frau

어떤 작은 여인이 있다. 그녀는 태어날 때부터 정말 날씬하고, 또한 코르셋으로 몸을 단단히 죄고 있다. 나는 그녀가 언제나 같은 옷을 입고 있는 것을 본다. 그것은 조금 나무 빛깔이 나는 황회색의 옷감으로 만들어진 것인데, 같은 빛깔의 장식용 술이나 단추 모양의 장식물이 조금 달려 있다. 그녀는 언제나 모자를 쓰고 있지 않으며, 그녀의 윤기 없는 금발 머리는 가지런하고 정돈되어 있지만, 매우 곱슬거린다. 그녀는 코르셋을 착용하고 있지만, 그래도 그녀는 가볍게 움직인다. 물론 그녀는 이 날렵한 움직임을 과장하고 있다. 그녀는 두 손을 허리 위에 얹어놓기를 좋아하고, 놀란 듯이 윗몸을 단숨에 옆으로 돌린다. 나를 향해 흔드는 그녀의 손짓이 주는 인상을 나는 다만 이렇게 말함으로써 재현할 수밖에 없다. 나는 각각의 손가락이 그녀의 손처럼 그토록 확연하게 서로 갈라져 있는 손은 아직 본 적이 없다. 그러나 그녀의 손이 해부학적으로 이상한 점을 가지고 있는 것은 결코 아니다. 그것은 완벽히 정상적인 손이다.

그런데 이 작은 여인은 나를 매우 못마땅하게 생각한다. 그녀는 언제나 나에 대해 무언가를 비난하고 있으며, 그녀에게는 언제나 나 때문에 부당한 일이 생긴다. 나는 어디로 가든 그녀를 화나게 한다. 만약 인생을 가장 작은 조각으로 나눌 수 있고, 그 각각의 조각을 따로따로 구별해서 판단할 수 있다면, 분명히 나의 인생의 모든 조각들은 그녀에게는 분노일 것이다. 나는 종종 도대체 왜 내가 그녀를 그렇게 화나게 하는지 곰곰이 생각해보았다. 어쩌면 나의 모든 것이 그녀의 미적 감각, 그녀의 정의감, 그녀의 습관, 그녀의 관습, 그녀의 소망에 거슬리기 때문인지도 모른다. 그런 식으로 서로 상반되는 성격들이 있기는 하지만, 어째서 그녀는 그것을 그렇게도 못 참아 하는 것일까? 우리 사이에는 나로 인해 그녀가 손해를 보도록 강요하는 어떠한 관계도 존재하지 않는다. 다만 그녀가 나를 완전히 낯선 사람으로 간주하기로 마음만 먹으면 되는 것이다. 또한 나는 정말 그런 낯선 사람이며, 그러한 결정에 대항하는 것이 아니라, 오히려 그것을 매우 달가워할 사람이다. 그녀는 단지 내가 그녀에게 단 한 번도 강요해본 적이 없었고 강요하지도 않을 나의 존재에 대해 잊기로 결정을 내리기만 하면 된다―그러면 모든 고통은 분명 사라질 터인데. 이 문제에서 나는 내 자신을 전혀 고려하지 않으며, 물론 그녀의 태도가 나에게도 역시 괴로운 것이라는 사실을 제쳐놓고 있다. 내가 그런 것을 제쳐놓는 이유는, 이 모든 괴로움이 그녀의 고통과 비교해본다면 아무것도 아니라는 사실을 인식하고 있기 때문일 것이다. 그 점에서 나는 물론 그것이 사랑의 고통이 아니라는 것을 절대적으로 깨닫고 있다. 그녀에게는 나를 진실로 개선시키는 문제는 전혀 중요하지 않다. 특히 그녀가 나에 대해 비난하고 있는 모든 것은, 그것으로 인해 나의 발전이 방해받는 그런 종류의 일이 아니기 때문이다. 그러나 나의 발전은 물론 그녀와 아무런 상관이 없다. 그녀는 그녀의 개인적인 관심, 즉 내가 그녀에게 만들어주는 고통에 대해 복수하는 일이나 미래에 나로부터 그녀에게 가해질 염려가 되는 고통을 방지하는 일 이외에는 아무엇도 신경 쓰지 않는다. 나는 이미 그녀에게, 어떻게 하면 이렇게 계속되는 불쾌한 일을 아주 쉽게 끝장나게 할 수 있을지 가르쳐주려고 시도해본 적이 있었다. 그러나 나는 그녀에게 바로 그것 때문에 다시는 그러한 시도를 반복할 수 없을 정도로 심한 흥분을 가져다주었다.

그렇게 생각해본다면, 물론 나에게도 어떤 책임이 있다. 왜냐하면 그 작은 여인 역시 나에게 그렇게도 낯설며, 그리고 우리 사이에 존재하는 유일한 관계라는 것이 내가 그녀에게 주는 불쾌함이거나 아니면 오히려 그녀가 나에게 야기시키는 불쾌함이라 하더라도, 그녀가 이러한 불쾌감 때문에 육체적으로 시달리고 있다는 것이 나에게는 아무래도 상관없는 일이 될 수는 없기 때문이다. 가끔, 요사이에는 더욱 빈번하게 나에게 소식이 오는데, 그녀가 아침에 또다시 밤새 잠을 못 잔 듯 피로하고 창백한 모습으로 두통 때문에 고통을 받았으며 거의 일을 할 수 없는 상태였다는 것이었다. 그래서 그녀는 가족들에게 걱정을 끼치고 있고, 여기저기서 그런 그녀의 상태의 원인들을 추측하고 있지만, 아직까지 그것을 찾아내지 못하고 있다. 나만은 그것을 알고 있다. 그것은 묵은 불쾌함과 언제나 새로 생기는 불쾌함 때문이다. 그렇다고 물론 나는 그녀의 가족들의 걱정을 나누어 갖지는 않는다. 그녀는 강하고 끈질기기 때문이다. 그렇게 화를 낼 수 있는 사람이면, 분명히 그 화의 결과 또한 이겨낼 수 있을 것이다. 나는 그녀가—적어도 부분적으로는—단지 고통스러운 척하고 있는 게 아닌가 하는 의심을 가지고 있을 정도이다. 이런 방법으로 세계의 의심을 나에게 돌리게 하기 위해서 말이다. 그녀는, 내가 나의 존재를 통해 그녀를 어떻게 괴롭히고 있는지를 터놓고 말하기에는 너무도 자존심이 세다. 나 때문에 다른 사람들에게 호소하는 일을 그녀는 자신의 품위를 떨어뜨리는 짓이라고 느낄 것이다. 단지 적대감 때문에, 중단되지 않고 영원히 그녀를 몰아댈 적대감 때문에 그녀는 나에게 몰두하고 있다. 이런 불순한 문제를 대중 앞에서까지 말하는 것은 그녀의 수치심을 생각할 때 너무 심한 일이 될 것이다. 그러나 그녀가 이것이 주는 끊임없는 압박감 속에 서 있는 만큼, 이 문제에 대해서 완전히 침묵을 지킨다는 것 또한 너무 지나친 일이다. 그래서 그녀는 자신의 여성적인 교활함으로 하나의 중도적인 길을 찾으려 노력한다. 침묵을 지키면서, 비밀스런 고통에 대한 외면적인 표시를 통해서만 그녀는 이 사건을 세상의 판결에 맡기려 한다. 아마 그녀는, 언젠가 세상 사람들의 시선을 모두 나에게 향하게 하여, 나에 대한 어떤 일반적인 대중의 분노가 생겨나고, 그 분노의 엄청난 힘을 수단으로—그녀에게 생기는 비교적 약하고 개인적인 분노보다는—한층 더 강력하고 신속하게 나를 완벽한 종말로 몰아넣게 되기를 바라고 있을 것이다. 그러나 그 후에는 그녀는 뒤로 물러서서, 숨을 내쉬고는 나에게 등을 돌릴 것이다. 그러나 이것이 정말 그녀의 희망이라면, 그녀는 잘못 생각하고 있는 것이다. 대중은 그녀의 역할을 넘겨받지는 않을 것이다. 대중은 결코 나에 대해 비난할 거리를 그렇게 무작정 많이 갖게 되지는 않을 것이다. 그들이 나를 그들의 가장 강력한 확대경 밑에 놓는다 하더라도 말이다. 나는 그녀가 생각하는 것처럼 그렇게 쓸모없는 인간은 아니다. 자랑하려는 것은 아니고, 특히 이 문제와 관련지어서는 더욱 그러한데, 내가 어떤 특별한 유용성으로 탁월한 사람은 아니라 할지라도, 나는 분명히 그 반대로 보이지는 않을 것이다. 단지 그녀에게만, 그녀의 거의 하얗게 빛나는 눈에만 내가 그렇게 보일 뿐이다. 그녀는 다른 어떤 사람에게도 자신의 생각을 확신시킬 수 없을 것이다. 그렇다고 내가 이런 점에서 완전히 편안한 마음을 가질 수 있겠는가? 아니다. 물론 아니다. 왜냐하면 만약 내가 나의 태도 때문에 정말 그녀를 병들게 한다고 알려지게 된다면, 그리고 몇몇의 감시인들, 바로 그 가장 부지런한 소식 전달자들은 이미 거의 그것을 간파했거나 아니면 적어도 그것을 알아버린 것처럼 행동하고 있으니, 이번에는 세상이 나에게 질문을 던질 것이다. 도대체 나는 왜 내 자신을 변화시키지 못함으로써 그 작고 불쌍한 여인을 괴롭히고 있는지, 그리고 내가 그녀를 죽음으로까지 몰아갈 의도를 가지고 있는지, 그리고 내가 언제, 마침내 이성과 단순한 인간적 동정심을 갖게 되어 그런 짓을 멈추게 될지 — 만약에 세상이 나에게 그렇게 묻는다면, 나는 대답하기 어려울 것이다. 그러면 나는 그녀의 질병의 증상들을 별로 믿지 않는다고 고백해야만 할 것인가. 그렇게 해서 나는 내가 어떤 죄로부터 벗어나기 위해서 더구나 그렇게 불순한 방법으로 다른 사람에게 죄를 덮어씌우고 있다는 불쾌한 인상을 야기시켜야만 하겠는가? 그리고 내가 병고를 정말로 믿었다 하더라도 동정심은 조금도 가지고 있지 않을 거라고, 왜냐하면 나에게 그 여인은 정말 완전히 낯선 사람이고, 우리 사이에 존재하는 관계도 단지 그녀에 의해서 만들어진 것이며 단지 그녀 쪽에만 존재하는 것이기 때문이라고 터놓고 말할 수 있을까? 사람들이 나를 믿어주지 않을 거라고 말하지는 않겠다. 오히려 사람들은 나를 믿지도 않거니와 안 믿지도 않을 것이다. 사람들은 그것을 전혀 이야기 삼지 않을지도 모른다. 앓고 있고 연약한 여인이라는 것을 고려해서 내놓았던 나의 대답을 사람들은 단지 자동적으로 기록할 텐데, 그것은 나에게 불리할 것이다. 모든 다른 대답에서와 마찬가지로 여기에서도, 이번과 같은 경우에는 연애 관계에 대한 의심이 생겨나지 않게 하는 세상의 무능력함이 나를 완강하게 가로막을 것이다. 그런 관계는 있지도 않으며, 또한 그런 것이 있다면, 그것은 오히려 나에게서부터 시작되리라는 것이 가장 분명하게 밝혀진다 하더라도 말이다. 왜냐하면 나라는 사람은 그 작은 여인의 우월성에 의해서 계속해서 비난받지만 않는다면, 그녀의 판단이 갖는 충격적인 힘과 지칠 줄 모르는 추론에 대해서 언제나 경탄할 줄 알기 때문이다. 그렇지만 하여간 그녀는 나에 대해서 절친한 관계란 그림자도 가지고 있지 않다. 그 면에서 그녀는 정정당당하고 진실하다. 그러나 이런 면에 무감각한 대중은 그녀의 의견에 동조할 것이고 언제나 나에게 반대할 것이다.

그러므로 나에게는 단지 세상이 공격해오기 전에, 적시에 내 자신을 변화시켜 그 작은 여인의 분노를 완전히 제거할 수는 없다 하더라도—그것은 생각할 수도 없는 일이니까—어느 정도 약화시킬 수 있도록 하는 일밖에는 남아 있지 않을 것이다. 그래서 나는 실제로 내 자신에게 가끔 물어보았다. 나의 현재의 상태가 그것을 전혀 바꾸고 싶지 않을 만큼 만족할 만한 것인지 그리고 내 자신에게 어떤 변화를 주는 일이 그렇게 불가능한 것인지, 내가 그럴 필요가 있다고 확신하기 때문이 아니라, 오직 그녀의 마음을 누그러뜨리기 위해서 그런 행동을 취한다 하더라도 말이다. 그래서 나는 그렇게 하려고 정성껏 세심하게 노력을 기울였다. 그것은 나에게 잘 맞는 일이기도 했고, 나를 즐겁게 하기도 했다. 약간의 개별적인 변화가 일어났고, 멀리서도 눈에 띄었다. 나는 그 여인의 주의를 환기시킬 필요가 없었다. 그녀는 그런 종류의 모든 것을 나보다 먼저 알아챈다. 그녀는 나의 태도에서 벌써 그 의도하고자 하는 표현을 알아낸다. 그러나 성공은 나에게 주어지지 않았다. 그것이 어찌 가능하겠는가? 내가 이미 알고 있는 바로는, 나에 대한 그녀의 불만은 정말 근본적인 것이니 말이다. 어느 것도 그것을 없앨 수는 없다. 내 자신을 없앤다고 하더라도. 나의 자살 소식을 접한다면, 그녀의 분노의 발작은 한계가 없을 것이다. 나는 그녀, 이 예민한 여인이 나처럼 이해하지 못한다는 것을 상상할 수가 없다. 즉, 그녀의 노력이 가망 없다는 것과 나의 무죄, 아무리 좋은 의도를 가져도 그녀의 요구에 따르지 못하는 나의 무능함을 이해하지 못한다는 것을. 분명히 그녀는 그것을 이해한다. 그러나 투사의 성격을 지닌 그녀는 싸움에 대한 열정으로 그것을 잊어버린다. 나의 불운한 성격은 이미 나에게 주어졌으므로 달리 선택할 수 없는 것인데, 그것은 상식의 범위를 벗어나버린 사람이라면 누구에게라도 조용히 주의를 속삭여주고 싶어 하는 데 있다. 이런 식으로는 물론 결코 의사소통이 되지 못할 것이다. 언제나 나는 첫 아침 시간의 행복감 속에서 집으로부터 걸어 나와서는, 나로 인해 슬퍼하고 있는 이 야윈 얼굴을 보게된다. 불쾌하게 삐죽 튀어나온 입술, 찬찬히 조사하는 그리고 그조사의 결과를 이미 알고 있다는 눈길, 그것은 나를 훑어보면서 아무리 건성으로 지나친다 해도 그 어느 것도 놓치지 않는다. 소녀 같은 뺨에 패어 있는 쓰디쓴 미소, 호소하는 듯이 하늘을 바라보는 모습, 그리고 화가 나면 창백해지고 부들부들 떠는 모습을.

최근에 나는, 놀랍게도 이 기회에 시인하건대, 난생 처음으로 절친한 친구 한 사람에게 이 일에 관해서, 다만 지나가는 몇 마디

말로 가볍게 약간의 암시를 준 적이 있었다. 그녀가 겉으로 보기에는 나에게 사실상 대수롭지 않은 존재인 만큼, 나는 이 일 전체의 의미를 약간 덜 진실되게 축소시켰다. 이상한 것은, 그럼에도 불구하고 그 친구가 그것을 흘려듣지 않고 오히려 스스로 이 일에 의미를 부여했으며, 자신의 생각을 딴 데로 돌리지 않고 그것에 몰두했다는 점이다. 물론 더욱 이상한 것은, 그럼에도 불구하고 그가 결정적인 점에 이르러서는 이 일을 과소평가했다는 것인데, 왜냐하면 그는 나에게 얼마간의 여행을 떠나도록 진지하게 충고해주었기 때문이다. 그 이외의 어떠한 충고도 그처럼 어리석을 수는 없을 것이다. 사실 사정은 간단하다. 누구라도 그것에 가까이 다가가면 그것을 꿰뚫어 볼 수 있다. 그러나 또한 내가 떠나버린다고 해서 모든 일이 혹은 가장 중요한 일만이라도 해결될 만큼, 사정이 그렇게 단순한 것은 아니다. 그와 반대로 나는 오히려 떠나지 않도록 내 자신을 지켜야 한다. 내가 어쨌든 어떤 계획을 좇아야 한다면, 이 일을 외부 세계가 아직 관여하지 않은 여태까지의 좁은 테두리 안에 붙잡아두는 계획이어야 한다. 그러니까 내가 있던 곳에 조용히 머물러 있어야 하며, 이 일로 인해서 야기되는, 두드러지게 눈에 띄는 큰 변화를 결코 허용해서는 안 된다. 그러니까 이 일에 관해서 누구와 이야기해서도 안 된다. 이것 또한 그 변화에 속하는 일이기 때문이다. 그러나 이 모든 것은, 이 일이 어떤 위험한 비밀이기 때문이 아니라, 오히려 사소하고 순전히 개인적이며 그 자체로서도 손쉽게 전달되어지는 일이기 때문이며, 또한 이 일은 이대로 남아 있어야 하기 때문이다. 이런 점에서 친구의 충고는 쓸모없는 것만은 아니었다. 그것은 나에게 새로운 것을 가르쳐주지는 않았지만, 내 자신을 나의 기본 관점에 더욱 확고하게 붙잡아놓았다.

물론 좀 더 자세하게 생각해보면 드러나겠지만, 시간이 갈수록 일의 상태가 변화된 것처럼 보였으나, 그것은 그 일 자체의 변화가 아니라, 그 일에 대한 내 견해의 발전일 따름이다. 이렇게 볼 때, 나의 이러한 견해는 한편으로는 한층 더 침착하고 한층 더 남성적이 되어가고 그 본질에 더욱 가까이 가지만, 또한 다른 한편으로는 계속되는 충격들이 여전히 가벼운 것이라 할지라도, 극복될 수 없는 그 충격의 영향으로 분명히 어떤 신경과민 증세를 얻고 있다.

가끔은 어떤 결말이 눈앞에 아주 가까이 다가온 듯이 보이지만, 아직도 여전히 오지 않고 있다. 나는 그것을 인지하고 있다고 믿으면서, 이 일에 대해서 점점 냉정해져 간다. 사람은, 특히 젊은 나이에는, 결말이 다가오는 속도를 쉽게 과대평가하려는 경향이 있다. 나의 작은 여판사는 나를 바라보느라고 허약해져서 한 손으로는 안락의자의 등받이를 붙잡고 다른 한 손으로는 코르셋의 끈을 조이면서 안락의자에 비스듬히 주저앉을 때면, 그녀의 뺨에 분노와 절망의 눈물이 흘러내렸다. 그때마다 나는 언제나 이제 결말이 온 것이며, 내가 곧 불려가서 내 자신을 변호해야 할 것이라고 생각했다. 그러나 결말도, 변화도, 아무것도 오지 않았다. 여자들은 쉽사리 기분이 나빠진다. 세상은 모든 경우에 주의를 기울일 시간이 없는 것이다. 그렇다면 도대체 이 모든 세월 동안에 무슨 일이 생겼단 말인가? 그러한 경우들이 때로는 좀 더 강경하게, 때로는 좀 더 빈약하게 반복되는 일과 그래서 결국 그것들의 전체 숫자가 더욱 커진 것 이외에는 아무 일도 생기지 않았던 것이다. 그래서 사람들은 가까이에서 서성거리며 기꺼이 끼어들고

자 할 것이다. 그럴 수 있는 가능성만 발견하게 되면 말이다. 그러나 그들은 아무런 가능성도 발견하지 못하고 있다. 지금까지 그들은 단지 그들의 후각에만 기대를 걸고 있다. 후각 하나만으로도 그 후각의 소유자에게 많은 일거리를 만들어주기에 충분하기는 하지만, 그 후각은 다른 사람에게는 아무런 소용이 없는 것이다. 그러나 원래부터 언제나 그랬다. 아무 소용없는 게으름뱅이이며 할 일 없는 사람은 언제나 있는 법이고, 하여간 그들은 아주지나치게 약삭빠른 방법으로, 즉 제일 즐겨 쓰는 방법인 친척이라는 핑계로 가까이에 머물러 있을 수 있었다. 그들은 언제나 주의했고, 언제나 콧속 가득 냄새를 가지고 있었다. 그러나 이 모든 결과는 단지 그들이 아직도 여전히 거기에 있다는 것뿐이다. 그전체의 차이는 내가 그들을 점차 인식해가고 있으며, 그들의 얼굴을 구별하게 되었다는 것이다. 예전에 나는, 그들이 점차 사방에서 모여들어 이 일의 크기가 확대되고 어쩔 수 없이 저절로 그결과가 생기게 되는 것이라고 믿고 있었다. 그러나 오늘날에 와서는, 이 모든 것은 옛날부터 존재해왔고, 결과가 가까이 다가올수록 할 일은 거의 없거나 아주 없다는 것을 내가 알고 있다고 믿는다. 그리고 결과 자체도, 왜 나는 그것을 이렇게 엄청난 말로부르고 있는가? 언젠가―분명히 내일이나 모레는 아니며 어쩌면 영원히 없을지도 모르지만―대중이, 내가 언제나 되풀이하는 이야기인데, 이 일에 대해서 아무런 권한도 없는 사람들임에도 불구하고 이 일에 관계하게 되면, 나는 물론 아무 해도 입지 않고 소송 절차를 끝낼 수는 없겠지만, 아마도 몇 가지 사실을 고려하게 될 것이다. 즉, 내가 대중이 모르는 사람은 아니며 오래전부터 그들의 시선을 충분히 받으며 그들을 깊이 신뢰하고 또 신뢰

받으며 살아왔다는 것, 그러므로 차후에 나타나 고통스러워하고 있는 이 작은 여인은―이 기회에 말해두지만, 내가 아니고 다른 사람이었다면 아마 오래전부터 그녀를 가시 돋친 식물로 여기고, 대중을 생각해서 아무 소리 없이 그녀를 그의 장화로 짓밟아버렸을 것이다―최악의 경우라도 대중이 나를 오래전부터 그들이 존경할 만한 동료라고 공언하고 있는 공문서에 단지 작고 추한 군더더기 말을 덧붙일 수 있을 뿐이라는 것 등이다. 이것이 이 일의 오늘날의 상황이고, 그러므로 별로 나를 불안하게 할 정도는 못 된다.

해가 지남에 따라 내가 약간 불안해하고 있다는 것은 이 일의 원래의 의미와는 아무 관계가 없다. 계속적으로 누군가를 화나게 하고 있다면, 누구든지 그것을 그야말로 참아내지 못하는 법이다. 그 분노에 아무런 이유가 없다는 것을 안다고 하더라도 말이다. 그는 불안해질 것이다. 그 일의 결과가 오리라는 것을 이성적으로는 그다지 믿지 않는다 하더라도, 그는 다만 육체적으로나마 어느 정도 그 결과를 느끼게 될 것이다. 그러나 부분적으로는 이 일은 다만 노화 현상과 관계있는 일이기도 하다. 젊음은 모든 것을 미화한다. 아름답지 못한 갖가지 일들은 끊임없이 솟아나는 젊음의 힘 속에서 사라져버린다. 누군가가 소년이었을 때 어떤 저의가 있는 눈빛을 가졌다면, 그것은 나쁘게 받아들여지지 않았을 것이다. 사람들은 그것을 전혀 알아채지도 못했을 것이다. 그 자신조차도. 그러나 나이를 먹어가면서 남겨지는 것은 찌꺼기뿐이다. 모든 사람은 필요한 존재이지만, 아무도 새로워질 수는 없는 것이다. 누구나 관찰의 대상이 된다. 그리고 늙어가는 한 남자의 저의 있는 눈빛은 물론 아주 분명하게 저의 있는 눈빛인 것이다. 그 눈빛을 알아보는 일은 어렵지 않다. 다만 이때에도 그 눈빛이 실제적이고 구체적으로 악화되는 법은 없다.

그러므로 내가 어떤 시점에서 보든지 간에, 내가 이 사소한 일을 단지 손으로 아주 간단히 덮어두고 있기만 하면, 그 여인의 온갖 발작에도 불구하고 나는 앞으로도 아주 오랫동안 세상의 방해를 받지 않고 여태까지의 나의 삶을 조용히 계속해나갈 수 있다는 사실이 언제나 확실해지며, 나 또한 그렇게 생각하고 있다.

어느 단식 광대

Ein Hungerkünstler

지난 수십 년간 단식 광대에 대한 흥미는 매우 줄어들었다. 예전에는 단식 광대의 독자적인 연출로 큰 공연을 해볼 만했지만, 오늘날에는 그것이 전혀 불가능하다. 그때는 다른 시대였다. 당시에는 도시 전체가 단식 광대에 관심을 가지고 있었다. 단식날이 진행되면 날마다 관심은 높아갔다. 누구나 적어도 하루에 한 번은 단식 광대를 보고 싶어 했다. 나중에는 예약자들까지 있었는데, 그들은 창살 달린 작은 우리 앞에 하루 종일 앉아 있었다. 효과를 높이기 위해서 밤에도 횃불을 켜고 감시가 행해졌다. 날씨가 좋은 날에는 우리를 바깥으로 옮겨놓았는데, 그럴 때는 특히 어린아이들의 구경거리가 되었다. 어른들에게 단식 광대는 가끔 유행 때문에 참여하게 되는 단순한 흥밋거리에 불과했던 반면에, 어린아이들은 놀라서 입을 크게 벌리고, 안전을 기하기 위해 서로 손을 꼭 잡은 채 단식 광대의 모습을 바라보았다. 검정 트리코를 입은 창백한 모습의 그는 늑골이 몹시 튀어나와 있었고, 안락의자조차도 거절하고 거기 뿌려져 있는 짚 위에 앉아서 가끔 예의 바르게 고개를 끄덕이고 미소를 지으며 여러 물음에 대답해주었다. 또한 자신이 얼마나 말랐는지 만져볼 수 있도록 창살을 통해서 팔을 내뻗었다. 그러나 그러다가도 다시금 완전히 자기 자신의 생각에 잠겨서 어느 누구에게도 신경을 쓰지 않았다. 그에게 그토록 중요한 시계의—그것은 우리 안의 유일한 가구였다―종소리에도 전혀 신경 쓰지 않고, 거의 감긴 눈으로 자기 앞만을 주시하면서 입술을 적시기 위해서 가끔 조그마한 유리잔의 물을 홀짝홀짝 마셨다.

바뀌는 구경꾼들 이외에 관객에 의해 선택된 고정 감시인도 있었는데, 이상하게도 대개가 백정이었고, 그것도 언제나 동시에 세 사람이었다. 그들은 밤낮으로 단식 광대를 지켜보아야 하는 임무를 가지고 있었고, 그것은 단식 광대가 어떤 은밀한 방법으로든 음식을 취하지 않도록 하기 위해서였다. 그러나 그것은 단지 군중을 안심시키기 위해서 행해지는 형식일 뿐이었다. 왜냐하면 아는 사람은 단식 광대가 단식 기간에는 결코 어떠한 일이 있어도 강제로 시킨다 하더라도 최소량의 음식도 먹지 않으리라는 것을 분명히 알고 있었기 때문이다. 그의 예술의 명예가 그것을 금지시키는 것이었다. 물론 모든 감시인들이 다 그것을 이해할 수는 없는 일이었다. 가끔 밤에는 감시를 아주 소홀히 행하는 감시인 그룹들이 있었는데, 그들은 의도적으로 멀리 떨어진 모퉁이에 모여 앉아서 카드놀이에 빠져들었다. 그것은 단식 광대에게 약간의 다과를 허락해주기 위한 공공연한 의도에서였으며, 그들은 단식 광대가 몰래 숨겨둔 어떤 저장품에서 그것을 꺼낼 수 있다고 생각했다. 단식 광대에게는 그러한 감시인들보다 더 괴로운 것은 없었다. 그들은 그를 슬프게 했다. 그들은 그의 단식을 말할 수 없이 힘들게 했다. 가끔 그는 자신의 약한 마음을 극복하고 사람들에게 그들이 얼마나 부당하게 그를 의심하고 있는지 보여주기 위해서, 이러한 감시 시간 동안에 그가 계속할 수 있는 한 노래를 불렀다. 그러나 그것은 거의 도움이 되지 않았다. 감시인들은 다만 노래 부르는 동안에도 먹을 수 있는 그의 재주에 대해 감탄할 뿐이었다. 그에게는 오히려 창살에 바짝 다가앉아서 큰 홀의 흐릿한 야간 조명에 만족하지 않고, 흥행주가 준비해준 전기 손전등으로 그를 비춰대고 있는 감시인들이 한결 나았다. 그 강렬한 불빛은 그에게 전혀 방해가 되지 않았다. 그는 물론 전혀 잠을 잘 수는 없었지만, 어떤 불빛이나 어떤 시간에도, 또한 초만원을 이룬 떠들썩한 홀에서도 그는 언제나 약간은 조는 상태에 있을 수 있었기 때문이다. 그는 그런 감시인들과는 전혀 잠을 자지 않고 그들과 함께 밤을 꼬박 새울 준비가 기꺼이 되어 있었다. 그는 그들과 농담을 하고, 그들에게 그의 방랑 생활 이야기를 들려주고, 또 그들의 이야기에 귀 기울일 준비도 되어 있었다. 그 모든 것은 단지 그들을 깨어 있게 하기 위해서, 그들에게 그가 우리 안에 먹을 것을 가지고 있지 않다는 것과 그가 그들 중 어느 누구도 그렇게 할 수 없는 단식을 하고 있다는 것을 계속해서 보여주기 위해서였다. 그러나 그에게 가장 행복한 것은 어느덧 아침이 되어 그들에게 자기의 비용으로 훌륭한 아침 식사를 가져오게 하는 일이었는데, 그때 그들은 힘든 밤샘 후에 건강한 남자들이 갖는 식욕으로 그 아침 식사에 덤벼들었다. 때로는 이 아침 식사를 감시인의 부당한 영향력 때문이라고 보려는 사람들도 있었지만, 그것은 지나친 생각이었다. 그 사람들에게 단지 감시하는 일만을 위해 아침 식사도 없는 야간 감시를 맡겠느냐는 질문을 던지면, 그들은 슬그머니 물러났다. 그러나 그들의 의심은 여전히 남아 있다.

물론 이것은 단식과 결코 분리될 수 없는 의심에 속해 있었다. 어느 누구도 감시인으로 모든 밤낮을 쉬지 않고 단식 광대 곁에서 보낼 수는 없었다. 그러므로 누구도 단식이 정말 아무런 오류

없이 계속적으로 행해지고 있는지 자기 눈으로 확인할 수는 없었다. 단지 단식 광대 자신만이 그것을 알 수 있었고, 그러므로 그만이 동시에 자신의 단식을 완전히 만족해하는 관객일 수 있었다. 그러나 그는 어떤 다른 이유로 결코 만족해하지 않았다. 그는 많은 사람들이 불쌍해서 그의 공연에 가보지 못할 만큼 그토록 말랐는데, 그것은 어쩌면 전혀 단식 때문이 아니고, 자기 자신에 대한 불만족 때문인지도 몰랐다. 즉, 그만은 단식이 쉬운 일이라는 것을 알고 있었다. 단식에 대해 아는 사람이라 할지라도 그것은 알지 못했다. 그것은 세상에서 가장 쉬운 일이었다. 그가 그것을 말하지 않은 것은 아니었으나, 사람들은 그를 믿지 않았고, 기껏해야 그를 겸손하다고 생각했고, 대부분이 그를 선전광으로 또는 사기꾼으로까지 취급했다. 그들은 그에게 단식이 쉬운 것은 그가 그것을 쉽게 할 수 있는 방법을 알기 때문이며, 게다가 그 사실을 적당히 고백하는 머리까지 가지고 있는 사기꾼이기 때문이라고 생각했다. 그는 이 모든 것을 감수해야 했고, 해가 지남에 따라 그런 것에 익숙해지기도 했지만, 내면적으로는 이러한 불만이 언제나 그를 허물어뜨리고 있었다. 그래서 그는 단식 기간이 ― 그는 이 증명서를 교부받아야 했다 ― 끝난 후에도 자진해서 우리를 떠나본 적이 결코 없었다. 흥행주는 단식의 최장기간을 사십 일로 정해놓았으며, 그 이상은 결코 단식을 시키지 않았다. 어떠한 세계적 대도시에서라도 그 이상은 시키지 않았다. 물론 좋은 이유에서였다. 경험으로 비추어보아 대개 사십 일이면 점차적으로 고조되는 선전을 통해서 한 도시의 관심을 더욱더 자극시킬 수 있었다. 그러나 그 이후에는 관중들은 마음대로 되지 않았다. 관객이 현격하게 줄어드는 것을 알 수 있었다. 이런 면에서 볼 때 물론 도시와 시골 사이에 작은 차이가 있었지만, 사십 일이 최장 시간이라는 것은 규칙으로서 유효한 것이었다. 그래서 사십일째가 되는 날에는 화환으로 둘러쳐진 우리의 문이 열렸다. 열광적인 관중들이 원형 극장을 메우고 있었고, 군악대가 음악을 연주했다. 두 명의 의사가 우리 안으로 들어가서 단식 광대에게 필요한 검사를 했고, 마이크를 통해서 그 결과가 홀 안에 알려졌다. 그리고 드디어 젊은 여자 두 명이 추첨에 당선된 것을 기뻐하며 걸어 나와서 단식 광대를 우리에서 두 계단 아래로 이끌어 나가려고 했다. 거기에는 작은 탁자 위에 세심하게 선택된 환자용 식사가 차려져 있었다. 그런데 바로 이 순간 단식 광대는 언제나 저항했다. 그는 그에게 몸을 숙이고 팔을 뻗어 도와줄 준비를 갖추고 있는 여자들의 손안에 자신의 뼈만 남은 팔을 자진해서 올려놓기는 했지만, 일어서려고는 하지 않았다. 왜 사십 일이 지난 지금에서 그만두려고 하는가? 그는 아직도 더 오랫동안, 무제한으로 오랫동안 지탱해나갈 수 있을 것 같았다. 그런데 왜 하필이면 지금, 그가 예전에 없이 최상의 단식 상태에 있는 지금에 와서 그만두려 하는가? 사람들은 왜 그에게서, 단식을 계속해서 전대미문의 가장 위대한 단식 광대가 될 수 있는 영광뿐만 아니라, 그는 아마도 이미 그러한 단식 광대일지도 모르지만, 자기 자신을 능가하여 불가해한 단계에 이를 수 있는 영광도 빼앗아가려 하는가? 왜냐하면 그는 자신의 단식 능력에 어떤 한계를 조금도 느끼지 않았기 때문이다. 이 군중들은 그토록 그를 경탄한다고 떠들어대면서도, 왜 그에 대해 그렇게도 인내심이 없었을까? 그들은 왜 그것을 지속시키려 하지 않았을까? 그는 지쳐 있었던 데다 짚 위에 주저앉아 있었으며, 이제 오랫동안 몸을 높이 일으켜 세우고는 음식 쪽으로 걸어가야만 했다. 음식을 생각만 해도 벌써 그는 구역질이 났고, 그는 단지 여자들을 고려해서 그런 표현을 애써 참고 있었다. 그리고 그는 매우 친절해 보이지만 사실은 아주 무서운 그 여자들의 눈 속을 올려다보고는 약한 목 위에 무겁게 올려져 있는 머리를 흔들었다. 그러나 그러고 나서는 언제나 행해지는 일들이 행해졌다. 흥행주가 왔고, 아무 말 없이 ─ 음악 때문에 연설은 불가능했다 ─ 단식 광대 위로 팔을 들어 올렸다. 그 모습은 마치 여기 짚더미 위에 있는 그의 작품인, 이 가엾은 순교자를 한번 감상하도록 하늘을 초대하고 있는 것 같았다. 그것은 물론 단식 광대였지만, 전혀 다른 의미로는 순교자였다. 그는 단식 광대의 가느다란 허리를 잡으면서 과장된 조심성으로 자신이 여기에 부서지기 쉬운 물건과 같은 사람을 데리고 있다는 것을 믿게 하고 싶어 했다. 그리고 그동안 몹시 창백해진 여자들에게 그를 넘겨주었는데, 그러면서 몰래 그를 살짝 흔들어서 단식 광대는 다리와 상체를 가누지 못하고 이리저리 흔들거렸다. 이렇게 단식 광대는 모든 것을 참아냈다. 머리는 가슴 위에 얹혀져 있어서, 그것은 마치 굴러가다가, 설명하기는 어렵지만 거기 그대로 붙어버린 듯이 보였다. 몸체는 푹 패어 있었다. 두 다리는 쓰러지지 않기 위해서 무릎을 맞대고 서로 꽉 붙이고 있었으며, 마치 땅바닥이 진짜가 아니어서 이제 진짜 땅바닥을 찾고 있다는 듯이 바닥을 긁어댔다. 그리고 아주 가볍긴 했으나, 몸무게 전체를 그 여자들 중 하나에게 내맡기고 있었는데, 그녀는 도움을 바라면서 숨을 헉헉거리고 ─ 그녀는 이 명예스런 임무를 이런 것이라고는 생각지 않았었다 ─ 적어도 얼굴이 단식 광대와 닿는 것을 피하기 위해서 우선 가능한 한 목을 쭉 폈다. 그러나 그녀는 그렇게 할 수 없었다. 재수 좋은 그녀의 동료가 그녀를 도우러 오지 않고, 덜덜 떨면서 겨우 단식 광대의 손, 이 작은 뼈 무더기만을 쳐들고 가는 것으로 만족할 뿐이어서, 그녀는 홀 안에 흥분에 찬 웃음소리가 터져나오는 가운데 울음을 터뜨렸고, 그래서 오래전 부터 대기하고 있던 일꾼과 교대해야 했다. 그런 다음 음식이 왔 다. 흥행주는 단식 광대가 기절한 듯 반쯤 잠들어 있는 동안 그에 게 음식을 조금 흘려 넣어주었다. 그러면서 그는 즐겁게 떠들어 댔는데, 그것은 단식 광대의 상태로부터 관심을 다른 곳으로 돌 리기 위해서였다. 그런 다음 관객들에게 이른바 단식 광대가 흥 행주에게 속삭였다는 건배의 말이 전해졌다. 악대가 굉장한 취주 로 그 모든 것을 뒷받침해주었다. 사람들은 흩어졌고, 그리고 아 무도 여기서 생긴 일에 대해서 불만스러워할 이유가 없었다. 아 무도. 그러나 오직 단식 광대만은 그렇지 않았다. 언제나 그만이 만족하지 못했다.

그는 정기적인 짧은 휴식 시간을 제외하고 수많은 해를 그렇 게 살았다. 허울 좋은 영광 속에서, 세상 사람들의 격찬을 받으며, 그러나 그럼에도 불구하고 대부분 울적한 기분으로 살았는데, 아 무도 그의 그런 기분을 진지하게 받아줄 줄 몰랐기 때문에 언제 나 더더욱 울적해졌다. 그러나 사람들이 그를 무엇으로 위로해주 어야 할까? 그가 원할 것이 무엇이 있겠는가? 언제든 어떤 착한 이가 나타나서, 단식 광대를 불쌍히 여기고 그에게 그의 슬픔은 틀림없이 단식에서 오는 것일 거라고 설명하려고 하면, 특히 단 식 기간이 진행되는 동안에는 더군다나, 그는 대답 대신 분노로 발작을 일으키고, 짐승처럼 창살을 흔들어대기 시작해서 모든 이 를 놀라게 하는 일이 생기기도 했다. 물론 그러한 상황들에 대해서 홍행주는 그가 즐겨 사용하는 처벌 방법이 있었다. 그는 모여든 관중들 앞에서 단식 광대를 용서하고, 오직 단식에서 비롯된, 배부른 사람들은 결코 이해할 수 없는 성마름만이 단식 광대의 행동거지를 용서하게 할 수 있다는 것을 시인했다. 그러고 나서 그것과 관련해서 단식 광대의 주장에 대한 언급이 있게 되는데, 그것은 그가 지금 하는 것보다 훨씬 오랫동안 단식을 할 수 있다는 것이었다. 그는 이 주장이 내포하고 있을 높은 목표와 훌륭한 의지와 위대한 극기를 찬미했다. 그러나 그는 그와 동시에 거기서 팔리고 있는 사진들을 내보임으로써 간단하게 그 주장의 반증을 들어 보였다. 왜냐하면 사람들은 그 사진들 속에서 침대에 누워 영양실조로 소멸되어가는, 단식 사십 일째를 맞고 있는 단식 광대의 모습을 볼 수 있었기 때문이다. 이 진실의 왜곡은 이미 단식 광대가 잘 알고 있는 것이면서도, 매번 새로이 그의 신경을 지치게 했고, 그로서는 너무나 감당하기 힘든 것이었다. 때 이른 단식의 중단이 가져오는 결과가 여기에서는 원인으로 설명되어 지고 있었던 것이다! 이러한 잘못된 이해에 대항해서, 이러한 잘못된 이해의 세계와 대항해서 싸우는 일은 불가능했다. 그는 여전히 희망적인 믿음으로 창살에 매달려 홍행주의 말에 귀를 기울였지만, 그 사진들이 나타나기만 하면 매번 창살에서 물러나, 한숨을 쉬면서 짚더미에 깊숙이 주저앉았고, 안심한 관중은 다시 그에게 다가가 그를 구경할 수 있었다.

그러한 장면의 목격자들은 이삼 년 후 당시를 돌이켜 생각해 보면, 그들 스스로가 자신들을 이해할 수 없을 때가 가끔 있었을 것이다. 왜냐하면 그동안 앞서 이미 언급했던 그 급격한 변화가 일어났기 때문이다. 그것은 거의 갑작스럽게 일어났다. 거기엔 어떤 깊은 이유가 있겠지만, 누군들 그런 이유를 찾아내려고 하겠는가. 어쨌든 어느 날 응석꾸러기 단식 광대는 자기 자신이 군중들로부터 버림받았다는 것을 알았다. 오락을 갈망하는 군중들은 오히려 다른 전시회로 몰려갔다. 흥행주는 그를 데리고 다시 한 번 유럽의 절반을 쫓아다녔다. 혹시 여기저기서 옛날과 같은 흥미가 다시 살아나지 않을까 해서였다. 그러나 모든 것은 허사였다. 마치 어떤 비밀스런 합의에 의한 것처럼 도처에는 이제 막 시범 단식에 대한 혐오감이 생겨나고 있었다. 물론 그것이 실제로는 갑자기 생겨날 수는 없었다. 이제 와서 생각해보면 많은 징후들을 기억해낼 수 있다. 그 당시에는 성공의 안개에 가려져 그것들을 충분히 주의해 보지도 않았고, 또 충분히 억제하지도 않았다. 그러나 이제 와서 그런 것에 대해 무슨 대책을 세운다는 것은 너무나 늦었던 것이다. 언젠가 단식을 위한 시대가 또다시 올 것이 분명하다 해도, 지금 살아 있는 사람들에게는 아무런 위안이 될 수 없었다. 그러니 이제 단식 광대는 무엇을 할 수 있겠는가? 수천 명의 사람들에 둘러싸여 환호를 받았던 그가 일 년에 한 번 서는 작은 시장의 가설 흥행장에 설 수는 없었고, 다른 직업을 갖기에는 너무 늙었을 뿐 아니라, 무엇보다도 단식 광대는 너무도 광신적으로 단식에 몰두해 있었다. 그래서 그는 한 특이한 인생 경로의 동료였던 흥행주에게 이별을 고하고, 대형 서커스단에 고용되었다. 그는 자신의 예민한 감성을 다치지 않게 하기 위해서 계약 조건도 전혀 보지 않았다.

대형 서커스단에서는 수많은 사람들, 동물들 그리고 기구들이 서로 조정되고 보충되므로, 거기에서는 언제든지 그리고 누구라도 소용이 될 수 있었다. 물론 적당한, 얼마 안 되는 보수를 요구하는 경우라면 단식 광대도 그러하다. 게다가 이 특별한 경우는 단순히 단식 광대 자신뿐만 아니라 그의 옛 명성까지도 함께 고용되었다. 연령이 많아져도 줄어들지 않는 이 기술의 독특함으로 해서, 노화되어 더 이상 자신의 능력의 절정기에 있지 않은 예술가가 서커스의 한가한 자리에 은닉하고 싶어 했다고는 아무도 말할 수 없었다. 그와 반대로 단식 광대는 자신이 예나 다름없이 단식할 수 있다고 확언했고, 그것은 확실히 믿을 만한 것이었다. 더구나 그는 자기 의지대로 놓아두기만 하면, 이제서야 정작 세상을 제대로 놀라게 해주겠노라고 주장했고, 사람들은 당장에 그렇게 하기로 그에게 약속했다. 단식 광대는 흥분한 나머지 그 당시의 분위기를 잊어버렸던 것이고, 그것을 감안해보면, 이 주장은 전문가들에게는 한낱 실소를 자아내게 할 뿐이었다.

그러나 사실상 단식 광대도 현실 상황에 눈이 어둡지는 않아서, 우리에 들어 있는 자신을 최고 인기 프로그램으로 서커스 연기장 한가운데 놓아두는 것이 아니라 바깥 짐승 우리 부근에, 특히 접근하기 쉬운 곳에 자신을 놓아두는 것을 당연한 것으로 받아들였다. 큼지막하게 오색으로 씌어진 광고가 그의 우리를 둘러싸고 있어서, 그곳에서 무엇을 볼 수 있는지 알려주었다. 관중들이 공연의 휴식 시간에 동물들을 구경하려고 마구간으로 몰려올 때면, 단식 광대 곁을 지나가게 되고 그곳에서 잠시 머무를 수밖에 없었다. 고대하던 마구간으로 가는 도중 왜 이곳에 머무는지 이해하지 못하는 사람들이 있었는데, 만약 그들이 그 좁은 복도에서 떠밀며 그를 좀 더 오랫동안 조용히 관찰하지 못하게 만들지만 않았다면, 사람들은 어쩌면 그의 곁에 더 오랫동안 머물렀을지도 몰랐다. 이것은 단식 광대가 이 방문 시간이 —그는 자신의 삶의 목적인 이 시간이 오기를 고대했다―되기 전에는 언제나 떨고 있었던 이유이기도 했다. 처음에 그는 휴식 시간을 기다리고 있을 수가 없었다. 그래서 그는 가까이 몰려오는 군중들에 매료되어 그들을 마주 바라보았다. 그러나 그것도 잠깐뿐, 그는 그 사람들 거의가 예외 없이 마구간을 구경하고 싶어 하는 사람들뿐이라는 것을 너무 빨리 알아버렸다―집요한, 거의 의식적인 자기 환상조차도 이 인식에 저항하지 못했다. 그리고 이러한 구경꾼들은 멀리 떨어져서 보는 것이 제일 나았다. 왜냐하면 그들이 그에게까지 다가오면 계속해서 새로 형성되고 있는 정당들을 비난하는 그들의 고함 소리가 그의 주위를 미친 듯이 날뛰었기 때문이었고, 그를 조용히 바라보고 싶어 하는 다른 사람들도―이들은 머지않아 단식 광대에게 더욱 고통스러운 존재가 되었다―그를 이해해서가 아니라 기분이 내키는 대로 그리고 모욕을 주기 위해서였다. 그리고 또 다른 사람들은 다만 동물들의 우리로 가려는 사람들이었다. 큰 무리의 사람들이 지나가고 나면, 또다시 뒤를 이어 사람들이 왔는데, 이들은 물론 아무런 방해를 받지 않고 그들이 원하기만 하면 얼마든지 머물러 있을 수 있었지만, 제때에 동물들에게 가기 위해서 거의 옆도 돌아보지 않은 채 큰 걸음걸이로 서둘러 지나갔다. 그리고 아버지가 아이들을 데리고 와서 손가락으로 단식 광대를 가리키며, 이곳에서 무슨 일이 행해지고 있는지를 자세히 설명하고, 단식 광대가 이와 비슷하긴 하지만 전혀 비교할 수 없을 만큼 굉장한 공연을 했던 몇 년 전의 이야기를 들려주었는데, 아이들은 아직 충분치 못한 학교 교육과 인생 수련으로 인해 여전히 이해하지 못했다―그들에게 단식이 무슨 의미를 가졌겠는가? 그렇지만 무엇인가 탐색

하는 그들의 빛나는 눈빛에서는 미래의, 좀 더 자비로운, 새로운 시대들이 엿보이고 있었다. 그러나 이런 행복한 경우는 그리 흔하지 않았다. 단식 광대는 자기 자리가 동물 우리와 그리 가까이 있지 않다면, 아마 모든 것이 조금은 나아질지도 모른다고 가끔 혼잣말을 했다. 그러나 서커스 사람들은 바로 그 때문에 아주 손쉽게 그 장소를 선택했던 것이고, 동물들의 우리에서 나는 냄새, 밤에 들려오는 동물들의 소란스러움, 맹수들을 위해서 날고깃덩어리를 나르는 일, 먹이를 줄 때의 고함 소리 등이 그를 몹시 불쾌하게 하고 그의 마음을 짓누른다는 것은 그들에게는 아무런 이야깃거리가 되지 못했다. 그러나 그는 서커스 감독관들에게 청원할 생각은 감히 하지도 못했다. 어쨌든 그는 동물들에게 방문객들이 많은 것을 감사하고 있었고, 그 방문객들 중에는 가끔 자신을 찾아온 사람도 발견할 수 있었다. 그리고 누가 알겠는가, 그가 자신의 존재를 상기시키려다가 정확히 말해서 그가 동물 우리로 가는 길을 막고 있는 방해물일 뿐이라는 것까지 상기시키게 된다면, 사람들이 그를 어디에 처박아두게 되는지 말이다.

물론 작은 방해물이었고, 점점 작아지고 있는 방해물이었다. 사람들은 오늘날에도 단식 광대에 대한 관심을 요구하는 것을 이상한 일로 여기는 버릇이 생겼고, 그런 버릇은 그에 대한 평가를 말해주는 것이었다. 그는 할 수 있는 데까지 단식을 하고 싶어 했고, 또 그렇게 했다. 그러나 더 이상 그를 구제할 수는 없었다. 사람들은 그의 곁을 그냥 지나갔다. 누군가에게 단식술에 대해 설명하려고 해보라! 그것에 대해 느끼지 못하는 사람에게는 그것을 이해시킬 수도 없다. 아름답던 광고 글자들은 더러워지고 더 이상 읽을 수 없게 되었다. 사람들이 그것을 찢어냈지만, 아무도 그것을 보완해야 한다는 생각은 하지 못했다. 단식을 해낸 날짜의 숫자가 적힌 팻말에는, 처음에는 매일 세심하게 날짜를 바꾸었지만, 이제는 이미 오래전부터 언제나 같은 날짜가 씌어진 채였다. 왜냐하면 처음 몇 주가 지난 다음에는 단원에게조차 이 작은 일거리가 귀찮아졌기 때문이었다. 그래서 단식 광대는 그가 예전에 꿈꾸었던 대로 계속해서 단식을 하게 되었다. 그리고 별다른 어려움 없이 그가 미리 예고했던 만큼의 단식을 해낼 수 있었다. 그러나 아무도 날짜를 세고 있지 않았다. 아무도, 단식 광대 자신조차도 성과가 어느 정도 큰 것인지 알지 못했다. 그는 슬퍼졌다. 간혹 이런 시기에 어떤 한가한 사람이 거기에 멈춰서서 그 지나간 날짜를 비웃으며 사기라고 말하는 수가 있었는데, 이런 의미에서 그것은 무관심과 천성적인 악의가 만들어낼 수 있는 가장 어리석은 거짓이었다. 왜냐하면 단식 광대가 속인 것이 아니라, 그는 진실하게 일했지만 세상이 그를 보상하는 데 있어서 그를 속였기 때문이다.

그렇게 다시 여러 날이 지나갔다. 그리고 그것도 끝이 났다. 언젠가 그 우리는 한 감독관의 눈에 띄었고, 그는 일꾼들에게 유용하게 쓰일 수 있는 이 우리가 왜 여기에 말라비틀어진 짚이나 담고 쓸모없이 서 있는가를 물었다. 어떤 한 사람이 숫자가 씌어진 팻말의 도움으로 단식 광대를 기억해내기 전까지는, 아무도 그 이유를 몰랐다. 사람들은 막대기로 짚을 휘저었고, 그 안에서 단식 광대를 발견했다. "아직도 단식을 하고 있는가?" 하고 감독관이 물었다. "도대체 언제 끝낼 건가?" "모두들 나를 용서해주세요." 하고 단식 광대는 속삭였다. 하지만 귀를 창살에 대고 있던 감독관만이 그의 말을 알아들었다. "물론이지, 우리는 너를 용서해." 하고 감독관은 말하면서 단원에게 단식 광대의 상태를 알려주기 위해 이마에 손가락을 얹어 보였다. "언제나 저는 여러분이 제 단식에 경탄하기를 바랐습니다."라고 단식 광대는 말했다. "우리는 벌써 경탄하고 있네."라고 그 감독관은 다가오면서 말했다. "그렇지만 여러분은 경탄할 필요가 없습니다."라고 단식 광대가 말했다. "그래, 그렇다면 경탄하지 않겠네. 그런데 우리가 왜 그래서는 안 된다는 건가?"라고 감독관이 말했다. "왜냐하면 저는 단식을 할 수밖에 없기 때문이지요. 저는 그렇게밖에는 달리 할 수가 없습니다."라고 단식 광대가 말했다. "누가 한 사람 와서 봐." 하고 감독관은 말했다. "왜 달리는 어쩔 수가 없다는 거지?" "왜냐하면 저는," 하고 단식 광대는 작은 머리를 약간 쳐들고는, 마치 입맞춤을 하려고 내민 듯이 입술을 감독관의 귀에 바싹 내밀어 아무 말도 새어 나가지 못하게 하면서 말했다. "왜냐하면 저는 입에 맞는 맛있는 음식을 발견하지 못했기 때문입니다. 만약 그것을 찾아냈다면, 저는 결코 세인의 이목을 끌지는 않았을 테고, 당신이나 다른 모든 사람들처럼 배가 부르게 먹었을 것입니다." 그것이 그의 마지막 말이었다. 그러나 그의 흐려진 눈에는 더 이상 자랑스럽지는 않더라도 확고한 확신이 여전히 담겨 있었다. 자신이 계속해서 단식을 하리라는 확신이.

"이젠 처리하게!" 하고 감독관은 말했고, 사람들은 짚더미와 함께 단식 광대를 묻었다. 그리고 그의 우리에는 표범 새끼 한 마리를 넣었다. 그렇게 오랫동안 내버려 둔 우리에서 이 야생동물이 이리저리 움직이는 것을 보는 것은 아주 무딘 감각의 소유자라도 느낄 수 있는 기분 전환이 되었다. 표범에게는 아무것도 부족한 것이 없었다. 당직자들은 오래 생각해보지 않고도 표범의 입에 맞는 먹이를 가져다주었다. 표범은 결코 자유를 그리워하는 것 같지도 않았다. 필요한 것은 무엇이든, 물어뜯을 것까지도 마련이 되어 있는 이 고상한 몸뚱이는 자유까지도 함께 지니고 다니는 것 같았다. 아래윗니 어딘가에 그 자유가 숨겨져 있는 것 같았다. 그리고 그것의 목구멍 속에서는 삶의 기쁨이 어떤 강렬한 격정과 더불어 흘러나왔는데, 관중들에게는 그것을 견뎌내기가 쉽지 않을 정도였다. 그러나 그들은 견뎌냈고, 그 우리로 몰려들어 주위를 에워싸고는 전혀 떠나려 하지 않았다.

요제피네, 여가수 또는 쥐의 종족

Josefine, die Sängerin oder das Volk der Mäuse

우리 여가수의 이름은 요제피네이다. 그녀의 노랫소리를 들어보지 못한 이는 그녀 노래의 힘을 알지 못한다. 그녀의 노래에 감동받지 않을 이는 없는데, 그것은 우리 종족이 음악을 사랑하지 않는 만큼 더욱더 높이 평가될 수 있는 것이다. 조용한 평화가 우리에게는 최상의 음악이다. 우리의 삶은 고달프다. 우리가 아무리 한 번쯤 모든 일상적인 걱정을 떨쳐버리려고 애쓴다 하더라도, 우리는 음악과 같이 우리의 평상시 생활과 너무 거리가 먼 것들 쪽으로 우리 자신을 끌어올릴 수는 없다. 물론 우리는 그것을 그리 한탄하지 않는다. 그리고 그렇게까지 생각해본 적은 없다. 왜냐하면 우리는 우리에게 외적으로도 꼭 필요한, 어떤 확실하고 실제적인 영리함을 우리의 최대 장점으로 여기고 있으며, 우리가 언젠가―이런 일은 일어나지 않겠지만―음악에서 어쩌면 생겨날 수도 있는 행복감에 대한 욕구를 가지게 된다 하더라도 이러한 영리함의 미소로써 모든 것에 대해 체념하곤 하기 때문이다. 다만 요제피네만이 예외이다. 그녀는 음악을 사랑하고, 또 그것을 전달할 줄 안다. 그녀는 그런 일을 하는 유일한 존재이다. 그녀가 죽게 되면, 음악은―그것이 얼마나 오랫동안이 될지 누가 알겠는가―우리의 삶으로부터 사라질 것이다.

나는 이 음악이 어떠한 상태에 처해 있는가를 종종 생각해보았다. 우리는 물론 완벽하게 비음악적이다. 그렇다면 우리가 요제피네의 노래를 이해한다거나, 요제피네가 우리의 이해를 부정하고 있으니까, 그저 이해한다고 믿는 것이라 하더라도, 그런 일이 어떻게 생길 수 있겠는가. 이 노래의 아름다움이 너무나 커서, 아무리 무딘 감각을 가진 자라 할지라도 그 아름다움에 저항할 수 없다는 것이 가장 간단한 대답이 될 것이다. 그러나 이 대답은 만족할 만한 것이 못 된다. 만약 정말로 그렇다면, 이 노래 앞에서 우리는 우선 그리고 언제나 특별한 느낌, 요제피네의 목젖에서는 우리가 예전에 한 번도 들어본 적이 없는 어떤 소리가 울려 나오고 있다는 느낌, 또한 우리는 그것을 들을 능력을 전혀 가지고 있지 않으며, 우리에게 그것이 들리도록 할 수 있는 것은 이 요제피네 이외에는 아무도 없다는 느낌을 가져야만 할 것이다. 그런데 내 의견으로는 바로 이 점이 옳지 않다. 나는 그런 느낌을 갖지 못하며, 또한 다른 이들에게서도 그런 낌새를 알아차리지 못했다. 우리는 친한 이들끼리 요제피네의 노래가 성악으로서는 별로 특별한 것이 못 된다고 털어놓는다.

그것이 도대체 성악이라는 것인가? 우리의 비음악성에도 불구하고 우리에게는 전래 민요가 있다. 고대 시대의 우리 종족에게는 노래가 있었다. 여러 설화들은 그것에 관한 이야기를 들려주고 있으며 가곡까지도 보존되어 있는데, 물론 이제는 아무도 그것을 부를 수 없다. 그러니까 우리는 성악이 무엇인가 하는 느낌만은 가지고 있는 셈이며, 요제피네의 예술은 사실 이 느낌에 들어맞지 않는 것이다. 이것이 도대체 성악이라는 것인지? 사실은 단지 휘파람 소리가 아닐는지? 그리고 찍찍거리는 휘파람이야 우리 모두가 다 알고 있는 것이고, 그것은 우리 종족의 원래의 기교, 또는 기교라기보다는 오히려 특징적인 삶의 표현이라고 할 수 있다. 우리 모두가 휘파람을 불지만, 물론 아무도 그것을 예술로서 창조해내고 있다고는 생각지 않는다. 우리는 휘파람을 불면서도 그것에 주의를 기울이지 않는다. 아니, 휘파람을 분다는 것조차 느끼지 못한다. 우리들 중에는 휘파람이 우리의 고유한 특징에 속한다는 것을 전혀 알지 못하는 자들도 많이 있다. 그러므로 만약 요제피네가 노래를 부르는 것이 아니라 단지 휘파람을 불고 있는 것이라면, 그것도 습관적인 휘파람의 한계조차 뛰어넘지 못하고 있는 것이라면, 적어도 나에게는 그렇게 보여지는데—그녀의 힘은 아마 이 습관적인 휘파람을 불기에도 그리 충분치 않을 터인데, 반면 평범한 흙일꾼은 하루 종일 자신의 일을 하면서도 힘들이지 않고 그것을 해낸다—만약 이 모든 것이 사실이라면, 요제피네의 표면상의 예술성은 반박당할 뿐만 아니라 그녀의 거대한 영향력의 수수께끼가 비로소 정확하게 풀릴 수 있을 것이다.

그러나 그녀가 만들어내는 것은 물론 휘파람만은 아니다. 그녀로부터 아주 멀리 떨어져 귀를 기울이거나, 아니면 이것에 관해 시험해본다면 더 좋을 텐데, 그러니까 요제피네가 다른 목소리들 틈에서 노래를 부르고 우리들이 그녀의 목소리를 알아내야 하는 임무를 맡는다면, 우리들은 기껏해야 부드러움과 연약함으로 약간 두드러진, 평범한 휘파람 소리 이외에는 아무것도 들을 수 없다는 것을 부인할 수 없을 것이다. 그러나 그녀 바로 앞에 서 있으면 그것은 결코 휘파람 소리만은 아니다. 그녀의 예술을 이해하기 위해서는 그녀의 목소리를 듣는 것뿐 아니라, 그녀를 바라보아야 할 필요가 있다. 그것이 단지 우리의 일상적인 휘파람이라 해도, 우선 여기서는 단지 그 습관적인 일을 하기 위해 엄숙하게 격식을 차리고 나선다는 어떤 기묘함이 존재한다. 호두 하나를 까는 일이 진실로 예술이 될 수는 없다. 그렇기 때문에 아무도 감히 대중을 불러모아 그들을 즐겁게 해주기 위해서 그들 앞에서 호두 까는 일을 하려 하지는 않을 것이다. 그런데도 누군가가 그런 일을 해서 자신의 뜻을 관철시킨다면, 그것은 절대로 단순한 호두 까기에 관한 일만은 아닐 것이다. 아니면 그것이 단지 호두 까기이기는 해도 우리가 호두 까기를 손쉽게 잘 해낼 수 있었기 때문에 그 예술을 무시해왔으며, 이 새로운 호두 까는 이가 비로소 우리에게 그 예술의 본질을 보여주고 있다는 사실이 명백해질 것이다. 그리고 그가 호두 까는 일을 하는 데 있어서 우리들 대부분보다 좀 부지런하지 않다 해도, 그것은 오히려 효과를 높이는 데 유용할 수 있을 것이다.

아마 요제피네의 노래도 그와 비슷한 상황일 것이다. 우리는 우리 자신에게서는 전혀 감탄하지 않는 것을 그녀에게서 감탄하고 있다. 그런데 우리 자신에 대해 감탄하지 않는다는 점에서 그녀는 우리와 완전히 일치하고 있다. 언젠가 나는 누군가 그녀에게 —물론 이런 일은 흔히 있는 일이지만— 일반 대중의 휘파람에 대해서 특히 매우 겸손하게 주의를 환기시키고 있는 자리에 참석했던 적이 있었는데, 그것은 이미 요제피네에게는 참기 힘든 일이었다. 그 당시 그녀의 얼굴에 나타났던 것 같은 오만하고 건방진 미소를 나는 여태까지 한 번도 본 적이 없다. 원래 겉으로는 완성된 부드러움을 갖추고 있는 그녀가, 그러한 여성들이 풍부한 우리 종족 중에서도 특히 눈에 띌 만큼 부드러운 그녀가 그 당시에는 정말 속돼보였다. 그녀는 매우 민감했으므로 자신도 곧바로 그것을 느낄 수 있었고 자신을 가다듬었다. 아무튼 그녀는 자신의 예술과 휘파람 사이의 모든 관계를 부인했다. 그와 반대되는 의견을 가진 자들에 대해서 그녀는 단지 경멸과 분명히 실토하지 않겠지만, 미움을 가지고 있다. 그것은 평범한 자부심이 아니다. 내 자신도 반쯤은 속해 있는 이 반대 그룹은 그녀에 대해 감탄하는 데 있어서는 분명히 다른 군중들보다 덜하지 않다. 그러나 요제피네는 단순히 경탄만을 바라는 것이 아니라, 자신이 정한 방식대로 칭찬받기를 원하는 것이다. 감탄 자체는 그녀에게 전혀 중요치 않다. 게다가 그녀 앞에 앉아 있노라면, 그녀를 이해하게 된다. 반대도 다만 그녀로부터 멀리 떨어진 곳에서나 할 수 있다. 그녀 앞에 앉으면, 그녀가 여기서 휘파람처럼 불고 있는 것은 휘파람이 아니라는 것을 알게 된다.

휘파람 부는 일이 우리에게는 아무 생각 없이 행하는 습관에 속하기 때문에, 요제피네가 노래 부르는 강당에서도 휘파람을 불거라고 생각할 수도 있다. 왜냐하면 그녀의 예술을 대할 때 우리는 기분이 좋아지고, 기분이 좋을 때 우리는 휘파람을 불기 때문이다. 그러나 그녀의 청중은 휘파람을 불지 않는다. 쥐 죽은 듯이 조용하다. 마치 우리 자신이 염원하던 평화의 일부분이 되기라도 한 듯이, 최소한 우리 자신의 휘파람 때문에 가까이 할 수 없었던 그 평화의 일부분이 된 듯이 우리는 침묵을 지킨다. 우리를 매료시키는 것이 그녀의 노래인가, 아니면 오히려 그녀의 연약한 목소리를 둘러싸고 있는 장중한 고요함인가? 언젠가 어떤 바보스러운 작은 녀석이 요제피네가 노래하는 동안 아무런 사심 없이 휘파람을 시작해버린 일이 있었다. 그런데 그것은 우리가 요제피네에게서 들었던 것과 꼭 같은 것이었다. 저 앞쪽에서 나는 소리는 많은 연습에도 불구하고 여전히 수줍어하는 휘파람 소리였고,

여기 관중 속에서 나는 것은 자신을 망각한 어린것의 휘파람 소리였다. 그 차이를 따지기란 불가능했을 것이다. 그러나 우리는 휙휙 야유의 소리를 내고 휘파람을 불어서 그 방해꾼을 제압해 버렸다. 그러나 그것은 결코 필요한 짓이 아니었다. 왜냐하면 그렇게 하지 않았어도, 요제피네가 승리의 휘파람을 불기 시작하면서 팔을 벌리고 있는 대로 목을 높이 뺀 채로 완전히 어쩔 줄 모르고 있는 동안, 그 방해꾼은 분명히 두려움과 수치심으로 잔뜩 움츠러들었을 테니까 말이다.

그런데 그녀는 언제나 그런 식이다. 모든 사소한 것, 모든 우연, 모든 반항, 상등석에서 나는 딱 소리, 이빨 부딪치는 소리, 조명 장애 등을 그녀는 자신의 노래의 효과를 높이는 데 적합하다고 여기고 있다. 그녀의 의견에 의하면 그녀는 귀머거리들 앞에서 노래를 부르고 있다는 것이다. 열광과 갈채는 부족하지 않다. 그러나 그녀는 이미 오래전부터 그녀가 말하는 진정한 이해를 단념할 줄 알게 되었다. 그러자 모든 방해들이 그녀에게는 매우 중요해졌다. 왜냐하면 외부로부터 그녀의 순수한 노래에 대항하는 모든 것들, 작은 싸움이나 싸우지 않더라도 단지 대적 상태를 통해 정복할 수 있는 모든 것들은 군중을 일깨우고 그들에게 이해력은 아니더라도 무언지 가슴 두근거리는 존경심을 갖게 하는 데 기여할 수 있기 때문이다.

그러나 좌우간 사소한 것이 그녀에게 그러한 기여를 한다면, 위대한 것은 진정 어떻겠는가. 우리의 생활이란 매우 불안해서, 날마다 놀라움, 공포감 그리고 희망과 경악을 가져다준다. 그래서 밤낮으로 언제나 동료들의 지원을 받고 있는 게 아니라면, 한 개인이 이 모든 것을 견뎌낼 수는 없을 것이다. 그러나 그러한 지원이 있어도 생활은 종종 정말 힘이 든다. 가끔은 수천의 어깨들이, 사실상 한 개인에게 주어진 짐에 눌려 떨기도 한다. 그럴 때면 요제피네는 자신의 시간이 왔다고 여긴다. 벌써 그녀는 거기에 서 있다. 이 연약한 존재가, 특히 가슴 아래로 불안스럽게 음을 떨어대면서. 그 모습은 마치 그녀가 온 힘을 노래 속에 모으고 있는 듯하며, 노래에 직접 기여하지 않는 자신의 다른 모든 것으로부터 모든 힘, 거의 모든 가능한 생명력을 뽑아내는 듯하며, 그녀는 완전히 발가벗은 채 내맡겨져서, 단지 천사의 보호로 인도되고 있는 듯하며, 그녀가 그렇게 완전히 자신으로부터 벗어나 노래 속에 안주하고 있는 동안에는 스쳐 지나가는 한 줄기 차가운 입김도 그녀를 죽일 수 있는 것처럼 보인다. 그러나 바로 그런 모습에서 우리는 적대자라고 자칭하는 자가 우리에게 말하는 소리를 듣곤 한다. "그녀는 휘파람도 제대로 불 줄 모르는군. 성악이 아니라—성악에 대해서는 우리 이야기하지 말기로 하자—흔하디흔한 휘파람을 약간 짜내기 위해 저렇게도 힘겹게 애써야 하다니." 우리에게는 그렇게 보이지만 이것은 언급한 대로, 피할 수 없는, 그러나 순식간에 스쳐 지나가는 인상인 것이다. 이미 우리 또한 몸과 몸을 맞대고 따스한 마음으로 숨조차 제대로 쉬지 못하며 귀를 기울이고 있는 군중의 감정 속으로 빠져들고 만다.

거의 언제나 움직이고 있는, 때로는 그리 분명치 않은 목적 때문에 이리저리 돌진하고 있는 우리 종족의 대다수를 자기 주위로 불러 모으기 위해서, 요제피네는 그 작은 머리를 뒤로 젖히고, 입을 반쯤 벌리고, 눈은 높은 곳을 향하고는 자신이 노래를 부르려 한다는 것을 암시하는 자세를 취하는 일 이외에는 거의 아무것도 할 필요가 없다. 그녀는 그녀가 원하는 곳이라면 어디서든 그렇게 할 수 있다. 멀리 내다보이는 장소가 아니어도 된다. 우연한 순간적인 기분에서 선택된, 어떤 숨겨진 구석이라도 마찬가지로 쓸모가 있다. 그녀가 노래를 부르려 한다는 소식은 금세 널리 퍼지고, 머지않아 긴 행렬이 이어진다. 물론 가끔은 방해가 생기기도 한다. 요제피네는 특히 격앙된 시기에 노래 부르기를 좋아한다. 그럴 때는 여러 종류의 걱정과 고뇌가 우리를 여러 길로 몰아세우기 때문에, 우리들은 아무리 해도 요제피네가 원하는 것처럼 그렇게 빨리 모일 수가 없다. 이럴 때면 그녀는 얼마 동안 별로 많지 않은 청중 앞에서 굉장한 자세를 취하며 서 있을 수밖에 없다─그렇게 되면 그녀는 물론 화를 낸다. 그녀는 발을 동동 구르고, 전혀 처녀답지 않게 저주를 하고, 물어뜯기조차 한다. 그러나 그녀의 그런 태도도 그녀의 명성에는 아무런 해가 되지 않는다. 그녀의 지나치게 큰 요구를 조금 제한하기보다는, 군중들은 자신들이 그 요구에 맞추려고 애를 쓴다. 그래서 청중들을 끌어 오기 위해서 심부름꾼들이 보내진다. 그런 일이 있다는 것은 그녀에게는 비밀로 한다. 그럴 때면 그 주변의 길목에는 다가오는 자들에게 빨리 오라고 손짓하는 보초가 세워진 것을 볼 수 있다. 왜냐하면 이 모든 것은 마침내 어지간한 숫자의 관중들이 모일 때까지 아주 오랫동안 계속되기 때문이다.

무엇이 우리 종족으로 하여금 요제피네를 위해 그토록 애쓰게 만드는 것일까? 그것은 요제피네의 노래에 관한 질문보다 결코 답하기 쉽지 않은 질문이며, 이 두 질문은 물론 서로 관계가 있다. 만약 우리 종족이 노래 때문에 무조건 요제피네에게 복종하고 있는 거라면, 우리는 이 질문을 없애버릴 수도 있고, 두 번째 질문과 완전히 합쳐버릴 수도 있다. 그러나 이것은 결코 그런 경우가 아니다. 우리 종족은 무조건 복종이라는 것을 모른다. 무엇보다도 확실하게 무해한 영리함을 사랑하며, 어린아이 같은 속삭임, 단지 입술만을 움직이는, 물론 악의 없는 떠벌림을 사랑하는 종족, 그러한 종족은 어쨌든 무조건 복종할 수가 없다. 그것은 분명히 요제피네도 느끼고 있다. 그녀가 자신의 약한 목젖을 무리해 가면서 힘껏 싸우고 있는 대상이 바로 이것이다.

이러한 일반적인 판단에 있어서 너무 극단으로 흘러서는 안 된다는 것은 말할 필요도 없다. 군중들은 사실 요제피네에게 복종하고 있다. 다만 조건이 없지는 않다. 예를 들어서, 요제피네를 비웃는 짓은 할 줄 모를 테지만 이렇게 자백할 수는 있다. 요제피네의 많은 점이 우리를 웃게 한다고. 그리고 웃음이라는 것 자체가 우리에게는 언제나 가까이 있다. 우리들의 삶의 모든 슬픔에도 불구하고, 우리들에게서 조용한 웃음은 거의 언제나 떠나지 않는다. 그러나 우리는 요제피네를 비웃지는 않는다. 가끔 나는, 우리 종족이 자신들과 요제피네와의 관계를 다음과 같은 식으로 이해하고 있다는 인상을 받는다. 그러니까 부서지기 쉽고, 무리해서는 안 되는, 어쨌든 특별한 존재, 그들의 생각으로는, 노래로써 특별한 이 존재는 그들을 신뢰하고 있고, 그러므로 그들은 그녀를 돌보아주어야 한다는 것이다. 그러나 그 까닭은 누구에게도 명확치 않다. 단지 그렇다는 사실만이 확실해 보인다. 그러나 어떤 이에게 믿고 털어놓은 것, 그것에 대해서는 비웃지 않는 법이다. 그것에 대해 비웃는다는 것은 책임을 훼손시키는 일일 것이다. 만약 우리들 중에서 가장 못된 자들이 가끔, "요제피네를 보면 우리한테서 웃음이 사라진단 말이야." 하고 말한다면, 그것은 그들이 요제피네에게 끼치는 가장 극심한 악의이다.

그래서 우리 종족은 한 아이를 돌봐주는 아버지와 같은 심정으로 요제피네를 보살펴주고 있는데, 그 아이는 자그마한 손을—부탁을 하는 것인지 아니면 요구를 하는 것인지 잘 모르겠지만—아버지에게 내밀고 있다. 그러한 아버지의 의무를 수행하는 데 있어 우리 종족이 아무 쓸모가 없다고 생각들을 할 것이다. 그러나 실제로 우리 종족은 적어도 이 경우에는 아버지의 의무에 대해 본보기가 될 만큼 훌륭하게 이해하고 있다. 이 점에서 종족 전체가 할 수 있는 일을 한 개인 혼자서는 절대로 할 수 없을 것이다. 물론 종족과 한 개인의 능력의 차이는 아주 큰 것이다. 그러므로 종족에게는 피보호자를 자신의 따뜻한 곁으로 끌어 잡아당기기만 하면 되고, 그로써 그는 충분히 보호받게 된다. 우리 종족은 요제피네에게 그런 것들에 관해서 감히 이야기해볼 엄두도 내지 않는다. "나는 너희들을 보호하기 위해서 휘파람을 불고 있어."라고 그녀는 말할 테니까. '그래, 그래, 너는 휘파람을 불어.'라고 우리는 생각할 테고. 게다가 그녀가 반란을 일으킨다 해도, 그것은 사실 반항이라기보다는 오히려 순전한 어리광이며 어린아이의 감사의 표시인 것인데, 그런 것에 마음을 쓰지 않는 것 또한 아버지의 마음이다.

그러나 이제 우리 종족과 요제피네의 이러한 관계를 통해서 설명하기에는 더욱 곤란한 또 다른 문제들이 나타난다. 말하자면 요제피네는 반대 의견을 가지고 있다. 그녀는 자기 자신이 우리 종족을 보호해주고 있다고 믿고 있다. 그녀의 노래는 표면적으로는 정치적 또는 경제적으로 어려운 상황에서 우리를 구해주고 있다. 그것은 그 이상의 일을 성취하고 있는 것이다. 그녀의 노래가 불행을 쫓아버리지는 못한다 하더라도, 적어도 그것을 견디어

낼 수 있는 힘을 우리에게 준다는 것이다. 그녀는 이것을 그렇게 표현하지는 않지만, 또 다르게 표현하는 것도 아니다. 그녀는 본디 별로 말을 하지 않는다. 그녀는 수다쟁이들 사이에서 입을 다물고 있다. 그러나 그녀의 눈빛이 그렇게 말하고 있다. 그녀의 꼭 다문 입에서―우리 종족들 중에 입을 꼭 다물고 있을 수 있는 이는 아주 소수인데, 그녀는 그렇게 할 수 있는 것이다―그것을 읽어낼 수 있다. 모든 나쁜 소식을 접해도―거의 날마다 그런 소식들이 넘치고 있고, 그중에는 허위이거나 반쯤밖에 맞지 않는 소식도 있다―그녀는 곧 우뚝 일어선다. 그 소식들이 그녀를 지치게 만들어 바닥으로 끌어내릴 때라도, 그녀는 우뚝 일어서서 목을 곧게 펴고, 마치 천둥에 직면해 있는 목동처럼 자신이 이끄는 무리들을 둘러보려고 애쓴다. 분명히 어린아이들도 성숙하지 못한 미흡한 방식이기는 해도 그와 비슷한 주장을 펼 것이다. 그러나 요제피네에게는 그것이 결코 어린아이들에게서처럼 아무런 이유가 없는 것이 아니다. 물론 그녀는 우리를 구하지도 못하며 우리에게 힘을 주지도 못한다. 스스로가 이 종족의 구원자라고 뽐내기는 쉽다. 이 종족은 고통에 길들여져 있고, 자신의 몸을 아끼지 않으며, 재빨리 결단을 내려야 하고, 죽음을 잘 알고 있으며, 무모한 일들이 일어나는 환경을 두려워하는 것처럼 보이지만 사실은 늘상 그 속에서 살고 있으며, 그 이외에도 대담할 뿐만 아니라 창작력이 풍부한 종족이다―말하건대 이러한 종족의 구원자라고 스스로 강조하며 뽐내기는 쉬운 일이다. 왜냐하면 우리 종족은 희생물이 되어 있을 때에도 어떻게 해서건 스스로를 구원해왔기 때문이다. 역사 연구가들은―일반적으로 우리들은 역사 연구를 온통 등한시하고 있다―이 희생에 대해서 놀란 나머지 꼼짝도 못할 정도이다. 그러나 우리가 어떤 다른 때보다 곤경에 처해 있을 때 요제피네의 목소리를 더욱 잘 들을 수 있다는 것은 사실이다. 우리를 덮고 있는 위협들이 우리를 조용하게, 겸손하게 만들며, 요제피네의 지휘에 복종하게 만든다. 우리는 기꺼이 모이고, 기꺼이 함께 북적거린다. 특히 그것이 고통스러운 중요한 일과는 전혀 거리가 먼 어떤 동기 때문에 생기는 일이기 때문이다. 그것은 마치 우리가 전쟁을 앞두고 아직 평화의 잔을 함께 빨리—그렇다. 서두를 필요가 있다. 요제피네는 그것을 너무 자주 잊어버린다—마시고 있는 것과 같다. 그것은 별로 성악 공연 같지가 않고, 차라리 국민 집회라고 할 수 있다. 그 앞에서는 작은 휘파람 소리까지도 완전히 잠잠해지는 그런 집회, 그 시간은 우리들의 잡담으로 지나쳐버리기에는 너무 진지한 것이다.

그러한 상황은 물론 요제피네를 절대로 만족시킬 수는 없을 것이다. 요제피네는 완전히 해명된 적이 없는 그녀의 위치 때문에 신경성 불쾌감에 가득 차 있으면서도 자신의 자의식에 사로잡혀 많은 것을 보지 못하고 있고, 크게 애쓰지 않아도 더욱 많은 것을 간과하는 상황에 처할 수도 있다. 이러한 의미에서, 그러니까 일반적으로 유익한 의미에서 아첨꾼의 무리는 언제나 계속해서 활약하게 된다. 그러나 국민 집회의 한구석에서 그저 곁다리로, 별로 눈길을 끌지 못한 채 노래를 부르는 일을 위해—그것이 결코 사소한 일은 아닌데도—자신의 노래를 바치지는 않을 것이 분명하다.

그러나 그녀는 또한 그렇게 할 필요도 없다. 왜냐하면 그녀의 예술은 주의를 끌지 못하는 것은 아니기 때문이다. 우리가 사실은 그녀의 노래가 아닌, 전혀 다른 것에 몰두하고 있고, 그곳을 지배하는 조용함이 결코 노래를 위한 것이 아니며, 또 많은 이들은 요제피네를 쳐다보는 것이 아니라 옆 동료의 털 속에 얼굴을 누르고 있으며, 그래서 요제피네가 저 위에서 온갖 노력을 기울이는 것이 헛되게 보인다 할지라도, 그녀의 휘파람 소리에서는 무엇인가 우리에게 불가항력으로 밀려오는 것이 있고, 그것은 부정할 수 없는 일이기 때문이다. 모든 다른 이들에게는 침묵이 과해지는 그곳에서 솟아오르는 이 휘파람은 마치 종족의 복음처럼 개개인에게 전해진다. 힘든 대단원의 한가운데 서 있는 요제피네의 가느다란 휘파람 소리는 적대적인 세계가 주는 불안감 한가운데 있는 우리 종족의 불쌍한 존재와 거의 흡사하다. 요제피네는 자신의 지위를 유지하는 데 목소리의 이러한 아무것도 없음, 업적에 있어서도 이러한 아무것도 없음으로 자신의 지위를 유지하며 우리에게 이르는 길을 마련하고 있다. 이런 일을 생각하면 기분이 좋아진다. 언젠가 진정한 성악가가 우리들 속에서 나타난다면, 우리는 분명히 그 시대에는 그를 참아내지 않고 만장일치로 그러한 무의미한 공연을 거절할 것이다. 우리가 그녀에게 귀 기울이고 있다는 사실이 바로 그녀의 노래에 반대하는 증거라는 인식을 요제피네가 피할 수 있기를. 아마도 그녀는 그것을 인식하고 있을 것이다. 그렇지 않다면 왜 그녀는 우리가 그녀에게 귀 기울이고 있다는 것을 그토록 심하게 부인하겠는가. 그러나 그녀는 여전히 또다시 노래 부르고 있으며, 이러한 인식을 넘어 자기 자신을 멀리 휘파람으로 날려 보내고 있다.

그러나 그녀를 위해서 그 이외에도 아직 위안거리가 남아 있다. 즉, 우리가 어느 정도는 정말 그녀에게 귀 기울이고 있다는 것이다. 그것은 분명히 성악 예술인에게 귀 기울이는 것과 비슷할 것이다. 그녀는 어떤 예술적인 성악가가 우리에게서 얻으려고 헛되이 애쓰는 그런 영향력을 단지 충분치 못한 그녀의 실력으로 성취하게 될 것이다. 그것은 아마도 주로 우리의 생활 방식과 관계가 있을 것이다.

우리 종족은 아무도 청춘 시절을 알지 못한다. 짧았던 유년 시절도 전혀 알지 못한다. 물론 다음과 같은 것에 대한 한결같은 요구가 등장하고 있기는 하다. 말하자면 어린 새끼들에게는 하나의 특별한 자유, 하나의 특별한 보호를 보증해주었으면 좋겠다든가, 약간의 심적인 편안함에 대한 권리, 별 뜻 없이 조금은 뛰어 돌아다닐 수 있는 권리, 약간의 놀이에 대한 권리, 이러한 권리를 인정하고 그것이 실현되도록 도와주었으면 좋겠다는 등의 요구들이 등장하고 있으며, 거의 모든 이들이 그것에 동의하고 있다. 이보다 더 동의해야 할 것은 없다. 우리 종족은 그 요구들을 시인하고, 그것들의 의미대로 노력한다. 그러나 머지않아 다시금 모든 것은 옛 상태대로 돌아오고 만다. 우리의 삶이란 물론 어린 새끼가 조금만 뛰어다니게 되고 주위 환경을 조금만 구별할 수 있게 되면 곧 어른과 마찬가지로 스스로를 돌보아야 하는 그런 식이다. 우리는 경제적인 문제를 고려해서 흩어져 살아야 하는데, 그 지역은 너무나 광대하다. 우리의 적은 너무도 많다. 우리 주변 사방에 깔려 있는 위험들 또한 헤아릴 수 없이 많다—그러므로 우리들은 어린 새끼들을 생존의 투쟁으로부터 떼어놓을 수가 없다. 우리가 그렇게 한다면, 그것은 그들의 때 이른 종말이 될 것이다. 이러한 슬픈 이유들 속에는 물론 기운을 북돋아주는 것도 있다. 말하자면 우리 종족의 임신 능력이 그것이다. 한 세대가—모든 세대마다 수를 헤아릴 수 없지만—다른 세대를 재촉하고 있다. 어린 새끼들은 어린 새끼로 있을 수 있는 시간이 없다. 다른 종족들은 어린 새끼들을 세심하게 돌보고, 새끼들을 위한 학교들을 세우고, 매일 이 학교로부터 그 종족의 미래인 새끼들이 쏟아져 나올지도 모른다. 그러므로 그곳에 나타나는 것은 분명히 아주 오랫동안 매일 똑같은 새끼들일 것이다. 우리에게는 학교가 없다. 그러나 매우 짧은 기간 동안에도 우리 종족으로부터 헤아릴 수 없이 많은 무리의 어린 새끼들이 쏟아져 나온다. 그들은 아직 휘파람을 불지 못하는 동안에는 즐겁게 찍찍 소리를 내거나 홀짝홀짝 울면서 쏟아져 나온다. 그리고 아직 걸어 다니지 못하는 동안에는 우르르 몰려 나가거나 또는 밀리는 힘 때문에 계속해서 굴러다닌다. 또 아직 제대로 보지 못하는 동안에는 덩어리를 이루고 있으므로 모든 것을 함께 쓸어가 버린다. 그것이 바로 우리 새끼들이다! 그리고 저들의 학교에서처럼 결코 똑같은 새끼들이 아니다. 절대로 아니다. 언제나, 언제나 새로운 어린것들이다. 끝없이, 끊임없이. 한 어린 새끼는 나타나자마자 이미 어린것이 아니다. 그의 뒤에는 벌써 새로운 어린것들의 얼굴이 행복감으로 발그레해져서, 그 많은 숫자와 급속한 속도로 전혀 구별되지도 않은 채 밀어닥치고 있다. 물론 이런 모습 또한 매우 아름다울 수도 있고, 다른 종족들이 이것 때문에 우리를 부러워하는 것도 당연하다고 할 수 있겠지만, 우리는 우리 새끼들에게 진정한 어린 시절을 줄 수는 없는 것이다. 그리고 그것은 그 나름대로의 결과를 갖는다. 우리 종족에게는 어떤 특정한 불멸의, 결코 근절될 수 없는 천진성이 배어 있다. 바로 우리 최고의 장점인, 확실하고도 실제적인 이성과는 완전히 모순되게 우리는 가끔 철저히 바보스럽게 행동한다. 말하자면 마치 어린것들이 바보스럽게 행동하듯이, 아무런 의미 없이, 헤프게, 대규모로, 경솔하게 그리고 종종 이모든 것을 작은 재미 때문에 하는 그런 식으로 행동한다. 그리고 그것에 대한 우리의 기쁨이 당연히 어린것들의 기쁨이 갖는, 넘치는 활력을 가질 수는 없지만, 분명히 그 속에는 여전히 그러한 활력이 어느 정도 살아 있다. 우리 종족의 이러한 천진성은 오래 전부터 요제피네에게도 득이 되고 있다.

그러나 우리 종족은 천진한 것만이 아니라 어느 정도는 이른 시기에 조숙해지기도 한다. 어리다는 것과 늙었다는 것이 우리 종족에게는 다른 종족과 다르게 나타난다. 우리는 청춘 시절 없이 곧바로 어른이 된다. 그러고는 너무 오랫동안 어른으로 존재한다. 거기서 어떤 피로감과 절망감이 흘러나와, 전체적으로는 그렇게도 강인하고 질긴 희망을 지닌 우리 종족의 존재에 넓은 흔적을 남기며 관통하고 있다. 우리의 비음악성도 그것과 관계가 있을 것이다. 우리는 음악을 하기에는 너무나 늙었다. 음악의 고조된 감흥, 그 비상은 우리의 무게에는 맞지 않는다. 우리는 피로한 손짓으로 그것을 향해 거절의 뜻을 보낸다. 그래서 우리는 휘파람으로 되돌아간다. 여기저기서 조금씩 휘파람을 부는 일, 그 정도가 우리에게는 알맞다. 우리들 중에서 음악적인 인재가 있는지 없는지 누가 알겠는가. 그러나 그런 자가 있다 하더라도, 그들이 발전하기도 전에 동료 종족의 특성이 그들을 억누를 것이다. 그와는 반대로 요제피네는 자기 좋을 대로 휘파람을 불거나 노래를 부르거나, 또는 그녀가 무어라고 부르든 간에, 그녀가 하는 그것은 우리에게 방해가 되지 않는다. 그것은 우리에게 맞다. 우리는 그것을 참아낼 수가 있다. 그 속에 약간의 음악이 포함되어 있는 게 사실이라면, 그것은 가능한 한 가장 아무것도 아닌 상태로 축소되어져 있는 음악일 것이다. 그러므로 일종의 음악 전통이 고수되고 있는 셈이다. 그러나 이것은 우리에게 하등의 짐이 되지 않는 그러한 음악 전통이다.

그러나 요제피네는 그렇게 태어난 이 종족에게 더 많은 것을 가져다주고 있다. 그녀의 음악회에서, 특히 중요한 시기에는 단지 아주 어린 청소년들만이 가수로서의 그녀에게 관심을 갖는다. 오직 그들만이 놀라워하며 바라본다. 그녀가 입술을 오물거리는 모습과 귀여운 앞니들 사이로 숨을 내쉬는 모습, 자기 스스로가 만들어내는 소리에 감탄하며 숨을 끊는 모습, 이러한 도취를 이용해서 자기 자신을 고무시켜 그녀 자신에게도 항상 이해가 안 가는 새로운 성과를 이루어내는 모습을. 그러나 본래의 대다수 군중들은—이것은 분명하게 알 수 있는데—자기 자신에게 되돌아온다. 삶의 투쟁 중에 꼭 필요한 여기 이 휴식 시간에 군중들은 꿈을 꾸는 것이다. 이것은 마치 각자가 사지를 편하게 푸는 일, 그 각각의 불안한 자가 종족의 크고 따스한 침대에서 자기 마음대로 몸을 쭉 펴고 기지개를 켜도 되는 일과 흡사하다. 그리고 이 꿈속에서는 때때로 요제피네의 휘파람 소리가 들려온다. 그녀는 그 소리가 마치 진주 구르는 소리 같다고 말하지만, 우리들은 찌르는 듯한 소리라고 말한다. 그러나 어쨌든 그것은 그 어디에서보다 여기가 제자리인 셈이고, 그 어느 때보다 가장 음악을 기다리는 순간에 나타나는 것이다. 그 안에는 무언가 가엾은 짧은 어린 시절이 약간 들어 있다. 그러니까 잃어버린, 다시는 되찾을 수 없는 행복이 조금 들어 있는 것이다. 그러나 바쁜 현재의 삶도 약간 들어 있는데, 말하자면 삶의 명랑성, 작고 이해할 수는 없으나 그럼에도 불구하고 여전히 존재하는, 결코 말살되지 않을 삶의 명랑성도 조금 들어 있는 것이다. 그러나 이 모든 것은 사실 커다란 소리로 말해지는 것이 아니라 가볍게, 속삭이듯이, 친밀하게, 가끔은 약간 쉰 목소리로 말해진다. 물론 그것은 일종의 휘파람이다. 어찌 아니라고 하겠는가? 휘파람은 우리 종족의 언어이다. 많은 이들은 평생 오로지 휘파람을 불고 있으면서도 그것을 알지 못한다. 그러나 이곳의 휘파람은 매일매일의 생활의 질곡에서 자유롭게 벗어나 있으며, 짧은 시간 동안이나마 우리까지도 자유롭게 해준다. 분명히 우리가 이런 공연을 아쉬워하지는 않았을 테지만.

그러나 그러한 관점과 요제피네의 주장 —자신이 우리에게 그러한 시기에 새로운 힘을 준다 등등 —사이에는 아직도 큰 차이가 있다. 물론 이것은 일반적인 대중에게 그렇다는 이야기일 뿐, 요제피네에게 아부하는 이들에게 해당되는 것은 아니다. "어떻게 다를 수 있는가," —아첨꾼들은 조금도 거리끼지 않고 대담하게 이야기한다 —"우리가 대성황을 이룬 그 군중들을, 그것도 특히 시시각각 밀어닥치는 위험에 처해 있는 그들을 어떻게 달리 설명할 수 있을까. 그들은 이미 여러 번 이러한 위험을 제때에 충분히 방어하는 일에 지장을 주었다."라고. 그런데 이 마지막 말이 불행하게도 사실이기는 하지만, 그것은 요제피네의 유명세에 속하는 것은 아니다. 특히 덧붙이자면 그러한 모임이 적의 불의의 습격을 받아서 우리들 중 많은 자들이 거기에서 생명을 잃을 수밖에 없었다 하더라도, 이 모든 것을 책임져야 하는 요제피네는 아마도 휘파람 소리로 적을 사로잡았을 테고, 언제나 가장 안전한 자리를 차지하고 있으므로, 그녀의 추종자들의 보호를 받으며 아주 조용하고도 가장 빨리 맨 먼저 사라져버린다. 그러나 이것 또한 실제로 모두가 알고 있는 일이다. 그럼에도 요제피네가 머지않아 그녀가 원하는 대로 언제 어디서건 노래를 위해 일어선다면, 그들은 또다시 서둘러 그리로 향한다. 그것으로써 우리는 요제피네가 거의 법의 범위 밖에 있다는 것, 그래서 그녀는 자기가 원하는 것이 전체를 위협한다 해도 그것을 할 수 있다는 것, 그리고 그녀에게 모든 것이 용서되리라는 것을 추정해볼 수 있다. 만약 정말 그렇다면 요제피네의 여러 요구 또한 전부 이해가 간다. 틀림없이 우리들은 우리 종족이 그녀에게 부여한 이러한 자유 속에서, 즉 그녀 이외에는 아무에게도 승낙하지 않았던, 원래는 법에 저촉되는 이 특별한 선물에서 어느 정도는 우리 종족의 고백을 알아차릴 수 있다. 즉, 우리 종족은 그녀가 주장하듯이 그녀를 이해하지 못하면서, 그녀의 예술에 놀라 넋을 잃고 바라보고 있으며, 우리 자신을 그녀의 예술에는 어울리지 않는 존재로 느끼며, 요제피네에게 상처를 주는 이런 고통을 기껏해야 절망적인 성과로 보충하려고 애쓰고 있으며, 그녀의 예술이 우리들의 이해 능력 밖에 존재할 뿐만 아니라 그녀의 인간성과 그녀의 바람 또한 우리들의 명령권 밖에 있다는 것을 고백하고 있는 것이다. 물론 이것은 절대로 맞는 말이 아니다. 아마 우리 종족은 혼자서는 그녀 앞에서 너무도 빨리 항복할지 모른다. 그러나 우리 종족은 그 누구 앞에서도 무조건 항복하지는 않으므로 그녀 앞에서도 마찬가지일 것이다.

이미 오래전부터, 아마 그녀의 예술가로서의 경력이 시작되면서부터 이미 요제피네는 자신의 노래를 위해서 모든 노동을 면제받을 수 있도록 싸우고 있다. 그러므로 우리가 그녀에게서 매일의 빵과 그 이외에 생존 투쟁에 연결되어 있는 모든 것에 대한 걱정을 없애주어야 하고, 그것을 ─ 확실하게 ─ 종족 전체에게 전가해야 한다는 것이다. 순식간에 감격하는 자는 ─ 그러한 자들도 있었는데 ─ 벌써 이런 요구의 특이함과 그런 요구를 생각해낼 수 있는 정신 상태만으로도 그 내적인 정당성을 인정하게 될 수도 있다. 그러나 우리 종족은 반대 결론을 내린다. 그리고 그 요구를 조용히 거절한다. 그러한 요청을 하는 이유에 대해서도 또한 그다지 심하게 반박하지도 않는다. 요제피네는, 예를 들어 노동할 때의 노고가 그녀의 목소리에 해를 끼친다는 것, 노동의 노고는 노래를 부를 때의 노고와 비교할 때 사소하다는 것, 그러나 그것은 노래를 부르고 나서 충분히 휴식을 취하고 또 새로운 노래를 위해서 기력을 강하게 할 수 있는 가능성을 빼앗아 간다는 것 등을 지적하고 있다. 그렇게 되면 분명히 그녀는 완전히 탈진되어 이러한 상황에서는 아무리 해도 자신의 최대의 역량을 발휘하지 못한다는 것이다. 우리 종족은 그녀의 말에 귀를 기울이지만 그것을 대수롭지 않게 여긴다. 그렇게 쉽게 감격하는 이 종족이 가끔은 전혀 마음이 움직여지지 않는 것이다. 이 거부는 종종 너무 완강해서, 요제피네까지도 깜짝 놀라 멈칫하게 된다. 그녀는 양보하는 것처럼 보인다. 그녀는 열심히 일하고, 할 수 있는 만큼 노래도 부른다. 그러나 그 모든 것도 잠시뿐, 그 후에는 다시 새로운 힘으로 투쟁을 시작한다 ─ 그녀는 그 투쟁을 위해서는 무한히 큰 힘을 가지고 있는 것 같다.

사실 요제피네는 자신이 원하는 것을 말 그대로 얻으려 하지는 않는다는 것이 분명하다. 그녀는 현명하다. 우리는 노동에 대한 혐오 같은 것은 결코 알지 못하니까, 그녀는 노동을 싫어하지 않는다. 그녀는 분명히 자신의 요구가 허락된 후에도 예전과 다르게 살지는 않을 것이다. 노동이 그녀의 노래를 절대로 방해하지는 않을 것이다. 그리고 물론 그녀의 노래도 더 이상 아름다워지지는 않을 것이다—그러므로 그녀가 추구하고 있는 것은 다만 그녀의 예술에 대한 공공연하고 확실한 인정, 시대를 넘어 지속되는, 지금까지 알려진 모든 것을 훨씬 능가하는 인정일 뿐이다. 그러나 그녀에게 다른 것은 거의 모두 이루어질 수 있을 것 같은데도, 이것은 끝까지 그녀 마음대로 되지 않는다. 그녀는 아마도 애초에 공격을 다른 방향으로 돌렸어야 했을 것이다. 그녀는 아마도 이제야 자신의 잘못을 알게 되었을 것이다. 그러나 이제는 더 이상 물러설 수가 없는 것이다. 후퇴란 자기 자신을 배반하는 것을 의미하기 때문에, 이제 그녀는 이 요구와 함께 견디어내거나 아니면 쓰러져야만 한다.

그녀가 말하는 대로 정말 그녀가 적을 가지고 있다면, 그들은 손가락도 까딱하지 않고 기분 좋게 이 싸움을 바라볼 수 있을 것이다. 그러나 그녀는 적을 가지고 있지 않다. 물론 가끔 많은 이들이 그녀에 대해서 반대 의견을 가지고 있다 하더라도, 이 싸움은 아무에게도 즐거움을 주지 못한다. 이때 대중이, 보통 때는 우리들에게서 거의 찾아보기 힘든, 재판관같이 차가운 태도를 보이기 때문은 결코 아니다. 그리고 어떤 이가 이 경우에 이러한 태도에 동조하게 된다 하더라도, 대중이 언젠가는 자기 자신에 대해서도 이와 비슷하게 반대적인 태도를 취할 수 있다는 단순한 생각이 당연히 모든 기쁨을 빼앗아 간다. 물론 요구할 때와 마찬가지로 거부할 때에도, 그 일 자체가 문제되는 것이 아니라, 대중이 어떤 한 동포에게 이해할 수 없는 방식으로 등을 돌릴 수 있다는 것이 문제가 되는 것이며, 그것은 대중이 보통 때 아버지처럼, 아니 아

버지보다 더한 마음으로, 겸허하게 그 동포를 돌보고 있다는 것
보다 더욱더 이해할 수 없는 것이다.

여기서 대중의 자리에 어떤 한 개인을 세워보자. 우리들은 이
개인이 이제는 양보하는 일에 종지부를 찍고 싶다는 열망을 계
속 가지고 있으면서도 여태까지 내내 요제피네에 대한 일을 양
보해왔다고 생각할 수 있을 것이다. 양보도 어쨌든 그 적당한 한
계가 있을 거라는 굳은 믿음을 가지고 그가 많은 것을 비상하게
양보해왔다고 말이다. 그렇다. 우리는 이 일을 빨리 진전시키기
위해서, 그가 필요 이상으로 많은 것을 양보했다고 생각할 수도
있다. 단지 요제피네를 제멋대로 놓아두어, 그녀가 정말 이 마지
막 요구를 주장하게 될 때까지 언제나 새로운 소망으로 그녀를
몰아가기 위해서. 그런 다음 그는 이미 오랫동안 기다려왔기 때
문에, 이제는 당연히 간단하게 확고한 거절을 결정지을 수 있을
거라고 말이다. 그러나 우리 종족은 그러한 태도를 취하지 않을
것이 확실하다. 그들은 그러한 술수가 필요치 않다. 게다가 요제
피네에 대한 그들의 존경심은 솔직하고 확실하다. 물론 요제피네
의 요구는 너무도 강렬해서, 순진한 아이라면 누구나 그녀에게
결과를 예고해줄 수도 있었다. 그럼에도 요제피네가 이 일에 대
해 가지고 있는 생각은, 그러한 추측 역시 함께 작용해서 거절당
하는 자의 고통에 통렬함을 더해주게 되리라는 것이다.

그러나 그녀가 그러한 추측을 가진다 하더라도, 그녀는 결코
그로 인해 투쟁에 겁을 먹고 그만두지는 않는다. 최근에는 투쟁
이 더욱 치열해지고 있다. 그녀가 여태까지는 말로만 투쟁을 해
왔다면, 이제 그녀는 다른 수단을 사용하기 시작한다. 그녀 의견
으로는 그것이 훨씬 효과적이라지만, 우리 생각으로는 그녀 자신

에게 훨씬 더 위험한 것이다. 대중은 요제피네가 그렇게 서두르고 있는 이유를 이렇게 생각한다. 말하자면 그녀는 자신이 늙어가고 있음을 느끼고 목소리는 약해지고 있음이 보이므로, 지금이야말로 그녀에게는 그녀의 가치를 인정받기 위한 마지막 투쟁을 벌여야 할 시기로 생각되기 때문이라는 것이다. 나는 그렇게 생각하지 않는다. 만약 이것이 사실이라면, 요제피네는 요제피네가 아니다. 그녀에게는 나이를 먹는 일이 없으며, 그녀의 목소리가 약해지는 일도 없다. 만약 그녀가 무엇인가를 요구한다면, 그녀는 외적인 것 때문이 아니라 내면적인 일관된 논리 때문에 그렇게 할 것이다. 그녀는 최상의 월계관을 붙잡으려고 손을 뻗고 있다. 그 월계관이 이 순간 조금 나지막한 곳에 걸려 있기 때문이 아니라 그것이 가장 높은 곳에 걸려 있기 때문이다. 그녀의 힘이 미치기만 한다면 그녀는 그것을 더욱 높은 곳에 매달 것이다.

외부적인 어려움을 이렇게 경시하기 때문에 그녀는 가장 졸렬한 방법을 사용하는 것도 서슴지 않는다. 그녀로서는 자신의 정당성을 의심할 여지가 없는 것이다. 그러니 그녀가 그것을 성취하는 데 있어서 무엇이 문제가 되겠는가. 특히 이 세상에서는 그녀에게 보이는 바대로 고상한 방법이 거부당할 수밖에 없으니 말이다. 어쩌면 바로 그렇기 때문에 그녀는 자신의 권리를 위한 투쟁을 성악 분야에서 그녀에게는 별로 중요치 않은 다른 분야로 바꾸었을지도 모른다. 그녀의 동료는 그녀의 말을 널리 퍼뜨렸다. 그 말에 따르자면 그녀는 모든 계층으로부터 숨어 있는 반대편에 이르기까지 모든 대중에게 하나의 진정한 즐거움이 될 그런 노래를 자신이 부를 수 있다고 느낀다는 것인데, 그 진정한 즐거움이란 대중이 요제피네의 노래에서 오래전부터 느끼고 있다고 주장하는 그런 의미의 즐거움이 아니라 요제피네가 말하는 자신의 갈망으로부터 나오는 즐거움인 것이다. 그러나 거기에 덧붙여, 그녀는 고매한 것을 위조할 수도, 비천한 것에 아첨할 수도 없으므로, 지금의 이 상태 그대로 계속될 수밖에 없다는 것이다. 그러나 노동의 면제를 위한 그녀의 투쟁은 문제가 다르다. 즉, 이 것 역시 그녀의 노래를 위한 투쟁이기는 하지만, 이 문제에서는 그녀가 성악이라는 귀중한 무기를 직접 사용해서 싸우는 것이 아니므로, 그녀가 사용하고 있는 방법이 어떤 것이라도 뭐든지 상관이 없는 것이다.

그래서 예를 들면, 다음과 같은 소문이 퍼졌다. 우리 종족이 요제피네에게 굽히지 않으면, 그녀는 의도적으로 콜로라투라*를 단축시키려고 한다는 것이다. 나는 콜로라투라에 대해서는 아무 것도 모르며, 그녀의 노래에서 콜로라투라가 나왔다는 것조차 알아챈 적이 없다. 그러나 요제피네는 콜로라투라를 단축시키려 한다. 당분간 아주 없애는 것은 아니고, 다만 단축시키려 한다는 것이다. 그녀는 자신의 협박을 실천한 것처럼 보였지만, 물론 나에게는 그녀의 예전 공연과 다른 어떤 차이가 느껴지지는 않았다. 대중 전체는 콜로라투라에 대해서는 아무 말도 없이 언제나처럼 귀를 기울였다. 그리고 요제피네의 요구에 대한 처우 또한 아무 변화가 없었다. 그 밖에 요제피네는 그녀의 모습에서와 마찬가지로 그녀의 사고에서도 가끔 정말 우아한 면을 가지고 있다는 것을 부인할 수는 없다. 예를 들어, 그녀는 공연이 끝난 후 콜로라투라에 대한 그녀의 결정이 대중에게 너무 가혹하거나 너무 갑작스러운 것이었다는 듯이 다음에는 콜로라투라를 다시 완벽하게

---

* 성악곡, 특히 오페라 아리아에서 화려하게 기교적으로 장식된 선율.(옮긴이)

노래하겠노라고 설명했다. 그러나 다음 음악회가 끝난 후에는 그녀는 또다시 마음이 달라져서, 이제는 훌륭한 콜로라투라는 영원히 끝났으며, 자신에게 유리한 결정이 내려지기 전에는 콜로라투라는 다시는 없으리라는 것이었다. 그러나 대중은 마치 생각에 잠긴 어른이 아이의 재잘거리는 이야기를 흘려듣듯이, 이런 모든 설명과 결심과 결정의 번복을 흘려듣고 있다. 철저하게 호의는 가지고 있으되, 결코 마음이 움직여지지는 않는다.

그러나 요제피네는 굴복하지 않는다. 그녀는 요사이, 예를 들어 일을 하다가 발을 다쳐서 노래 부르는 동안 서 있기가 힘들게 되었다고 주장했다. 그런데 그녀는 다만 서서 노래할 줄밖에 모르므로, 이제는 노래까지 단축시켜야 한다는 것이다. 그녀가 절룩거리며 자신의 동료들의 부축을 받고 있다 하더라도, 아무도 그녀의 부상이 진짜라고는 믿지 않는다. 비록 그녀의 작은 육체의 유별난 민감성을 인정하기는 하지만, 우리는 노동의 종족이고 요제피네 역시 그 종족에 속해 있지 않은가. 그러나 우리가 모든 찰과상 때문에 절룩거리고 싶어 했다면, 종족 전체가 절룩거리는 짓을 절대로 그만둘 수 없을 것이다. 그러나 그녀가 스스로 다친 것처럼 행동하고 있고, 또 이러한 자신의 가엾은 모습을 다른 때와는 달리 자주 보여주고 있지만, 대중은 그녀의 노래를 감사하는 마음으로 듣고 예전처럼 감격하고 있을 뿐, 노래의 단축 때문에 많은 동요가 일지는 않았다.

그녀는 언제까지나 절룩거릴 수는 없으므로, 다른 것을 생각해낸다. 말하자면 그녀는 피로를, 불쾌감을, 허약증을 꾸며낸다. 우리는 이제 음악회 이외에 연극도 보게 된 셈이다. 우리는 요제피네 뒤에서 그녀의 동료가 그녀에게 노래를 불러달라고 간절히 애원하는 모습을 보게 되었다. 그녀는 기꺼이 하고 싶지만 할 수가 없는 것이다. 우리 종족은 그녀를 위로하고, 그녀에게 온통 아양을 떨고, 그녀에게 노래를 불러달라고 이미 이전에 물색해둔 장소로 그녀를 업다시피 데려간다. 드디어 그녀는 보이지 않는 눈물을 흘리며 양보한다. 그러나 그녀는 마지막 의지로 노래를 시작하는 것 같다. 기운이 없고, 팔은 보통 때와는 달리 크게 벌려지지 않은 채 오히려 몸 양쪽에 힘없이 매달려 있다. 이때 대중은 그녀의 팔이 아마 너무 짧다는 인상을 받을지도 모른다. 그러나 그녀는 그런 모습으로 노래를 시작하려 하므로, 물론 제대로 되지 않는다. 머리를 억지로 들어 올리는 듯한 모습이 보이고, 그녀는 우리 눈앞에서 쓰러지고 만다. 그러고 나서 그녀는 물론 다시 벌떡 일어나 노래하는데, 내 생각으로는 보통 때와 별로 크게 다르지 않지만 만약 대중이 가장 세세한 뉘앙스까지도 들을 수 있는 귀를 가졌다면, 그녀의 노래에서 약간의 특이한 흥분감을 느낄 수 있을 테지만 그것은 단지 정상 회복을 돕는 흥분감일 뿐이다. 게다가 끝에 가서 그녀는 예전보다 피로를 덜 느끼고 있어서, 그녀는 확고한 걸음걸이로—그녀의 휙 지나가는 총총걸음을 이렇게 부르고 싶다면—멀어져갔다. 동료들의 온갖 도움을 물리치고, 공손하게 회피하고 있는 그녀의 대중을 차가운 시선으로 살피듯이 바라보면서.

이것은 근래의 일이었다. 그러나 최근에 그녀는 그녀의 노래가 기대되던 바로 그 시기에 사라져버렸다. 그녀의 동료뿐만 아니라 많은 이가 그녀를 찾는 일을 맡았지만 허사였다. 요제피네는 사라져버렸던 것이다. 그녀는 노래를 부르고 싶지 않고, 다시는 그런 부탁을 받고 싶지 않은 것이다. 이번에는 그녀가 우리를 완전히 떠나버린 것이다.

그녀가 오산을 했다는 것은 이상스러운 일이다. 영리한 그녀의 생각은 아주 빗나간 것이다. 대중은, 우리 세계에서는 다만 매우 슬픈 운명이라고 할 수 있는 그런 운명에 의해 계속 쫓겨 다니고 있다고 믿을 거라고 그녀가 오산한 것이다. 그녀 스스로 노래로부터 떠나갔고, 대중들 사이에서 얻었던 권력을 스스로 파괴했다. 그녀는 숨어버렸고 노래하지 않는다. 그러나 대중은 조용하고, 실망의 빛을 보이지 않으며, 당당하다. 우리 종족은 — 겉으로는 반대로 보이지만 — 문자 그대로 선물을 단지 줄 수 있을 뿐 한 번도 받을 수 없는, 요제피네에게서도 받을 수 없었던, 내면으로 침잠하는 종족인 것이다. 이러한 종족은 계속해서 자신의 길을 나아간다.

그러나 요제피네는 몰락할 수밖에 없다. 머지않아 그녀의 마지막 휘파람 소리가 울리고 영원히 멎게 되는 때가 올 것이다. 그녀는 우리 종족의 영원한 역사 속에서 하나의 작은 에피소드가 되고, 우리 종족은 그녀가 사라진 것을 극복해낼 것이다. 물론 그것이 우리에게 쉬운 일은 아닐 것이다. 완전한 무음의 상태로 어떻게 집회가 가능할 것인가? 사실 요제피네가 있었을 때도 집회는 무음 상태가 아니었던가? 그녀의 실제 휘파람 소리가 그것에 대한 기억보다 정말로 우렁차고 생기발랄했었을까? 그것은, 그녀가 살아 있었을 때 단순한 추억보다 더욱 가치가 있는 것이었을까? 우리 종족은 요제피네의 노래를 도리어 자신의 지혜 속에서 — 왜냐하면 이런 식으로 그녀의 노래를 잃지 않을 수 있으니까 — 더욱 높이 평가하고 있는 게 아닐까?

그러므로 우리는 아마도 전혀 아쉬워하지 않게 될 것이다. 그러나 요제피네는 지상적인 괴로움으로부터 ─ 그녀의 생각으로 이것은 선택된 자에게 준비되어 있는 것이다 ─ 구원받아 우리 종족의 수많은 영웅들 속으로 즐겁게 사라질 것이다. 그리고 머지 않아 ─ 우리는 옛날이야기를 하지 않으므로 ─ 그녀는 모든 다른 형제들과 마찬가지로 더욱 승화된 구원 속에서 잊혀질 것이다.

한국어판 '카프카' 결정본을 얻기 위하여

—카프카 클래식을 새롭게 펴내며

우리는 종종 예술 작품이나 문학작품 혹은 여러 매체 광고 등에서조차 프란츠 카프카의 성을 따서 만든 형용사 형태의 'kafkaesk'니 'kafkasch'니 하는 묘한 개념과 만나게 된다. 이를 굳이 번역하자면, '카프카스러운' 또는 '카프카다운'과 같은 말이 되겠는데, 그렇다면 '카프카스럽다'는 이 표현은 어떠한 의미를 내포하고 있는 것일까.

에드거 앨런 포나 코난 도일과 같은 작가들이 암호문이나 숫자놀이를 가지고 소설의 사건 진행을 미궁으로 몰아가듯이, 카프카 역시 암호 같고 수수께끼와 같은 언어유희를 즐겼던 작가였다. 그는 작품명이나 작중 인물에 자기 이름의 자음과 모음의 결합 형태를 이용하거나 체코어로 '까마귀kavka'라는 뜻을 지닌 자신의 이름이 주는 묘한 뉘앙스를 살려 예술가의 실존적 삶이나 현대 인간의 불안 심리 및 소외 상태를 암시한다. 특히 「선고」, 「변신」, 「사냥꾼 그라쿠스」, 「가장의 근심」, 『실종자』, 『소송』, 『성』 등과 같은 여러 작품에서 그런 면이 뚜렷하게 나타난다. 그러나 'kafkaesk'나 'kafkasch'라는 단어는 그의 이름과 연관된 의미에서만 만들어진 것은 아니다. 그것은 오히려 카프카 문학의 비의적인 난해성과 패러독스한 표현 형식을 가장 단적으로 표현하고 있으며, 나아가서 부조리하고 다의적인 현대문학의 변별적 특성을 강조하는 말로 전이되어 사용되고 있다. 카프카 문학 연구의 선구자 역할을 한 빌헬름 엠리히 교수는 이 개념의 뜻을 이렇게 정의한다.

기형적인 단어인 'kafkaesk'는 인간의 사고, 행동과 꿈을 꾸는 일뿐만 아니라 현대의 관료 정치, 비인간적인 제도, 기구, 인간 노예화 시설들이 지니고 있는 모든 악몽적인 것, 미궁적이면서 유령과 같은 것 그리고 부조리함을 나타낸다.

그의 작품에서 보여지는 미로와 같은 사건의 진행, 다양한 병렬적 표현 형식들, 다의적인 의미의 그물망, 이른바 끝없이 미끄러지듯 유보되는 패러독스한 사고의 유동, 독자의 기대 지평을 전도시키고 파괴하는 특성은 수많은 해석의 가능성을 불러일으켰다. 실증주의적인 방법, 신학적인 해석, 형식주의적 방법, 실존주의적 방법, 심리 분석적 방법, 맑스주의적 방법, 비교문학적 방법, 수용미학적 방법, 후기구조주의적 방법 등, 역사적 추이에 따라 연구 방법론이나 연구 주제 역시 끝없이 변화 적용되어왔다. 문예비평가 한스 마이어는 「카프카, 정녕 끝이 없는 것일까?」라는 논문에서 이를 잘 대변한다. 카프카의 텍스트들이 문헌학적, 텍스트 비판적인 면에서 매우 복잡하고 해결하기 힘든 문제들을 포괄하고 있기에 카프카에 대한 연구는 계속될 것이다.

『카프카와의 대화』를 쓴 구스타프 야누흐에 따르면, 1924년 카프카가 폐결핵으로 빈 근교의 키어링 요양원에서 세상을 떠난 후에도 카프카의 가족들은 그의 작품들을 발간하는 일에 무관심했다. 그의 친구들 역시, 카프카의 유고를 관리하고 평가하는 일은 카프카 생전에 작품을 발표하는 데 여러 가지 조력을 아끼지 않았던 친구 막스 브로트가 해야 할 일이라고 생각하고 있었다. 물론 막스 브로트는 어느 친구나 친지보다도 카프카의 모든 작품들(문학작품, 일기, 편지, 카프카가 그린 소묘 등등)에 계속 관심을 보였다. 카프카는 1920년과 1922년에 막스 브로트에게 자신의 유고에 관한 두 개의 유언장을 남겼다. 마지막 유언장에서 카프카는 브로트에게 에른스트 로볼트 출판사에서 처음으로 책의 형태로 발간된 『관찰』(1913)의 일부 작품과 이미 책의 형태로 발간된 몇몇의 작품들을 제외하고 자신의 모든 유고를 불태워 줄 것을 부탁한다.

사랑하는 막스, 이번에는 더 이상 일어설 수 없을 것 같네. 폐렴인가 보네…… 이번 기회에 내가 썼던 것들에 대한 나의 마지막 의지를 밝히고자 하네. 내가 썼던 모든 작품들 중 책으로 된 것들인 『선고』, 『변신』, 『유형지에서』, 『시골 의사』와 단편집 『어느 단식 광대』를 포함해서 『관찰』 중의 몇 개의 스케치만을 남겼으면 하네. …… 그 이외에 나에 의하여 씌어진 것(그것이 잡지에 인쇄된 것이건, 원고로 씌어진 것이건, 편지로 씌어진 것이든)이라면 예외 없이…… 모두 다…… 불살라 주게. 그리고 이 부탁을 가능하다면 빨리 시행해주었으면 하네.

—프란츠

그러나 브로트는 처음부터 카프카의 요청을 이행하지 않을 것을 결심하고 있었다. 그는 카프카의 천재다운 능력과 작품의 탁월함을 누구보다도 깊이 인정하고 있었고 경외감마저 가지고 있었기 때문이다. 카프카는 생전에도 자신의 작품을 발표하기를 원하지 않았지만, 브로트는 이에 개의치 않고 카프카의 작품을 출판하는 것을 자신의 의무이며 책임으로 생각했다. 브로트는 카프카 사후 즉시 그의 작품들의 발간을 추진하기 위해 유고들을 모으기 시작한다. 이로써 당시만 해도 소수의 지식층에게만 알려져 있던 카프카의 작품은 완전히 사라져버릴 위기에서 벗어나게 된다.

그러나 당시 카프카의 미발표 유고들은 여기저기에 흩어져 있었다. 브로트의 수중에는 카프카가 1920년 그에게 넘겨주었던 장편소설 『소송』의 원고가 있었다. 브로트는 「시인 카프카」라는 에세이를 써서 다음 해 11월 문예 잡지 『노이에 룬트샤우』에 발표하는데, 바로 이 글을 쓰기 위해 카프카로부터 『소송』의 원고를 넘겨받았었다. 이외에도 카프카는 「어느 투쟁의 기록」의 두 개의 서로 다른 원고와 미완성 작품 「시골의 결혼 준비」에 딸린 3편의 글을 쓰고 나서 곧바로 브로트에게 보낸다. 또한 브로트는 1923년 장편소설 『성』의 원고 전체를 받게 된다. 이외에도 브로트는 여러 다른 친구들과 마찬가지로 카프카로부터 받은 많은 편지와 그가 직접 손으로 그린 소묘들을 지니고 있었는데, 그것들은 주로 함께 공부하던 학창 시절에 받은 것들이었다.

카프카의 초기 작품들을 체코어로 번역하는 일을 계기로 카프카의 연인이 된 프라하의 기자 밀레나에게도 카프카에게서 받은 많은 편지들과 그가 1909년부터 1920년까지 꾸준히 썼던 일기의 원고와 미완성 장편 『실종자』의 원고가 남아 있었다. 또한 카프카와 두 번씩이나 약혼과 파혼을 거듭했던 펠리체 바우어에게는 방대한 양의 카프카의 편지가 남아 있었으나, 그것 역시 아직 브로트 손에 들어오지 않은 상태였다.

프라하에 있던 카프카의 방 책상 서랍에서는 자신의 불안한 내면의 고백과 아버지와의 심한 심리적 갈등이 드러나 있는 「아버지에게 보내는 편지」와 「변신」 및 단상들과 산문들이 실려 있는 노트와 1921년과 1922년의 일기, 말년에 쓴 몇 편의 이야기들과 스케치가 담긴 여러 글 뭉치들이 발견되었다. 세 명의 누이동생과 양친도 카프카의 편지를 개별적으로 지니고 있었다. 또한 말년의 카프카가 진정으로 사랑했던 도라 디아만트도 많은 작품을 갖고 있었다.

이 모든 것들이 바로 오늘날 카프카 전집으로 발간되어 나와 있는 작품들과 유고들이다. 그러나 여기에 부언해야 할 것은, 베를린의 도라 디아만트에게 남겨져 있었던 작품의 일부가 안타깝게도 1933년 게슈타포에게 압수된 후 사라져버렸다는 사실이다. 그 상실된 원고들은 초기에 씌어진 작품들과 말년에 씌어진 작품들이라 추측된다. 그리고 당시 출판되지 않은 채 간직되었던 유고들은 타자기로 친 약간의 작품 이외에는 대부분이 친필 원고였고 카프카가 인쇄를 요청했던 작품인 「유형지에서」, 「시골 의사」, 「싸구려 관람석에서」, 「형제 살해」, 「이웃 마을」, 「열한 명의 아들」, 「광산의 방문객」, 「가장의 근심」, 「어떤 꿈」의 친필 원고들은 하나도 발견되지 않았다.

카프카의 원고들은 이렇듯 여러 사람에게 나누어져 있었고, 부분적으로는 원고의 소유권도 불확실한 상태였다. 그러므로 브로트는 처음에는 이 원고들을 수집하는 일과 그 소유권 문제에 개입하기를 몹시 망설였다. 그러나 그는 작품들의 의미와 뛰어난 문학적 가치를 가능한 한 빨리 세상에 알려야 한다는 사명감으로 이 원고들을 한데 모아 보존하고 출판을 다시 추진하게 된다. 그러나 도라 디아만트가 지니고 있던 원고들을 얻어내는 데에는 여러 해가 걸렸다. 디아만트는 카프카와 살면서 그가 자신의 글에 대해 얼마나 세심하고도 양심적인 애착과 비판적 자세를 지니고 있었는가를 잘 보아왔으므로 브로트의 계획에 쉽게 응할 수 없었던 것이다. 오히려 그녀는 카프카의 유언에 따라 원고를 불태울 정도였다.

카프카 생전에 인쇄되었던 책들은 1924년만 해도 바로 그 전에 절판되었던 『관찰』을 포함해서 모두 구입이 가능했다. 그러나 당시 인쇄된 작품들은 카프카의 뛰어난 문학성을 독자들에게 알리지 못했던 것 같다. 카프카 작품의 난해함이 독자들의 접근을 허락지 않은 탓이었을 것이다. 피카소의 그림에 대해 카프카가 스스로 평한 바 있듯이, 그의 작품 역시 당시 독자들의 의식 속에 아직 밀려오지 않은 그 어떤 현실 상태를 훨씬 앞서 보여주고 있었기 때문이었다. 브로트는 그의 작품의 난해성과 당시 출판상의 경제적 사정을 고려하여 인쇄되지 않은 유고들과 아직 세상에 알려지지 않은 장편소설들을 서둘러 발간한다. 당시 장편소설에 대한 독자들의 인기도를 감안하여, 흩어져 있는 작가의 순수 작품들을 하나로 묶어 전집으로 발표함으로써 독자들에게 작가 카프카를 널리 알리려는 의도였다. 그러나 카프카의 문학 세계, 사상적 배경, 현실적인 삶과 타인들과의 개인적인 관계를 보여주는 기록물이자 현재에는 문학 텍스트로서 높은 평가를 받고 있는 일기, 편지, 메모들은 필요한 경우에만 일부분 발췌 소개되었을 뿐이다. 이것은 카프카의 전기적 연구의 진척을 더디게 한 원인이기도 했다. 다만 많지 않은 분량임에도 그 독특한 표현 형식과 세계관을 엿볼 수 있는 잠언들은 당시에도 독자들에게 널리 알려졌다. 이러한 상황으로 미루어볼 때, 당시 카프카 작품에 대한 일반 독자들의 관심은 전 작품에 골고루 분포되어 있지 않고, 몇몇 작품이나 잠언들에 편중되어 있었던 것으로 보인다.

카프카 작품의 난해성과 편중된 독서 결과는 이미 인쇄된 자료들을 선별하고 보존하는 일을 그다지 중시하지 않게 만드는 결과를 낳았던 것 같다. 왜냐하면 쿠르트 볼프 출판사와 잡지사들이 발간했던 카프카 책들의 인쇄용 원고들과 『어느 단식 광대』 인쇄본의 여러 부분이 모두 상실되었기 때문이다. 『어느 단식 광대』에 속해 있는 이야기인 「첫 번째 시련」의 경우에는, 그 인쇄본이 1971년 어느 친필 원고 거래상에 나타나기도 했다. 그러나 다행히도 쿠르트 볼프와 그의 출판사에 보내졌던 상당량의 카프카의 편지들과 작품들이 보존될 수 있었는데, 그것은 볼프의 덕택이었다. 출판사가 해체될 당시 볼프는 출판사의 문서 보관실의 일부를 사유로 수용하여 그것을 보존했던 것이다. 그의 노력이 없었다면 상당수의 카프카의 원고들과 인쇄본들은 사라져버렸을 것이다.

1939년 독일 나치의 프라하 침공 직전, 브로트는 팔레스타인으로 망명했다. 그때 그의 손가방 속에는 카프카의 유고들이 담겨 있었다. 카프카 작품들은 그의 손에서 또 한 번 위기를 넘겼다. 그리고 카프카가 가족들에게 보냈던 편지들과 「변신」과 「아버지에게 보내는 편지」는 막내 누이동생인 오틀라가 간직하고 있었는데, 혈통상 반쪽만 유대인이었던 오틀라의 아이들 덕택에 나치의 추적을 피할 수 있었다.

제2차 세계대전 후 브로트는 카프카의 유고들을 우선 텔아비브에 있는 쇼켄 도서관의 문서 보관실에 보관했다. 1962년 브로트는 그 유고들을 카프카의 가족에게 다시 넘겨주었고 카프카 가족들은 옥스포드의 보들레이언 도서관에 관리를 위탁했다. 그러나 브로트는 카프카가 자신에게 주었던 원고들은 그대로 자신이 소유하고 있었다. 그는 1969년 세상을 떠나기 직전 그 원고들을 바탕으로 『어느 투쟁의 기록』의 두 개의 원본을 참조하여 최초의 텍스트 비판본을 만들 수 있었다. 거기에는 유고에서 뽑은 많은 단편이 함께 수록되어 있었다.

한편 그는 이미 1930년대에 당시 친필 원고 수집가였던 슈테판 츠바이크에게 『실종자』의 원고 두 쪽을 선물하기도 했다(그것은 지금 빈의 국립도서관에 보관되어 있다). 또한 그는 1931년 '만리장성의 축조'라는 제목으로 유고집을 편집했을 때 자신을 도와주었던 한스 요하임 쉐프스에게 「마을 선생」의 원고 대부분을 선물했는데, 이 원고는 지금 네카 강변에 있는 마르바흐의 독일 문학 문서 보관실에 몇 편의 카프카 편지와 함께 보관되어 있다. 그 외에 밀레나와 펠리체에게 보낸 편지들은 뉴욕에 있는 쇼켄 북 출판사의 소유이다.

카프카 생전에 그의 작품들의 인쇄 상황을 살펴보면, 다음과 같이 다섯 단계로 나누어 생각할 수 있다.

첫 단계(1908~1912)에는 막스 브로트와 그의 친구들인 프란츠 블라이, 빌리 하아스 등에 의해서 카프카의 짤막한 산문들이 부분적으로 발간되었다. 그러나 당시 카프카는 이 산문들을 '갑자기 끊어져 버리는 시작들로만 구성된 졸작'으로 평가하여 출판을 반대했었다.

두 번째 단계(1912~1914)는 자신의 작품을 인쇄하자는 출판인 로볼트의 제안에 카프카가 서슴없이 동의를 표했던 시기이다. 이 시기는 카프카가 지속적으로 그리고 열정적으로 글쓰기에 매달릴 수 있었던 행복한 시기였다. 그는 1912년 일기에 에른스트 로볼트가 원고 청탁한 『관찰』을 정리하면서 당시 상황을 이렇게 적고 있다.

> 로볼트 씨가 상당히 진지하게 나에게 책 한 권을 원했다······ 아무것도 이루어놓은 것이 없구나, 없어. 이 작은 책자 하나를 정리하는 데 이렇듯 시간이 걸리다니······ 책을 발간한다는 사실 때문에 예전의 작품들을 읽으면서 느끼는 고통스럽고도 우스꽝스러운 자의식······ 내가 진리 안으로 나의 손끝을 밀어 넣을 수 없게 된다면, 이 책을 편집한 후에는 잡지와 비평으로부터 더욱더 몸을 도사리게 될 것이다.

그러나 이 긍정적인 글쓰기의 단계는 유감스럽게도 제1차 세계대전의 발발로 중단되고 만다. 갑자기 출판사의 활동이 중지되거나 작업 중이던 간행물이 폐간되는 사태가 빈번했기 때문이다. 이 시기에 간신히 나타난 작품들이 바로 『관찰』, 『화부』(1913) 그리고 『선고』(1913)의 첫 인쇄판이었다.

세 번째 단계(1915~1919, 1920)는 카프카가 출판사의 계속적인 발간에 동의했으며, 「화부」로 폰타네상의 상금을 수상한 시기이기도 하다. 그는 뒤늦게 나온 『시골 의사』라는 단편 모음집으로 형식상 처음으로 출판사와 계약을 체결하게 된다. 그러나 전쟁으로 인하여 출판사 사정이 어려워지자 그의 출판은 계획대로 진행되지 못했고, 그는 폐결핵에 걸려 고통받게 된다. 그러나 결과적으로는『변신』이 잡지(1915)와 개별 인쇄(1915, 1918) 등 두 가지 상이한 판으로 나오게 되고, 1916년과 1917, 1918년에 걸쳐 『화부』의 제2판, 제3판이 그때마다 약간의 수정을 거쳐 나오게 되며, 1916년과 1920년에 걸쳐『선고』의 개별 인쇄본들이, 그리고 1919년에는『시골 의사』가 신문에 여러 번 언급되면서 책으로 인쇄되었고, 역시 같은 해에『유형지에서』가 개별 책자로 발간된다. 책의 출판이 거듭되면서 가장 성공을 거둔 작품들은, 잡지『최후 심판의 날』에 실렸던「화부」,「변신」그리고「선고」였다.

네 번째 단계(1919~1923)는 카프카의 건강이 극도로 악화되어 그는 단지 몇 개의 잡지에 글을 실었을 뿐 출판사에 원고를 넘기지도 않았고 작품 인쇄를 거부하기도 했는데, 이 시기에 대해서는 1922년 볼프가 확인해주고 있다. 이 시기에 인쇄된 가장 중요한 작품은「어느 단식 광대」(1922)와「첫 번째 시련」(1922)이다.

다섯 번째 단계(1923, 1924)는 역시 작품 발간에서는 큰 성과가 없었지만, 네 번째 단계와는 뚜렷하게 구별된다. 비록 건강은 허락되지 않았으나, 카프카는 베를린에서 도라 디아만트와 시작한 새로운 삶에 대한 의욕 속에서 슈미데 출판사와 출판 계약을 맺는다. 그리하여 그의 사후에 이 출판사에서 작품 모음집인『어느 단식 광대』(1924)가 나올 수 있었다. 그 모음집에는「첫 번째 시련」,「어느 단식 광대」,「작은 여인」,「요제피네, 여가수 또는 쥐의 종족」이 포함되어 있었다. 뒤의 두 작품은 1924년 카프카 생전에 이미 프라하의 일간지에 그 일부가 발표되기도 했다.

『어느 단식 광대』의 뒤를 이어 브로트는 카프카의 유고 중 제일 먼저 『소송』(1925)을 역시 슈미데 출판사에서 발간한다. 그 후 슈미데 출판사가 경제적 어려움에 처하게 되자, 브로트는 쿠르트 볼프 출판사에 의뢰하여 『성』(1926)과 『아메리카』(1927, 원래 작품명은 '실종자'이다)를 출간한다. 1930년 볼프가 파산하자, 브로트는 다른 작가들과 더불어 구스타프 키펜하이머 출판사를 찾는다. 경제적, 정치적 위험을 무릅쓰고 카프카의 전집과 거기에 모여든 작가들의 작품들을 발간하려 했던 이 키펜하이머 출판사의 계획마저도 나치의 방해로 무산된다. 그 후 브로트는 마침내 베를린의 쇼켄 출판사와 관계를 맺게 된다. 그때까지만 해도 독일 제국 내에서는 유대인 저작물 출판이 가능했는데, 물론 유대인 출판사에서 그리고 유대인 독자들만을 위한 것이었다. 그러나 당시의 정치적, 경제적 상황에서 출판 사업은 처음부터 하나의 모험이었다. 이런 상황에서 예술 보호가인 사업가 잘만 쇼켄과의 만남은 브로트에게 있어서 카프카 전집을 낼 수 있는 최상의 기회였다. 우선 1931년 『만리장성의 축조』라는 제목으로 단편 모음집이 출간된다. 전집은 원래 여섯 권으로 기획되었으나, 1935년 쇼켄 출판사에서 네 권만이 나올 수 있었다. 즉 카프카 생전에 나왔던 단편집과 세 개의 소설이 보완된 신판으로 출간되었다. 그러나 쇼켄 출판사 역시 주변의 여러 방해 공작들을 극복해낼 수 없었다. 브로트는 다행히도 망명문학에 호의를 보였던 프라하의 머시 출판사에서 이 전집 계획을 계속 추진할 수 있었는데, 노벨레, 단상들, 잠언들로 구성된 방대한 양의 제5권 『어느 투쟁의 기록』(1937)과 일기와 편지를 발췌한 제6권 『일기와 편지』(1937)를 출간하였다.

그 후 미국에서 망명 생활을 하던 브로트는 잘만 쇼켄을 다시 만난다. 1945년 쇼켄이 뉴욕에서 쇼켄 북 출판사를 건립하자, 이

제 카프카 작품들은 다시 발간되기 시작했다. 여기서 다섯 권으로 된 두 번째 전집판이 나오게 되는데, 이번에는 앞서 발간했던 첫 번째 전집판을 약간 확대하고 일기와 편지도 종전처럼 발췌하지 않고 전부를 발간했다(1946). 이렇게 해서 1950년에야 비로소 카프카의 작품이 프랑스와 영미권에 널리 퍼지게 되었고, 쇼켄 북 출판사로부터 출판권을 따낸 피셔 출판사가 카프카의 프랑크푸르트 전집판을 발간하기 시작했다. 독일 국내에서 두 번째 카프카 전집이 마련된 셈이었다.

1950년대 초, 이 프랑크푸르트판을 토대로 카프카 연구 활동이 전 세계로 전개되면서 카프카의 텍스트들이 지니고 있는 편집상의 문제와 텍스트 비판에 대한 연구 작업도 활발해진다. F. 바이스너(1952, 1958), H. 위테르스프로트(1957, 1966), F. 마르티니(1958), M. 패슬리(1966), W. 얀(1965), L. 디이츠(1963) 등이 이 텍스트 비판에 참여했다. 이들에 의해 일련의 새로운 개별적인 텍스트 비판본들이 등장하기 시작하는데, 그것은 주로 종래의 브로트에 의해 편집된 텍스트 형태를 재검하면서 넓은 의미로는 전반적인 카프카 원본 텍스트를 새롭게 학술적으로 비판한다는 중요한 의미를 띠었다. 카프카의 유년 시절의 전기를 실증주의적 방법으로 쓴 K. 바겐바흐는 1961년 괄목할 만한 텍스트 비판을 가한 특별 개정판 『단편선집』을 내놓았는데, 그것은 카프카 생전에 발간된 문학작품들 중에서 선정하여 그 원본만을 참조해 발간한 것이었다. 그러나 그는 불행히도 당시에는 별로 알려지지 않았던 잡지 『최후 심판의 날』에 발표되었던 카프카의 다른 원본 인쇄판은 참조하지 못했다. 또한 영국 옥스퍼드 대학의 텍스트 문헌학자인 패슬리는 세 개의 단편을 수록한 『단편선』을 냈는데, 「화부」는 텍스트 비판상 문제시되는, 개별적으로 발간된 세 번째 인쇄판을 근거로 하고 있으며 「유형지에서」는 유일한 원본 인쇄판을 충실하게 재현했고, 브로트의 자의적인 꿰어 맞추기식 편집 방식을 처음으로 개선한 유고 단편 「굴」을 출간했다.

이외에도 카프카의 단편들은 여러 변종의 판본들을 참조하여 개별적으로 인쇄되기도 했는데, 1969년 디이츠는 「어느 투쟁의 기록」의 두 개의 판을 한 권의 책에 동시에 수록하여 서로 비교케 하는 공관적 재현 방식을 택함으로써, 특히 브로트가 추가했거나 잘못 바꾸어 쓴 부분은 제외시켰다. 디이츠판은 후에 다시 여러 연구가들에 의해 그 편집상의 문제와 새로운 작품 분석에 대한 논증이 보충됨으로써 단일 텍스트로 된 비판본으로서의 의미를 지니고 있지만, 아직까지 완벽한 텍스트 비판본은 나오지 않고 있다.

1970년 P. 라아베는 현재까지 카프카 단편들의 이해와 분석을 위해 가장 믿을 만한 텍스트로 사용되어오는 카프카의 『단편전집』을 출간했는데, 단편소설들에 관한 한 지금까지 발간된 것들 중 편집과 텍스트 비판에 있어 가장 뛰어나다는 평을 받고 있다. 라아베는 전기적·텍스트 비판적 연구서들(카프카 자신에 의해 발간된 작품들과 유고집에 나오는 서사적 단편들을 총망라하였다)을 바탕으로 텍스트 형태를 정정하고, 주해를 통해서 작품들의 발생사, 인쇄 과정사 그리고 자신이 선택한 텍스트 형태의 근거를 밝히고 있다. 그러나 라아베판도 쿠르트 볼프와 그의 출판사에 보낸 카프카의 편지와 막내 누이동생 오틀라에게 보낸 편지에 언급되어 있는 내용이 참조되지 않았다는 점이 작은 결점으로 지적되고 있다.

또한 우리가 주목해야 할 사실은, 이렇듯 수많은 원본 인쇄판,

개정판, 증보판, 비교 텍스트 비판본들이 지니고 있는 여러 가지 텍스트상의 결함에도 불구하고, 이들을 바탕으로 한 카프카의 연구서와 논문들은 가히 조망할 수 없을 정도로 홍수를 이루어왔으며 여전히 계속 진행 중이라는 것이다.

카프카는 도스토예프스키, 제임스 조이스와 더불어 현대문학의 아버지라고 일컬어지고 있고, 괴테나 셰익스피어 이래 현재에 이르기까지 세계의 문예학자, 문학 연구가, 비평가들이 가장 많이 다루고 있는 작가이다. 1997년, 솔출판사에서 우리나라에서 처음으로 카프카 작품집을 펴냈다. 카프카의 단편 작품뿐만 아니라, 그의 세계관, 예술관, 인생관, 언어관이 잘 반영되어 나타나 있는 일기, 편지, 잠언 및 유고집까지 포함시켜 '카프카 전집'으로서의 첫 면모를 갖추었다.

『카프카 전집』을 펴낼 1997년에는 부퍼탈 대학 연구소를 중심으로 카프카 작품의 '학술비판본'이 작업 중이었다. 따라서 한국어판 『카프카 전집』의 번역 출간 작업에서도 '학술비판본'을 참고하는 데에도 제한이 있었고, 1권 단편전집 『변신』 초판은 라아베의 『단편전집』을 참조하여 편집·번역할 수밖에 없었다. 라아베판은 당시 나온 단편전집 중 가장 권위 있는 텍스트 비판본으로 카프카 연구가들의 원본 텍스트로서 좋은 길잡이가 되어왔다. 특히 『단편전집』 중에서 「어느 투쟁의 기록」은 여러 개의 스케치로 이루어진 작품으로, 카프카는 이 작품의 두 가지 원판본을 남기고 있다. 라아베의 『단편전집』에는 그중 한 가지 원문만을 싣고 있지만, 막스 브로트가 편집한 또 다른 원문은 카프카의 초기 작품의 중요한 경향뿐 아니라, 전 작품에 적용될 수 있는 그의 언어관과 패러독스한 표현 형식을 잘 보여주고 있다. 그러므로 여기에서는 문제가 되는 「어느 투쟁의 기록」 중 「기도자와의 대화를 시작하다」를 번역하는 데 있어 두 개의 원문을 동시에 사용했다. 더구나 라아베가 선택한 원문은 다른 별개의 작품인 「기도자와의 대화」에 그대로 반복되어 나타나기 때문에, 두 원문을 모두 참조했다.

1974년 뜻있는 카프카 연구가들(J. 보른, G. 노이만, M. 패슬리, J. 실레마이트)이 부퍼탈 종합대학에 '동구 독일어문학연구소'를 설립하고, 자신들이 편집 연구진이 되어 카프카가 보험회사 시절 기록했던 직업상의 문건들을 포함한 열두 권으로 된 '카프카의 학술 비판서'를 1982년부터 피셔 출판사를 통해 발간했다. 솔출판사에서 1997년 카프카 단편전집 『변신』 초판이 나온 이후에 부퍼탈 대학의 '동구 독일어문학연구소'에서 추진되어왔던 카프카의 '학술비판본'도 피셔 출판사에서 전15권(단 각 권마다 딸린 자료 및 참고 사항들이 담긴 별책 부록들은 제외됨)으로 발간되었다. 이렇게 나온 '학술비판본' 전집은 학계에서 카프카 연구의 '정본'으로 여겨진다. 솔출판사에서는 2003년에 이 '학술비판본'을 원전으로 삼아 『카프카 전집』의 개정판을 펴내게 되었다. 피셔 출판사의 '학술비판본'은 카프카 전집의 수많은 텍스트 중에서도 가장 신뢰성이 있는 '카프카 전집 결정본'으로 알려져 있다.

그런데 이 '비판본' 중에 카프카가 생전에 발간한 『생존시에 인쇄된 작품Drucke zu Lebzeiten』이 있는데, 이는 역자가 카프카 전집 제1권 단편전집 『변신』을 번역했던 파울 라아베가 편집한 『카프카 단편전집』과는 다소 차이가 있다. 학술비판본에는 라아베판에 실려 있는 '유고집에 수록된 단편' 34편이 제외되어 있는 반면에, 라아베판에는 학술비판본에 실려 있는 잡지나 신문에 발표된 것 중 일부인 6편의 글들이 빠져 있다.

비판본과 라아베판 사이에 이러한 차이가 나게 된 데에는 두 가지 이유가 있다. 첫 번째 이유는, 비판본이 카프카 생존 당시 책 형태로나 혹은 신문, 잡지에 개별적으로 발표된 작품들만을 따로 모아 편집한 것이라면, 라아베판은 비판본에 수록된 서평이나 여행 기록을 제외하고 순수 작품만을 편집한 것이기 때문이다. 두 번째 이유는 비판본이 카프카 유고집을 따로 떼어 두 권으로 편집한 반면, 라아베는 막스 브로트에 의해서 편집 발간되었던 유고들 중에서 완결된 형태의 단편들과 미완이긴 하나 카프카 작품의 전형적인 형태를 띠고 있는 단편들만을 모아 하나의 독립된 단편전집을 만들었기 때문이다.

2003년에 펴낸 단편전집 『변신』 개정판에서는 이 두 판 사이의 차이점을 보완하기 위해서 비판본의 『생존시에 인쇄된 작품』에 실린 모든 작품을 포함하면서, 동시에 파울 라아베판에 실린 34편의 유고 단편들을 살리는 방향으로 편집했다. 또한 '잡지와 신문에만 발표된 작품들' 비판본에 추가되어 있는, 생전에 인쇄된 서평 3편(「여성의 애독서」, 「어느 청춘 소설」, 「영면하게 된 잡지」)과 기행문 2편(「브레스치아의 비행기」, 「리하르트와 자무엘」) 그리고 전람회 소개 평론인 「마틀라르하차로부터」 등, 모두 6편을 개정판에 새롭게 추가했다. 「여성의 애독서」는 카프카의 친구였던 프란츠 블라이의 책 『분첩』(1902)에 대한 서평이고, 「어느 청춘 소설」은 작가 슈테른 하임의 『서간 소설, 젊은 오스발트의 이야기』(1910)에 대한 서평이며, 「영면하게 된 잡지」는 프란츠 블라이에 의해서 발간된 문예지인 『히페리온』의 폐간을 아쉬워하며 쓴 글이다. 이 잡지에 카프카의 작품 「관찰」과 「기도자와의 대화」와 「술 취한 자와의 대화」가 처음으로 발표되었다.

개정판에 추가된 6편 중 특히 흥미로운 작품들은 기행문 「브레스치아의 비행기」와 「리하르트와 자무엘」이다. 첫 번째 작품은 이탈리아의 브레스치아에서 있었던 비행 대회에 들렀던 카프카가 그때의 체험을 르포르타주 형식으로 기록한 것으로 비행기에 대한 독일어권 최초의 기록문학이다. 두 번째 작품은 카프카와 막스 브로트의 공동 작품으로 카프카, 막스, 그리고 그의 동생 오토가 함께 기차를 타고 스위스와 북 이탈리아를 거쳐서 파리까지 여행했던 일을 일지 형식으로 기록하고 있는 미완성의 기행 소설이다. 여기서 카프카와 막스는 각기 자신이 보고 느낀 것을 교대로써 내려가고 있다. 그리고 마지막 작품인 「마틀라르하차로부터」는 카프카가 병 치료차 1920년 헝가리 요양지인 마틀라르하차에 체류했을 때 그곳에서 알게 된 화가 안톤 홀루프의 미술 전람회를 신문에 소개한 글이다. 카프카가 동서양의 그림에 뛰어난 안목을 가지고 있었다는 것은 이미 잘 알려져 있는 사실이다. 특히 이 6편 중 「여성의 애독서」, 「브레스치아의 비행기」 그리고 「마틀라르하차로부터」는 우리나라에 처음 소개된 작품이다.

2003년에 펴낸 개정판 카프카 전집 제1권 단편전집 『변신』은 새로 나온 학술비판본인 『생존시에 인쇄된 작품』을 모두 포괄할 뿐만 아니라, 나아가 라아베와 막스 브로트판까지도 아울렀다.

솔출판사에서 처음 카프카 작품집을 펴낸 지도 20년이 넘게 흘렀다. 고전이 그렇듯 카프카의 작품들은 시대와 함께 늘 새롭게 읽혀왔는데, 이번에 솔출판사에서는 독자들에게 좀 더 친숙하고 가깝게 다가갈 수 있도록 새로운 모습으로 카프카 작품들을 펴내게 되었다. 그동안 카프카 작품집은 쇄를 거듭하며 독자들의 큰 사랑을 받아왔고, 초판과 개정판을 거치며 완성도를 높여왔다. 이번에 펴내는 카프카 클래식은 기존에 출판된 카프카 개정판 전집 『변신』, 『소송』, 『실종자』, 『성』 등의 작품집을 새로운 장정과 디자인으로 꾸며 독자들을 찾아가게 되었다.

카프카 클래식 1권 『변신』에는 카프카가 생존 당시에 책으로 출판했던 작품만을 모았다. 『관찰』에 실린 18편, 『선고』, 『화부』, 『변신』, 『유형지에서』, 『시골 의사』에 실린 14편, 『어느 단식 광대』에 실린 4편을 포함해서 전체 40편의 작품을 실었다. 카프카 클래식 2권 『어느 개의 연구』에는 카프카가 잡지와 신문에 발표한 10편의 작품들과 유고집에 수록된 단편 34편을 묶었다.

또한 카프카 클래식에서는 그동안 놓쳤던 교정이나 표현상의 문제를 수정 보완하였다. 카프카의 작품들이 늘 앞서가며 새롭게 독자들에게 발견되듯, 카프카 작품의 출판도 독자들에게 새롭게 나타나 곁에 두고 읽는 작가로 더욱 가까워질 수 있기를 바란다.

2020년 7월
이주동

수록 작품 색인(가나다순)

카프카 클래식 1

변신

1판 1쇄 발행	2020년 8월 5일
1판 3쇄 발행	2024년 10월 4일

지은이	프란츠 카프카
옮긴이	이주동
펴낸이	임양묵
펴낸곳	솔출판사

편집	윤정빈 임윤영
경영관리	박현주

주소	서울시 마포구 와우산로29가길 80(서교동)
전화	02-332-1526
팩스	02-332-1529
블로그	blog.naver.com/sol_book
이메일	solbook@solbook.co.kr
출판등록	1990년 9월 15일 제10-420호

© 이주동, 2020

ISBN	979-11-6020-143-7	(04850)
	979-11-6020-142-0	(세트)